[英] 爱丽森 · 皮尔森（Allison Pearson） 著
刘丰瑜 译

她是如何做到的

I Don’t Know How She Does It

中信出版集团 · 北京

图书在版编目（CIP）数据
她是如何做到的 /（英）爱丽森 · 皮尔森著 ; 刘丰瑜译 . -- 北京 : 中信出版社 , 2018.10（2019.12重印）
书名原文 : I DON'T KNOW HOW SHE DOES IT
ISBN 978-7-5086-9367-5

Ⅰ . ①她 … Ⅱ . ①爱 … ②刘 … Ⅲ . ①长篇小说—英国—现代 Ⅳ . ① I561.45

中国版本图书馆 CIP 数据核字 (2018) 第 187585 号

她是如何做到的

著　　者：[英] 爱丽森 · 皮尔森
译　　者：刘丰瑜
出版发行：中信出版集团股份有限公司
（北京市朝阳区惠新东街甲 4 号富盛大厦 2 座 邮编 100029）
承 印 者：中国电影出版社印刷厂

开　　本：880mm×1230mm 1/32　　印　　张：15　　字　　数：342 千字
版　　次：2018 年 10 月第 1 版　　印　　次：2019 年 12 月第 3 次印刷
京权图字：01-2018-6652　　广告经营许可证：京朝工商广字第 8087 号
书　　号：ISBN 978-7-5086-9367-5
定　　价：58.00 元

服务热线：400-600-8099
投稿邮箱：author@citicpub.com

谨以此书献给，我爱的埃维。

Contents

目录

Part 1

第一部分

Part 2

第二部分

Part 3

第三部分

汽车的轮子向前转啊转
转啊转，转啊转
汽车的轮子向前转啊转
一整天不停歇

车上的宝宝“哇哇哇”
“哇哇哇”“哇哇哇”
车上的宝宝“哇哇哇”
一整天不停歇

车上的妈妈“嘘嘘嘘”
“嘘嘘嘘”“嘘嘘嘘”
车上的妈妈“嘘嘘嘘”
一整天不停歇

Part 1

第一部分

1

家

*** 凌晨 1 时 37 分 ***

我怎么到这儿来的？有谁能告诉我？我问的不是到厨房，而是到这场人生中。今天是学校举办圣诞颂歌音乐会的日子，而我却在这里碾肉馅饼。不，准确地说，应该是蹂躏——过程微妙，耗时耗力，绝对是一项技术活。

拆掉塞恩斯伯里超市的奢华包装后，我把馅饼从锡纸杯中抠出来，放到菜板上，用擀面杖碾压这一个个无辜的、软绵绵的“圆脸”。相信我，这个过程并没有听起来那么简单。用力敲的话，饼边就会像胖夫人行屈膝礼时那外展的裙子一样，被碾压得四处外翻，里面的肉馅儿也会随即溢出来。但如果用力向下按——大概是碾死一只甲壳虫的力度——饼就会如山崩一般，脆裂掉渣，看起来倒有了几分“家庭手工制作”的亲切感。“家庭手工制作”就是我想要的效果。家给人归属感；家里有亲爱的妈妈为孩子们做饭。

我做这么个破事，就是因为艾米丽10天前从学校带回来的一封信。那封信现在被一个亮闪闪的冰箱贴压在冰箱门上。信上问："父母可否自愿为圣诞派对提供一些合适的节日点心！！！"圣诞派对通常被安排在颂歌唱完之后。信是打印的，颜色是浆果的那种红色。信的底部有恩普森女士的签名，旁边画着个雪人，雪人头戴学位帽，羞涩地咧嘴笑着。但请不要觉得这封信的语气很随意，也千万别觉得感叹号亲切！真的不要！学校的信就像是密电文，真实的信息如此狡猾地隐藏在文本中，好似只有布莱切利园[1]的解码员或是处于失眠晚期、充满内疚感的女人才能破解。

首先，拿"父母"这个词来说吧。他们真正想表达而且事实上表达的就是"母亲"。（在处理学校来信的时候，有哪位父亲是不让妻子代劳的？理论上讲，我认为，父亲也可能会看学校的来信，但他看的那封信应该是一份派对邀请函，而且是一个至少在10天前就已经举行过的派对的邀请函。）那么，"自愿"这个词又怎么说呢？它其实是一种教导性的婉转表达，而本意却是：你的孩子能不能上理想的学校，可全看你怎么做了！至于"提供一些适当的节日点心"，这绝对不是去超市随便买买就能对付过去的！

我是怎么知道的呢？那要回到1974年，我的母亲和弗里达·戴维斯女士交换眼神时的情景。在收获节[2]上，一个穿着土灰绿色派克大衣

1 布莱切利园，又称X电台，二战期间英国政府进行密码解读的主要地方。——译者注

2 收获节，在英国，每逢丰收之后，农民们都会用刚收割的麦子做成面包送去当地教堂做圣餐面包。学校或教堂倡导人们拿出家里的食物分给更需要的人，以此表达希望"丰收"传播出去的含义。——编者注

的小男孩走近祭坛，他拿着一个鞋盒，里面装着两罐莉比的边桃[1]罐头。那种眼神实在是令人难忘，似乎是在遗憾地表达着：这是怎么当妈的，竟然让孩子拿这乱七八糟的东西来庆祝感恩上帝的慷慨，上帝想要的明明是一个玻璃纸包装的水果篮，或者是一个麻花面包。弗里达·戴维斯的麻花面包就像是用莱茵少女那浓密的头发编的辫子，甚至都可以让她的双胞胎拿去测量教堂的长度了。

"瞧见了吧，凯瑟琳。"戴维斯女士说着用鼻子对茶点吭了一声以表达不满。"你母亲和我都是愿意花心思的人。相比之下，就有了那种，"她长长地嗤了一声，"不去花心思的人。"

我当然知道她说的是谁——偷工减料的女人。即便在1974年，这不美好的字眼就已经瞄准了上班族母亲这个群体。她们因穿裤装而被指指点点，甚至有人称她们允许孩子在天没黑时就看电视。这些负面言论像是窗帘盒上扫不尽的灰尘，笼罩着这些女人。

所以，不难想象，尽管我小时候还不懂女人是什么意思，却已经知道世界上的女人分为两类：称职的母亲为一类，她们甘于奉献，每天都忙于做苹果派、清理洗衣机等家务；剩下的则为另一类。到了35岁时，我已完全确定了自己属于哪一类。从我在12月13号，也就是今天凌晨时分所做的事情来看——用擀面杖擀馅饼，使其看起来不那么像是从超市买来的——答案已经很明显了。女人过去常常将时间花在做馅饼这类事上，然后在性高潮上伪装自己，但我们现在要伪造

1 边桃，果肉依附于果核上的桃子。吃它的时候很困难，不容易把果肉完整地剥下来。——译者注

的是这些馅饼。人们称这种转变为“发展”。

“真是见鬼！葆拉把筛子放到哪儿去了？”

“凯特，你在干什么？现在才凌晨2点。”

理查德睡眼惺忪地站在厨房门口。他穿着从杰明街买来的、不知洗了多少次的睡衣，表面起球的程度和婴儿连体衣差不多。理查德极具英式的理性，带着些许善良。我的美国同事坎迪曾说他是个十足的慢性子。他在一家环保建筑公司上班。目前这家公司的运营步调已经处于一种近乎停滞的状态。哪怕是倒个垃圾桶，理查德也会花上半个小时。而他还总是告诉我，不要着急。

“不要着急，凯特。你看起来就像是游乐场里的那个……那玩意儿叫什么来着？就是人在里面吓得鬼哭狼嚎，可它还在该死的转个不停的那个？”

“离心力作用。”

“这我知道。我是说人们坐的那个东西叫什么？”

“不清楚，‘死亡之墙’[1]？”

“对，就是它。”

我明白他的意思。放心，我不至于那么蠢，我知道生活中有许多东西远远比半夜压馅饼更为重要。更何况，这活实在累人，就好像在死海中潜水，让人精疲力竭，甚至感到窒息。说实话，艾米丽出生后我就没有轻松过。5年来，我走到哪都觉得昏昏沉沉，没睡过一个好觉。

1　死亡之墙，娱乐场里的一种娱乐设施，启动后如过山车一样转得飞快，给人以刺激感。——译者注

可除此之外还有别的选择吗？今天下午去学校，毫无愧疚感地将从超市买来的精良肉馅饼拿去作为节日庆典的点心？那么，除了“从不露面的母亲”和“脾气暴躁的母亲”以外，艾米丽还可以叫我“不花心思的母亲”。20年以后，当我的女儿因为在白金汉宫企图绑架女王而被捕的时候，报道该案子的新闻里会有一段犯罪心理学家的分析：“艾米丽·沙托克的心理问题应追溯到她学生时代的一次圣诞颂歌音乐会。当时，那个在她人生中如阴影般存在的母亲使她在全班同学面前蒙羞。”

“凯特？想什么呢？”

“我需要筛子，理查德。”

“干什么用？”

“给馅饼表面撒糖霜啊。”

“你做这个干什么？”

“因为这饼现在看起来颜色太过均匀，学校肯定会知道不是我亲手做的。”

理查德慢慢地眨了一下眼睛，就好像看到了斯坦·劳莱在他的喜剧片里又惹了什么麻烦一样。“我不是在问为什么撒糖霜，我是问你为什么做这个？凯特，你没问题吧？你从美国回来还不到3个小时。没人要求你为圣诞派对提供什么的。”

“我倒希望如此。”没想到我语气里的愤懑竟是如此明显，理查德显得有些退却，“那么，葆拉到底把筛子藏到哪儿去了？”

突然间，理查德显得如此苍老。我丈夫眉宇间那感叹号一样的抬头纹，在不经意间竟加深延展成了“五线谱”。我亲爱的、有趣的理查德，他曾经看我的眼神如电影《大出意外》中丹尼斯看艾伦一样深情。然而，经过13年相互尊重支持的婚姻生活，他现在看我就像吸烟的小狗看医学研究员一样：虽然它知道为了人类进步可能需要在自己身上做试验，但还是想请求被释放。

“别喊了，”他叹了口气，“他们会被吵醒的。”说着他用穿着条纹睡衣的胳膊向楼上孩子们睡觉的地方指了指。“筛子就在微波炉旁边的抽屉里，不是葆拉藏的。凯特，你不能把什么事都赖在她头上。”

“不对，是在这个橱柜里。”

“从去年开始就不在那里了。过来睡觉吧，亲爱的，离你起床的时间就剩5个小时了。”

看着理查德走上楼，我很希望能和他一块，但我不能放任厨房乱成这个样子而不管。反正我是做不到。这里看上去就像刚经历过剧烈打斗：零零碎碎的乐高积木散落得到处都是；几个缺胳膊少腿的芭比娃娃被摆在格纹毯子周围在吃野餐过家家；条毯子上面还残留着8月份去樱草山时沾上的草和泥土；蔬菜架子后面的地板上堆着一小撮葡萄干，我敢打赌，在我去机场的那天早上我就看见它们在那儿了。我不在的这段时间，屋里倒也发生了一些变化：往花园去的门旁边，那张松木桌上的大玻璃碗里多了几个苹果。可谁也没想着把碗里原来放着的坏掉的水果先扔掉。被压着的梨子已经开始渗出树脂般的黄色黏液。我把它们一个个拣出来扔掉时，触碰腐烂果肉的感觉简直让人浑身发颤。我把碗洗净擦干，将蹭在苹果上的黄色液体仔仔细细擦掉后，又把它们一个个放了回去。整个过程大概花了我7分钟的时间。接下来，我开始擦不锈钢台面上撒的糖霜，可总是能闻到一股恶心的气味儿。我一闻抹布，就像是泡过死花的水一样，甜腻中混着作呕的臭气，里面有多少细菌想都不敢想。抹布已经恶心到了这般地步，家里就没人想过把它给扔了？

垃圾桶已经满得快要溢出来了，我硬是把抹布又给塞了进去。接着，我打开水槽下面的柜子，准备找块新的。可没有新的。这也难怪。凯特，你这段时间又不在家，没人去买新的。无奈之下，我只能从垃圾桶里把那块抹布拣出来，浸在热水里，又往里放了少量杀菌剂。现在，我还要做的就是把艾米丽的翅膀和光环拿出来，她起床后要带去学校。

我关了灯，正准备上楼的时候，突然想到了一件不妙的事：如果葆拉看见垃圾桶里有塞恩斯伯里超市标识的袋子，她就会将我买超市现成品来作假的事到处宣扬。想想就恐怖。我把包装纸从垃圾桶里拣出来，用昨天的废报纸把它卷起来，伸直胳膊拎着这一大坨纸去了前门。我站在门外往左右看了看，确定周围没人后，把东西塞进了门前的黑色大垃圾袋里。证据都销毁了，总算可以上楼去睡觉了。

正值 12 月，透过落地窗外蒙蒙的雾气，可以看见一弯新月正惬意地斜躺在伦敦上空。月亮每个月也要休息一次吧。我说的当然是生活在月亮上的男人。如果那上面住的是女人的话，就肯定是忙得永远没时间歇脚。会是这样吗？

我不慌不忙地刷了牙。我计算着每个牙齿刷 20 秒。如果我花在浴室里的时间长一些，理查德就会睡着，也就不会跟我做爱了。不用做爱的话，早上就省去了洗澡的麻烦。要是不用洗澡，我就有空去查收电子邮件——出差的这几天，肯定攒了一大堆未读邮件。我甚至还可能有时间在上班的路上买礼物。圣诞节前的购物期仅剩10天，我手里已经有了9份礼物，这意味着还要再买12份，外加要放进孩子们的圣诞袜里的礼物。而此时，奎克玩具这家高效网络礼品销售商的送货服务已经停止。

“凯特，你还不过来睡吗？”理查德那夹杂着睡意的声音从卧室里传来，他困了，很好。

“有些事情我需要和你谈谈，凯特。”

“马上，”我说，“我去看看孩子们，马上就来。”

我走到楼上，发现楼梯尽头的那块地毯已严重磨损。阶梯边缘处看起来像5天没撤的婚礼大帐篷下面长出来的野草。这样下去，不出几天，就会有人被绊倒。到了楼顶，我喘了几口气，内心咒骂着这种又窄又高的英国房子。我静静地站在孩子们的房门外，听着他们各自不同的睡觉声音——儿子像小猪一样的鼾声、女儿像公主一般的呼吸。

真的，要不是平时心事太多，我真是连做梦都希望自己是在睡觉。睡不着的时候，我就会溜进本的房里，坐在旁边的蓝椅子上看着他。我的宝贝好似沉浸在了自己的无意识状态里，像一个小小人，要赶着跳上一辆加速前进的公共汽车。今晚，他趴在小床上，四肢伸展，小小的手指卷曲着，像是握着一根无形的杆子。他脸颊旁边是个样子丑陋、可他却倍加珍爱的袋鼠玩偶。母亲为他买来一柜子各式各样精致的填充玩具，而他最爱的是什么呢？一个从垃圾桶里捡来的身上没剩几撮毛的斗鸡眼袋鼠。本还不会向我们表达他累了，只会叫“Roo[1]”。

---

1 Roo，Kangaroo（袋鼠）的简短叫法。——译者注

没有 Roo，他就无法入睡，因为对他而言，Roo 就意味着睡觉。

4 天没见到儿子了——4 天 3 夜，这还是头一回。首先我去斯德哥尔摩会见了一个有些神经质的新客户。之后，罗德从办公室打来电话让我立马赶去纽约，稳住那边的一个老客户，用实际行动告诉他，我的心思并没有全部花在新客户上。

本杰明从来没有因为我不在家而怪我。他还是太小了，总是会满心喜悦地欢迎我回家，就像好莱坞电影首映式上，粉丝无法自拔地向明星们挥手一般。可他的姐姐则不同。5 岁的艾米丽像个机灵鬼，妈咪每次回家都得接受她铺天盖地的责罚。

“实际上，葆拉已经给我读过那个故事了。”

“但我想要爸爸给我洗澡。”

可以说，就算是华里斯·辛普森[1]去见爱德华八世的母亲，她得到的欢迎都要比我出差回来后从艾米丽那里得到的多。但我得忍。虽说从某种程度上，我还是很揪心，但无论如何我只能忍。或许这也是我罪有应得吧。

看着本呼呼地睡着，我走开了，缓缓地推开了另一个房间的门。童话般的灯光下，我的女儿一丝不挂，像个新生儿。她一直排斥穿衣服（新娘和公主礼服除外）。我帮她盖被子时，她就像实验室里那不老实的青蛙一样再把它蹬下去。艾米丽生下来就一直如此。我当时还给她买了一个带拉锁的睡袋，可她在里面连蹬带踹，像旧地图角落里

1　华里斯·辛普森（Wallis Simpson，1896—1986），温莎公爵夫人，当年英国国王爱德华八世因与她坠入爱河而放弃王位。——译者注

画的风神一样鼓着腮帮子。我最终不得不放弃。即便在她熟睡时，脸蛋如杏儿一般饱满圆润，那翘起的下巴依然在彰显着她坚决而果断的性格。去年，学校在她的学期评价中这样写道："艾米丽是一个非常好胜的女孩，但她应该学会如何坦然地面对失去。"

"看起来像不像某人啊，凯特？"理查德说着，开始像狗被踩到尾巴一样叫起来，也不知道他最近从哪儿学到的这项技能。

过去这一年里，我曾无数次想和女儿解释为什么妈妈要去工作，我觉得她长大些了，该听听这个了。爸爸妈妈要赚钱养家，我们才能有房子住，才能满足你去做你喜欢的事情，比如学芭蕾、度假，等等。因为妈妈有她擅长的工作，而工作对女性来说和对男性一样重要。每次想到这番话，这番让我内心澎湃、想为女性同胞举起正义旗帜的话时，我都认为艾米丽会懂得这一切。她是个大孩子了，应该会想要做自己感兴趣的事情。

然而，这种在自由的西方社会里长久推崇的机会平等思想，在一个5岁小女孩的世界观里没有任何意义。对她而言，妈妈就是上帝，爸爸就是先知。

早晨，我准备收拾出门时，艾米丽一遍遍地问我同一个问题，弄到最后我真想揍她一顿，然后直奔办公室。我为有这种要打她的想法而难受。

"妈咪今晚会哄我睡觉吗？妈咪今晚会哄我睡觉吗？会吗，会吗？今晚谁哄我睡觉呢？妈咪，会是你吗？会吗，会吗？"

你知道吗？拒绝别人而不说"不"字其实有很多种方式。我知道。

备忘

拿天使翅膀。找人来量楼梯尺寸，买新地毯。把千层面从冰箱里拿出来为周六的午餐做准备。买鸡肉卷、特制不锈钢、为哈利的派对买礼物和贺卡。哈利多大了？5岁？6岁？去的时候必须得有个为人母的样子，带份像样的礼物。买圣诞树和《每日电讯报》推荐的那款时尚的灯（是塞尔弗里奇还是哈比塔特，哪家百货商店的来着？该死，又给忘了）。保姆的圣诞礼物（欧洲之星的火车票？现金？还是干脆买件衣服）。艾米丽想要的是撒尿小孩的玩具（那真是比杀了我还要命）。给理查德买礼物（品酒课？球赛门票？还是睡衣）。给亲戚买书——书名叫什么来着？提醒理查德去干洗店拿衣服。公司的派对穿什么呢？黑天鹅绒那件穿着已经太紧了。从现在起，必须管住自己的嘴！淡紫色连裤袜。打蜡脱腿毛已经来不及了，直接用剃刀。预定减压推拿服务。火速预约染发（我现在看起来就像是中年版的乔治·迈克尔）！骨盆按压！用药补给!!! 翻糖蛋糕（用蛋白糖霜皮来做？——应该看看美食家蒂丽亚的相关指南）。蔓越莓。迷你派对香肠。40张普通邮票用来寄贺卡。给艾米丽的老师买礼物？哦！还有，务必想法子让本在圣诞节前摆脱对那个袋鼠的依赖。追踪奎克玩具的订单，简直是超级不给力的邮件订购礼品公司。宫颈涂片检查不能再耽搁了。葡萄酒、杜松子酒、意大利圣酒和朗姆酒。我把西蒙·霍普金森那份用吹风机烘干做鹅的配方放哪儿了？买填料[1]？买仓鼠[2]？

1　填料，英国日常生活中的一种食品。粉状，一般是加水混合之后成糊状，然后再捏成球放入烤盘里烤。——译者注

2　在英国，仓鼠是常见的宠物，很多人买它作为圣诞礼物。——译者注

2

上班

*** 早6时37分 ***

“啊，让我们爱戴他——啊——，让我们爱戴他——啊——，让我们爱——戴——他！”当抚摸、推搡都没用时，艾米丽最终用一首圣诞颂歌把我弄醒了。她站在我床边，向我要她的礼物。“用钱是买不到他们的爱的。”理查德的母亲这样说过。显然，她本人从未在此方面投入过足够的资金。

曾有过一回我出差后想空手回家，但从希思罗机场回来的路上，我就失去了勇气。于是，在路过豪恩斯洛时，我让出租车在一家玩具反斗城门前停了下来。这更是加重了我的时差反应。艾米丽收藏的世界各地的芭比娃娃出奇的性感。这样下去，迟早它们会被翠西·艾敏[1]

1 翠西·艾敏（Tracy Emin，1963— ），英国著名艺术家，其作品一向具有极强的煽动性。——译者注看中，拿去做展览。弗拉明戈芭比、AC 米兰足球队芭比（橄榄球条纹衣搭配柳丁靴的酷酷装扮）、泰国芭比——这个娇小的轻佻少女柔韧度超强，既能向后下腰，又能向前够到脚趾——还有一个被理查德叫作克劳斯芭比的娃娃，有着一头惊悚的金毛，死鱼一般呆滞的蓝眼，穿着马裤和黑靴。

“妈妈，”艾米丽像鉴赏家一般打量着她最后拿到的礼物，“这个仙女芭比挥一挥魔杖，小耶稣就不会被钉到十字架上了。”

“芭比娃娃不在《圣经》故事里，艾米丽。”

她用她那一贯的希拉里·克林顿式的眼神盯着我，带着一种高高在上且自我怜悯的矜持。“不是那个耶稣，”她叹气道，“是另一个，傻瓜。”

看到了吧，当你在外地拜访完客户回家后，从一个 5 岁小女孩那里能买到的不是“爱”，甚至连“原谅”也算不上，而是一种“赦免”。短短几分钟内，急于拆开礼物的心情伴着随后的一阵狂喜，冲淡了原本要对某人的责备。一个上班族母亲要是说她从未尝试贿赂她的孩子，那她的简历上就可以写上“骗人高手”了。艾米丽能抓住我的每一次不称职，即“外出工作”。她就和我母亲当年一样：每次父亲在外面拈花惹草，母亲就会“勒索”他一个吊坠挂在手链上。最终，父亲在我 13 岁的时候离开了家，而母亲的手链已经重得抬不起来了。

我躺在这里，想着自己的生活还不算糟糕透顶（至少理查德不是个嗜酒如命、拈花惹草的人）。这时，本踉踉跄跄地走进卧室——我简直不敢相信眼前的情景。

“我的天！理查德，他的头发怎么了？”

理查德掀开蒙在头上的被子，好像他是第一次见到这个到 1 月份就满一周岁的儿子。“哦，葆拉带他去车库附近了，说他特别喜欢那儿。”

“他看上去就像是从希特勒青年团里出来的。”

“头发会再长出来的。而且，我和葆拉都觉得，毕竟那种方特勒罗伊式的长卷发……现在的孩子都不会留，对吧！”

“他还算不上是一个孩子。他是个婴儿，我希望他看起来有个婴儿的样子。”

近来，我发现理查德已经有了一套专门的策略来对付我的火暴脾气：低头捶胸，像是核武器袭击中的受难者一样做出投降的姿势。可这一次，他选择了低声反抗。

“难不成要马上开个国际电话会议来质问一下那个理发师？”

“你什么意思？”

“我的意思是，你不应该总那么较真，凯特。”说完，理查德动作娴熟地把本举起来，帮他擦去小鼻子上的鼻涕，然后下楼吃早餐去了。

*** 早7时15分 ***

工作与家庭的齿轮啮合永远是火星四溅，有时，我甚至能听见它们在我脑子里相互碰撞、摩擦的声音。过了好一会儿，我才渐渐地找回为人母该有的状态。我整理好心情，开启了朱莉·安德鲁斯[1]模式，以一种满腔热情、略带疯癫的唱腔来问他们。

1　朱莉·安德鲁斯（Julie Andrews），电影《音乐之声》的女主演。——编者注

“那么，现在呢，我的孩子们，你们今天的早餐想要吃点什么呀？”

艾米丽和本在努力地适应眼前这个温柔的“陌生人”。最后，本终于忍不住了，他从儿童高脚椅上站起来，戳了戳我的胳膊，想检验一下这到底是不是我。最后，他们放心了。这毫无疑问，因为在接下来忙得不可开交的半小时里，那个脾气暴躁的母亲又回来了。“你就吃你的蜂蜜麦片吧！不，家里没有水果麦片了。我不管爸爸给你们吃的是什么。”

理查德要去巴特西见一个客户，所以走得很早。我可以让葆拉过来替我吗？可以是可以，但她必须在7点45分之前赶到。

*** 早7时57分 ***

她来了。一看她风风火火进门的架势，我就知道她有一堆迟到的借口等着我。堵车啊，下雨啊，今天的运势不好啊，这些事你懂的，凯特。的确，我懂。我咂了咂舌头，叹了口气，以表同情。她给自己冲了杯咖啡，漫不经心地扫了一眼我留给她的纸。这里需要指出的是，葆拉给我的孩子当保姆已经有26个月了，几乎每4天就会因为迟到逼得我想和她吵架。而争吵对孩子的健康成长非常不利。所以，我不会和她吵，至少今天不会。下一辆公交还有3分钟就要来了，走到车站却需要8分钟。

*** 早8时27分 ***

我上班要迟到了——很不体面地迟到了。公交车专用道排满了车。

我放弃坐公交车了，心急火燎地一路冲到市区的路上，接着横穿芬斯伯里广场。为了抄近路，我踏入了禁止践踏的草坪，接着果不其然就听到了“喂”的一声大吼，那是一个专门负责监管行人的老家伙。

“喂，这位小姐！你就不能像其他人一样绕着走吗？”

虽然被这样大声嚷嚷是件很丢脸的事，但我内心在某种程度上竟然还期待被人在公共场合称作“小姐”。我都35岁了，身体开始发福，两个孩子的事情缠身，有人赞美当然是要听的。不管怎样，穿越草坪到底还是节约了我两分半钟的时间。

*** 上午8时47分 ***

埃德温·摩根·福斯特（EMF）是伦敦金融城最古老、最显赫的机构之一。它位于布罗德盖特办公大楼和圣·安东尼巷之间的拐角处，是19世纪的一座城堡，船头一样的外凸部分是用20世纪的玻璃建造的，整体看起来就像是一艘巨轮撞进了百货公司大楼，又从另一头驶了出来。快到正门的时候，我减速换成了小跑，同时开始了常规检查。

鞋子是否配对？没问题。

外套上有没有婴儿呕吐物？没问题。

裙子有没有掖在短裤里？没问题。

内衣有没有露出来？没问题。

好了，可以进去了。我迈大步快速走过大厅的大理石地面，快速通过杰拉尔德的安检。自从18个月前进行翻修后，埃德温·摩根·福斯特那原本看起来像是银行的大厅，现在酷似俄罗斯建筑师为动物园里的企鹅设计的室内围墙。墙面都被刷成了极地白，刺得人眼睛发痛。唯一不同的只有后面那面墙，那面墙是如雅德莉礼品皂一样的绿松石色——是菲利斯姑婆在30年前钟爱的颜色，如今在大厅的设计师口中却成了“远航中那充满未来幻象的色彩”。为了这个智慧之见，一个负责管理他人资产的企业就这样拱手将75万美金的资产交了出去。

你相信吗？17层楼，430个员工，却只有4部电梯可以用。我按电梯按钮按到发抖，电梯里两个差劲的浑蛋也没有伸手挡一下门让我进去；再加上萝丝·克列伯推着装三明治的手推车往电梯里一站。因此，要么再等4分钟坐下一趟，要么选择爬楼梯。我选择了后者。

终于爬到了13楼。我带着一张热得发红的脸直奔身着细条纹西装的那个人——投资总监罗宾·库珀·克拉克。两种不协调的强烈气味瞬时冲撞——我身上“纯天然”的汗味和他散发出的弗洛瑞斯男士香水味。

罗宾的身材出奇的高，这是他的优势，他可以俯视别人，而不用刻意看低别人。因此，当我在去年的一个讣告上得知他父亲是一位获得过军功十字勋章的主教时，一点都不觉得惊讶。罗宾身上具有一种神圣而不可侵犯的气质：有好几次在EMF，要不是因为他的好心相助和略带戏谑的尊重，我想我早就完蛋了。

“气色不错啊，凯特。去滑雪了？”罗宾的嘴角上扬，抿出了一个微笑，同时他挑起了一边浓密的灰色眉毛，朝着办公桌上方的钟表望去。

我应不应该冒险撒一次谎，告诉他我其实7点就到了，刚刚只是出去买了一杯卡布奇诺呢？我朝办公室那边瞥了一眼，发现我的助理盖伊·蔡斯正站在饮水机旁摆出一脸做作的假笑。该死！盖伊刚才肯定注意到我了。这更是从接下来他对我说的话里得到了证实。当我穿过低着头、用下巴夹着电话的贸易员和秘书，经过欧洲负责点和穿着同样的勒温牌紫色T恤的国际证券团队时，盖伊那对领导都呼来喝去的声音劈头而来。“我已经把本特·贝格曼的文件放到你桌子上了，凯瑟琳。”他喊道，“很抱歉看到你进来时又遇到了麻烦。”

听到“又”这个字，真是有一种雪上加霜的感觉，甚至有点可怕。3年前，我们资助盖伊去欧洲商学院学习时，他还只是个来自贝里尔学院的穿着西服四件套、不注重个人卫生的呆瓜。等他修完硕士回来时，便成了一身阿玛尼炭色套装、学成归来的样子。我敢断定，盖伊是埃德温·摩根·福斯特里唯一一个因为我有孩子而感到幸灾乐祸的人。长水痘、暑假、圣诞颂歌音乐会这些我需要请假的时候，正是盖伊一展风采的机会。我可以看到，罗宾现在正期待我的回答。想想吧，凯特，转动脑筋想想。

在金融城上班迟到，想要找到托词并非不可能。可就如我的律师朋友黛博拉所说，关键是需要提供一个“男人的借口”。一个高管也许对“婴儿呕吐”“保姆擅离职守”等原因没法产生共鸣（奇了怪，幼儿托管服务是父母双方共同支付的，可到头来却被认为是女人的责任），但是却能够接受“内燃机出故障”之类的理由。“汽车抛锚了”“当时街上那乱哄哄的情景，真希望你在场看到”，这些借口都会奏效。最近，“汽车警报器”也被列入了男性托词中蛮有说服力的一项。尽管它那毫无征兆的爆发和尖锐的叫声极具女性特质，但它是可以拿到汽车修理厂修理的，因此还是附在男性的托词清单里。

“你真该看看当时多斯顿交汇站那儿乱成了什么样。”我强装出一种城市人的隐忍，并张开双臂来比画堵车的惨烈规模，“白色货车里的那几个家伙绝对是疯了。信号灯完全不管用，简直是难以置信。光在那儿就至少堵了20分钟。”

他点点头，说：“在伦敦市中心开过车的人都会对东南部的交通状况感恩戴德的。”

随后是一小段尴尬的沉默。我想通过询问吉尔·库珀·克拉克的身体状况来打开话匣子。吉尔在夏天时被诊断出了乳腺癌。然而，罗宾生来就带有英国人特有的预警系统，能够准确地根据对方的性格预测出他们要提的问题。因此，还没等我说出他妻子的名字，他就开口了：“我会让克里斯蒂娜给我们订个午餐，凯特。听说中央刑事法庭边上的一家酒窖改成了餐厅，毫无疑问，我们能吃到‘嫩烤目击人’的菜了。听起来不错，对吧？”

“是的，我只是在想……”

“好极了，那一会儿再聊。”

等我坐到自己的办公桌前时，我重新镇静了下来。虽然我嘴上不怎么说，但其实我是热爱这份工作的，是真的热爱。我喜欢看到下注的股票获得利益时那种血涌心头的激动；喜欢出差时可以到机场的商务休息室的那种优越感（更何况还是作为里面为数不多的女性）；我喜欢出差回来后，和朋友分享出差时遇到的各种奇闻逸事的快乐；我喜欢出差时住的宾馆——客房服务非常好，床铺宽敞舒适，床上用品都是白色的纯棉制品，我能好好地睡个觉（年轻时喜欢和别人一块睡觉；

有了两个孩子后，我最强烈的愿望就是能够自己睡，最好一次性睡足12个小时）。总之，我喜欢这份工作，喜欢那种得心应手的兴奋满足感，喜欢那种虽然生活的其他方面一团糟、但却能掌控工作的感觉，喜欢那种发号施令却从没人过问缘由的状态。

*** 上午9时03分 ***

我打开电脑，等着它联网。今早的网络慢得出奇，有这等的时间，还不如我直接飞到香港亲自把那个叫什么行森的家伙给接过来。输入密码——Ben Pampers——直接进入彭博网站去看看这一夜的市场动态。日经指数稳定，巴西圣保罗证券交易所指数如往常一样疯狂波动，道琼斯指数的走势看起来就像是重症护理患者抢救失效后的心电图一样。窗外的一座座大楼迷雾缭绕，仿佛也在向我传达这“寒气逼人”的股市动态。

接下来，我把所有出现大幅变动的货币都查了一遍，然后在搜索框输入了“头条”，看看大企业里发生了什么新鲜事。主要的一条讲的是一个名叫“盖尔·芬德”的证券交易员，或者更确切地说，前证券交易员。她以“性别歧视”为由控诉了她所在的劳伦斯·赫伯特公司，控诉业绩低于她的男同事却能得到比她多得多的福利。新闻标题是这样写的：冰山美人横眉冷对同企男职员。依媒体之见，金融城里的女性只能有两种：伊丽莎白女王和跳大腿舞的女郎。而这个老圣女和荡妇的成见竟是出自《华尔街日报》。

就个人而言，我一直很向往成为“冰山美人”这类女性。也许你可以为这一形象搭配一套服装：白色毛皮边，钟乳石高跟鞋，手里再握着一个相配的尖锄。无论如何，盖尔·芬德的故事和其他新闻的结局一样：她会低着头，不做任何陈述地从侧门离开法庭。这个城市对持异议者有着一种扼杀力——我们有很多种方法来让你学会要“低调做人”，比如用一沓50英镑的现金堵住人的嘴往往很奏效。

我点开邮箱，出差期间共有49封未读邮件。首先，过滤垃圾邮件。

一个新投资杂志的免费使用？删。

诚邀您参加在日内瓦湖城举行的全球化会议，会议餐品主厨为世界知名厨师琼·路易斯……删。

人事部想知道我是否愿意参与EMF新的企业宣传片录制。呵，除非录的是我和约翰·库萨克[1]的浪漫之夜，我倒还可以考虑一下。

大家决定为财政部那些被裁掉的可怜家伙签名送贺卡，问我要不要参加？（他们说杰夫·布鲁克斯志愿报名参加，而这种事马上也会变成强制性要求，所以……）参加。

收件箱里最近的一封是来自人事部总监西莉亚·哈姆斯沃思的。邮件上说，我的上司罗德·塔斯克无法在今天午餐时间给EMF新来的实习生做入职介绍，问我是否可以代劳。“我们很期待下午1点钟在13楼的会议室见到你！”

不，不，不。我在周五前要写9篇基金报告。此外，下午两点半我还要去看一个非常重要的圣诞剧。

---

1 约翰·库萨克（John Cusack，1966— ），美国著名男影星，主演影片《致命ID》。——译者注

工作备忘录处理完后，我可以看那些我真正关心的邮件了：朋友发来的邮件，内容多为世界上的各种笑话和趣事，像糖果一般让人甜蜜。人们都说我们是有“时间饥荒感”的一代人，如果这是真的，那么电子邮件就是给我们以安慰的“罪恶零食”。很难说这些常用联系人给我带来了什么好处。举个例子，我的大学好友黛博拉已经生了两个孩子，在艾迪生·蒲伯事务所当律师。那地方就在英格兰银行的街对面，从 EMF 走过去只需 10 分钟而已，但我从来没有去找过她。对我而言，她在那里和在冥王星上工作没什么区别。还有坎迪——坎迪斯·马琳·斯特拉顿——这个人经常脏话连篇，她是公司的财务经理，负责管理洛克威半岛和新泽西的环球互联出口。这个闺密还热衷关注全球的紧身衣时尚潮流。我最喜欢的文学角色是莎士比亚作品《皆大欢喜》中的罗莎琳德；坎迪的最爱则是美国作家埃尔默·伦纳德笔下的一个穿着 T 恤衫的男人，他有一句台词是“你显然把我和他妈的某个愿意鸟你的人给搞混了”。

坎迪的位置就在那儿，紧挨着柱子。尽管那儿离我只有四五米远，我们平常却根本说不上几句话。但是在电脑屏幕上，我们却可以像老邻里一样畅谈。

发件人：坎迪·斯特拉顿，EMF

收件人：凯特·雷迪，EMF

凯特：

问：为什么已婚女人的体重比单身女人重？

答：单身女人回到家，先看看冰箱里有什么，然后再上床睡觉。已婚女人得先看看床上有什么，才去翻冰箱。

你怎么样啊？我此处省略无数个 SX。

xxxx[1]

发件人：黛博拉·理查德森，艾迪生·蒲伯事务所

收件人：凯特·雷迪，EMF

早！瑞典和纽约之行如何啊，可怜的宝贝儿？费利克斯从桌子上摔下来了，胳膊摔断了四个地方（我以前还真不知道胳膊能有四个地方让你摔断呢）。我们在急诊室待了 6 个小时，真是噩梦啊。国民医疗保险还真是给力！鲁比昨天说她爱她的保姆、爸爸、她的兔子、哥哥和所有的天线宝宝，等到最后才提到她的妈妈。我真是得感谢她，至少还没把我给忘了。

周五的午餐别忘了哦，可别跟我说你又有事。

黛博拉 xxxx

发件人：凯特·雷迪

收件人：坎迪·斯特拉顿

那几天可真够清闲的，斯德哥尔摩、纽约、哈克尼……昨晚又帮艾米丽的圣诞颂歌音乐会弄馅饼到凌晨。别提了。

对了，波尔·波特给本剃了个可怕的纳粹发型，我还不敢多说什么，毕竟当时我没在家，也就没资格继续发表作为家长的意见。此外，我还得提醒我的罗德·塔斯克大人，我今天要早些离开去参加圣诞音乐会。

1 邮件短信里 kiss（亲吻）的写法。——译者注

你说，我怎么才能在不提到孩子的情况下成功请假呢？

爱你的凯特 xxxx

Ps：SX 是什么意思？我搞不懂。

发件人：坎迪·斯特拉顿

收件人：凯特·雷迪

亲爱的，你得省去那些圣母般的废话，好好看看其他当母亲的是怎么做的，要说“我很忙，但我很自豪”。你得这样，不然会把自己折磨死的。

你就告诉罗德·塔斯克，你月经不调，痛经什么的。那帮澳洲人可比英国人更怕这些女性生理问题。

一会儿见！ xxxxx

我抬起头看了一下办公室，只见坎迪正在大口喝着饮料，并拿着它朝我高高举起，给我干杯加油。最近，坎迪的食物仅限于可乐——无糖的和普通的——这让她的体型变得更像笔杆，胸部成了唯一凸起的地方，她因此赢得了许多追求者，但天知道有几个是真爱。坎迪年长我一岁，36 岁的她还单身。有时我忌妒她还可以做一些自由美好的事情，比如下班后喝杯酒；周末畅快地洗个澡，不用担心会有个 5 岁的孩子在你身边转悠；在一晚上疯狂地做爱后，第二天精疲力竭地去上班，而不是花一晚上时间哄那做爱后生下的哼哼唧唧的孩子，然后第二天精疲力竭地去上班。几年前，坎迪和一个在安达信工作的名叫比尔的咨询顾问订过婚。然而，由于她当时忙着为一个德国退休基金项目收尾，连着放了那个男人三次鸽子。第三次的时候，比尔在史密斯菲尔德的餐厅等她时，和邻桌一个在伦敦圣巴多罗买医院上班的护士聊了起来，最后他俩在 8 月份结了婚。

坎迪说，她永远都不会去想生育方面的问题，除非连卡地亚品牌都开始做生物钟了。

发件人：凯特·雷迪，EMF

收件人：黛博拉·理查德森，艾迪生·蒲伯事务所

亲爱的黛博拉：

今天早上我上班来得太晚，没时间写太多了。午饭约会肯定会去。

为什么人们宁愿去相信一个男人的虚假托词，也不愿接受一个女性的真实理由呢？

实在搞不懂。

凯特

发件人：黛博拉·理查德森

收件人：凯特·雷迪

因为他们不想面对你已成家这个事实，傻瓜。

周五见。

黛博拉 xx

我决定，不和罗德·塔斯克当面说需要早退去看女儿的圣诞剧。更好的办法是，在一封正式工作邮件里以 PS 的形式提一下。这样，它看起来更像是一个事实，而不是一种请求。这封邮件刚刚收到了回复。

发件人：罗德·塔斯克

收件人：凯特·雷迪

天啊，凯特，我感觉你昨天才去看了圣诞剧啊！

没问题，去吧。但五点半的时候，我们得见面谈一谈。我需要你去斯德哥尔摩，再与史蒂芬见一面。周五去方便吗，美人儿？

祝好，罗德

不，周五我可不行。我真不敢相信，他竟然在圣诞节前又安排我出差。这意味着我将错过办公室的圣诞派对，还要再次取消与黛博拉的午餐之约，而我之前定的圣诞购物计划也会泡汤。

我们的办公区是敞开式设计，只有两间独立的办公室，一间是市场总监的，另一间是罗宾·库珀·克拉克的。我准备去找罗德理论时，发现办公室里空无一人。但我还是等了一会儿。我从落地窗向外看去，从这里直接俯瞰到的是布罗德盖特溜冰场，坐落在众多参差不齐的混凝土和钢材建筑物的正中间，宛如一个冰制的大餐盘。此时，冰场上只有一个滑冰者的身影——一个身材高大黝黑、穿着绿色汗衫的男人。他滑行的轨迹第一眼看上去像是数字“8”。然而，当他继续拉长轨迹向下滑行时，整体的曲线就更接近大的美金符号“$”。随着雾气渐散，城市给人的感觉如刚遭受了空袭：炮火的烟雾褪去，圣保罗大教堂的穹顶又奇迹般地出现在人们的视线里。向相反方向望去，可以看到金丝雀码头塔如独眼巨人一般眨着眼睛。

从罗德办公室出来后，我和西莉亚·哈姆斯沃思来了个迎头相撞。不过还好都没伤到。因为我被她那无比巨大的胸给弹了回来。有些英国女人过了55岁以后，一般都不会再有乳房了。只能说有胸，具体取决于它们的面积大小和所剩的线条。乳房都是两个，而胸部只是一个，后者还否定了乳沟的存在以及运动时上下颤动的可能性。乳房若说："来吧，来玩吧！"那么胸就会像翘着鼻子的碰碰车一样大叫："让开，别挡我的道！"女王有胸，而西莉亚有的，也是胸。

"凯瑟琳·雷迪，你总是这么莽莽撞撞。"她斥责道。作为人事部总监，西莉亚当之无愧是全楼最缺乏人性的人物之一：无儿无女，毫无魅力，就像夏布利酒一样冷冰冰的。她总让周围人产生一种被利用且一无是处的自卑感。生完艾米丽后，我休完产假回公司，在电梯旁边的公用冰箱里发现了一杯伏特加，就放在我标明为"母乳"的瓶子旁边。酒是对冲基金经理克里斯·邦斯的，他是这两年里为EMF捞金最多的人。我去找了西莉亚，想和她以女性的角度来谈谈该如何处理邦斯那个浑蛋。我在戴维的酒吧里向邦斯质问时，他竟然说，把酒精放到12周大的婴儿的食物里是件"蛮好玩的事儿"。

我仍记得西莉亚当时那一脸嫌弃的怪相，但这并不是冲着那个浑蛋邦斯的。"用你女人的招数去处理吧，亲爱的。"她说。

西莉亚告诉我，她很期待看见我能在午休时间和实习生交谈。"罗德说你连睡觉的时候都能做演讲展示。不过是放几个幻灯片、吃点三明治而已，你知道那一套的，凯特。还有，别忘了企业使命宣言。你应该不会忘吧？"

我快速地算了一下。如果入职介绍加商务餐一共不超过一个小时，那么我就还有半个小时的时间去叫车，穿过市区，最后到艾米丽的学校。到时候应该赶得上圣诞剧的开场。我觉得我应该能办到，只要实习生别接着问任何该死的问题。

*** 下午1时01分 ***

“女士们，先生们，下午好。我是凯特·雷迪，欢迎大家来到13层。对某些人来说，‘13’可能不是个吉利的数字，但这种说法在埃德温·摩根·福斯特这里是错误的。我们是排在全国前10位的资本管理商，就资产而言列居全球前50位。5年的经营历程，使我们被评为‘年度最佳资本管理者’。去年我们的收益超过3亿英镑，这也是为什么我们会毫不吝啬地为大家提供如此美味的金枪鱼三明治。”

罗德说得对。这类事情我闭着眼都可以做。事实上，我真的就是在一边睡觉一边做。时差还没完全倒过来，头痛得像是被念了紧箍咒一样，双腿麻木得好似是被放进了冰水里。

“那么我相信，大家已经熟悉‘基金经理’这个词了。用最简单的话来说，基金经理就是一个高级赌徒。我的工作就是去了解全球各家公司的形式，为它们的产品做市场评估。拿赛马押注来打比方，我会评估马的能力，查明它的历任骑师，然后压一大笔钱在最有胜算的马上，祈祷它不会在跃第一个栏时就摔倒。”

会议室里一片笑声。在这些20来岁年轻人的笑声里，既有竞聘上6个实习职位之一的傲慢，也有担心自己被发现无法胜任的心虚。

“如果我下注的马真的跌倒了，我就需要决定是直接一枪打死它，还是帮它把腿治好。记住，女士们，先生们，同情心的成本很高，但它并非一文不值。”

12年前，我也是一名实习生，和那边坐着的那个人一样，紧张得不知所措，一会儿双腿交叉，一会儿又把腿放下，不知道应该表现得像肯特公爵夫人那般正式，还是像莎朗·斯通等明星那样随意。当年的实习生中，我是唯一一个女性，周围都是男的。他们尽是些穿着细条纹毛皮衣的大块头，不像我，穿一身我用仅剩的40英镑从韦斯莱斯品牌店买来的黑色套装，看起来就像伍尔弗汉普顿学校里的检查员。

今年实习生的男女比例很典型，四男两女。男的总是躲在后面没精打采地站着，而女的都腰杆笔直地坐在前排，手里握着笔，准备随时记下那些其实永远都用不到的东西。过一会儿，你就知道他们都是什么类型的人了。看那边那位目中无人、不拘管束的先生，两侧鬓角就跟尼龙搭扣带似的，一脸利亚姆·加拉格[1]式的愁容。尽管今天穿了正装，但他心里仍可能觉得自己穿的是休闲皮夹克。这个戴维以前可能是学校里的活跃分子。他读经济学是为了能更好地帮助工人们打抱不平，可在道德层面上，他却哄骗走廊里的孩子们去买难以下咽的卢旺达咖啡。

现在，他坐在那儿对他自己说，他只想在这该死的城市里工作2年，最多5年。等赚足了票子，他便要引领一场人道主义革命。我甚至已经开始为他接下来的人生感到难过。7年后的今天，他住在诺丁山的某个阴森森、毫无历史感的大厦里，供两个孩子上学，妻子却挥金如土。而戴维将会和我们所有人一样，在放着《临阵软脚》的电视

1　利亚姆·加拉格（Liam Gallagher），英国著名歌手，前绿洲乐队（Oasis）主唱。——译者注

机前打盹儿，腿上放本没打开的《新政治家周刊》。

其余三个男的是稚气未消的小白脸。其中叫朱利安的那个家伙，喉结一直在动，都可以拿出来做苹果酒了。[1]和往常一样，女孩已经是真正的“女人”了，而男人却还是未开化的“男孩”。与他们一起来的两名女实习生散发着成年女性的气质。那个胖嘟嘟的外地女孩，脸圆圆的，看上去很和善，头上戴着个天鹅绒发箍，那是她这个阶层的典型搭配。她的名字好像叫克拉丽莎，看档案得知克拉丽莎毕业于彼得伯勒大学的现代学专业——纯粹干后勤的料。学这个都能进EMF，肯定又是哪个部门总监的土豪亲戚。

克拉丽莎旁边的那个女孩貌似更有意思。她是斯里兰卡人，毕业于切尔滕纳姆女校和伦敦政经学院。这个在英国殖民地土生土长的后辈，竟出落得比英国人还“英国”——甜美优雅的举止，操一口标准正统的英文。龟甲色的眼镜后面是一双硕大的杏仁眼，目光中透着猫一样的沉着和冷静。以莫莫·古玛兰特的姿色来伦敦金融城，得需要几个贴身保镖护卫在左右才行。

我扫视一圈，对实习生进行了一番初步评估后，他们对我也开始了细致观察。在他们眼里，我看起来是个怎样的人呢？金色的头发、修长的双腿，从身材上很难看出已经生过两个孩子。他们甚至猜不出我来自北方（在南方学习的日子早已把我的口音给同化掉了）。他们也许还有点怕我。之前理查德说过，他有时也会对我产生畏惧感。

“我相信，这里的每个人都会看到，在你的银行账户和建房互助会

1 英文里喉结称作 Adam’s apple，即“亚当的苹果”。——译者注

账户上有一行字，像视力表的最后一行那么小，写的是‘记住，你的投资价值可能会跌得很惨，但也可能会涨得很凶！’什么问题，朱利安？嗯，对我而言是这样的：如果我选错了，价值就会下跌，所以在EMF，我们要尽最大努力避免这种情况的发生，确保每投必赢。要说世界上有谁会把一个老妇人撇在登巴顿而不留给她任何养老金，也就我们敢这样赌了。时刻铭记这一点是非常有用的，我今早在卖价值3亿美金的航空股票时就是如此。但你不用担心，朱利安，我们不会让实习生刚来的时候就接手这么大的资产买卖。你们会先拿到大概50英镑去热热身，我们慢慢来。”

朱利安那如烟熏鲑鱼色的脸现在红得像个大草莓。这时，那个圆脸女孩举起了手：“可以讲一讲您今早把那份股票卖掉的原因吗？”

“问得好，克拉丽莎。我本来有4亿美元的股份，虽说其市值还在不断地上涨，但我们已经从中赚取了足够多的资产。更何况我从贸易报纸上了解到一些关于航空业的负面新闻。所以，作为一名基金经理，我的职责就是在客户的价值下跌之前尽快将其脱手。虽说好事确实可能发生，可谁也摸不准幸运之神的脾气，说不定哪天突然爆发，好事就成了坏事。所以一直以来，我都力图在这两种可能性之间寻求一种平衡。”

依据我的经验，EMF实习生面对的最大考验并非是抓住投资机会的能力，更不是看他们能否抢占一个停车位这类事。他们的潜力大小，要看在第一次听企业使命宣言时是否能够保持不动声色。EMF内部的人都知道，使命宣言作为企业的5大智慧宗旨，实际上都是些没用的陈词滥调。

“我们的 5 大宗旨是：

1. 团结一心！

2. 相互坦诚！

3. 只为最好！

4. 客户为先！

5. 追求成功！”

我可以看到，戴维在努力地克制住不笑。好样的，小子。我看了一眼钟表，糟了，得走了！“好了，如果没有其他的问题，那么……”

该死。另一个女孩举起了手。至少不用担心那些男的会提问题。就像屋里的这几个，即使他们什么也不懂（特别是从我的层面上来看），也不愿意开口问。因为那样就等于承认这个世界上还有人比他们知道得多。

“抱歉，”年轻的斯里兰卡女孩开口了，就好像为了某些她还没犯下的错误而道歉，“我知道 EMF 是…呃…雷迪女士，作为一名女性，您能坦诚地告诉我您在这里工作的感受吗？”

“请问怎么称呼？”

“莫莫·古玛兰特。”

“莫莫，我们这里一共有 60 位基金经理，只有 3 位是女性。EMF 在政策上是看重机会平等的，只要有像你一样的实习生不断加入，我们就会让它变得更加现实。”

“还有，我听说日本人正在研发一种箱子，能够让婴儿在子宫外成长。等你想要孩子的时候，他们的技术就应该很完善了，古玛兰特小姐。那时，我们就真的能边吃午餐，边看婴儿出生了。我相信，EMF

的所有人都会为此高兴的。”

我以为这会让提问停止，但是莫莫比我想象的要固执。她那咖啡色的脸上有一丝泛红，但还是再次举起了手。我拿起包，示意问答结束时，莫莫又开始问道：“真的很抱歉，雷迪女士。不过，我可以冒昧问一下您有孩子了吗？”

不，你不能。“是的。我最近一次看到他们时，他们两个都在。还有，古玛兰特小姐，你不用每次讲话前都说‘抱歉’。在这栋楼里，你会发现有很多话都远远要比这句有用得多。好了，如果没什么其他问题的话，我得去继续关注市场了——寻找赢家，管理资产！女士们，先生们，感谢大家。如果今后再在楼里遇到我，欢迎来找我测试一下你是否牢记了我们的5大宗旨。幸运的话，说不定我会向你传授我个人的第6大智慧宗旨。”

他们静静地看着我。

“第6智慧：如果你投资对了，那么女性在这里所能取得的成就便不可估量。因为，钱可不管你是男是女。”

*** 下午2时17分 ***

在这个区域打车从来都不是难事儿。可今天，所有的出租车都好像故意要让我迟到一样。在马路边等了7分钟后，我直接站在马路中央拦住了一辆没亮起接客指示灯的车。司机想试着绕开我，可我告诉他，如果他能一脚油门直接把我送到艾米丽的学校，我会付他双倍的车钱。车穿过狭窄、拥挤的街道时，我坐在后座上跟着前仰后合，甚至能感受到脖子和手腕上的脉搏像蟋蟀一样在跳动。

*** 下午 2 时 49 分 ***

艾米丽学校礼堂的木质地板显然是为了让迟到的上班族母亲当众难堪而特别设计的。高跟鞋走路的声音在那上面不知被放大了多少倍。我“哒哒哒”走进来时，圣诞剧正演到玛利亚从驴子的背上卸下棉花，而天使加百利这时要告诉她那个重大的消息。玛利亚是由吉纳维芙·劳出演，她的母亲是亚历山德拉·劳，母亲监督协会的形式代表——说得直白点，就是无业游民。为了给自己的孩子争取到剧中的主要角色，母亲监督协会的内部竞争可谓是相当激烈。相信我，即便后来小约书亚穿着不对襟的翻领毛衫扮演了旅店老板的兄弟，她们也不会就此放弃自己在会上的席位，或者放弃看热播电视剧。

“去年他演的那只羊太适合他了，”她们叫道，“但我们还是觉得他应该在今年的圣诞剧中接一些更有挑战性的角色。”

三博士——一个纤弱的红发男孩儿，加上两个推搡着他的小女孩儿——穿过舞台，走到婴儿耶稣面前。这时，只听大厅的门“吱嘎”一声巨响，在我们后面打开了。100 多双眼睛都往那看，只见一个面红耳赤的女人，拎着乐购超市的购物袋和一个公文包站在门口。她应该是艾米·雷德曼的母亲。她带着一脸的不安和歉意，沿着过道走进后排的座位，亚历山德拉·劳狠狠地向她“嘘”了一声。出于某种邪恶的理由，我瞬间对这个人同情心爆棚——多亏有她，我不是最后一个到的了。

我不想再让其他的上班族母亲遭此冷遇，真的。我只要知道自己不是唯一一个把今天的事情搞砸的母亲，这就够了。

舞台上，随着录音机里颤颤巍巍的音乐声响起，最后的圣诞颂歌表演开始了。我的小天使站在最后一排左数第三个。在这种大场合下，艾米丽的眼睛乌黑深邃，古怪地皱着眉，这是她注意力集中时的典型表情，就和刚出生时一样。我记得当时她在产房里左顾右盼了几分钟，好像是在说："不，你们谁都别告诉我，我马上就能知道我在哪儿。"现在，尽管她两边都是些坐立不安的男孩，有一个显然是憋得想尿尿，我的女儿还能够流畅地唱着颂歌，我内心的自豪感油然而生。

这些唱《马槽圣婴》的孩子，他们不在调上的歌曲怎么比国王学院的专业唱诗班还有煽动力呢？我不由得从风衣口袋里掏出了手帕。

*** 下午 3 时 41 分 ***

节日的茶点会上，肯定也有某些父亲的功劳。但真正出席露面的却都是母亲。她们像一群蛾子，绕着她们生活中这仅有的一点亮光飞来飞去。在学校里的各种场合，其他母亲看起来总是比我更像母亲。我老是觉得自己做母亲还太年轻，或者说还不够资格。我能感受到，每次我刻意做一些为人母的夸张举动，都有种在扮演小丑的感觉。只有在我紧握左手，不断地向自己强调我已头顶母性的光环时，我才能确信自己是一位母亲。艾米丽无疑对妈妈为她做的这件事满怀感激。去年这个时候，交易谈判到了紧要关头，我不得不临时走人，上了飞往美国的飞机。我在纽约的萨克斯百货为艾米丽买了一个可以播放音乐的雪花玻璃球，希望能让她开心，可事实上并没达到预期的效果。

孩子不会记得你为她做过什么，只会想着你还没有为她做什么。

我时刻想着溜走，好赶紧回办公室。但你永远都躲不过亚历山德拉·劳这一关，人们正在对她女儿扮演的玛利亚和她做的巴伐利亚胡椒蜂蜜饼大加赞赏。亚历山德拉拿起一块我做的馅饼，满是疑惑地用指甲拨了一下表面的糖霜，接着把整块饼塞进嘴里，一边喷着饼渣一边发表评论："味道真不赖啊，凯特。你用布兰地还是葡萄酒把水果给腌了吗？"

"哦，就是随便弄弄而已。步骤你都知道的，亚力克丝[1]。"

她点点头，说："依我看，要不明年人人都去偷别人的配方吧。你觉得呢？你有什么不错的方子吗？"

"不，但我知道超市有。"

"哈哈哈哈哈哈！好极了！啊哈哈哈哈！"

我所知道的女人中，亚历山德拉的笑声是最具"文学戏剧感"的，如此畅快淋漓，此起彼伏，笑的时候还会耸肩。现在，她随时都会问我是否改做兼职工作了。

"那么，你现在开始做兼职了吗？什么？仍是全职？我的老天！坦白地说，我真不知道你怎么做到的。我说克莱尔，我刚刚和凯特说，我不知道她是如何做到的。你不这样以为吗？"

*** 晚 7 时 27 分 ***

扮演完天使后，艾米丽精疲力竭。我给她读睡前故事。我想，现

1 亚力克丝，亚历山德拉的简称。——译者注

在就算我跳过几页，她应该也不会发现吧。我还有积压的邮件等着处理。但我刚试着跳过几页开始读时，一双怀疑的眼睛睁开了。

“妈咪，你漏掉了一节。”

“有吗？”

“小猪跳进坎加口袋的那一段你没有读。”

“哦，是吗，亲爱的？”

“没关系，妈妈。我们从头开始就好了。”

*** 晚 8 时 11 分 ***

电视机旁的桌子上，电话答录机的留言满了。按下播放键。一个西方国家的沙哑口音通知我，奎克玩具公司已经回复我关于未收到圣诞节礼物的询问。“很抱歉，由于某些不可抗因素，您的物品需要等新年后才能寄到。”

上帝！这帮人到底是怎么回事？

下一条是我母亲发来的，占据了几乎整条录音带。母亲每次用这种现代科技就紧张，所以还总是像打电话一样停下来等着对方回复。她在留言里告诉我别担心，就算我们今年没法和她一块过节也没关系。不知为何，她的安慰比任何抱怨都更戳我心。自古以来，会使用这种“连环式攻击”的母亲从来没有失败过。首先，让你产生愧疚感；之后，再让你对自己产生的愧疚而深感厌恶——这样一来，你就会越想越糟。

“我寄了一些书给本和艾米丽，还有一些东西是给你和理查德的。希望它们都能派上用场。”无论在哪件事情上，她总是害怕自己没有让别人高兴。

听完母亲的这番隐性责备后，一条由吉尔·库珀·克拉克发来的圣诞祝福总算让我觉得舒心了些。她告诉我，她的身体状况一直不太好，但接着又哈哈大笑，说这样能经常见到那个长得像德克·博加德[1]的性感男医师。遗憾的是今年没法去寄贺卡了。她向我表达了祝福和爱，还提醒我要找时间打电话给她。

最后一条的声音冰冷得我差点没听出来是谁，是亚尼内留的言，她以前是一个经纪人，后来我们成了朋友。去年她辞掉了工作，当时她丈夫格雷厄姆的公司在股票市场上做得风生水起，家里富得甚至可以买得起希腊船王亲戚开过的游艇。亚尼内辞职前，我们经常比拼，看谁能在这个由男人主宰的职场中打出一片自己的天地，同时还要经营好自己的家庭。我们都很享受这个过程。现在，亚尼内在切尔西[2]的植物园上课，学习如何在不同季节最大化地利用好窗台。她甚至还依照季节更换不同的沙发套，并将全家所有人的照片整理到不同的相册里，放在她家客厅的咖啡桌上，她家的客厅里散发着满足感和皮革的柔和味道。我最后一次问亚尼内平日里在干什么时，她说："哦，你知道的，做陶艺嘛。"不，我不知道。我和陶艺，估计永远都挨不上边儿。

亚尼内打电话来是想邀请我们去她家吃新年晚餐。她说她很抱歉打扰我们，但我根本听不出她有任何抱歉，语气里尽是被轻视的家庭主妇的义愤填膺。

---

1 德克·博加德（Dirk Bogarde，1921—1999），英国著名男影星。——译者注

2 切尔西，伦敦自治城市，多为文艺界人士的聚集地。——译者注

新年晚餐又是什么呢？在几分钟内狼吞虎咽地把桌上堆积如山的食物消灭——最后只剩下一些残渣剩菜、几页烹饪指南和一只棕色的隔热手套——接着我开始翻那堆未拆封的圣诞贺卡。我迅速地翻着信件，最后看见了亚尼内那娟秀的铜版印刷字体。信封里的卡片其实是一张蒙太奇的全家福照片——亚尼内、格雷厄姆，还有他们那乖巧的孩子们。此外，还有一张晚餐邀请函，最后面写着：请于 12 月 10 日之前回复。

和往常一样，我又把一切怪在了理查德头上。（虽然未必是他的错，但总得有个人承担吧！不然日子还怎么过得下去？）理查德正跪在地上，用硬纸板为本做一只驯鹿。那只鹿怎么看怎么像一只棕色隔热手套。我告诉他，我们甚至都没时间回绝参加不了的活动邀请，再这样下去我们就要被社交圈流放了。然而，另一种想法又占据了上风：我突然想像某些女人那样迅速回复这些邀请——用钢笔在奶油底色、画有复古花边的纸片上写回信，而不是在艾米丽的铅笔盒里拿一支干得快没油了的彩笔去应付。

理查德耸耸肩，说：“行了吧，凯特。那样会让你发疯的。”

也许吧，但有得选总归是好的。

*** 晚 11 时 57 分 ***

浴室终究是我最爱的地方。我靠在没放水的浴缸里，将浴缸里的橡皮鸭子和支离破碎的帆船模型全部捡出来，撕下贴在边缘的那些字母——自从元音字母那部分被冲进下水道以后，剩下的看着就像是克罗地亚地区怨气十足的警告指令一样。包在芭比娃娃身上的那块潮乎乎的法兰绒布已经变得发硬。剥下它时，那诡异的味道竟隐约让我想起了蝌蚪。接着，我从防滑垫的一角把它从地板上揭起来。最后与地板分离的瞬间，上面的吸盘"叭"地做了一声最后的挣扎。

下一环节：收纳柜大排查。我在找薰衣草、海参、佛手柑之类的舒缓沐浴露，但这种减压产品总是被用个精光。最后，我只能用那个叫"活力四射"的泡沫浴品来将就一下。我把水温调到超出我能忍受的热度，水太烫了，以至于当我迈进浴缸的一瞬间竟错误地感觉它是冰的。我向后仰着躺下去，只将鼻孔停留在水面上，活像一只鳄鱼。我向旁边的浴室镜里看，镜中的这个女人快速消失在了雾气中。此刻她应该享受一下与自己独处的时间了，只是那个长相奇怪的巴尼恐龙被忘在了浴缸里，突然间从她的两膝之间浮了上来，如连环杀手一样咧着嘴冲她笑着。

浴缸是那种瓷质的古董浴缸，上面布满了灰蓝色的裂纹。在装修完厨房之后，我们就没有什么钱来搞浴室了。所以，整栋房子的装修风格是越往高处越差：特伦斯·考伦[1]风格的厨房，宜家的客厅，最后是充满霉菌味的浴室。现在我摘了隐形眼镜，在昏暗的灯光下，脱落得如豹纹一样的墙面使整个浴室看上去更像古罗马神殿，而不是一层脏兮兮的廉价防水层。

手上的泡泡消失后，可以看到指关节那里出现了干涩粗糙的粉色小包。护士说这叫"压力湿疹"，它已经蔓延到了我右耳后侧。"试

1　特伦斯·考伦（Terence Conran），英国高级家居设计师。——译者注

试看有什么方法能让你的生活压力不那么大吧，凯特。”哦，我想想，来次脑移植？中个头等彩票？给我丈夫重新编程一下，让他知道楼下那些东西是应该放在楼上的？

真不知道，我是怎么做到一直这样生活的，真不知道该如何结束这一切。我总是禁不住去想，白天是不是对那个斯里兰卡女孩太苛刻了，叫什么莫莫来着？看起来是个不错的女孩。她让我坦诚说实话。我当时真的有必要听她的吗？告诉她在EMF找到立足之地的唯一方法就是，要让自己像个男人一样。当你像个男人时，他们会说你粗鲁、不随和；那么，就做回女人吧，他们又说你敏感、麻烦。反正无论怎么做，都是错，而他们永远是对的。这些她会慢慢学到的。

如果我像她这么大的时候就知道一切的话，我还会要孩子吗？我闭上眼睛，试着想象一个没有艾米丽和本的世界：那就好像一个没有音乐和阳光的世界。

我将自己完全浸入水中，想让水冲刷掉我脑中的这些想法。可它们就像爬山虎一般紧紧地贴着我的大脑，挥之不去。

备　忘

和葆拉谈话，对于给孩子剪头发和准时到岗的问题要确立严格的新标准。和罗德·塔斯克谈谈，就我在客户方面的职责问题要确立严格的新标准，那就是：**我——不——是——他——们——随——叫——随——到——的——艺——伎！**加薪：再次重复，**不多给钱的话，我才不会白给**

你多干活！定制新的楼梯地毯。摆圣诞树和彩灯。（是去约翰·路易斯百货还是去宜家买呢？）给理查德买礼物（《如何成为贤妻良母》）给理查德的家人买礼物。（《星期日泰晤士报》彩色增刊里的广告推荐的高山植物或桶装芝士等，我把增刊剪下来后放哪儿了？）艾米丽和本的圣诞袜礼物。阿尔夫叔叔的水果果冻。晕车糖果？让葆拉去干洗店取衣服。购物助理多少钱？骨盆按压。做圣诞翻糖蛋糕：没时间了。买走珠除臭剂。买 30 张特快专递邮票寄贺卡。赶紧让本摆脱掉玩偶！特别是那个 Roo！再次给该死的奎克玩具公司打电话，给他们以法律警告。尿不湿、奶瓶、《睡美人》影碟。**宫颈涂片检查！！！重要事项。仓鼠？**

3

快乐假期

我可以在一个半小时内给自己和两个孩子都洗漱完毕，做好出门的准备；我可以同时管理5个不同时区内的9种货币；我可以迅速地让自己进入性高潮；我可以在电话打到西海岸那头的同时准备晚餐，并且站着把它吃完；我还能在给本读小儿书的同时不耽误查看手机里的股市信息。但是，我能找到一辆出租车送我到机场吗？

作为削减开支的举措，爱德华·摩根·福斯特将不再为我安排去希思罗机场的车，我需要自己预约。昨晚我预约的出租车并没有在今早如约而至。在打投诉电话时，那个家伙说他很抱歉，但是会在30分钟内再给我安排一辆。

“现在是高峰期，亲爱的。”

我知道现在是高峰期。这就是为什么我会在昨晚提前预约。

他又说他也许可以在20分钟内给我找辆车什么的。我对他的这些无厘头建议感到怒火中烧，狠狠地挂断了电话。但我马上又后悔了，因为其他公司要么没车可用，要么要等很长时间。

正当我心烦意乱时，我看到门前的脚垫下塞着一张脏兮兮的古铜色卡片。上面是一个我从未听说过的出租车公司：珀伽索斯——你的神速司机。我拨通了上面的号码，电话那头的人说他马上就能来。本以为万事大吉了，可是接下来，让我崩溃的事又出现了。珀伽索斯到了以后，车停靠的位置与人行道的夹角有40多度——我看这差不多是个“酒鬼司机”吧。他的老战车是一辆“日产阳光”，车内完全密不透风，充斥着尼古丁等各种奇怪的味道。我爬进去后，发现在里面呼吸简直能要人命。无奈之下，我想摇下窗户，像狗一样把头伸到窗外。

“窗户坏了。”司机主动和我讲，就好像是在告诉我一个客观事实，不带任何歉意。

“那安全带呢？”

“也坏了。”

“你知道这是非法的吧？”

透过后车镜，我看到珀伽索斯给了我一个遗憾的眼神，意思是劝我“将就着坐吧”。

出租车的爽约让我非常烦躁，弄得我后来还和理查德愚蠢地吵了一架。他在艾米丽的午餐饭盒兜里发现了我给葆拉的圣诞节奖金。他说，他简直不能理解，为什么我给保姆的圣诞礼物比给他和孩子们的加在一起还要贵重。

我解释道：“因为我得让她高兴。不然，她要是甩手不干可就麻烦了。”

“她走了真的就会有那么糟吗，凯特？”

“坦白讲，至少比你走了要糟。”

“嗯。好吧，我知道了。”

我不该这样说的。人一累，总是会说一些违心的话，即使你说的时候就意识到了。后来，理查德一直坐在厨房里，假装在《建筑文摘》里找些有趣的东西来读，想让自己像电影《相见恨晚》结尾处的特雷弗·霍华德一样，风度依旧，目光炯炯有神。

我和他说“再见”时，他甚至都没抬头看我一眼。接着，本从他的儿童椅上站起来嚷嚷着要我抱抱。哦，现在可不行。我已经换好了衣服。而再看看他现在的样子！浑身抹得都是果酱和杏黄色的奶酪，简直像一幅油画。

出租车沿着优思顿街走走停停。如果这是伦敦的动脉，那伦敦真的需要做一个冠脉搭桥术了。市民坐在车里，被晃得都要发疯了。

车开过国王十字火车站时，我打开了快递邮件，是母亲寄来的卡片，还附了本杂志的圣诞增刊：《26 个料理配方让你的圣诞充满魔幻而无压力》。我快速地翻了翻，越看越不相信里面写的——把葱弄成焦糖色还能和减压有关？

车继续向西开着，驶过立交桥，经过粉色砖砌成的房子，那房子就像是一颗颗立在那儿的义齿。以前我就住在这种房子里。当时，圣诞节对我而言，还只是一个简简单单的节日。记忆中有圣诞树、火鸡、橘黄色网兜里的无核小蜜橘、用棕榈树做成的船型盒子里装的蜜枣，全家人围着一大桶糖果边吃边看双簧戏剧《莫克姆和怀斯》。大大的礼物盒永远在一楼的圣诞树下等着你去拆开——玩偶之家、溜冰鞋或是装有铃铛和两个小轮的脚踏车——你还会在床脚碰到沉甸甸的圣诞袜，它被里面的东西坠得变了形。可和其他一切事物一样，圣诞节也经历着飞速的变化。如今，它的到来意味着你要在 8 月就预定《胡桃夹子》的票，还有“凯莉·布朗泽”。我第一次听到这个名字的时候，还以为“凯莉”是《海滩游侠》里的某个靓妞，可后来才知道，“她”其实是世界上最值得一吃的火鸡。你可能要等一个小时才能打通超市的电话，祈求超市能给你留一份“凯莉”，然后你还得去超市把它拎回家，再给它填料。根据圣诞增刊来看，填料一直是面包糠、洋葱碎和一勺洋苏草搅拌制成的东西，但现在的说法却变成了“将牛肝菌、黄油和红米及蔓越莓混合来唤醒你沉睡的味蕾”。

我不觉得 20 世纪 70 年代我们能有什么味蕾：我们有的是蛀牙和胃灼热。你可以吃点彩色糖豆和沙砾一般口感的东西来缓解胃灼热。想想真是个不错的笑话，对吧？就像是女人极度想摆脱家庭主妇的角色时，突然发现有道菜值得一做。凯特，试想一下，如果你在厨房做饭的话，你能做出一些什么美食？

*** 早 8 时 43 分 ***

珀伽索斯抄了一条“近路”去希思罗机场。所以，在离飞机起飞前的 1 小时 22 分钟，我们的车还在伦敦西部郊区的一排清真屠宰场外面踯躅。我感觉心脏如车子发动机一般飞速转动，脚下面仿佛有一个隐形油门踏板让我想一踩到底。

“嘿，你能不能开快点？我真的在赶时间。”

一个年轻的、穿着白色棉睡衣的家伙站在我们的车前，肩上扛着一只像孩子般大的山羊。我的司机突然刹车，转过来慢吞吞地说：

“我上一次看法律条款的时候，从人身上开车轧过去必然是违法的，女士。”

我闭上眼，试着让自己平静下来。如果我能充分利用这点时间，就不会那么失控：现在打电话给奎克玩具公司（从早打到晚），继续投诉礼物未收到的事。

“感谢您选择奎克玩具。很抱歉，目前人工座席繁忙，请等待。”每次都这样。

现在，我开始看我撕下来的那几张黄页，上面列着伦敦北区所有的宠物店。果然如我所料，仓鼠幼崽现在全国缺货，不过在沃尔瑟姆斯托的一家店可能还有。要试试看吗？当然。

奎克玩具客服的电话终于打通了，那个愚蠢的客服貌似不愿意承认他们有我的订单记录。我警告他，我是他们公司的重要股东，如果今天不给我个说法，我就重新考虑投资决定。

“好吧。”他妥协了，“现在由于需求量达到了高峰，所以在发货上遇到了一些困难。”

我指出，这种需求量根本算不上是“高峰”。

“小耶稣的生日啊，反反复复地庆祝两千年了。玩具，圣诞！圣诞，玩具！意识到了没？”

“您想要一份优惠券吗，小姐？”

“不，我不想要什么优惠券。我只想要我定的玩具能马上发货，让我的孩子在圣诞节当天能有礼物可以拆。”

电话里一阵沉默，接着是“嘀”的一声，然后便听到一声带着回声的吼叫：“喂，杰夫，一个装腔作势的娘们在电话那头，为了一个喝麦片粥的卡通碗和牧羊犬童车气得发疯，我得怎么对付她？”

*** 上午 9 时 17 分 ***

到机场时，时间还算宽松。我想对自己之前冲司机大吼大叫的做法稍做一下弥补。于是，我问了他的名字。

“温斯顿。”他满是疑惑地答道。

“谢谢你，温斯顿。这趟行程我很愉快。顺便说一下，我叫凯特。温斯顿，不错的名字。温斯顿·丘吉尔的‘温斯顿’吗？”

他好好地享受了一下我此时此刻的“好”脾气，然后说道：“是温斯顿·西尔科特[1]的‘温斯顿’。”

*** 上午 9 时 26 分 ***

在穿过几乎令人窒息的候机室时，我突然想起忘记了一些事，得给家里打个电话。手机没服务。怎么会？用公共电话试一下吧。可我的 3 英镑被吞了之后，依然不能打通电话，里面只是不断地重复着：“感谢您使用英国电信。”

最后，在被三个穿制服的工作人员盯着的情况下，我终于拨通了登机手续柜台旁的电话。

“理查德，喂？无论如何，千万别忘了长筒袜。”

1　温斯顿·西尔科特，非裔英国人，曾因多次被误判杀人罪入狱。——译者注

"小内裤？"

"什么？"

"长筒袜……里面有没有一个穿着性感内裤的天使啊，凯特？吊袜带、黑蕾丝、奶油般白嫩的大腿……我们是在说圣诞老人放礼物的那个无聊容器？"

"理查德，你喝酒了？"

"你猜对了。"在他挂断电话之前，我肯定自己听到葆拉给了艾米丽一个泡泡糖。

我——从——不——允——许——女——儿——吃——泡——泡——糖！

发件人：凯特·雷迪，斯德哥尔摩

收件人：坎迪·斯特拉顿

因为我们目前的基金业绩走低，客户刚刚威胁说要终止合作。我和他说，EMF的资产经理一向侧重长远利益和永久性的胜利，懂得聪明地守住基线，不会因为一些蝇头小利而飞蛾扑火，那样最终只会输得更惨。我的话似乎奏效了。天知道是怎么回事。

我时不时离开候机厅跑去厕所，把自己锁在隔间里，打电话给沃尔瑟姆斯托的宠物店。3天前，艾米丽突然把仓鼠列在圣诞礼物心愿单里的第一位。之前她可是连提都没提过。

瑞典客户的名字就像是一堆胡乱拼起来的字母串。午餐的时候，斯文·斯约斯特罗姆不断地用叉子叉走我盘子里的鲱鱼卷，说他对欧盟团结一直充满信心。

相信我，斯堪的纳维亚半岛上唯一一个政治白痴被我遇到了。

啧啧！凯特 xxxxx

发件人：坎迪·斯特拉顿

收件人：凯特·雷迪

下次你可以这样说：斯文我还能再见到你吗？我们还能共度美好时光吗？

来吧！亲爱的，我会让你放松的！

爱你爱到得膀胱炎 xxx

发件人：凯特·雷迪

收件人：坎迪·斯特拉顿

能不能不！闹！了！记住，我是个幸福的已婚女人。不管怎样，我结婚了。

发件人：黛博拉·理查德森

收件人：凯特·雷迪

刚刚被可恨的学校秘书派珀·普莱斯羞辱得够呛。简直是难以启齿。（我知道，我知道，我不该在孩子教育方面太执着。）他说："的确，鲁比可以通过评估在 2002 年找到一个合适的地方读书。可我得警告你，理查德森女士，有 100 多个小女孩排队等着进我们学校，而且我们有很强的裙带政策。"

你有没有塞姆汀塑胶炸药？这些该死的老母牛是时候闭嘴了。

你那边怎么样了？

发件人：凯特·雷迪

收件人：黛博拉·理查德森

我还没有因为上学的事批评过艾米丽呢。估计到时候如果我遇到这种情况，为了让学校接受她，我会被逼得和校长上床……还有很多事没办，两天内必须得让本戒掉玩偶。理查德的母亲认为，玩偶是恶魔的工具，只有吉卜赛人或者那种把孩子扔在电视机前只管自己快活的堕落烟鬼才会摆弄它们。

你在约克郡准备和孩子们做些什么？

艾米丽的仓鼠搞定了。显然是一只脾气暴躁的母仓鼠，有时还会咬它自己的幼崽。你说这算什么？

*** 凌晨2时17分 ***

返航班机因暴风雪晚点了。回伦敦再进行最后一次购物的计划泡汤了。因此，只能在斯德哥尔摩的机场里进行圣诞礼物大扫荡。理查德会喜欢什么呢？风干的驯鹿肉，还是《雪中的瑞典小甜心》的季度影碟？艾米丽想要的那个下流的撒尿小孩（自从有一天在晨间节目里看见以后，她就一直想要），说什么我也不会给她买。作为替代品，我给她买了一个瑞典本土牌子的娃娃，和芭比同一类型。它看着朝气蓬勃的，穿着如和平使者一样的卡其色衣服，像是个社会民主党党员。

*** 圣诞前夕，埃德温·摩根·福斯特办公室 ***

罗德·塔斯克绕到我的椅子背后，像一个兽医在给猫打针之前为其做安抚一样，他轻拍了我的肩膀三下，然后说我在团队里的“价值不可估量”。我真应该在这时候问他要我出差的加班费。下午3点左右，是一天中最倦怠的时刻。此时布罗德盖特的天空被染成了茶色。

罗德跟我说，今年不会有什么福利了。我本来还指着用年终福利来完成房子余下的装修，然后再做点别的。他说，每个人的时间都很紧张，不过还有一个好消息，那就是他们给了我一个重大挑战。

“我们认为你适合做客户服务，凯特。因为你在这方面真是太他妈厉害了。再说了，你有美腿必杀技。”

罗德·塔斯克，这个身材又短又粗的澳大利亚人，每次开口说话都像是在呼唤酒保。三年半前，这个大块头从悉尼来到EMF，做了市场部总监。这就好比把一个大铅块硬是塞进了一支灵活的自动铅笔里。当时我真的想过要辞职。每次看见他，我都会感受到他的无能——并不只是因为他比我矮5厘米——他常常对我的身体指指点点，就好像它是某种廉价甩卖品一样。他每次开完会都会来一句：“滚出去，踢你那该死的轮胎！”几周后，当坎迪礼貌地问他这句话是什么意思时，他疑惑了几分钟，然后咧着大嘴笑道：“意思就是，尽你所能榨干你客户的每一分钱！”

所以，我当时真的是准备走人了。那年，艾米丽正好2岁——小孩子最难对付的时候。我买了本书，叫《如何驯服小孩子》。它给我的心态带来了革命性的变化。书里介绍了如何对付不知天高地厚、脾气暴躁，而且经常考验妈妈的小孩子。这类方法用在我这位老板身上再合适不过了。所以，我不再当他是我的上司，而是把他当成淘气的小鬼来看待。他不听话时，我会努力让他分心；如果我想让他做什么，我会让事情最后看起来是他的主意。

总之，罗德说从今天起，我将负责塞林格基金这块业务。塞林格的总部在纽约，董事长叫杰克·亚伯罕默，其商业价值达2亿美元，现在需要有我这样的才干之人来接手。当然，我可以利用假期尽快熟悉相关材料，同时还得继续安抚那些老客户。罗德说他会将一些老客户交给别人去做。

我问他亚伯罕默是个什么样的人。

“挥杆好手。”

“什么？”

“打好短杆，还是需要下一定功夫的。”

“哦，是说高尔夫啊。”

“你以为我在说什么，凯特，做爱吗？”

严格意义上讲，假期应该从今天下班时才算开始，可办公室里已经一片倦怠，现在可以算是午餐和下午茶中间的散漫消极时段。我回到办公桌时，坎迪正在窗户下方的暖气片上倚坐着，双腿向前伸，搭在我的椅背上。她穿着一件红色的蝙蝠衫，紫色的性感网袜，头上戴着个金色的卡子。

“好吧，让我猜猜。”她说，“他惹了一身骚，你答应给他擦屁股。”

“不好意思。”我抓着她的脚踝，把她的腿从椅子上挪走。

“实际上，事情都还蛮顺利的。罗德认为我特别擅长与客户交涉，所以呢，出于对我的肯定，他们准备让我来管理一个大的基金项目。”

“哦。”坎迪笑的时候，你会从她的嘴角瞥见一种美国式的妒忌。

“别那么看着我。”

“凯特，在这个地方，每奖励你一分，就意味着要从你这里索取十分，你知道的。他还和你说什么了？”

我没来得及和她说，坎迪突然把手指放在了嘴唇上——克里斯·邦斯左摇右摆地从我们身边走过，去洗手间解决他肚子里那顿丰盛的午餐。这个整天嗑药的混球，拖着骨瘦如柴的身子，真是成天吹牛也不怕把自己撑破。之前，他曾无数次向我抛出各种性暗示。在忍无可忍时，我委婉地向他表明我对他裤裆下面的玩意儿没兴趣。自那之后，他对我的态度便转成了各种冷嘲热讽。偶尔我要是抢了他的风头，他甚至会像点燃了的导火索一样爆发。邦斯这样的家伙会把拒绝看作是一种奇耻大辱，并会加倍奉还，就像是第三世界债务一样。

坎迪的头朝着那个渐渐走远的家伙斜了斜，说：“EMF 的人渣真是越来越多了。你有没有答应给他们把办公室清扫了？”

“你把我当成什么了？罗德说了，今年谁也没有福利了。”

“然后你就信了？”坎迪闭上眼睛，笑着叹了口气，“这就是我喜欢你的原因，凯特。继梅纳德·凯恩斯之后最出色的女经济学家，却总是在别人剥削你时，还认为他们是在帮你。”

“坎迪，梅纳德·凯恩斯是个男的。”

她摇了摇头，头顶上的发卡反射的光晃得刺眼。

“他不是。他就是一个等着被人吃的水果。我认为，女人就得承认，所有的男人都和我们一样，有着强烈的女性的一面。”

*** 傍晚 6 时 09 分 ***

自行驾车去北部看望理查德的母亲需要至少两个小时往车上装东

西。前一个小时，理查德要把本的拼图玩具拼起来放进后备厢。（估计伺候路易十四出远门都比伺候本轻松。）接着，理查德开始四处寻找行李箱钥匙，而行李箱就像一艘翻了的船被扔在了车顶上。“奇怪了，我们把它放哪儿了，凯特？”整整10分钟，理查德骂骂咧咧地翻遍了屋里所有的抽屉，最后在他自己的口袋里摸到了它。

正当理查德告诉我“可以带孩子们上车了”的时候，他又说“想确认一下”他是否把灭菌器打包好放进了行李箱里，其实他“知道”自己把它塞在了备用轮胎的旁边。这就又迎来了20分钟的疯狂卸行李过程。接着，开始重新装行李，东西掉下来散得到处都是，几乎占据了所有能站脚的地方。偶尔，理查德会停下来，来几句“他妈的”作为中场休息。可清理尿垫、可折叠便携式高脚椅和各种零部件、可拆卸朱红色简易小床、围兜、带托马斯火车头[1]的塑料碗、婴儿睡袍、艾米丽的被褥——这卷黄色的羊毛布不知被来回折腾了多少次。每次出远门，我们都跟要搬走一个动物乐园似的——本钟爱的Roo、羊、穿芭蕾裙的河马，还有一只惊悚的巨型树袋熊。（在理查德父母面前一定得把本的这些玩偶藏好才行。）此外，给艾米丽带来惊喜的那只仓鼠也被藏在了靴子里。

艾米丽和本被固定在了车后座的安全座椅上，像是等待火箭发射的宇航员。两个孩子一开始还只是“斗嘴”，随后便发展为“徒手搏击”。这时候，我只能妥协——我什么时候强硬过呢——打开一盒原本要留到圣诞节早上吃的巧克力，用锡纸包了两块递给他们，好让他们安静下

1　动画片《托马斯和他的朋友们》里的火车形象。——译者注

来。结果，15 分钟前还穿着一身雪白睡衣的艾米丽，现在看起来就像一只斑点狗，鼻子和嘴巴周围全是深棕色痕迹，身上到处是可可粉。

孩子出生后的整整十一个半月里，理查德对他们的卫生和个人形象已经麻木到了一定境界。可今天他却突然开始问我本和艾米丽怎么弄得那么脏，他母亲看到会怎么想。

我开始拿湿纸巾给他们清理。离 A1 主干公路还有 3 小时的车程。车子由于严重超载晃得像艘船。

“我们还在英格兰吗？”后座传来了怀疑的声音。

“是的。”

“我们到奶奶家了吗？”

“没有。”

“可我想现在就到奶奶家。”

车开到哈特菲尔德时，两个孩子像患了神游症一样开始又哭又喊。我为他们播放《过往的颂歌》的磁带，并和理查德一起狂唱（理查德一向是个男高音，而我负责杰西·诺尔曼唱的那部分）。快到彼得伯勒了，离伦敦已有 13 公里远。一个不安的想法在我脑子里不断地跳跃，占据了我所有的神经。

“理查德，你记没记得把 Roo 装上车带走？”

“我不知道我负责记着把 Roo 装上车带走，我以为你会记着。”

和其他家一样，沙托克[1]家也有很多的圣诞传统。其中一个是，我

---

1 沙托克，理查德的姓氏。——译者注

负责买我母亲这边所有人的礼物、自己孩子的礼物、两个教子的礼物、理查德的礼物、理查德父母的礼物、他兄弟彼得和妻子谢丽尔以及他们家三个孩子的礼物、理查德叔叔阿尔夫的礼物——这位叔叔每年节礼日[1]都会从中部的马特洛克镇开车过来，他痴迷橄榄球，其实也就只能在儿童娱乐中心玩玩而已。

如果理查德能记得，如果商店的门关得够晚，他会想着给我买一份礼物。

“我们给爸爸买了什么？”理查德在开往约克郡的路上问我。“我们”其实就是指“凯特”而已。

我买了包装纸、胶带，包好了所有的礼物。我买了贺卡以及一大沓普通邮票。我写完了所有的卡片，伪造了理查德的签名，又添了点儿暖心而轻松的话，如“时间飞逝”“新年时一定得见个面”（当然，只是说说而已）之类的话之后，发现再用普通邮票寄送就太迟了。于是，我又去邮局排队买了特快专递邮票，然后又飞奔到超市买了芝士、黄油这些理查德的母亲芭芭拉爱吃的东西。

见到芭芭拉和唐纳德后，我们从车上卸下行李，把所有的礼物放到圣诞树下，把吃的喝的放进厨房。他们开始感叹道：“哦，天啊，理查德，谢谢你的酒。真是太麻烦你了。”

人会因为忘恩负义而死去吗？

1　节礼日，每年的 12 月 26 日，英联邦部分地区的节日。传统上这一天要向服务业工人赠送圣诞礼物。——译者注

*** 子夜弥撒，圣玛利亚教堂，沃斯里 ***

我们从沙托克家古老的房子向诺曼式小教堂走去。今晚，乡村草坪上的草都结了冰，在我们脚下相互碰撞，如奏响的音乐。到了教堂，里面座席爆满，潮湿闷热的空气中混杂着酒的气味。也许，你现在想指责那些一年就来这里一次却还喝得大醉的酒鬼。但是现在，我站在理查德旁边，想着他们吵吵嚷嚷地来到这一片肃静之中，想着他们来此是为了寻求一丝光和热以及一点人类的仁慈，我突然觉得自己是那么喜欢他们，甚至是忌妒他们。

我真的在努力地控制情绪，可是当唱到《小镇伯利恒》中的这一句时，我还是忍不住拿出手套捂住了双眼：

“你无梦之眠的那个夜里，天上的星星悄然离去。”

4

圣诞日

*** 早 5 时 37 分，沃斯里，约克郡 ***

天还没亮。我们四个人蜷缩在床上，互相依偎在一起。之后，对圣诞礼物如饥似渴的艾米丽疯狂地撕开包装纸，她扔掉的纸屑被本捡过来玩。我送给了理查德一包风干驯鹿肉、两双瑞典袜子（燕麦色）、一个在勃艮第举办的为期5天的品酒课以及一本《如何成为贤妻良母》（当然是开玩笑）。一会儿，芭芭拉和唐纳德会送我一个利伯缇[1]印花防水围裙和一本《如何成为贤妻良母》（不是开玩笑）。

理查德送我的东西有：

1. 大内密探[2]内衣——红缎胸罩带有突起的黑点，罩杯甚至不及一

1 英国高端印花面料品牌。——编者注

2 英国高级内衣品牌。——编者注

个小咖啡杯大；乳头到时候会卡在边上，像中世纪爬在城墙边上向外看的戴圆头盔的士兵。此外，还有一副用拖网料子做装饰的吊袜带。

2. 国民托管组织[1]会员卡。

若要问我对这两样礼物的看法，我只想说：请换一下，谢谢。艾米丽送我的是一个奇妙的旅行闹钟。闹铃是她自己录进去的一段话：“起床，妈咪。起床，瞌睡虫！”

我们给艾米丽的礼物：一只仓鼠（母的，但名字却叫耶稣）、一辆芭比娃娃自行车、一个《野蔷薇村的故事》里的玩偶房子、一只遥控机器狗，还有用艾米丽已经不再需要的塑料做成的玩意儿。我在斯德哥尔摩免税店顺手抓起来的那个和平使者芭比娃娃把艾米丽乐得不行，直到她打开葆拉送的礼物——那个我曾经特别强调“不许买”的撒尿小孩。

哪怕有点过分，我们还是把孩子们拆开的礼物都藏到楼上，尽量不让理查德的父母看到。不然，他们又要被所谓的“大都市的铺张浪费”给吓到，说些什么“钱就这样拿来打水漂”之类的话；还会指责我们对下一代的过度溺爱，并不断地絮叨“我小的时候，能有一个橘子和瓷娃娃就不错了”之类的话。

可有些东西是藏不住的。比如，早餐的时候，你的孩子会突然一字不漏地将《小美人鱼》的歌给唱出来，还兴致勃勃地补充说 DVD 版里有额外曲目。这时候，你不可能骗老人说，孩子不过是“偶然”看点视频而已。餐桌上，当我提醒艾米丽别把盐瓶拿来玩时，我感受

1　英国保护名胜古迹的私人组织。——译者注

到了新一轮的冲突源。

“艾米丽，爷爷请你把盐放下。”

“不，我可没那么说。”唐纳德慢慢地讲道，“我是在‘叫’她把盐放下。这就是我们和你们这一代人的差别，凯特。我们‘叫’，你们‘请’。”

几分钟后，我正在炉台边翻着炒蛋，突然感觉到芭芭拉徘徊在我身边。她很难掩饰对锅里东西的惊奇，说：“天啊，孩子们喜欢吃这种干巴巴的鸡蛋？”

“是的，我一直这样做给他们吃。”

“哦。”

芭芭拉十分关注我们家的饮食情况，无论是孩子们蔬菜摄入不足，还是我对一日三餐各三道菜缺乏热情。“你得让自己增强体质，凯瑟琳。”每次沙托克家聚会，我都会被婆婆拉到餐具室的角落里，小声念叨说：“理查德看起来太瘦了，凯瑟琳。他看起来难道不瘦吗？”

“瘦”这个词被芭芭拉一说出来，就意味深远了：它是当头一棒，让人窒息，充满斥责。我闭上了眼，试着积聚我原本并不具备的耐心和包容。我面前的这个女人，在36年前将圆珠笔芯一样的体型遗传给了她的儿子，现在却将这一切都怪罪于我，还有公理可言吗？我把自己从这种对主妇的蔑视中解脱出来。这算什么呢？

成为妻子以后的生活，除了被蔑视，还是被蔑视。

“理查德是瘦，”我反驳道，“但是我们刚认识时他就如此。这也是我喜欢他的原因之一。”

“他从前就很苗条，”芭芭拉承认道，“但现在他已经瘦得什么也不剩了啊。谢丽尔每次看见理查德都会说‘芭芭拉，理查德看起来像是要倒下了’。”

谢丽尔是我的妯娌。和理查德的会计师兄弟彼得结婚之前，她在哈利法克斯的建房互助协会工作。1989年，他们有了三个儿子中的第一个，此后谢丽尔就成了黛博拉口中的“黑手党妈”——强势、有组织的全职妈妈们组成的阴谋小集团。在她和芭芭拉眼里，男人好像是需要精心饲养的牲畜一般。每年沙托克家的圣诞节永远少不了谢丽尔的东查西问：“这个约瑟夫牌的翻领羊绒衫是在大卖场里买的吧？”“理查德一个人在楼上给孩子们洗澡真的合适吗？”……

和理查德相比，彼得在家中更加百无一用。但这些年来，我发现谢丽尔非常享受，甚至有意鼓励丈夫的无能。彼得扮演的角色很好地帮妻子实现了要“一人背负生活十字架”的愿望。每个殉道者，都需要一个像彼得这样的人——只要给点时间，他最后会被训练得连自己的内裤都认不出来。

在伦敦家里被我认为是理所当然的事，到了这里，全都变成了过分的平等主义。“索姆河。”理查德语气里带着一种阴郁不快的胜利感。他穿过厨房，胳膊伸得老远，手里举着一个胀大的尿不湿，上面原本带着的一丝杏子香味无力掩盖冲天的尿骚味。

理查德发明了一套经典的分类系统来形容本的尿不湿：尿了一点，是“不妙”；正常量，是“库克肥料”；哗哗不止、七条尿不湿都打不住，是“索姆河”。还有一次，仅仅一次，是一个“喀拉喀托火山”。很形象，但不宜发生在希腊机场里。

“我们那个时候，当父亲的根本不会插手这些事。”芭芭拉畏畏缩缩地说道，“你根本不可能让唐纳德靠近一块尿布。他会躲两公里远。”

“理查德很棒。”我小心地回应道，“没有他我一个人是不行的。”

芭芭拉拿了一个红洋葱，狠狠地将它切成4份。“你得照看好他们，男人，娇嫩的花儿。”她思索着，把刀刃压下去，直到能听见洋葱轻柔地脆裂的声音。“能帮我把肉汁搅一下吗，凯瑟琳？”谢丽尔进来了，开始解冻奶酪酥条和肉馅饼，为明天的酒会做准备。

厨房里，芭芭拉和谢丽尔叽叽喳喳地凑在一起说话，我就站在旁边，却感到百无聊赖。我想，几百年来都是如此吧！女人们忙里忙外，交换着心领神会的眼色和纵容男人之后的叹息。但我从未加入“黑手党妈”的阵营；我不了解她们之间的暗语、密码和特殊的握手。我期望一个男人——我的男人——可以做点女人做的事情，因为如果他不能的话，那么我也不能做男人的事情。然而，那种我能让一切都尽在掌握的自豪，那种我能、也确实让我们的生活按部就班的事实，在约克郡这里，我希望也真的只是在这里，却滋生了种种不安。我突然意识到，一个家庭需要很多心力来作为润滑剂，以维系它的平稳运行，而我这个小小的家庭却将要起伏颠簸，刹车片已经开始尖叫。

理查德回到厨房，这回他手里没了尿不湿。他搂住我的腰，把我抱到灶台边上，将他的头埋进我的颈窝，像本一样摆弄我的头发。

“高兴吗，亲爱的？”

听起来这像是个问题，但其实是个答案。我能看得出来，理查德在这儿很开心。女人们在这里忙来忙去，空气里弥漫着烘焙的香气，而我也不会每隔5分钟打一次电话烦他。“理查德是一个家庭至上的男人。”芭芭拉自豪地说道。

我跟理查德说，是半开玩笑地说，他也许更适合和某个上流社会的传统女性结婚，人家还能做得一手好的肉馅饼。

“那样我可能会无聊死的。再说，”他轻抚着我的脸颊，把一撮没有扎上去的卷发捋到了我耳朵后面，“如果我们需要肉馅饼的话，我知道有个不可思议的女人能伪造出来。”

和沙托克一家人吃完圣诞午餐之后，我只想在电视机前跟《泰坦尼克号》里的莱昂纳多“缠绵”。可本一直在客厅里，一会儿爬到又细又长的小桌上，一会儿又要嚼台灯的电线，或抓一把白杏仁往嘴里塞。我思量着，不让他抓杏仁将招来一场尴尬的发作（她难道连自己的孩子都管不了吗），但若由着他去，最后噎着了不但危及他的小命，还危及芭芭拉和唐纳德家的威尔顿地毯。

我趁本睡着时赶紧脱身，拿着笔记本电脑躺在床上，开始给另一个世界写邮件。

发件人：凯特·雷迪

收件人：黛博拉·理查德森

亲爱的，最近如何？

所有英式传统的圣诞元素在这里都聚齐了：香肠卷、圣诞颂歌、微妙的责骂。婆婆忙着为儿子准备应急盒饭，因为那个城里来的冷血女人总是会忘记（说的是我）。

你知道的，我总是说想和我的孩子们在一起，我是真的想跟他们在一起。有些晚上，我到家的时候，艾米丽已经睡着了，我就从洗衣筐里把他们的衣服拿出来闻。我好想他们。以前我没把这个告诉过任何人。现在，我和他们在一起时，他们又有没完没了的要求。简直就像把一场婚外恋塞进了一个周末——激情、亲吻、痛苦的眼泪、我爱你、别离开我、给我倒杯喝的、你喜欢他比喜欢我多、陪我上床、你头发真漂亮、抱抱我、我恨你……

体力榨干，精神崩溃，得赶紧回去工作休息一下。你说，什么样的母亲会连自己的孩子都怕呢？

你的凯特 xxxxx

刚要点发送，最后，却按了删除。坦白要有限度，即使对最好的朋友，甚至对自己，也是如此。

5

节礼日

圣诞前后的这些天，一直到节礼日午餐之前，我们都相安无事。我忘了节礼日的来历了，但是，那种想要把你爱的人一个个请到外面去朝着脸上抡拳的感觉，应该是和它有什么渊源吧？[1]

理查德说，总之一切全都是我的错，他没错，是我先公然挑事的。每次来公婆家，孩子们就像是化身成了手榴弹一样。你稍不留神，他们就会松了环爆炸，一会儿在淡绿色躺椅上又哭又闹，一会儿又把整个橱柜里的煮蛋器全倒腾出来。我和理查德上气不接下气地追着他们满屋跑，不断地扶起被弄倒的东西，活像是两个国际板球赛的外场人员在这场命定的赛事中，奔走在垂死的灯光之下。

1　节礼日（Boxing Day）英文的字面意思是“拳击日”。——译者注

*** 中午 12 时 03 分 ***

今天是沙托克家一年一度的酒会。芭芭拉把坚果的活儿派给了我：腰果、开心果和给大孩子的花生。唐纳德属于财富新贵，他的体育用品连锁店遍及英格兰北部。但是，和很多英国人一样，他总会想方设法让自己看起来原本就富有，这就好比硬在新铺的阶梯上种苔藓。在沙托克家族中，理查德兄弟是最先去上私立学校的，并且去的是最好的学校。[1]

我把坚果倒在进餐时用的水晶碗里，为自己还能有点用处而感到踏实。可同时，一种更复杂的心情却使我胸口隐隐作痛，如烧心一般，可能只是因为我还没有吃东西吧。对我而言，在沙托克家过圣诞节是一种煎熬。在这样一个相对正常的家庭里面，我儿时对圣诞节的记忆却在我的骨头里面回响。只要一听到电视里哈利·贝拉方特唱的《玛利亚的小男孩》，我就回到了当时那个场景：从酒吧回来的父亲跌跌撞撞地闯进厨房，向母亲呈上他的谢罪礼——一件尺寸不合适的、泡沫般的蕾丝睡衣和一块不知从哪个家伙那里收来的金表。每次父亲进门都跟电影明星驾到一样，凝结了整个屋子里的空气。我和朱莉躲在角落里，暗暗地祈祷这次母亲还会再原谅他。这样，他又可以重新回到这个家里，而我们家也可以有一个圣诞节该有的样子，就像现在的

1　在英国，私立学校是自费的，教育质量也普遍好于政府创办的公立学校。去私立学校的也多数是上流家庭的孩子。——译者注

理查德家。

我拿了一些坚果走过客厅。客厅是L型的格局设计，有一扇开向花园的落地窗。唐纳德突然喜气洋洋地过来拉我的胳膊，把我介绍给和他一起玩高尔夫球的一个老朋友。那个男人60来岁，穿着一件运动夹克和红色T恤，还系了一条领带，这条领带估计只比扑克牌里的测试牌稍微闲松一点点。

"杰瑞，给你介绍一下我的儿媳，凯瑟琳。她是个职业女性，你知道的。她还保留着自己的姓氏，非常现代。"

杰瑞饶有兴趣地问："你出差吗，凯瑟琳？"

"是的，经常去美国，有时还……"

"那你不在家的时候谁照顾理查德？"

"理查德。我的意思是，理查德自己照顾自己，还有孩子们。我们还雇了一个保姆，她帮忙照看孩子。反正，这样一直过得也还不错。"

杰瑞心不在焉地点了点头，就好像我刚才在讲外邦的古语。"哦，那真是不可思议。你知道安妮塔·罗迪克吗，亲爱的？"

"不，我……"

"你肯定是以她为榜样，对吧？著名企业家，她的头发在同年龄段里真的很抢眼。还有那身材，一丁点多余的肉都没有。她们到了那个岁数大多对自己的外形不管不顾了，不是吗？"

"'她们'是谁？"

"意大利人。"

"我不知道安妮塔·罗迪克是意大利人……"

"哦，好吧。我们家附近有个女的。估计在肥肉找上她以前，那张脸和年轻的克劳迪亚·卡迪纳莱都有得一拼。对了，唐纳德没和我讲，你是做什么的？”

“我是一个基金经理，就是代表养老基金和一些企业来投资……”

“我一直都说，把钱交给银行准没错。储蓄账户30天内随时查询。”

“嗯，是不错。”

“我估计，让我们加入该死的欧盟就是你们这些人的主意吧？”

“不……”

“凯瑟琳，到时候没等你反应过来，戈登·布朗就会逼得我们只能拿德国佬的钱去买地摊货了。我们赢了战争，有什么意义？你告诉我。”

在这类的谈话当中，总有一个点。到了这个点，你真实的自己挣扎着从包装纸和饱和脂肪之间冲出来，为了呼吸，最后跟《异形》里的外星人一样，从约翰·赫特的胸口跳出来。

“事实上，杰瑞，”我的音量比自己预想的要高，“加入欧元区取决于财政不平衡的水平，供给侧改革的进展，以及资本账户的状态。总之，全球经济是由艾伦·格林斯潘和美联储掌控，所以比起欧洲，我们更应该担心的是美国这边。”

杰瑞一跃而起，一下子撞到了陈列柜。上面的瓷器震得跟雪橇铃声一样叮当作响。“哈，今天和你谈话真是高兴，亲爱的。理查德太幸运了，不是吗？我说，芭芭拉，你的理查德真是对得起自己。你家的凯瑟琳，凭她的脸蛋儿和脑袋瓜，都能去参加电视的游戏竞答节目了。”

我倒了半杯雪利酒，迈过落地窗走进花园，让外面刺骨的空气吹向自己，顿时感到心满意足。我在假山下面坐了下来。真是的，凯特，你刚刚为何非要让那个善良的老伙计难堪呢？你这就是在显摆。你无非就是想告诉他，你不只是穿运动套装的金发女郎。他并无恶意啊。可怜的杰瑞肯定在想，这个女人怎么这么没礼貌，这么奇葩。在伦敦的EMF，我因为拥有家庭而被视为异类。在这里，我又因为有工作而被当成怪胎。

昨天，当我告诉芭芭拉艾米丽喜欢吃西兰花时，其实我并不确定。在EMF，我假装每天都在上班前读《经济学人》的法律专栏。但事实上，我要是真这么做了，就不能抽出13分钟在公交车上教艾米丽拼写，和她聊天，握她的小手了。撒谎，是双面间谍的生存之本。

*** 下午3时12分 ***

全家所有人——唐纳德、芭芭拉以及剩下的成年人和所有的孩子——“咯吱咯吱”踏过田野，穿行在荷兰奶牛之间。牛粪上已经盖了厚厚的一层霜，像桌子上蒙的一块桌布。孩子们跳了上去，踩出了下面那些邪气的绿色液体。天空看起来像一团钢丝球，明亮的云朵被那些让人惊异的、戏剧般的阳光穿透。我正欣赏它在对面山上映出来的暖意，手机响了起来。奶牛和芭芭拉同时睁大她们那睫毛长长的眼睛看向我，极像伊丽莎白·泰勒表演吃惊时的样子。

“什么声音，这么可怕，凯瑟琳？”

“抱歉，芭芭拉，是我的手机。喂？是的，喂？”

一个男人的声音通过卫星闯入了这片山野。是杰克·亚伯罕默，罗德作为不给我加薪的补偿而介绍给我的美国客户。他的声音里满是尖酸的斥责（美国佬觉得，懒惰的英国人会有一整周的圣诞节和新年假期是很让人难以置信的事）。虽然还没和他见面，但我已经感受到他有能力让自己名实相符[1]，而我就是要被他锤的钉子。

“真行，凯瑟琳。你的办公室里一个人也没有。我试着打了两个小时。你知道土岐橡塑公司那边发生什么事了吗？”

“我估计我肯定是错过了它，亚伯罕默先生。您告诉我一下就是了。”拖住他，凯特。拖住他。

原来，最近 EMF 为亚伯罕默的基金从日本的土岐橡塑公司那里买了一大笔股票。可那个当初想到这个点子的蠢材却没发现，土岐橡塑在美国拥有一家制作童床床垫的小公司。后来有科学家指出，“婴儿猝死”可能和这类床垫有关，于是这些小床垫就退出了美国市场。完全是一个烫手山芋。

亚伯罕默说，昨天东京那边的股市一开盘，价格就跌了 15%。衰极了。我感觉自己的心脏也在瞬间跟着一起沉了下去。

“那只股票可是你们极力推荐的。”亚伯罕默厉声说道。我开始脑补他的样子：在纽约某栋高层里愁眉不展的企业大亨。“你们到底要怎么办，雷迪小姐？你在听我说话吗？”

可能是做了什么可怕的白日梦，一群荷兰奶牛突然晃到我跟前，用鼻子不断地蹭着我借来穿的巴伯衫。不管怎样，我决不能让最重要的客户知道现在正有一头奶牛在舔我。

“亚伯罕默先生，我们一定要不惜一切代价克制自己的下意识反

1　罕默（hammer）在英文里是锤子的意思。——译者注

应。显然，我需要几天时间来做进一步分析。当然我还会和我们的日本分析师沟通。您应该清楚，罗伊在商界一向是最棒的（我其实撒了个谎：分析师是个来自罗姆福的蠢货。他在法林登街搭上了一个钢管舞女，最近正和她在迪拜度假。现在让这个瘪三从芙蓉帐里爬出来的概率为零）。商讨出相应对策后我会尽快通知您。”

我婆婆的声音，就像大教堂里的钟声一样清清楚楚地穿过空旷的田野，直透向亚伯罕默在大西洋彼岸那头阴郁的沉默：“真是名不虚传啊，这帮美国佬，一点传统意识都没有。”

*** 晚 7 时 35 分 ***

回到室内，我正给艾米丽擦拭溅到裤子上的牛粪，淡紫色的灯笼绒裤子。早知道就不该让葆拉打包行李。这些衣物是为了去佛罗里达度假而不是来约克郡准备的。谢丽尔来到杂物间，朝我做了个鬼脸。她的孩子穿的是棕色的涤纶速干衣。她说道：“我发现这面料真是太实用了。”

*** 凌晨 2 时 35 分 ***

一个身影俯身到我的床上。我坐起来，摸黑开了灯。是理查德的父亲。

“凯瑟琳，有一个叫北斋的先生从东京打来电话，好像急切地要和你通话。你能去书房接一下吗？”

唐纳德的声音惊人地平静，好像在压制着所有他能说的话。我爬起来，穿着睡衣跌跌撞撞从他面前走过去时，他扬了扬银白色的眉毛。后来我从门厅的镜子里看到了自己，才意识到我穿的不是睡衣，而是理查德给我买的那个大内密探胸罩。

*** 凌晨3时57分 ***

艾米丽病了。我估计她是兴奋过头了：无限量的巧克力，加上妈妈这几天照顾得太多，她不习惯。和日本的公司通完话后，我回到床上，准备躺在呼呼大睡的理查德身边继续睡，隔壁突然传来了一声喊叫，就好像是一个动物梦见自己被猎走了一样。我赶忙跑过去，只见艾米丽坐在床上，用手捂着左耳。她吐得到处都是：睡衣、被子……我的天，芭芭拉的毯子、毛绒羊玩具、河马玩具，还有她的头发。她眼里满是恐慌和哀求。艾米丽讨厌这种丢人现眼的感觉。

"我觉得很不舒服，妈妈。别再让我生病了。"她恳求道。

我抱着她，经过楼梯，来到浴室。我让她弓身避开坐便器的边缘，像我母亲从前教我做的那样。我摸了摸她的额头，感觉很凉。我感觉到她的胃部在抽紧，"哗"地一下子把里面的东西吐光之后又放松下来。之后，我把我俩的衣服都脱掉，两人一起默默地洗了个澡，我还把她头发里夹着的蔓越莓梳掉。

我找出干净睡衣，换了床单，安顿艾米丽睡下，又把芭芭拉的被罩用肥皂水浸在浴缸里，用力蹭掉上面那已成泥状的俄罗斯沙拉。然后，我躺在孩子床边的地板上，在心里计算了一下，如果亚伯罕默真的被逼急了要终止合作，塞林格基金会退出EMF，损失将会有多大——2亿美元。不知多少人会为此“掉脑袋”，这中间我不过是一只小虾米。昨天，艾米丽向我展示了她给我画的画像。

“哦，妈妈是戴了一个可爱的棕色帽子吗？”我叫道。

“不，傻瓜。你头顶的头发是棕色的，而下面那部分是黄色的。”

一股热热的眼泪顺着我的脸颊流进了耳朵——我竟然像个小女孩一样哭了。

*** 上午8时51分 ***

我醒来后，感觉自己像是穿着铅靴的潜水员终于浮出了水面。艾米丽还在睡。我摸了摸她的头，更凉了。楼下，芭芭拉穿着冬装，紧闭着嘴巴，两眼死盯着厨房里的钟表。

“凯瑟琳，希望你别嫌我管得太多。可你在下楼前至少要化一点妆吧。可不能让理查德觉得，我们现在就已经停止为自己花心思了，不是吗？这只会助长男人在外面拈花惹草。”

我和她说我很抱歉，但我昨天半夜就跟艾米丽起来了，都没怎么睡。我感觉到她看我的眼神：冷酷的、打量式的目光，就和当年理查德第一次把我带到她面前时一样，那种你在选秀场上鉴定小母牛时才会用到的眼神。

“哦，我知道你憔悴得正是时候，亲爱的。”她开心地表示道，“但哪怕简单涂点口红也会让你看上去更精神些。我个人并不看好赫莲娜牌子的秋季火红色号。要喝一杯茶吗？”

我没打算在节礼日午餐时间把自己描述成家里的顶梁柱。可它就这样发生了。餐桌上，大家随意聊起新年计划。突然，就像《科尔迪茨》[1]里面的伯纳德·海普顿一样，唐纳德又直白又惆怅地说，也许凯瑟琳应该在这一年里少出去工作。这听起来倒还好：殷勤、亲切、充满关心，如果后来我妯娌不在哼了一声之后补上一刀："那样的话，她的孩子至少还能在人堆里认出自己的妈妈来。"

很明显，一杯红酒就把谢丽尔喝高了，我需要做的就是超脱点。可连续3天不由分说、温良贤惠地俯首帖耳之后，我不觉得我还能超脱什么。也正是在这时，我开始说："作为我们家里的顶梁柱……"一句我永远也不可能接着把它说完的话。因为当我看着一桌子惊愕的脸之后便了解到，最好就让它像号声一样消失在空气里。

唐纳德推了推鼻梁上的眼镜，下意识地伸手去夹萝卜——平时他连碰都不会碰的食物。芭芭拉把手放在喉咙处，似乎在努力掩饰她心里涌动的震惊。我想，哪怕我刚刚说的是"我做了乳房移植""我是同性恋"或者"我不喜欢阿兰·本奈特"，尽管这些全都颠覆常理，但他们都不至于反应如此强烈。

理查德呢，挣扎着表现出淡定的样子，假装我刚才说的其实是"高粱米"，不是顶梁柱，并一一为桌上的亲戚盛麦片粥。"凯特，你的毛病就是，"等后来回到房间，我在收拾包裹准备回伦敦去开那个危机处理会议时，他坐在床上说，"就是你总以为，如果人们得到正确的数据，他们就会相信你的分析。但事实上他们不想要数据。人们——那

1 《科尔迪茨》，2005年电视短剧，以战时俘虏为主人公。——译者注

些做父母的——他们已经到了一个会被新信息吓坏的年纪。没用的。他们不想知道你挣得比我多。特别是对我父亲而言，这根本就是无法想象的。”

“那对你而言呢？”

他低下头，盯着自己的鞋带，说：“说实话，我花了好一阵子才接受它。”

12月27日，下午1时06分

回伦敦的火车上，暖气坏了。空荡荡的车厢里，窗玻璃上都结了冰，我们就像在一块巨大的福克斯冰山薄荷糖里面旅行。我排队等着吃自助餐。同车的“圣诞难民”都在抢着点酒，他们要么是无家可归，要么是有家不想回。大家都只身一人，却极度亢奋。

我点了4个小杯——威士忌、百利甜、百利甜、添万利[1]。回到座位后没几秒钟，包里的手机就响了，一看号码，是罗德·塔斯克打来的。接听前，我采取了预防措施，把电话举到离耳朵稍微远一点的位置。

“现在，你能不能给我解释一下，那个做了什么狗屁床垫子，又他妈的怎么就导致婴儿死亡了的操蛋日本公司……我们为何会从它那买了那么多股份？真他妈是够了！凯特，你到底听没听我说话？”

我告诉他，不是我不想听见他说话，而是因为火车不巧马上要进隧道了。接着我按掉了电话。我把威士忌和第二瓶百利甜酒倒在一块。

1　添万利，西班牙咖啡酒。——译者注

突然，我脑子里闪过一个念头：塞林格之所以成了我的客户，可能是因为某人已经知道土岐橡塑要完蛋了，好让我背黑锅。天真，凯特，你真是太天真了。

几秒钟后，罗德的电话又打了进来，说要一起和纽约的那个恐怖客户亚伯罕默进行一个3人电话会议。我盯着眼前结满霜的玻璃，嘴里不停地安慰着那个远在大洋彼岸的客户，情不自禁地用戴着手套的手在上面写出了一个单词：RICH[1]。

“在祈祷彩票中奖吗，亲爱的？”来收空酒杯的乘务员指着玻璃上的字问道。

“什么？哦，RICH不是指钱，”我说，“他是一个人，我丈夫。”

备忘：新年计划

调节工作生活的平衡，以求活得更健康、更快乐。尽量早起一个小时，让时间更宽裕。多花点时间陪孩子，在他们面前学会坦诚。多站在理查德的角度想想！多一些娱乐——周末午餐之类的。像意大利人一样养成享受生活的习惯。好好利用伦敦的各种资源——戏剧、美术馆，等等。不能再取消减压治疗。腾出一个专门放礼物的抽屉，做一个井井有条的母亲。争取能穿上10码的衣服。私人教练？给朋友打电话——希望他们还能记得你是谁。人参、多油的鱼类、不含小麦的食物。性？买新的洗碗机。买赫莲娜的秋季火红色号。

1 理查德（Richard）的缩写，同时也是“富有”的意思。——译者注

6

母性法庭

橡木镶饰的厅里坐满了人，如教堂般肃静。被告席上站着一个30来岁的金发女人。透过她身上薄薄的棉睡衣,里面的红色胸罩清晰可见。疲惫的外表丝毫没有掩盖住她骨子里的叛逆。面对法庭上的男人时，她歪了下脑袋，就好似猎犬突然嗅到了猎物的味道。偶尔，她会挠自己的右耳后面，彼时你要是觉得她马上要落泪，也是情有可原的。

“被告人凯瑟琳·雷迪，”法官开口了，“这里是母性法庭。作为上班族母亲，今晚你被指控不能陪伴孩子，却以物质来补偿他们。对此，你可认罪？”

“我无罪。”女人回道。

公诉律师跳了起来，说：“沙托克女士，我想这才应该是你的姓氏，你是否可以告诉法官，你为你的孩子艾米丽和本杰明准备了什么圣诞礼物？”

“不太记得了。”

“她不记得了。”公诉律师冷笑道，“但还得公正地讲，是不是？

买了大约近 400 英镑的礼物吧？”

“我不太确定……”

“沙托克女士，为两个那么小的孩子。400！英镑！我还进一步了解到，你跟女儿艾米丽解释说，圣诞老人可以给她买芭比自行车，或是《野蔷薇村的故事》里的玩偶之家，或是一只养在有伸缩水瓶笼子里的仓鼠。可你却把上述 3 样东西全给她了，还外加一个戴圆帽的芭比娃娃。她当时在纽瓦克市区外的那个加油站，只是和你随口说了一句她挺喜欢而已。”

“是的，我最开始确实只给她买了玩偶之家。可后来她又给圣诞老人写信说她要仓鼠……”

“你的婆婆芭芭拉·沙托克女士问你艾米丽喜不喜欢吃西兰花时，你说她喜欢吃，可你当时并不确定？”

“是的。不过，我也不能和我婆婆说‘我不知道我的孩子爱不爱吃西兰花’吧！”

“为什么不能？”

“因为这是一个母亲应该知道的事情。”

“大声点！”

“我说，这种事作为母亲都应该知道。”

“可你却不知道？”

女人感觉到喉咙哽住了。向下吞咽时，嗓子如硬纸一般干涩。她想，大概这就是被迫咽下自己想说的话的滋味吧。当她再次开口时，声音变得非常柔和。

“有时候我不知道孩子们喜欢什么。”她承认道，“我是说，他们的喜好天天都在变，甚至每时每刻都在变。就比如，本一向都忍受不了鱼的腥味，可突然又……而他们变的时候，我又不是每次都知道。如果我告诉了芭芭拉真相，她会认为我不是个像样的母亲。”

公诉律师转向陪审团，那张又长又苍白的脸上挤出了一丝僵硬的假笑：“请法庭注意一下，被告人为了避免尴尬，是会选择撒谎的。”

女人狠狠地摇了摇头。她向法官诉求道：“不，不，不。这太不公平。这不是尴尬，法官大人。我无法形容那种感觉。它更像是一种羞耻感，那种根深蒂固的、生物原有的羞耻感，那种无力辨认出自己的手或脸的羞耻感。你看，理查德如果——哦，理查德是我的丈夫——他如果不知道艾米丽喜不喜欢西兰花就没什么，可如果一个母亲不知道的话，就是不应该的……”

“安静。”法官草草记下“不应该”和“母亲”，并做了特殊标注。

“很明显，”女人赶紧说，生怕她已经说得太多了，“很明显，我并不想宠坏我的孩子。”

她停止了讲话，开始思索什么。她当然想宠爱她的孩子，非常想。她得让自己相信是这么回事，她不在时，孩子们反而过得更好。她想要艾米丽和本拥有她不曾拥有的东西。可这话无法和法庭上的这些男人说。他们怎么会知道，在上小学的第一天，当别的同学都清一色穿着青铜色新制服，而你的灰色运动衫却是母亲从乐施会[1]慈善商店买来

1 乐施会，一个具有国际影响力的发展和救援组织的联盟，它与政府部门、社会各界及贫困人群合作，一起努力解决贫穷问题，并让贫困人群得到尊重和关怀。“助人自助，对抗贫穷”是乐施会的宗旨和目标。——译者注

的。那是什么感受？他们不知道，也根本不能体会“一无所有”的真正意义。

女人清了清嗓子，试着以一种她认为男人会接受的冷静语气说：“如果不是为了给孩子们买东西让他们开心，那我这么拼命工作又有何意义？”

法官略低着头，目光越过两个半月形的镜片窥视着她：“沙托克女士，我们这里不关心哲学思辨的范畴。”

“也许你应该关心。”女人说，她使劲地挠了挠右耳后面，“做一个好母亲，远远不是只知道孩子爱吃什么蔬菜那么简单。”

“安静！这里是法庭，安静！”法官说道，“传理查德·沙托克上庭。”

哦，不，拜托，不要传唤理查德。他不会指证我的，对吧？

Part 2

第二部分

7

新年快乐

*** 星期一，凌晨 5 时 57 分 ***

“打开你的世界。关上你的世界。打开你的世界……再……关上你的世界。”

我站在客厅中间，两腿叉开，双手举在头顶上方，一手拿着一个球，那种又软又湿、手感像巨型章鱼脑袋的球。费伊让我拿着这两个球在空中画圈。“打开你的世界……再……关上你的世界。”

费伊是我请的私教，50 多岁，性格开朗到有点疯疯癫癫，脖子上挂着一条水晶项链。如果她经营动物保护联盟，大家会看到里面到处都是老鼠、蝙蝠、雪鼬之类的动物。我请私教的本意是想在新的一年里上个放松心情并锻炼身体的强化课程，于是我给朱诺健康健美学院打电话，他们给我推荐了费伊。价格不菲，但我想，如果她真的能让我重新穿上怀孕前的衣服，就能帮我省下不少买衣服的钱。再说，比起那些我从来没时间去用的健身房会员卡，这个还是便宜些。

“凯特，你每天唯一的运动估计就是把装了一堆健身房会员卡的钱包拿出来这个动作吧。”理查德说。

这话不公平。不公平，但却是事实。拿我最近新办的一张健身房会员卡来说，我只有在柯南德拉姆吃完午饭后，去黑衣修士区做新业务宣传的这个空当才去游一次泳。这样保守算下来，游一个泳道的长度就得花 47.5 英镑。

总之，我本以为我的私人教练是一个像辛迪·克劳馥那样穿着粉色莱卡塑身衣的现代超模，可出现在我眼前的却是一个长着一张 19 世纪的古董脸，披着绿色罗登呢子大衣的伊莎多拉·邓肯[1]。头发像是被风吹了一样，有一种范特西式的缥缈感。那件双层披肩估计只有以前道格拉斯·赫德在担任外交大臣时才会穿。“我叫费伊。”她说着，从一个像《欢乐满人间》里能把帽架都装进去的那种毛毡大袋子里拿出了“气功球”。

一边旋转，一边用“气功球”耐心缓慢地画圈，这并不是我开始时所设想的课程模式。我想问她是否可以跳过这一段，直接做一些针对我腹部的训练，便说：“你看，我做过剖腹产，肚皮耷拉的赘肉一直都减不掉。”

费伊惊了一下，貌似对我的打断十分敏感，她说：“我的方法是针对全身的，凯。你不介意我叫你凯吧？我们只有放松了心境，才能过

1　伊莎多拉·邓肯（Isadora Duncan，1877—1927），美国著名舞蹈家，现代舞创始人。——编者注

渡到身体，渐渐让身体与心灵的每一部分相互了解，达到和谐的身心对话。”

“是这样的，”我尽量让自己听起来很平和，“你无法想象我每天有多忙。所以，如果我们能直接说‘你好，腹肌，记得我吧’，那是最好不过的‘身心对话’了。”

“你不必告诉我你有多忙，凯。从你这晕沉沉的脑袋我就能看得出来，一颗重重的、充满压力的脑袋，连脖子的筋都是硬的。**放松！放松！放——松！**脖子都快被这可怜的脑袋压垮了。而这恰恰会给你的后腰带来难以承受的压力。”

你给某人钱，是希望她能让你感觉更舒服。可是和费伊待了30分钟以后，我却觉得我接下来要预约的可能就是敛尸官了——真的有种离死不远了的感觉。现在，她又让我平躺下来，将胳膊举过头顶上方并延伸，想象着我躺在一个竹筏上。可我内心想象的画面却是在伦敦塔内被每小时挣25英镑的古代刑讯官严刑逼供的情景。据费伊所言，这个练习动作会矫正我的脊椎，而我的脊椎是她见过变形最厉害的一个。

“对，就这样。棒极了，凯。”她绽开了笑容，“现在，将胳膊越过头慢慢抬起，和我一块重复做。越着急，就越无法达到目的。越着急，就越无法达到目的……”

*** 早7时01分 ***

费伊一离开，难以承受的压力感顿时消失。我吃了一碗蜂蜜坚果麦片犒劳自己：早上锻炼之后就不能再节食自虐了。我坐在厨房里，突然听到一阵奇怪的声音，像是无线电发出的“嘶嘶”声。我搜寻一圈才发现，声音是从自己的耳朵里传来的——一种安静时产生的耳鸣。估计我只有5分钟的时间可以安静地听自己的耳鸣，然后本和艾米丽就会叽叽喳喳地从屋里跑出来了。

假期过后，我总是感觉孩子们的需求在不断地膨胀。我陪他们的时间远远不能满足他们的需求，他们似乎极度饥饿，像新生儿一样渴求我的关注，仿佛他们得到的关注越多，越意识到自己原来需要这么多关注。也许这就是人类欲望的本性吧。睡觉让人更嗜睡；吃饭让人更饥饿；做爱让人愈发不能自拔。很显然，他们还不懂“天伦之乐”的真正含义。从理查德父母家回来后，每次我要出门，他们的反应就像是看着自己的父亲要被拉出去坐牢了一样。本一脸苦闷，像个涨红了的气球。艾米丽在晚上使劲地咳嗽，直到真的把她自己弄恶心了为止。为了寻求安慰，我和葆拉说起这事，她却以一种胜利般的平静语气说：“在寻求关注呗。”这明显是在暗示，他们平时太缺乏关注。

此外，艾米丽整天没完没了地缠着我陪她玩，而且非常不会挑时间，好像她在故意测试我，并且还知道我一定会让她失望一样。比如今天早上，我正急着赴医生的约，她突然跑过来拽着我的衣角。

“妈咪，你猜我的小眼睛看到了什么B开头的东西？提示，B开头！”

“我现在没工夫，艾米丽。”

“不嘛，求你了！B开头的。”

“早餐（Breakfast）？”

“不对。”

“小兔子（Bunny rabbit）？”

“不对。”

“书（Book）？”

“不对。”

“猜不出来，艾米丽。”

“Bideo!”

“电视节目（Video）不是字母B开头。”

“是的。”

“不是。”

“它就是B打头的。”

“不，它是V打头。就像van（卡车）、volcano（火山）、violent（暴力的）这些词一样，你要是能学会拼对字母，能给我省不少时间，艾米丽。”

“凯特，她才5岁，别对她那么苛刻。”理查德说。他刚从浴室出来，头发还在滴水，在楼下晃晃悠悠地走来走去。现在，他正小心翼翼地把一个粟米片包装袋背面的库依拉·德维尔[1]面具剪下来。

我隔着桌子盯着他。我知道，他永远不会站在我这边。他不擅长和我形成统一战线。

“那好，我要是不纠正她，谁来？难不成指着学校里的那些伊斯兰教长？在他们眼里，怎么拼都是对的。”

“拜托！凯特，这就是小孩子的游戏而已，又不是《谁想成为百万

1 库依拉·德维尔，迪士尼动画电影《变身国王》里的坏女巫。——译者注

富翁》的比赛！”

以前理查德看我的时候，仅仅是觉得我有点疯狂。可现在，他斜着眼，皱着眉，他好像在估摸着什么时候闭嘴才不至于要帮我叫救护车。

“凡事在你眼里都是比赛，是不是，凯特？”

“凡事就是比赛，理查德，我看你是还没意识到这一点。有人想在‘板栗大战’[1]中胜你，有人想要抢到限量版的芭比娃娃，还有人想要把你最大的客户抢走来证明你没能力。”我把洗碗机的碟子一个个拿出来时，想到了费伊和她那神神道道的咒语。怎么说来着？“越着急，就越无法达到目的。”这话到了EMF办公室里，就应该这样说：“如果达不到目的，我们就会被扫地出门。”

“妈咪，我能吃苹（bíng）果吗？求求你了，我想吃苹（bíng）果！”艾米丽爬到花岗岩灶台上，把一个芭比娃娃的玩具滑梯粘在我的头发上。

“我和你说了多少次，不是bíng……我的上帝……现在是早餐时间啊！”

“凯特，说认真的，你现在需要的是学着平和一点，放慢节奏。”

“不，理查德，我现在需要的是一架直升机。我预约了医生，已经迟到10分钟了，这意味着我和澳洲那边的电话会议会推得更晚。珀伽索斯的出租车电话在通知板上，你能帮我叫个车吗？顺便告诉他们，这次别再派那个开日产的怪人来了。”

1　板栗大战，英国本土游戏，双方用各自的栗子与对方敲击，栗子没有碎掉的一方为胜。——译者注

任何人都可以看出，论做人，理查德比我强。但说到承受痛苦的能力，我完全可以算得上是他的前辈。为什么我比他对艾米丽苛刻？因为我担心，理查德完全不了解艾米丽将来所面临的到底是怎样的生存环境。在他为孩子建造的“乌托邦”里，人人都说“您先”，而不是“我先”——那当然是一个更美好的世界，但是我从来没见过。

理查德的童年是快乐的。要想成为一个快乐的大人，一定得有一个快乐的童年，这是唯一的方法。但“快乐的童年”和“成功的人生”却没有半毛钱关系。不幸、被抛弃、雨中等公交车……这些才是成功真正的动力。而可悲的理查德，毫无算计头脑，凡事过于乐观，一遇到可怜的客户就少收钱，包括他最近给妻子买的异国风情内衣——自从生了第一胎后，我就一直穿着上面带沙皮狗图案的XXXL码盖璞T恤睡觉。

我之所以变得这么没情趣也是因为孩子们的存在。他是爸爸，我是妈妈，想找时间做回理查德和凯特——做回你和我——呵，那永远是明天的事。做爱永远要为其他事情让步，包括办停车证和订购新地毯这等事也比它更重要。有一次，艾米丽——她当时顶多才3岁——看见我们在厨房接吻，当时她的表情就好像维多利亚女王发现了仆人把手指伸进她的酒杯里一样。

“别这样，我看着肚子疼。”她嘘道。

所以，我们就再也没那样过。

*** 早8时17分 ***

尽管提前说明了我的特殊要求，珀伽索斯还是给我派来了那辆“日产阳光”。后座的潮湿程度绝对可以用来养蘑菇。我撅着屁股和大腿，撩起身上的高档灰色羊毛裙，努力维持“扎马步”的状态，尽量不碰到那发霉的车座。我问司机能否找一条稍近一点的路去诊所，他却把车内的音乐声调得老高，震得我颧骨都开始发麻（这是帮匪说唱吗）。

自从圣诞节前我试着向温斯顿递橄榄枝以后，便不打算再和他说话了。但是，当我费力打开车门时，他转过头来，口吐着黄烟说：“我希望那门能再坚持一会儿，好让你多花点力气，女士。”

真是气死人不偿命。他这话是什么意思？倒霉的事还没完。见到医生以后，我让他帮我开一年的敏高尔。多布森医生敲了几下键盘，电脑屏幕开始闪着危险的绿光，就好像我是中央情报局通缉的某个邪恶的犯罪主谋。

“沙托克女士，我看你已经有一阵子没做子宫涂片检查了……有多久了？”

“我在 1996 年的时候做了一次，但你把载玻片弄碎了。我的意思是，他们发消息给我说片子在传送过程中弄坏了，问我可否再来一趟。但很显然，我的时间一向都很紧张。所以请问这次我可不可以只拿药不做检查呢？”

“那么在过去的整整 4 年里，你连顺便来再做一次检查的时间都没有？”多布森医生就像是一只人类版的短腿猎犬，两只湿漉漉的眼睛流露着专业度十足的关心，无法不让人想起狗焦虑时的样子。

“没有。我想说，我没时间仅是为了预约而拿着电话等到地老天荒，最后还没人回应……”

他的手指顺着我的病历往下滑，说：“有一次你没有取消预约。

去年的3月23日。”

“中国。”

“什么？”

“我当时在中国。当地时间正是午夜，我不可能拿出一个小时来遥遥无期地干等接待员接我电话。”

医生紧张地拽了拽他的米黄色领带——那纹理看着就像用早餐麦片织出来的一样。“我明白了，我明白了。”他说。很明显，他并没有完全明白。“在你没做检查之前，我不会给你开一年的敏高乐，沙托克女士。你也应该听说了，政府目前积极关注女性的宫颈健康问题。”

“政府难道认为我再要个孩子会更好吗？”

他遗憾地摇了摇头，说：“不应该这样理解。政府仅仅是希望女性做个简单的检查能避免致命的疾病。”

“我要是再有个孩子，估计我就真的活不长了。”上帝，真不敢相信我刚才说了什么。凯特，你到底想表达什么呢？

“沙托克女士，你没必要这么生气。”

“我没有生气。”我坚持说道，语调甚至更加尖锐了，“我只是工作太忙，目前不想要更多的孩子，可以吗？那么，我是否可以拿药走人了？”

医生用一只老旧的圆珠笔慢腾腾地记笔记。笔尖处还聚集着一小珠油墨，使他的笔迹看起来脏兮兮的。他问我是否有其他症状。

“我又没有病。”

“你睡眠怎么样？睡得好吗？”

自从早上6点与那呆头呆脑的费伊见过面后，我到现在才恢复了放松微笑的能力。“鉴于我有一个11个月大的儿子正在长牙，睡觉就未必会按照正常时钟进行了，对吧？”

多布森回了我一个微笑，但眼角边挤出了一丝奇怪的皱纹——像是给他的微笑加了一个引号。我意识到，这个表情正好暗示了他“长期忍受”的状态。医生不忍受，谁还能忍受呢？想想他们见过多少痛苦就知道了。总之，最后他告诉我，只要我需要，随时都可以再来诊所。他说他会马上通知护士，看看能否立刻给我安排一个子宫涂片检查。“抽出10分钟的时间都不能吗？”他问道。

我的确不能，但我还是留下来照做了。

EMF办公室，上午9时06分

我迟到了。憋尿憋了一路，但我还是得等会儿再去厕所——周三前要和12个经理商讨7份基金报告并将其上交；周三前还必须撰写一份关于在日本土岐橡塑公司上栽跟头的深度分析。紧接着，罗德·塔斯克又突然降临到我的办公桌前，和我说要想保住饭碗，就得在周三前赶紧去纽约拍杰克·亚伯罕默马屁，为什么又是周三？我不知道这马屁该怎么拍，但是他说了这么一句：“得跪下来好好哄哦，宝贝。”

发件人：凯特·雷迪

收件人：坎迪·斯特拉顿

美好一天的开始。子宫涂片检查——感觉像是和铁皮人做爱。他们就不能把那该死的探针做成橡胶的吗？或者干脆让我们这些可怜的女人排队一周做两次，趁早习惯那硬度。

早上迟到了16分钟。看见盖伊坐在我的位置上，自信满满地和周围人说，凯特早晚会到的。当时我真的感觉自己要像母熊一样爆发了，想冲着他大吼：谁在我椅子上坐着？但我什么也没说。坚决不能让那个马屁精得逞。

此外，我还得跑到纽约哄我的客户。还没和杰克·亚伯罕默见过面，我就已经开始恨他了。

发件人：坎迪·斯特拉顿

收件人：凯特·雷迪

亲爱的苔丝狄蒙娜[1]，你可得防着点盖伊的“埃古”式袭击。千万别丢了你的手帕，亲爱的。[2]他成天想爬到你的位置，想得肝儿都疼。

Ps：我试过无脑的稻草人和胆小的狮子（那是周六晚上的事了），还没试过铁皮人。亚伯罕默的事，听上去还蛮令人期待的。

发件人：凯特·雷迪

收件人：黛博拉·理查德森

看你挺过了圣诞节，真替你高兴。我不确定自己是不是也能那么幸运了。（该从何说起）对于费利克斯的膝盖和鲁比的耳朵发炎我表示同情。有孩子的人没有“假日”，应该请人想个新词儿，没有假日、没有休息、没有娱乐——我看叫“地狱日”还差不多。

凯特 xxxx

1　苔丝狄蒙娜，莎士比亚悲剧《奥赛罗》的女主人公。——译者注

2　在《奥赛罗》中，手帕是奥赛罗给苔丝狄蒙娜的第一份礼物，象征着珍贵的爱。埃古一直想方设法将其偷走。——译者注

*** 下午 2 时 35 分 ***

我正准备去参加欧洲小组的会议，葆拉的电话就打来了。她说她可能被艾米丽传染了，问我她能不能今天早走一会儿。我想，不，这没得商量。休了整整两周假，今天刚来上班就又要休假。可实际上我说的是："可以，当然了。可怜的葆拉，你听上去真的很糟。"

我马上打电话给理查德。他正在开会，讨论为一个英国核燃料公司设计一个和平塔。我留了紧急留言，问他能否赶紧回家接替保姆。

*** 晚 8 时 12 分 ***

我成功赶在艾米丽上床之前到了家，在门厅我见到了理查德。坏消息是我们还没有申请到新的停车证；好消息是孩子们的头都洗干净了。我跑上楼，想赶紧弥补今早的"字母拼写事件"。女儿用手指玩着我的头发，气氛十分温馨和谐。她问我："妈妈，《好玩小天地》[1] 里你最喜欢谁呀？"

"我不知道，亲爱的。"

"米路是最大的。"

"哦，这样啊。你今天在学校都做什么了，亲爱的？"

"没做什么。"

---

1 《好玩小天地》，英国幼教节目。——译者注

“你肯定做了些什么的？和我说说，艾米丽。”

“妈咪，你猜我的小眼睛看到了什么？W开头的。”

“窗户（Window）？”

“不对。”

“墙纸（Wallpaper）？”

“不对。”

“那会是什么呢？我想想……录音机（Wecorder[1]）？”

“是的！你真聪明，妈咪！”

“我有在努力啊，亲爱的。真的。”

备　忘

写感谢信。拆圣诞树，分开藏进垃圾袋里，否则让清洁工看见了，他们才不会把圣诞树拿走（他们会说那不是他们的工作，亲爱的）。给淘气堡婴儿娱乐班交学费（94英镑一学期——比宇航员培训班便宜多了）。给艾米丽买新的芭蕾紧身裤（买蓝的，不买粉的）。找个整骨医师帮忙查查我的“沉重的脑袋”。给母亲打电话，给妹妹回电话，不然她肯定会断定我是个翅膀硬了就忘了家的白眼狼。**重点事项！护照过期了，**天啊，不要！问个时髦点的朋友什么是“帮匪说唱”。没有时髦的朋友。那就交一个吧。下楼责难理查德？叫临时保姆来（周六或周三）。交订报钱，要么将就着读过期刊物。如果葆拉还没好，就打电话给临时保姆介绍所。

1　正确的拼法是Recorder。——译者注看精彩的功夫电影——《卧虎》还是什么《藏龙》来着？给本剪指甲。做学校胸牌，预约牙医，给朱诺健康健美学院打电话，重新预约一个私人教练，帮我做收腹训练，而不是拓展灵魂。本的天线宝宝生日蛋糕，哪儿买？盆底肌肉收缩。去图书馆把《白雪公主》的碟还了！**赶紧着手准备**艾米丽的学校申请。对艾米丽更好点儿、更耐心点儿，防止她长大后变成穷困潦倒的精神病人。**找人来量楼梯尺寸好赶紧订购地毯!!** 给吉尔·库珀·克拉克打电话。社交生活：周末邀请朋友一块午餐——西蒙和柯斯蒂？艾丽森和乔恩？想想期中假的计划。现在就要开始想了？是的，现在就要开始想了。参加吉达的周日游泳派对——搞清楚是女孩还是男孩？勤去厕所。准备和杰克·亚伯罕默的会面。

8

出牙的烦恼

*** 星期二，凌晨 4 时 48 分 ***

本的房间里传来了尖叫声，好似恐怖片里的尖叫。今晚是第三次，还是第四次？又是长牙期。给他吃的止痛退烧药已经超量了。估计我会被《世界新闻报》报道成“为了让孩子安静睡觉，一个劲儿下猛药的恶毒母亲”。怪不得有人称那为“破碎之夜”——碎裂到无法修补。爬回床上躺着，在离起床所剩无几的时间里我要努力再多睡会儿。也许本自己会睡着的。拜托了，让他赶紧睡吧。事实总是这样，当破晓之光来临，我便开始向上帝祈祷：“哦，上帝，如果您能让他赶紧睡着，我保证会……”

保证会怎样？我保证会做一个更好的母亲，再也不抱怨。从现在起，直到死，我会好好享受拥有的每一分钟的睡眠。

不，本不会睡的。他一直都做着“你在那儿吗”的实验。尖叫声现在变成了帕瓦罗蒂般洪亮的男高音。（Nessun Dorma 这个歌名的意思就是《今夜无人入睡》，对吗？）书上说，婴儿哭的话不用管，但是本没读过那本书。他不知道婴儿哭了 40 分钟左右之后就会停下来。根据书中所述，本可能有依赖症。我想，他可能以为白天不在家的妈妈到了晚上就可以一直抱着他。

意识里已经准备要起床了，可我的身体还是像个抑郁的少年一样懒得挪动一下。理查德在旁边平躺着，两手交叠地放在胸前，长长地呼气，睡得像个婴儿一样。（这该死的比喻到底是谁发明的？）

爬楼的时候，我感觉自己的脚像是被钳住了一样。透过落地窗，我能看到花园尽头那栋房子的阳台，长着幽灵般黑漆漆的眼睛。有人起床了，点亮了厨房的灯，房间像被点燃的火柴头一样立马变成了橙黄色。窗户的视角很不错，透过它能很好地看到那家人的富足生活。我们的住宅区位于金融城的东北部。很多人和我一样，打着如意的经济算盘搬到了这里，接着又开始倾家荡产地对维多利亚时期的破砖碎瓦进行各种翻修。我家房子的窗户没有遮挡物，当年它的主人喜欢的是花高价修复的百叶窗，而我们的邻居没那么富裕却在布帘子后面过得有滋有味，或者在纱帘后面自得其乐。在 20 世纪 70 年代，像我们这样的夫妻会以追求现代化为目的，把家中所有维多利亚时代的东西去除掉：壁炉、飞檐、爪脚浴缸[1]等；而如今的我们，以追求更新潮、现代化的名义，倾家荡产地把这些经典元素再搬回来。

不知是不是巧合，我们在房屋装修上花的钱要远高于父辈，可我

1　爪脚浴缸，一种装饰有四个像野兽爪子一样的脚的浴缸。——译者注

们在房子里面待的时间却越来越少，因为我们得出去挣钱买法式铬金冷热水混合水龙头和橡木地板。家好像变成了一个舞台，一个有朝一日我们能在上面成名的舞台。

本在楼上吱嘎吱嘎地玩着床栏杆。他咧着嘴笑，一串口水像蹦极一样直直坠下来，落到婴儿睡袍的裤裆上，在黑暗中闪闪发亮地旋转着。

“你好，小家伙。现在是什么时间啊，嗯？”

我把他从床上抱出来。可能是再次见到我太兴奋，他便拿我的脖子小试了一下新长的门牙。哎哟！

我从未想过要男孩。生了艾米丽以后，我还以为我的身体只能生出女孩。而且，要是真的能再来个女孩，我会更高兴——像手表一样，漂亮、独立、复杂而神秘。“生男孩实在是太无聊。”去年的这个时候，我和坎迪，还有其他女同事一块吃午饭时听她们这样说。我当时挺着个大肚子，不能和其他人一起挤在长凳上，酒吧的经理便给我单独拿了一个椅子。听到坎迪的话，我们都笑了。笑声里夹杂着紧张和叛逆，还带有一丝胜利：正如凯尔特人得知罗马人的日子到头了一样。然而，3天后，在产房里，他就被送到了我的手上。是他！那么小，离所谓的“男人”是那么遥远，而且我很爱他，迅速地爱上了他。他永远离不开我，现在也是如此。一个1岁男孩的母亲就是一个完美的电影明星。

我的宝贝，他突然间变得很重：柔软的身躯突然间充满了男子汉的气概。大腿像拳击手套一样结实圆润。我把他放到蓝色椅子上，拉着他的手，低声唱起我们最爱的歌：

“薰衣草是蓝色，嘀哩嘀哩，薰衣草是绿色，等我成了国王，嘀哩嘀哩，你就是王后。”

这首歌被母亲们哼唱了几个世纪，却没人知道它要表达的到底是什么意思。唱摇篮曲有点像母性本身：在黑暗中自然而然地萌发，其目的已然明确无疑。

我用心感受本放松时的状态。他的身体在婴儿服里像沙子一样动来动去，直到完全放松地平躺在我的胸前。你得学会掌握最佳时机，学会猜测“小睡”何时开始转入“深眠”。我站起来，慢慢地移向小床，直到最后一刻才把他放下。好了。大功告成！接着，正当我准备离开时，他的小眼睛突然又睁开了。下嘴唇颤抖了几秒，就像是电影《卡萨布兰卡》中里克瞥见了他失散已久的恋人伊尔莎一样。然后，整个嘴嘟成了一个颤颤巍巍的O形，再次撕心裂肺地尖叫起来。

婴儿绝不会忍耐一分钟，他们像暴君一样鄙视公平。他们让你一直抱着，让你在黑暗中长时间陪着他们，而且不许离开。哪怕前100次你都立马跑去哄他，而第101次没去，他就会给你定一个逃兵的罪名。

“好了，好了，妈咪在呢。好了，妈咪还在这儿。”

我抱着本回到那个蓝椅子上，抓着他的小手，又一遍遍地唱起了摇篮曲。

*** 早5时16分 ***

本最终安静地躺下了。

*** 早 5 时 36 分 ***

艾米丽让我给她读《忙小姐》的故事。不。

*** 早 7 时 45 分 ***

葆拉今天回来上班了，她感觉好多了，谢天谢地。我提醒她周五是本的生日派对，记得为他准备天线宝宝生日蛋糕，哦，还有蜡烛。饼干的话随便买点就好，只是为了应付那些吃甜食不要命的母亲（去年，安吉拉就把我准备的葡萄干判了死刑）。葆拉向我要了一大笔钱，足够给女王办个皇家花园派对了。不过，我也不敢多问。

*** 早 8 时 27 分 ***

交代得差不多了，我赶紧出了门。到布拉德盖特时，我的精神恍惚，只好去星巴克买了两杯特浓咖啡，像喝伏特加一样一饮而尽。之前我从某本书里读到，缺乏睡眠的人一直都是处于半睡半醒的痛苦状态，脑子会沉浸在各种虚无缥缈的画面中，就好似被困在大卫·林奇导演的超现实主义电影中无法自拔。所以，罗德·塔斯克今天不再像个只会招人烦的澳洲土霸那样突然出现在我面前，而是像目不转睛的丹尼斯·霍珀那样面带着疯狂人的微笑。我坐在办公桌前，从抽屉里拿出一副老式眼镜戴上，让自己看上去像是精神集中的样子。接着，我准备先处理一些不需要动脑子的琐碎事务——那种出了错也不会招致什么严重后果的小事。只要不涉及买卖交易就好。邮箱里有 29 封未读邮件，读第一封时，我简直不敢相信它的内容。

发件人：杰克·亚伯罕默，塞林格基金会

收件人：凯特·雷迪，EMF

凯瑟琳：

圣诞节期间出现的那个大麻烦让你我都不怎么好过。现在问题解决了，我无法形容我是何等的轻松。

最终还是雨过天晴了，土岐橡塑公司拿出了“坚不可破的避孕套专利”这张王牌。股市奇迹般地扭转了。我十分欣赏你在面对压力时所表现出来的冷静。也许你周四到纽约的时候，我们可以一起庆祝一下。这条街上有一家新开的龙虾店可是非常棒的！

祝好，杰克

发件人：坎迪·斯特拉顿

收件人：凯特·雷迪

去他妈的战略会议。咱们去酒吧喝两瓶吧，喝到不省人事，怎么样？

你看上去太糟了。

坎迪 xxxx

发件人：凯特·雷迪

收件人：杰克·亚伯罕默

我已经不需要用酒来让自己不省人事了。只要有床，我至少能躺一个礼拜。

爱你，凯特 xxxx

发件人：凯特·雷迪

收件人：坎迪·斯特拉顿

糟了！别和我说你没收到刚才那封邮件！

发件人：坎迪·斯特拉顿

收件人：凯特·雷迪

哪一封？

发件人：凯特·雷迪

收件人：坎迪·斯特拉顿

就是什么喝醉了、不省人事的那一封。快点回我！！！

发件人：坎迪·斯特拉顿

收件人：凯特·雷迪

抱歉，亲爱的。你肯定是发给某个幸运小姑娘了。

发件人：凯特·雷迪

收件人：坎迪·斯特拉顿

事实是，我发给纽约的客户了。我是已死之身。拜托别给我送花圈。

发件人：坎迪·斯特拉顿

收件人：凯特·雷迪

我的天。再发一封补救回来。

先生，我有一个讨厌的、堕落的双胞胎妹妹，也自称凯特·雷迪，她的脑子有点毛病，她刚刚是不是给您发了一封极其无礼的电子邮件？别理她就好！

哎，其实也不用太担心。亚伯罕默是美国人吧？记住了，我们美国人可是毫无幽默感的哦！

*** 下午 3 时 23 分 ***

各部门领导开始陆陆续续进入罗德·塔斯克的办公室，准备开战略会议。我的两眼像洋娃娃一样闭着，之所以没睡着是因为在想杰克·亚伯罕默会起诉我性骚扰。美国佬们一向对“举止行为不得体”十分敏感。目前我还没有收到他的回复。希望他仅把我归结为迷人的“英式怪胎”，并尽早让这个记忆随风散去。我一直沉浸在这个白日梦魇中，没有注意到西莉亚·哈姆斯沃思向我走来。这位人事总监伸出了一根骨头棒一样的手指，戳了一下今天早上本咬的地方，感觉那像是几辈子之前发生的事了。

“你脖子后面是什么，凯瑟琳？”

“哦，这个啊，孩子咬的。”

坐在桌子旁的几个家伙边喝着矿泉水边偷笑。西莉亚也朝我不怀好意地笑了一下，坏女巫递给白雪公主毒苹果时的笑容恐怕也不过如此。我说了声抱歉，跑去洗手间，坎迪随后也跟来了。洗手间的灯光很暗，但是从镜子里看，我的脖子中间有一个像是十几岁的吸血鬼留下的爱心咬痕。拿粉底液遮。没用。上散粉。该死，还是不行。那咬痕看上去是发炎起泡了，让人想起火山的鸟瞰图。

坎迪进来，晃了晃手里的遮瑕膏，开始往我脖子上涂。

“嘿，那个慢腾腾的理查德给了你一个唇印？真是不得了啊，亲爱的。”

“并不是。这是正长牙的孩子咬的。那时候我亲爱的丈夫正呼呼大睡呢。为了叫醒他，我倒真想咬他一口。”

回到罗德的办公室，男同事们正在做他们最爱干的事：开会。如果会议进展得顺利，如果他们拖得够久，那么明天就可以接着再开一场会犒赏自己。幸运的话，若首场会议没有进展，那还会迎来后续的第二场、第三场，甚至第四场会议。我当年以实习生的身份刚到这里时，还以为开会是为了做决策。过了几个星期才弄明白，那不过是一个他们用来自我表现的舞台罢了。伦敦整个金融城就相当于自然纪录片里的野生大草原，一群大猩猩争先恐后地吸引他人的注意。有时候，看着那帮男人处心积虑地往高处爬，我甚至能为他们配上 BBC 野生动物栏目解说员大卫·阿滕伯勒的声音，讲述他们在如何捶胸口，抓虱子。

“在伦敦金融城的正中心地带，我们可以看到来自美国业务部门的查理·贝恩斯这只年轻的猩猩。他渐渐地接近了群体中久经沙场的头领：罗德·塔斯克。我们仔细观察一下查理的行径，阿谀奉承的同时，他一心企盼着得到头领猩猩的认可……”

在这个行业，我所认识的女性中没有几个能看得惯这类“政治斗争”。一来，我们上班时没机会跑去男厕所观摩他们的“生殖器长短大比拼”；二来，我们下班后也没那闲工夫跟这帮连头都不洗的猥琐男去酒吧快活。谁会有那个精力呢？正如当年学校里勤奋好学的女孩一样，我们还在天真地想，只要我们尽力工作，按时完成任务，就可以：

A：得到应有的报酬。

B：7点前到家。

其实不然。实际上我们既得不到应有的报酬，也不可能7点前到家。

口袋里的手机振了一下。我低头看亮着的显示屏——一条短信。点开一看，是坎迪发来的。

问：拧一个灯泡需要几个男人来完成？

答：一个。他只需要拿住它，等着整个世界绕着他转就好。

我“噗”的一声笑了，引来周围人嫌弃的目光，除了坎迪。坎迪这时候在“专注”地听着贝恩斯发表关于组织改良的建议，还装模作样地做着会议笔记。

月报审核没完没了地进行着。我没能抵挡住睡意。突然，我看到罗德·塔斯克还用着圣诞主题的手机屏保，画面是一个雪人渐渐消失在暴风雪中。我想象着被埋在雪里的感觉会有多么舒服：滑入冰凉的雪中，拥抱一片虚无，是一件多么愉快的事。然后，我又突然想到了奥兹队长在南极时的英勇壮举。当年，这位伟大的军官在英国南极考察过程中生了冻疮和坏疽，为了不拖累队友，他毅然决然地选择走出帐篷冻死自己。当时他只是淡定地说了句：“我现在要到外面待上一会儿。”

“你才刚进来，凯特。”罗德厉声说，手里的那只万宝龙钢笔像飞镖一样指着我。

我这才意识到，自己刚才肯定是不由自主地把那句话大声说出来了，就像是某个患了妄想症的女人穿着大垃圾袋在大街上絮絮叨叨地诉说着自己偏执的内心世界。

“抱歉，罗德。是奥兹队长，我只是在引用他的话。”

满屋子的基金经理都看着我。桌子的另一端，我的助理盖伊像爬山虎一样紧挨着罗德，两个鼻孔朝天翻着，露出一副幸灾乐祸的嘴脸。

“您应该知道奥兹队长，”我提示我的上司，“当年他和团队去南极探险时，抱着必死的决心走出了帐篷。”

“典型的英国佬作风，”罗德一脸不屑，“毫无意义的自我牺牲。他们怎么形容这种做法的，凯特，荣耀？”

现在，所有人的眼睛都盯着我，想看我如何替自己解围。快啊，凯特。转动你的脑子。脑子，你听到我的呼唤了没？

“事实上，罗德，南极探险案例是个不错的管理模式。我们何不试着将它运用到目前最惨淡的基金项目上去呢？那个要掏空我们老本的基金。也许它就应该被扔进冰天雪地里吹吹冷风。”

面对我这个削减成本的建议，罗德的眼睛里闪现出了邪恶与贪婪。“哈，不赖嘛，凯特，真不赖。盖伊，那你好好研究一下。”

聚焦在我身上的眼神移开。这一关算是过了，有惊无险。

*** 晚7时23分 ***

熬了一天回到家，结果就看到葆拉在生闷气。保姆的气可以像海雾一样瞬间消散，但来袭时的威力堪比消散的两倍。这次的情形尤为严峻，因为她正在打扫厨房。我现在是真的想一下子瘫在沙发上，喝一杯红酒，继续追自己喜欢的电视剧。从6月份到现在我一集都没看过。估计这段时间足够男主人公和他死去兄弟的前妻生出两个娃了。然而，我却不得不先小心翼翼地搞清楚今天到底发生了什么。我夸赞了葆拉给艾米丽准备的营养午餐便当，向她保证明天会做一些学校要求戴的胸卡，并且说这根本不是什么难事（还要说得像真的一样）。接着，我试着学一个俗不可耐的马屁精，开始谈论起一个肥皂剧明星刚刚生孩子的事，这仅仅是因为她在葆拉新买的娱乐杂志里足足占据了7整页的内容！

经历了两次分娩后，我的短期记忆力基本丧失殆尽，但对于名人为他们孩子所取的名字，我却一反常态地都记得。这种怪异的能力听上去好像没多大用处，但有好几次在我和葆拉之间出现僵局时，都是靠它及时帮我化解了危机。

“迪伦这个名字现在叫得越来越多了。”葆拉说道。

“是的。”我说，“想想伍迪·艾伦和米亚·法罗生的小姑娘。她就叫迪伦，结果她长大后吵着要改名。”

葆拉点点头，说：“他俩是不是还给另一个孩子也取了一个很蠢的名字？”

“萨切尔！”

“对，就是它！”葆拉笑了起来，我也跟着一块笑——谈明星无底线的愚蠢成了一个伟大的民主娱乐。随后，怪我对眼下形势过于乐观，又愚蠢地向她提起了买天线宝宝生日蛋糕的事情，顿时又见她怒气横生。

“我不可能每件事都记得。”说着，她将隐形的黑色斗篷猛地一甩，开门径直走了出去。大门砰的一声关上了，我往灶台上看，立马发现了葆拉的怒气源头。上面摊开的《标准晚报》里谈论了伦敦的保姆应得的薪水，以及各种超高的津贴——一流轿车、个人医疗、健身房会员、开喷气机和骑马课程。

马？我还以为我们把车让给葆拉，自己天天搭公交就做得够好了。但无论怎样，坚决不能被她牵着鼻子走。我们的忍耐力已经达到极限了。

*** 晚 8 时 17 分 ***

我和理查德说我们可能要给葆拉涨工资，或许还得外加骑马课程，结果迎来了一次大吵。理查德抱怨说，自从给保姆交税和医疗保险之后，她每月挣得甚至比他还多。

“这又是谁的错呢？”我说。

“你这是什么意思？”

“没什么意思。”

“你的‘没什么意思’，有太多‘意思’了，凯特。”

晚饭时，我们坐在餐桌前，相互不过几厘米的距离。气氛安静得令人尴尬至极。理查德做了一些意大利面，还把牛油果和西红柿拌在一起做了沙拉。我们就孩子的话题开始了一番谨慎的对话——本的胃口超大，艾米丽开始痴迷于《欢乐满人间》的电影——正当我开始享受这段晚餐会话时光时，理查德用叉子卷起意面，随口说他今天下午做了一些罗勒酱。这确实令人佩服，可我同时又对他泄气到了极点。我忍不下去了。

“你还有时间去做酱？是不是接下来就要开始做盘子了？我猜，你已经打算报名陶瓷课了吧。有这功夫，你干吗不去做点正经事？比如把停车证更新了？”

“新的停车证就放在车里呢，夫人。”他说，“如果您能把精力从您的日程上抽出几秒钟，就能注意到。”

“哦，这是模范丈夫啊，是吧？”

理查德把椅子从桌子边拉走，金属与木地板摩擦的声音极为刺耳。“我投降，凯特。你让我做一些事帮你分担家务。我做了。然后，你反倒用这些事来挖苦我。”

不知为何，我无言以对。他这话听起来很刺耳，但却毋庸置疑。女性总是开玩笑说需要一个妻子来照顾她们，而实际上这不是玩笑：每个人都需要一个妻子。但是那些替我们担下“家庭主妇”角色的男人，别指望我们会因此而对他们感恩戴德。

“凯特，我们得谈谈。”

“现在不行，理查德。我得先洗个澡。”

沐浴露还是没买。我在晾衣橱底下翻到了一袋薰衣草浴盐，上面写着有舒缓提神的功效。我又往里面加了点本的泡泡沐浴露，水立马变成了海军蓝。我爬进了这片滚烫的“蓝色珊瑚礁域”，仰面躺下，手中拿着我最爱的读物——老实说，这是我近几年来唯一的读物，胜过任何小说——詹姆士的《国家房地产指南》。册子的纸质很光滑，里面是琳琅满目、令人向往的图片，介绍了不列颠岛上出售中的热门房产。可以的话，我们会用这栋伦敦哈克尼区的蜗居房来换一个位于科兹沃尔兹的改良版磨坊，或者皮布尔斯郡的袖珍城堡（皮布尔斯在哪儿来着？听起来好像蛮远的）。这些图片都棒极了，可我最喜欢的还是对应的文字描述。第 18 页介绍的是一栋位于伯克郡的房子，还顺带讲了很多附属建筑的相关知识，此外还展示了房子的筒形顶棚和长满果树的花园。筒形顶棚是什么？我不太清楚，但还是想要一个。对，还有果树！我脑中勾勒出了一个画面：自己游走在木质装潢的图书馆，长廊两边各摆着一排高高的花瓶，里面插着鲜花。沿着长廊一直走下去便到了乡间的厨房，里面既摆放有传统橱柜，又配有最新式的电器。我站在炉灶旁——不是准备做饭，要是做饭的话我会选择双层烤箱——给一瓶瓶果冻酱标上保质期，这些都是用果园里熟透的苹果制成的。同时，我的孩子们在一个嵌入式角落里开心地玩耍，周围是雅致的布做的软垫。

"凯特的小黄书。"偶尔翻到我心虚地藏在床垫下的詹姆士小册子时，理查德就会这样说。这个形容还蛮准确的。这些令人迷醉神往的图片，给了我极大的视觉享受，可以让我什么都不做就"意淫"这些生活。我对现实中的住所越失望，对图片上的房子就越渴望。

我想起理查德，想到了刚才的罗勒酱风波。我对自己刚才的做法感到厌恶。他的善良和通情达理足以激发我内心深处的恶。为什么呢？理查德觉得我在纵容葆拉。拿这么多钱却干这么点活，任何一个雇主都不会同意的。他认为，葆拉这个来自肯特郡的 25 岁女孩，相当聪明，一边对我们的孩子好，一边想尽办法掏空我们的每一分钱。他认为，如果要求葆拉做分外的工作，她就会故意把他的袜子洗缩水；他认为，她在家中掌权太多。他认为的这些都没错。但是理查德对孩子的担心和我不一样：对男人而言，“照顾孩子”只是一件和钱有关的事；而对女人而言，当孩子还在子宫里的时候，她们就开始践行这个概念了。电话可以做到“无线”，但母子永远无法不“相连”。

对我来说，一直陪伴孩子们的是葆拉，不是我。我需要靠她来爱我的孩子，我得靠她发现孩子们是否有脑膜炎的前兆，防止他们有任何闪失。所以，即使她把房间弄得一团糟，即使她斤斤计较到因为洗碗机里混有我们大人的脏碗碟而不去启动开关（这超出了她作为幼儿保姆的职责范围），即使她从超市购物回来后找回的零钱不对并声称发票“丢”了，我仍会睁一只眼闭一只眼。

人们说，我们这一代的职业女性有个共性问题，那就是我们不知道如何与用人打交道。

他们错了。我们这一代的职业女性的共性问题是我们自己就是用人。对于帮忙料理家务的人感恩戴德，不惜被其敲竹杠，同时又拼命地保住自己高学历换来的铁饭碗。

我第一次休完产假回去上班时，把女儿交给了一个从家出发只需要步行 10 分钟的托管所。那是一个叫莫伊拉的苏格兰女人开的，她本人阳光又充满活力，令我很欣赏。渐渐地，我开始发现那儿存在着各种问题。婴儿房小得可怜，里面竟挤了 12 张小床。第一次去参观的时候，我还安慰自己说，这布置应该很温馨。但后来每次送艾米丽去那儿，我都觉得它像是罗马尼亚孤儿院。有一次我问莫伊拉，隔壁的大孩子那么闹腾，这边的婴儿怎么睡午觉，她耸耸肩，说道：“哦，他们早晚会适应的。”此外，还有罚款条例。如果你在六点半以后去接孩子，晚 10 分钟，他们就会多收你 10 英镑，再久一点的话就是 50 英镑。而我总是在六点半以后才到。从地铁出来，我以百米冲刺的速度跑去接孩子时，那种羞耻感像胆汁一样在胃里翻滚着，令人难受。

艾米丽每天和 30 来个孩子挤在一起，任何传染源都可能找上她。她第一次感冒，从 10 月份一直持续到次年的 3 月，小鼻子周围整天跟镶了一圈铜绿似的。从托管所的角度，有病的孩子最好待在家里，但托管费又不会因此而退还给你。我记得我当时在公司，经常要花好几个小时给临时工介绍所打电话，或者求朋友帮忙（我讨厌求人帮忙、欠人情的感觉）。为了不被同事发现，我还要装作是在和客户沟通的样子。后来，在一个寒冷的早晨，我不得不把发着高烧的艾米丽扔给一个女人照看——我通过产后妈咪小组里一个住在北伦敦的人搭上了她。晚上我去接艾米丽时，那个女人和我说艾米丽一直在哭，只有给她放《睡美人》的时候她才消停了一个小时没哭。同样是那一天，我女儿开口说了人生中的第一句话：“想回家。”而我却没有听到，也没有在她最想回家的时候让她回家。

所以，葆拉可能不是很完美。但什么才是完美呢？妈咪整日待在家里，陪着小宝贝玩耍才算完美。你会这么做吗？可我能那样做吗？如果你觉得我能，那只能说明你还不了解我。

我从浴缸里出来，双手已经泡得起皱。我往手上、后膝和耳根处涂了点乳膏，然后穿上睡袍，在临睡前去书房查看一下邮件信息。

发件人：杰克·亚伯罕默

收件人：凯特·雷迪

凯瑟琳，我不记得说过什么喝酒，但“不省人事”听上去不错。床上躺一个礼拜可能不行：你醒来以后的日程估计就要好好重写一下了。不然我们去牡蛎酒吧怎么样？

爱你的杰克

爱你？一个重要客户发来的？我的上帝。凯特，你现在该清楚你做了什么吧。

备　忘

给本剪指甲。写圣诞感谢信。给市政府写信，抱怨圣诞树没地方处理的问题。找机会当着罗德的面羞辱盖伊，让他知道到底谁才是老大。学会如何发短信。本的生日——找地方买到天线宝宝生日蛋糕。买芭蕾紧身裤（粉色，不是蓝色）。礼物——跳舞的丁丁还是教育木头玩具？跳舞的丁丁**和**教育木头玩具。给艾米丽买鞋子、准备她上学的事、教她阅读。给母亲打电话，给吉尔·库珀·克拉克打电话，**务必**给妹妹回电话——为什么朱莉听上去好像对我特别不爽？在伦敦，找不出谁还没看过最新的大片了——《神奇老虎》《泡泡龙》？期中假准备在哪儿过？怎么过？邀请朋友周末过来午餐。买松子和罗勒做罗勒酱，报名烹饪速成班（利思授课的那种或普通班）。暑期旅游宣传册。赶紧买个健身球。测量、订购楼梯地毯。买灯泡、郁金香、唇膏和保妥适牌护肤品。

9

与杰克的首次会面

*** 早7时03分 ***

为了不让本看到我出门，我拿着行李躲在一楼的卫生间里。他就在隔壁厨房，理查德正在喂他吃早餐。我极力克制住想进去的冲动，并对自己说不能为了和儿子再亲近几分钟，就不考虑他看见我走之后会多么伤心（书里说，孩子要花两年的时间克服母子分离焦虑，但对母亲却没给出具体时间）。所以，他从一开始就没看见我离开最好。我蹲在洗衣筐上，环视了一下四周：窗户上飘着几撮灰色的绒毛，像女巫家的帘子一样。我们的保洁工胡安妮塔有眩晕症，所以高于腰部的地方无法清扫，当然这是可以理解的。还有那个美人鱼图案的马赛克防溅挡板[1]只贴了一半瓷砖。当时装修工没有从我们这里要到更多

1 防溅挡板，在水龙头后面用瓷砖铺的一块区域，水溅时，防止弄湿墙壁。——译者注

的钱，之后他便扔下仅干了一半的活走人了。所以，上面的美人鱼没有乳房，也没有尾巴。

隔着门，我隐约听见本"咕囔咕囔"嚼东西的声音，接着他又开始咯咯大笑。肯定是理查德举着一勺麦片，逗他张嘴，装作像开赛车一样将勺子在空中划了一圈，最后送到本的嘴边。一声鸣笛从门外传来——珀伽索斯到了。

我像做贼一样溜出了家门。这时，停在街对面的沃尔沃车里传来了挑衅式的"哟吼！"一声——是安吉拉·布朗特，当地的"黑手党妈"头领。那张脸活像一辆福特安吉利亚车。三角形的脑壳下，一双偷窥的眼睛好似一对凸出的车前灯。这个女人一直都极其朴素。现在还不到7点，她出来做什么？可能是刚刚送戴维娜去凌晨日语班了。不用半分钟，她准会问我"给艾米丽找好学校了吗"。

"早啊，凯特，好久不见。给艾米丽找好学校了没有啊？"

这才刚过了五秒钟而已！是的，她打破了自己的"教育恐慌症"记录。真想和她说，我正在考虑送艾米丽去当地的公立小学。这样一来，说不定就会导致她当场犯心脏病。"我觉得圣·史蒂芬仍然是一个可选之处，安吉拉。"

"真的？"那对"车前灯"像短路了一般闪了一下，"那等她小学毕业，还能有哪个像样的中学要她啊？你看过关于圣·史蒂芬最新的政府教育评估报告吗？"

"没有，我——"

"你应该知道，18个月后，公立学校的小学生就要比私立学校的学生落后近两年半的学习进度，等到他们9岁的时候，那差距可就是3年多。"

“天哪！这还真是不得了。理查德和我会到派珀·普莱斯去看看，但那里似乎压力有点大。在艾米丽小的时候，我只希望她开开心心就好。”

听到“开心”一词，安吉拉就跟受了惊的马一样。“我听说去派珀·普莱斯的孩子到第六年，都得了厌食症。”她大声地讲着，“但他们确实提供高质量的教育，而且注重孩子的全面发展。”

非常好。我女儿要成为世界上第一个全面发展的厌食症患者了。不久的将来，被牛津大学录取时，她仅剩五六十斤的体重，然后颤颤巍巍地从医院病床上爬起来，在某节财经、政治或哲学课上突然晕倒。毕业后，她会找一份工作，干上6年。等生了孩子以后，因为不能同时兼顾工作和家庭而辞职，然后每天早上在咖啡馆和精通日语的家庭主妇戴维娜·布朗特一边喝着脱脂拿铁，一边研究圣·保罗学校的入学条件。我的老天，这帮女人的脑子到底出了什么问题？

“抱歉，安吉拉，我得赶紧走了，还要赶飞机。”

我还在和珀伽索斯那该死的车门较劲时，安吉拉最后又来了一句：“我说，凯特，如果你真的要考虑把艾米丽送去派珀·普莱斯的话，我倒是可以给你一个心理医师的电话。很多人都找他咨询过。他能指导艾米丽在入学面试的时候怎么回答问题，如何给面试官留下好的印象。”

我坐在温斯顿的车里，满怀感激地深深吸了一口烟味浓郁的空气。这味道让我的思绪回到了过去没有孩子时的甜美时光。那时，不负责任才是我的义务。

“那什么才算是好印象呢，安吉拉？”

这个姓勃朗特的女人笑道："哦，要表现得很有想象力，但还不能太过。"

天啊，和安吉拉聊完天后，我竟然会有点看不起自己。我能感受到她那望子成龙、望女成凤的野心如流感病毒一样在向我入侵。你努力与其抗争，努力坚持自己的信念，相信你的孩子即便没有经历那种填鸭式的魔鬼教学，依然会成长得非常好。忽然有一天，你的免疫系统稍一松懈。安吉拉拿着她的学校排名表、阅读平均分，还有心理医师的电话号码一出现，你就猛地中招了！什么才叫可悲？那就是我最后可能真的把艾米丽推向了厌食症那般"高处不胜寒"的地带：比起担心她在学校里受不了激烈的竞争压力，我更怕拖了她的后腿，将来赶不上别人，一切都是我的错。而事实上，竞争越来越早：在我们这片住宅区附近有一个幼儿园，外面的墙上画满了印象派作品。母亲们无法否认"金钱买不来爱"这个事实。但她们相信，金钱可以把她们的孩子变成莫奈，这就足够了。

上班族母亲自己过得精疲力竭，最后给她们的女儿也套上了考学的枷锁。我们早已习惯了这样的高压生活，甚至认为，它是唯一一种我们能理解的生活方式。压力和成功，两者不分家。

*** 上午 9 时 28 分 ***

"那位女士怎么了？"

"什么？"

温斯顿通过后视镜打量我。那对深棕色的眼睛近乎黑色，略带一丝嘲讽。

“你是说安吉拉？哦，我不晓得。焦虑、挫败感十足的城市女人，每天只为了孩子而活，性生活冷淡。太常见了。”

温斯顿粗犷豪放的笑声在车里回荡，那声音在我的心窝回响。有一瞬间，竟令我觉得很放松。

去往机场的路上堵得很厉害，正好让我有时间想想和亚伯罕默的会面。真是令人头疼。罗德·塔斯克昨晚还说：“杰克好像对你们的会面特别期待呢，凯特。”

“估计是因为美联储主席把利率降了半个百分点吧！”我随口答道。说什么也不能告诉老板，自己给客户发了一封写有“不省人事”“在床上躺一周”之类的话，更别提还有什么“亲爱的”邮件落款了。

我好像一直在不停地挠头。难不成对昨晚用的新洗发水过敏了？还是说，珀伽索斯后车座上有虱子：这种原始轿车堪比原生态沼泽，绝对是培育低等生物的温床。

此外，车里放的音乐仿佛是从远古时代飘来的。嘟嘟的喇叭声和猛烈的敲击乐令我想起了《蓝色狂想曲》。

“温斯顿，是格什温[1]吗？”

他摇摇头，说：“是拉威尔[2]。”

我的这位出租车司机竟然会听拉威尔？

1　乔治·格什温（George Gershwin，1898—1937），美国著名作曲家，《蓝色狂想曲》的作者。——译者注

2　莫里斯·拉威尔（Maurice Ravel，1875—1937），法国著名作曲家。——译者注

车驶过胡佛工厂后，车流开始变得缓慢。这是我听过的最悲伤的音乐，曲子放到一半时，长笛声骤然响起，在琴声之上流连徘徊。我闭上眼，脑海中是一只鸟在海面上飞翔的画面。

*** 纽约，塞林格基金办公室，东海岸时间，下午 3 时 ***

亚伯罕默的办公地点在华尔街中心的拐角处。到那儿以后，我仍是头昏脑涨的状态，而我的助理盖伊非但没有半点时差反应。相反，他了解事态的速度令人吃惊，他已经对纳斯达克的波动了如指掌。

在保证不失礼仪的基础上，我特意挑了最倒人胃口的套装来和亚伯罕默会面。我穿着朴素的木炭色过膝裙以及和西西里寡妇一样款式的鞋子，看上去就是《音乐之声》里修女玛丽亚的翻版。

我一直下决心要让此次会面的热度降到零度以下，可亚伯罕默一走进来，这种想法便立刻烟消云散。本以为他会是一个满头灰发的美国土豪，可在我面前的这个人，有着干净利落的短发，尽管略显倦怠，却不失运动员的潇洒气质。他看上去和我年龄相仿，脸上缓缓地绽开了一个乔治·克鲁尼式的微笑，嘴角仿佛能上扬到与眼睛平行的位置。该死。真是该死。

“凯特·雷迪，”亚伯罕默的声音威慑力十足，“成天看你发来的各种数据，今天终于有幸见到本人了。”

哼。

我向塞林格提供了过去半年内的基金绩效情况，做这一切对我来说信手拈来。突然，杰克的一位高级顾问——一个一脸阴郁的红发“女特工”——推了推她的金属眼镜，说：“可否请您解释一下，如果您所预测的日本的投资回报这么低，那为何还要往日本投这么多呢？”

“哦，这个问题极具洞察性，我觉得比较适合你来回答，盖伊。”

我完美地把问题推给助理后，找了个位置坐下来，看这个平日里的马屁精准备如何抽身。我随意地翻了翻手机。

短信来自：葆拉

收信人：凯特·雷迪

艾米丽长虱子了，被学校送回来了。

整个家都得好好检查一下

你也是!

祝好，葆拉

我简直不敢相信。我穿越大西洋把虱子进口到了美国，就像当年的科罗拉多马铃薯甲虫一样。我赶紧跑去洗手间。盥洗室里的绿色灯光让人眩晕。我拨开一缕头发仔细检查。虱子长什么样？能看见头发末端有一串卵一样的东西，可那也许只是头皮屑而已。我疯狂地用梳子梳头。

推掉和亚伯罕默约好的晚餐是不可能的事。再怎么说，“紧急害虫防治”这个借口也是讲不通的。

*** 布罗迪的海鲜餐厅，晚 7 时 30 分 ***

晚餐时，我像玛丽皇后一样直直地坐着，尽量和桌子保持一定距离。脑子里总是不断地想象着虱子跳进客户的蛤蜊浓汤里的画面。

"一会儿我送你回宾馆吧，凯特？"杰克说。

"嗯，好的，但我们能在药店门口停一下吗？我得买点东西。"

他饶有兴趣地挑了下眉。

"我是想买洗发水。我需要洗一下头。"

"现在？你现在想洗头？"

"是的。把有关伦敦的一切都洗掉。"

干得好。很有想象力，而且还不算太过。

不和亚伯罕默发生外遇的原因：

1. 万圣节后就没再刮腿毛；
2. 虱子要是寄生到这个哈佛商学院高才生的干净寸头上就糟了；
3. 对重要客户，得表现出点职业规范；
4. 我已婚。

上面这几条的顺序，是不是得重新调整一下才对？

10

生日

*** 星期五，早 6 时 02 分 ***

今天是我儿子的一周岁生日，而我此刻却还在希思罗机场的上空盘旋。飞机延误了很久：能见度低、航道拥挤。已经过了 53 分钟，飞机一直在同一高度飞来飞去。这让我很紧张。毯子下面，我脱了鞋，下意识地弯起腿让双脚离地，好像这样就能给飞机减少点重力，减少它掉下去的可能性似的。我想象着，此刻所有的客机在茫茫大雾中飞来飞去，相互耳语的情景。

广播里传来了飞行员的声音，听上去像是个乳臭未干的小伙子，他和大家亲切地打招呼："嗨，我叫彼得。"我的心情更加沮丧了。这个节骨眼上，我可不需要什么叫彼得的阳光大男孩。我要的是一个职业飞行员（最好叫詹姆斯·邦德之类的，听着能可靠点儿），或者是某个来自中央情报局或联邦调查局的探员，能够奇迹般让我们转危为安。

我是个母亲，所以我必须得好好活着。

飞行员说，飞机油不多了，所以现在需要飞往伦敦的另一个机场——斯坦斯特德，但大家不用担心。当然，我当然不应该担心。今天是本的生日，我得安全着陆，去烘焙店买天线宝宝生日蛋糕，然后回家给他穿上深紫色灯笼绒衣服和柔软的奶油色衬衫，不然，葆拉就会按照她的品位把本打扮得像是一个长在戈壁滩的仙人掌。我绝对不可以死：其一，理查德到时候肯定不会亲自和艾米丽解释女人来月经的事，他会让自己的母亲来处理这种事。而芭芭拉呢，在给艾米丽卫生巾之前，肯定会先为她上一堂关于“人生新阶段”的心灵鸡汤课。她会把“性”称作“那个部门”——“唐纳德和我在‘那个部门’里从没出过什么岔子，谢谢”。在人生这个大百货公司里，我相信那个部门应该是在家用电器和女式分体泳衣之间的某个地方。不，不，不。我不能死。我是个母亲。从前，死亡对我来说并不是什么大事。当然，人人都想活得长久。但自从有了孩子，我在各处都能看到这个表情严肃的男人挥舞着长柄大镰刀，而我为了避开他嗖嗖的刀刃，不得不跳得越来越高。

“一切都还好吗，女士？”昏暗的机舱灯光下，空乘人员看起来像一个涂了唇膏的邮筒，脸上挂着冰冷的微笑。

我直截了当地说：“今天是我孩子的一周岁生日，所以我希望能赶在早餐之前到家。”

“我向您保证，我们会尽力的。需要什么喝的吗？”

“苏格兰威士忌，谢谢。”

*** 伦敦斯坦斯特德机场，上午 8 时 58 分 ***

飞机加完油后，仍停在飞机跑道上。那个忙得焦头烂额的飞行员说我们现在还得再回到希思罗机场，他对此也没有办法。呵，真是妙极了。飞机渐渐升高时，两个空了的威士忌小瓶从我的托盘上掉了下来，差点弹到了过道对面那位女士的膝盖上。她冲我倦怠地笑了笑，理了理她的薄荷绿披肩。接着，她打开一个古驰牌旅行包，拿出了一个薰衣草香熏瓶，倒出一点精油点在太阳穴上，又往脸上喷了几下保湿水，然后捧着一大瓶依云矿泉水喝了几小口。最后，再慢慢将她那长着柔亮秀发且没有虱子的头往后面的灰色羊绒靠枕上一躺。我真想上去问问她，她的人生能不能卖给我。

确认了这位高贵的女神安心入睡了以后，我偷偷地打开了自己的包：

两小袋儿童止痛退烧药以备急用。

没有洗的白色药用勺子（上面还粘着果酱）。

艾米丽的备用短裤（游泳穿的）。

在纽约买的、用来给头发清理虱子的梳子。

一个被揉搓得脏兮兮的卫生棉条。

上周末，为了哄孩子带他们去麦当劳吃套餐得到的妖怪玩具（样子奇丑无比）。

橘黄色的记号笔（笔帽不知哪儿去了）。

被记号笔染成橘黄色的纸巾。

香蕉太妃味的限量版点心（巨难吃，还剩下三块）。

一小瓶香奈儿可可小姐香水（喷嘴的地方坏了）。

艾米丽非要让我出门带着的《忙小姐》故事书。

在钱包和一团干了的湿纸巾中间，我发现了杰克·亚伯罕默的名片，背面写着他的家庭电话和几个潦草的字：随时都可以打过来！

看到这几个字时，我内心波涛汹涌，好像又找回了少女时期那种对性爱的懵懂、期待和畏惧的感觉。在纽约吃晚餐时，我和杰克聊了很多事——音乐、电影、汤姆·汉克斯（说他是新的吉米·斯图尔特）、艾米丽·狄金森的诗、凯特·布兰切特演的伊丽莎白一世、《阿波罗13号》、软心豆糖粒、阿特·塔图姆[1]，罗马和威尼斯哪个地方好，美联储主席艾伦·格林斯潘的神奇魅力，甚至还谈到我为他买的股票。唯独没有谈到我的孩子。为什么，为什么不说说你的孩子呢，凯特？

*** 下午2时07分 ***

在希思罗下飞机后，我赶紧赶到办公室露个面。在桌上摆起一堆书和金融周刊，布置成我埋头苦干的情景。接着，我用自己的手机给办公室座机打电话，让它响个不停，然后接起电话装模作样地和自己说话，上演一些关于热门新股票之类的对话。挂断之后，我和盖伊说，

---

1 阿特·塔图姆（Art Tatum，1909—1956），美国爵士乐钢琴家。——译者注

我得出去做一些重要调查。出了大楼，我叫了辆出租车载我到海布里角的烘焙店，交代司机在门口等我一下，然后以最快的速度进去取了天线宝宝蛋糕。蛋糕的样子还不赖：波儿的样子可能有点一本正经，拉拉被做成了芥末黄色。10分钟后，车开到了我家所在的街道。远远就能看见我家门前拴了一个蓝色的气球。我一进门，只见本踉踉跄跄地走进门厅，看到我之后愣了一下，然后便开始哇哇大哭。他向我跑来，顺势扑倒在我的脚上。我将他抱起来后，紧紧地搂住他。

去年这个时候，他刚刚生下来几分钟，身上光溜溜的，包裹了一层胎脂。今天，他穿着葆拉给他套上去的阿森纳足球服，后背绣着亚当斯的形象。我可不会一直看着他的这身打扮让眼睛受罪。葆拉离开厨房后，我淡定地递给了本一瓶深色饮料，看着他把瓶子倒过来，紫色的液体顺着他的脖子一直流到了肚脐。

“哦，亲爱的，”我故意大声地说，“瞧你喝的，把这身可爱的球衣都弄脏了。算了，我们赶紧上楼换一身吧。”

搞定！

*** 下午4时 ***

本的生日派对上，来了好多葆拉在保姆圈里的朋友。她们带着各自照看的孩子，大部分我都不认识。估计平时我不在的时候，她们都是家里的常客。让我不能接受的是，当这些陌生的女孩子叫我儿子的名字时，他竟然立马欢实起来——怎么会？这让我十分……懊恼吧，如果没有更合适的词来形容我此刻的心情的话。

客厅里，一堆全职妈妈津津乐道地谈论着一所当地的幼儿园。她们表面看上去似乎不太注意自己的孩子，但大道无形，管孩子对她们来说不费吹灰之力，真让人羡慕。这就好像放风筝高手，看似不用做任何努力，目标却时刻都在无形的掌控之中。而像我一样的低能妈妈，却要时时刻刻绷着弦，过分地照顾吵吵闹闹的孩子们。

这两种母亲之间，总是存在着一种隔阂，使彼此交流十分困难。我怀疑，非上班族母亲对上班族母亲既忌妒又害怕，因为她们觉得上班族母亲能够做到家庭、事业两不误，十分了不得。反之，上班族母亲对非上班族母亲也是忌妒又害怕，原因是她们知道自己并没有那么了不得。为了坚守各自的阵地，双方务必要让自己相信：对方的境地才是最糟糕的。上班族母亲说，因为自己的生活更充实圆满，所以自然能更好地做孩子的母亲。有时候，她们甚至真的相信这就是事实。而非上班族母亲则认为，她们给孩子提供了生活上的便利和优势。而且，每当孩子晃晃悠悠地把果汁倒在你最后一件干净的衬衫上时，她们会更加坚定这种想法。

待在厨房里的是一群我在产后妈咪宝贝小组里认识的朋友。这些熟悉的面孔总算让我有了些亲近感。一想到我们已经认识 5 年多了，我就觉得很神奇。那个靠在微波炉边上、微微发福的深黑肤色女人叫朱迪斯，以前是个专利代理人。产假后，她又回去工作了几年。可有一天，她在她家的车后座上发现了狗毛。问题是，家里根本没养狗。她和自己说，这不是什么大事，可心里还是难以释然。所以一天上午，她从公司里溜了出来。朱迪斯把车停在家门口之后，尾随着保姆进了一家离霍洛威路很远的公寓。门没锁，她往里一看，发现儿子约书亚被放进了一个防火栏里，由一条阿尔萨斯狗在旁边看着，而那个保姆则和一个屁股上有文身的男人在隔壁房间尽情地快活着。

我们都和朱迪斯说，这只是倒霉罢了。成千上万个保姆中唯一一个烂货被她给遇上了。“你说，约书亚是不是看见什么不该看的了，凯特？”她在电话那头啜泣道。

“约书亚没看见什么，朱迪。他 3 岁都不到。人在 5 岁之前是没有记忆的。”

但是朱迪斯再也不敢冒险了。我们都知道，一想到狗的嘴巴离孩子的脸那么近，她就非常揪心和内疚。因为那个时候，我们都刚有孩子不久，每次回到家，只要看见自己的宝贝身上有一点磕磕碰碰，良心上就会感到极大的不安。虽然这类事情是家常便饭，但因为这些事是你不在孩子身边时发生的，所以就戳中了你的痛点。紧接着，你的内心就会冒出一个想法，一个你永远都不会说出来但却十分笃信的想法：我应该早点赶到，那样事情就不会发生了，他的额头就不会撞到桌角，他的小膝盖就不会跪在柏油路面上了。

空军领域好像有一个词，叫“机载预警与控制系统”。大自然也给予了母亲一个预警系统。她们坚信，无论是保姆还是男人，都不能在行动速度和预见能力上与她们相提并论。

朱迪斯的丈夫奈杰尔说，他在银行工作压力太大，想去滑雪散散心。朱迪斯可以在家里悠闲地照看三个不满 4 岁的孩子（保姆被撵走后，她又生了对双胞胎）。对这个提议，朱迪斯没有反对。若是我刚开始认识的朱迪斯，她肯定会告诉老公：*有多远滚多远*。那个她已经一去不复返了。

除朱迪斯以外，剩下的几个母亲在试着努力坚守阵地，相信她们所受的教育不能只限于做一个温柔体贴的家庭主妇。然而，大家一个接一个地都放弃了。“放弃”，人们都是这样讲的吧？但我个人不想这么说。因为它听起来有“投降”的意思，实际上，每个人都曾英勇地在这个战场上拼搏过，而且没有谁是毫发无损地退出的。我周围的这些新妈妈放弃了工作吗？不，是工作放弃了她们，至少让她们觉得没法继续下去了。那个正在用勺子喂艾拉吃果冻的女人叫凯伦。她生了路易斯以后，大家便不再拿她当公司重要的一分子来看待。冥冥之中，她已心领神会，自己已经被所在的会计公司边缘化了。离开职场几个月后，她感觉自己踏上了做“母亲”的人生正轨。开始这条路看上去笔直通达，但走了几百里之后，你就会发现前方其实没有终点。凯伦认为，她能在一周5个工作日中用4天工作，1天照顾孩子。上司一开始同意了，但是问题又来了。上司说，如果她可以这样，那岂不是给其他的上班族母亲开了一个不利于公司发展的先例？

有趣的是，刚做母亲的时候，我以为婴儿时期是最难熬的，以为只要挺过头几个礼拜，生活就能再次恢复常态。但事实却恰恰相反：至少他们6个月大的时候，还不会开口叫嚷着他们想要妈妈留下来陪着。

我们这个9人小团体生了各自的宝宝之后，时间已经过了五年半。其中只有3个人还在上班。卡罗琳是自由职业者，在家中做美术设计。她把所有的工作都挤在麦克斯上学的时候做。她今天还需要给IBM公司的一个宣传册做最后的润色，所以没来参加派对。爱丽丝是站在洗碗池旁边的那个——可爱的脸蛋儿，乌黑的短发，穿着皮革马甲——

休完产假后，回去做了一个纪录片公司的导演。那是一部讲述严重打击高层腐败并为底层人民呐喊的纪录片，因此获了许多奖项。每天晚上她从编辑室回到家，能做的就是将已经熟睡了的纳撒尼尔抱到自己床上。除此之外，她还有其他的时间抱他吗？即便是这样，她也只能趁他小的时候抱抱。渐渐地，纳撒尼尔越长越大，每天睡觉都几乎霸占了整张床，挤得父母在两边像睡在棺材里一样。雅克布出生后，爱丽丝把他也抱到了自己的床上。可是好景不长，她丈夫唐纳德和一个19岁的女调查员搞到了一起。最后婚姻终于走到了无法挽回的地步，唐纳德离开了家。

现在的爱丽丝像个瘾君子一般憔悴。从远处看，她和我们第一次见面时一样年轻。可走近看，你就会发现，当母亲的这几年已经抽干了她的青春，两个儿子好像真的吸了她的血。她也许能获个什么影视奖，可比起白天擅长的工作，可能晚上孩子们更需要她。所以，即使现在有男人愿意陪她一起养别人的孩子，她也没时间约会。她看出了我的心思，给了我一个尴尬的微笑："我现在的全部生活，就是孩子，凯特。"

我摸了摸儿子圆圆的小脑袋。他左耳里面不知什么时候塞进了一团巧克力爆米花。是时候唱生日快乐歌了。葆拉从口袋里拿出一个金属打火机点蜡烛（我的老天，她应该不是在学抽烟吧）。我把蛋糕放在桌上，本那水灵灵的眼睛里满是惊奇。此刻，我的眼里却满是遗憾：这可能是我最后一次看我的孩子过一周岁生日了吧。而在他人生中的第一年里，又有多少日子是在我的陪伴下度过的呢？

"哦，凯特，你没必要这么大费周折的。"爱丽丝扬起眉毛，指着天线宝宝蛋糕外裹的那层糖霜说道。

“我是个糟糕的母亲啊。”我隔着桌子对她说着唇语。

她笑了，低声回道：“我也是啊。”

备　忘

处理虱子，买芝士和情人节卡片。

11

是理由，不是需求

要说我和杰克的关系是怎么开始的，还真不太好讲。我没有刻意寻找什么人。我是不开心，但也没那么不开心。我想象着大部分人都和我一样，很多时候都处于一个灰色求生区。当一个严重受伤的患者被送进急诊室后，医护人员便开始了对他的“分诊”工作，即根据病人伤势的严重程度来决定治疗顺序。第一次听说这个术语是晚上看《急诊室的故事》的时候——那段追剧的日子，大家整天就在想海瑟薇和道格的结局到底会怎样——而我在思索我该如何对自己的人生进行“分诊”。这个概念放在我的生活里，就是指我不断地评估谁最需要我的关注：孩子、工作还是丈夫。你会注意到，这个清单上根本没有自己，并非因为我是个无私的好人。绝非如此！我根本无法选择自私，因为没时间。大部分的周末，当我开车从超市购物回家时，朝街边咖啡店看过去，透过雾蒙蒙的窗户，经常可以看见里面的情侣对坐着，指尖轻点着桌上的卡布奇诺，或者是一位男士独自看着报纸。我也渴望进去点一杯喝的，然后静静地坐在那里，但这不可能。不工作时，我是个母亲；离开家时，我又得开始工作。花点时间在自己身上，感觉像是在做贼。没有哪个男人会有同感。这就是我们的另一个不平等：母亲需要承担大部分内疚。所以，我最后需要的就是找个人爱。于是，与杰克的邮件往来就这样开始了。

纽约晚餐过后的那几周，杰克一直给我发邮件，从开始的每天一封到后来的每小时一封。有时，我们甚至几秒钟之内就给对方回复。那感觉就像是在打网球：一个好的回球会激励对手的热情，也回赠一个鼓舞人心的高球。开始的时候，我的态度还蛮冷淡的，但他却如此幽默执着。于是，那种竞争气氛自然而然就被激发起来了。很快，我也开始不断地跑去捡球，然后再想办法回报他一个漂亮的上旋球。所以，并不是我需要他，而是他以特有的方式在我身上制造出一种需求，只有他才能满足的需求。一个走在沙漠中的女人，只有当别人把水放在她干裂的嘴边时，她才会意识到自己有多渴吧。我开始期待来自"亚伯罕默"的邮件。这种期待在我人生中还从未有过。

发件人：杰克·亚伯罕默

收件人：凯特·雷迪

纳斯达克像珍珠港一样被袭了，损失惨重。客户寻求德高望重的英国基金经理的专业意见：我是该现在就饮弹自杀，还是等吃了午饭再说？

杰克

发件人：凯特·雷迪

收件人：杰克·亚伯罕默

放心吧，你那个专业度和信服度极高的基金经理没把你忘了。我目前还在等着无所不能的格林斯潘公布最新利率。

专业意见：用不着自杀，恢复期确实需要很久，但早晚会恢复的。

非专业意见：藏在桌底，等扫射结束后，再出去看看还有没有哪只股票残存。吃顿火鸡三明治，然后再自杀。

凯瑟琳 xxxx

发件人：杰克·亚伯罕默

收件人：凯特·雷迪

你知道吗？格林斯潘的老婆说他特别能拐弯抹角。这老家伙当年向她求婚时，她甚至都没意识到这一点。他真是比托马斯·品钦的晦涩小说还让人难懂。

现在你不是该上床睡觉了吗？那边已经是午夜了吧？

发件人：凯特·雷迪

收件人：杰克·亚伯罕默

我喜欢夜晚。对我来说，晚上的时间才是自己的。干吗将它都浪费在床上呢？

凯特 xxxx

发件人：杰克·亚伯罕默

收件人：凯特·雷迪

床可不总是浪费时间的地方。你听过那个演讲吗？那个家伙告诉情人：“七年不及一夜良宵。”应该是莎士比亚说的吧，对不？

发件人：凯特·雷迪

收件人：杰克·亚伯罕默

一晚上顶七年？听起来倒像是我用几小时来补我几年缺失的睡眠一样。不是莎士比亚，我想是马洛。这对莎士比亚可不公平——只要是优美的句子都说是出自他的手笔，也不管人家到底写了没有，感觉他就是发明“情感软件”的比尔·盖茨。

话说你怎么会读马洛的诗？难道华尔街的杰克·亚伯罕默从文艺复兴的剧作里看到了自己经济上东山再起的希望？

发件人：杰克·亚伯罕默

收件人：凯特·雷迪

这不公平，亲爱的。不公平。不要通过一个男人的社会职位去评判他。我曾经是一个主修英文专业的穷学生，但总得想办法来满足我买首版书的爱好吧。其他家伙给自己买了游轮，我给自己买的却是第一版的《尤利西斯》。对此，您还有什么想说的？

发件人：凯特·雷迪

收件人：杰克·亚伯罕默

我曾经也是一个辅修英文专业的穷学生。贫穷，如果不是一件无聊的事，那就是一件相当可怕的事。我不想让自己在这种可怕中度过一生。在英国，很多人会告诉你：钱没什么大不了。我们管这种人叫“中产阶级”。

拥有首版书是一个男孩的梦想，无意冒犯，先生，但您应该把钱花在一些真正重要的地方，比如说，买鞋子。

凯特 xxxxxxxxxxx

发件人：杰克·亚伯罕默

收件人：凯特·雷迪

你注意到没有，你已经发给我 147 个吻了，可我还一个都没给你发。

发件人：凯特·雷迪

收件人：杰克·亚伯罕默

注意到了。

发件人：杰克·亚伯罕默

收件人：凯特·雷迪

xx

XXXXXXXXXXXXXXXXXXXXXXXXXXXXXXXXXXXXXXXXXXXXXXXXXXXXXXXXXXXXXXXXXXXX
XXXXXXXXXXXXXXXXXXXXXXXXXXXXXXXXXXXXXXXXXXXXXXXXXXXXXXXXXXXXXXXXXXXX
XXXXXXXXXXXXXXXXXXXXXXXXXXXXXXXXXXXXXXXXXXXXXXXXXXXXXXXXXXXXXXXXXXXX
XXXXXXXXXXXXXXXXXXXXXXXXXXXXXXXXXXXXXXXXXXXXXXXXXXXXXXXXXXXXXXXXXXXX
XXXXXXXXXXXXXXXXXXXXXXXXXXXXXXXXXXXXXXXXXXXXXXXXXXXXXXXXXXXXXXXXXXXX
XXXXXXXXXXXXXXXXXXXXXXXXXXXXXXXXXXXXXXXXXXXXXXXXXXXXXXXXXXXXXXXXXXXX
XXXXXXXXXXXXXXXXXXXXXXXXXXXXXXXXXXXXXXXXXXXXXXXXXXXXXXXXXXXXXXXXXXXX
XXXXXXXXXXXXXXXXXXXXXXXXXXXXXXXXXXXXXXXXXXXXXXXXXXXXXXXXXXXXXXXXXXXX
XXXXXXXXXXXXXXXXXXXXXXXXXXXXXXXXXXXXXXXXXXXXXXXXXXXXXXXXXXXXXXXXXXXX
XXXXXXXXXXXXXXXXXXXXXXXXXXXXXXXXXXXXXXXXXXXXXXXXXXXXXXXXXXXXXXXXXXXX
XXXXXXXXXXXXXXXXXXXXXXXXXXXXXXXXXXXXXXXXXXXXXXXXXXXXXXXXXXXXXXXXXXXX
XXXXXXXXXXXXXXXXXXXXXXXXXXXXXXXXXXXXXXXXXXXXXXXXXXXXXXXXXXXXXXXXXXXX
XXXXXXXXXXXXXXXXXXXXXXXXXXXXXXXXXXXXXXXXXXXXXXXXXXXXXXXXXXXXXXXXXXXX
XXXXXXXXXXXXXXXXXXXXXXXXXXXXXXXXXXXXXXXXXXXXXXXXXXXXXXXXXXXXXXXXXXXX
XXXXXXXXXXXXXXXXXXXXXXXXXXXXXXXXXXXXXXXXXXXXXXXXXXXXXXXXXXXXXXXXXXXX
XXXXXXXXXXXXXXXXXXXXXXXXXXXXXXXXXXXXXXXXXXXXXXXXXXXXXXXXXXXXXXXXXXXX
XXXXXXXXXXXXXXXXXXXXXXXXXXXXXXXXXXXXXXXXXXXXXXXXXXXXXXXXXXXXXXXXXXXX
XXXXXXXXXXXXXXXXXXXXXXXXXXXXXXXXXXXXXXXXXXXXXXXXXXXXXXXXXXXXXXXXXXXX
XXXXXXXXXXXXXXXXXXXXXXXXXXXXXXXXXXXXXXXXXXXXXXXXXXXXXXXXXXXXXXXXXXXX
XXXXXXXXXXXXXXXXXXXXXXXXXXXXXXXXXXXXXXXXXXXXXXXXXXXXXXXXXXXXXXXXXXXX
XXXXXXXXXXXXXXXXXXXXXX

*** 早 7 时 01 分 ***

本发现了他的小鸡鸡。他躺在尿布垫上，小手紧紧地握着那玩意儿，一脸兴奋又陶醉的表情，像是刚刚发现了整个太阳系的总开关一样。我没收了他的“新玩具”，把它塞进尿不湿里，然后迅速将两边的粘扣粘上。本气急败坏，号啕大哭，泪流满面。

“不行，我们是好宝宝。现在得下楼吃早餐麦片喽。”

对于婴儿大的儿子产生的这种过早的性行为，一个母亲的正确态度应该是怎样的呢？当然，她首先应该高兴，至少说明那玩意儿没什么功能性问题。一想到我这个女性的身体，竟然生出了这个毛毛虫一样大小、既会尿尿又能享乐的东西，我就觉得不可思议。但同时，面对儿子显露出的早期男性特征，我又莫名地感到羞怯，它意味着拖拉机、橄榄球和其他女人。有一天，本的生命里也会有除我以外的其他女人出现。现在想想，都有一种冰碴儿扎心般的感觉。

下楼后，我踮着脚走进满地杂物的厨房。跨过垃圾桶时，我发现里面有很多葡萄干：这肯定不是圣诞节之前扔的那些吧？得和葆拉说，叫她别让孩子乱扔东西（和保洁员说可不管用：胡安妮塔膝盖有毛病，不能跪下干活）。我发现，理查德站在电视机前，像个虔诚的信徒一样弓着腰。他没刮胡子，毛茸茸得看上去像个原始人，就好像诗人泰德·修斯在烘干机里转了几圈后的样子。我怀疑，他是对儿童节目的女主持人产生了好感。她叫克洛伊还是佐伊来着？我问他，孩子们都还没起床，怎么先把他们要看的节目打开了，他嘟囔着说这节目“很有教育意义”，语气生硬，似乎在间接告诉我：现在没工夫和你这女人吵架。上次的罗勒酱事件，他肯定还记在心上。

我不得不将眼睛放在那个叫什么克洛伊还是佐伊的女孩身上。现在是寒冷的 2 月清晨，她在电视里居然穿着一件适合夜店场合的衣服。橘黄色的无袖背心上，“How About It？”这行粉色亮片点缀的字，横在她那扁平却蠢蠢欲动的胸前。少儿节目的主持人什么时候开始穿得像个轻浮的红尘女了？原来不都是……至少是受人尊敬的瓦莱丽·辛格尔顿吗？

“理查德？”

“听着呢。”

“本老是摆弄他的那个……我想说，他才 1 岁，是不是太早了点。你觉得这正常吗？”

理查德甚至都没抬头。“对男人来讲，那是最快乐的娱乐方式。他有一生的乐子在等着他呢。何况，这又不花钱。”说完，他将脑袋歪向一边，附和着克洛伊或佐伊那黄鼠狼般的笑声。

屋子那头传来一阵咯咯的笑声。我回头一看，本爬到冰箱那儿，猛地拉开门，将一瓶黑醋栗饮料朝着我的一双鞋一股脑儿全倒了下去。深紫色浆液瞬间四溢成河。我立马冲过去，想像《急诊室的故事》里的海瑟薇护士那样迅速地“止血”。我需要厨房用纸，可没有厨房用纸了。而本现在正坐在地上这一大摊黏糊糊的紫色浆液中。我揪着他的衣领，一把将他拎起来放到水龙头下，他高声尖叫着。

我问理查德，我在周五的购物清单上特别标明了 3 次要买厨房用纸，他怎么还会忘记。他解释说，他在超市找不到我指定的“柔软小猫”这款厨房用纸，而他又偏偏不愿张嘴问一下。

“我不明白。”

“有一些词是不能指望从一个成年男性的嘴里说出来的，凯特。

‘柔软小猫’就是其中之一。”

“你不能说‘柔软小猫’？”

“不能大声喊出来，不能。”

“请问这到底是为什么呢？”

“我不知道。我只知道我宁愿把一卷‘柔软小猫’纸给吃了，也不会向谁打听它。哪怕想想这个词儿都……”

理查德夸张地哆嗦了一下，又继续转向电视机，克洛伊-佐伊那两个像化了的巧克力豆一样的眼睛无声地吸引着他。

“可我们的厨房用纸用光了，理查德。而且你也看到了，家里现在就跟漏油事故现场一样！”

“我是看见了。但我当时可不确定是不是必须得买什么叫小猫的纸巾，还是说3层超强吸附垫之类的也可以。”他长长地叹了口气，那叹息声与鸵鹿的不相上下，“这样做毫无益处，凯特……别逼我了。”

为了将来做参考，我让理查德告知我一下还有哪些词是成年男人不能说的。一共有这些，倒没什么特定顺序：洁厕灵、空气清新剂、熏香、深底盘子、菲力鱼、芝士蘸酱、“洗洗去无踪”洗衣粉、卫生巾、肥肥奶油蛋羹、护垫。

*** 上午8时01分 ***

得赶紧出门才行。今天我要给EMF的总监们做重要发言，职业生涯中的成败在此一举，一定要冷静威严，以无人能及的国际市场知识让人眼前一亮。我把鞋子上的果汁擦拭掉，给葆拉留了张纸条，嘱咐她买厨房用纸，把《白雪公主》的碟还给图书馆。现在逾期该交的罚款都够拍一部原版迪士尼动画了。之后，我抓起包，给了浑身还黏糊糊的本一个飞吻。他猛地要向我扑来，那样子就是《最后的莫西干人》里丹尼尔·戴·李维斯和玛德琳·斯托告别时的情景重现。

"妈妈，'妇女餐证券'[1]是什么？"艾米丽挡住了我出门的路。

"不知道，亲爱的。祝你今天过得开心，拜拜。"

*** 下午3时26分 ***

演讲发言进行得非常顺利。总经理阿拉斯泰尔·柯博德对我在欧洲一体化问题上的把握给予了高度评价。这一刻，我站在17层的会议室，俯瞰眼前如一块块乐高积木组成的伦敦城，我第一次感觉自己有种独立于天地之间的女强人的霸气。

我正准备做总结时，突然门那边有人咳嗽。闻声望去，只见西莉亚·哈姆斯沃思焦急地在那儿晃悠。那样子是典型的假装不想打扰别人，但事实上却极其想被注意到的心理状态。"很抱歉打扰了，罗宾。"她假惺惺地笑道，"前台那里有个醉鬼，一直在给保安制造麻烦。"

罗宾·库珀·克拉克扬起眉毛："那么，这和我们又有什么关系呢，西莉亚？"

"那人说，他是凯特的父亲。"

1　本应为"妇女参政权者"（suffragette），但由于艾米丽年龄小对这个词不甚了解，所以说成了"suffer jet"，故译为"妇女餐证券"。——编者注

12

又见父亲

过去这20年里，我与父亲的会面几乎如出一辙。他经常连续几个月杳无音讯，除了偶尔从妹妹那里听到一些他荒淫无度的行径，或者他得了一些早在18世纪就已经绝种了的疾病——破伤风、坏血病、疖子。最后，我准备对他彻底放弃，悬在心上的那根线正要松开时，他又出其不意地出现在我面前，要跟我谈话，想建立起一种我们之间从未有过的关系。父亲总是分不清感情用事和关系亲密的区别。在他眼里，我一直是那个小姑娘。但我小的时候，他却要求我表现出成年女人的意志力；现在我长大了，他又想让我回到孩子时的温顺，而且一旦不顺他的意，他便立即大发雷霆。有一段时间，他好像一直在酗酒，不过我也不是很确定，但有一件事万变不离其宗，那就是他每次都想要钱。

在铬黄和白色相间的EMF大厅里，约瑟夫·阿洛伊修斯·雷迪站在那里显得很突兀，像个来自古代的乡下人。周围西装革履的客人一直盯着他看。他如此令人怀疑，身上的味道肯定也是臭气熏天。他披着一件不知倒了几次手的条纹大衣，一缕灰色的头发贴在头皮上，他看上去就像是一个来向“星舰进取号”的船员推销锅具的补锅匠。两个保安拿着对讲机，正试图把他劝走。但乔[1]犟得像个骡子，坐在前台旁边的长椅上不挪步，脚下还缠着一个白色塑料袋。他有着酒鬼那样典型的暴躁与倔强。一看到我，他立马伸长胳膊，得意扬扬地用手指着我：“看，我说什么来着。我的凯西[2]来了。”

“给你添麻烦了，杰拉尔德。”我和保安匆匆打了声招呼，“我父亲今天有点失常。这里交给我就好。”我把父亲引向大门那边，眼睛一直盯着前方，避免看见人们怜悯的笑容——自打我记事起，那种笑容就一直萦绕着雷迪家的人。

和他走出大楼以后，我提议去一个远离我工作区的地方，在齐普赛街找一家咖啡馆。可父亲拉着我径直走下楼梯，朝着肯兹艾姆酒馆走去。一进这家酒馆，立马让人有种回到狄更斯所生活的年代的陈旧感，地板上的木屑清晰可见，白皮肤的女酒保看上去还未成年，舌头上镶着钻钉。我们坐在一个角落里，头顶上方挂着一个红脸公爵。父亲要了一瓶劲烈版苏格兰威士忌，一大份花生，我点了一杯苦柠檬水。苦柠檬水一向是母亲的最爱。开始时我把它当无酒精饮料来喝，后来，它渐渐代表了一种心境。

“艾玛她……还好吧？”父亲问。他呼出的口气中混杂着强烈的尊尼获加威士忌和煮鸡蛋的味道。

---

1 乔，约瑟夫的简称。——译者注

2 凯西，凯特琳的昵称。——译者注

“是艾米丽。”

“啊，艾米丽。快 7 岁了吧。”

“6 岁。今年 6 月份正好 6 岁，爸爸。”

他听后，肯定地点点头，就好像 6 岁和 7 岁没差多少。

“那个小家伙呢？朱莉说他有点像我呢。”

上帝！应该不会再有哪个做父母的糟糕到整天拿自己的基因沾沾自喜了。我生气地盯着杯里嘶嘶作响的碳酸饮料，脑子里不断地想着：乔·雷迪体内的一些 DNA 序列在我宝贝儿子的身体里肆意伸展。“实际上，本长得更像我，爸爸。”

“反正我们一直都很像。你和我，我的凯西宝贝儿，都生了一副好相貌、好身板儿，也都有那么一种性格，我说的对不？”他咽了一口威士忌，接着又朝嘴里扔了一大把花生——我的父亲，一举一动都透露着“没节制”，至少在这一点上，我们很像。

“那……你的父亲大老远跑来看你，你不准备问问他过得如何吗？”

他操着浓厚的北方口音，还夹杂着一丝他母亲的家乡科克郡的轻快腔调。难道我以前说话就是这样？理查德说他第一次和我聊天时，还以为我是巨蟒剧团[1]里出来的。那时候，我把“bath（浴室）”说成“baff”。后来我才了解到，“bath”应该和“arse”[2]押韵。可南方人从来不用“arse”这个词，他们通常说“bum”或“bottom”[3]。现在，

1　巨蟒剧团，英国著名的 6 人喜剧团体，其参演的电视剧系列在英国北部的苏格兰地区拍摄。——译者注

2　“屁股”的意思。——译者注

3　“屁股”的含蓄叫法。——译者注

我和孩子讲话时都用“bottom”，每次嘴巴都被那饱满又不容易掌握的发音标准弄得不听使唤，感觉舌头像那个女酒保一样：被各种莫名其妙的东西坠得沉沉的。

父亲这么说，好让他能轻松方便地向我要钱，但我不想让他那么轻松。我仍然记得当年我拿到人生第一笔工资时，他站在霍尔本阿比国民银行的外面，一边舔手指一边数着我交给他的一叠10英镑纸币。这是我的亲生父亲。所以，如果他想要我的钱，就让他自己说出来。

“再来一份？”女酒保走过来清理桌子，问我。

“不了。”

“对，给我再来份一样的，也给你自己来一份，宝贝儿。”

父亲向她微笑着，她羞怯了一下，又马上恢复正常状态。以前，我经常见到女人在他面前这样。父亲曾经是一个漂亮的男人。不是英俊，是漂亮。这就注定他永远都不会走向成熟，而是走向堕落。“泰隆·鲍华。”外婆见到父亲和我时，曾这样欢喜地说道。那时我太小，对旧时代的好莱坞影星知之甚少，不知道泰隆·鲍华是一个人名，还以为它指的是父亲会让人们浑身发电的意思，即一种难以驾驭同时又难以抗拒的自然力量。现在，我看着他，努力地试想别人看他时会是什么感受：脸像一颗浮肿的心脏，鼻子和脸颊上的血丝像某个三角洲的一条条堵塞住的河流。长长的睫毛下，原本是我母亲口中“那对最传神的蓝眼睛”，如今那里就像两个靛蓝色的死水池，往昔的魅力与神采全都消失殆尽。我的第一任男友曾叫他“风流倜傥的花花公子”。他说：“你父亲像是专门为了讨女人欢喜而出生在这个地球上的，凯特。他周六晚在夜店和那个克里斯蒂娜快活的时候，你真该在场看看。”听别人毫不遮掩地谈论自己父亲的性生活，我真想找个地洞钻进去。

“看你能不能猜出来它是啥。”父亲钻到桌子底下，从他的手提袋里掏出一个黑色文件夹，又从文件夹里抽出了几张皱巴巴的方格纸。上面画着一个胖胖的东西，长着两个方方的翅膀。这……会飞的猪？我试着把画倒过来再看看。

“这是什么？”我问。

“世界上第一款可降解的尿不湿。”

“可你对尿不湿一无所知啊。”

“今日不同往昔嘛。”

说起发明东西，我父亲与这个领域还真有一段渊源。作为世界上最“怀才不遇”的发明家，好像没有他发明不出来的东西。我和朱莉还小的时候，他用外面沾着面粉的树脂块伪造月岩，还拿到切斯特菲尔德的一个市场上摆摊贩卖。他和路人说，这是“阿波罗11号”登陆月球后拿到的纪念品。“想想吧，夫人，你现在手上拿的可是当年尼尔·阿姆斯特朗手里拿的东西啊！”结果，这些“月岩”大卖。后来，大家对太空飞行没那么神往了，这些“月岩”便随即化身成了“神奇的去角质石头”，专门糊弄那些皮肤粗糙、成天在车间工作的女人。

后来，他又发明了一种镶在家门上的“猫洞”，用来防止家养宠物把从外面捕到的猎物带回家：点子不错，但问题是总有猫不断地被夹死。有时候，父亲想到的点子被人抢先一步实现了。比如，从来没坐过飞机的他专为飞机上的旅客设计了睡眠眼罩。

“乔，”母亲小心翼翼地说，“我听说飞机上是提供遮光眼罩的。”

但父亲绝对不会让这种“妇人之见”影响他的大计。在我们家，父亲是主持大局的，母亲则是为他收拾烂摊子的。在他的名片上，他把自己描述为一个“企业家”。

我草草地翻了翻他这个“雷迪可降解尿不湿”的商业计划。他高兴地说：“你知道吗？我的这个发明可是引来了不少关注呢。德里克·马歇尔在商会上还说，我让他大开眼界了。但目前，我在资金上遇到了一些难题，亲爱的。这是你的专业吧。叫什么来着，探险资本？”

“风险资本。”

“对，就是它。”

父亲说他这次不会要很多钱，只需要一点种子资金。

“多少？”

“够我们开始的生产经营资金就好。”

“多少？”

“10万，加上开发成本，还有包装费，差不多13.5万英镑左右吧。手头真的是太紧，不然我不会向你开口的，亲爱的。”

可能我还没意识到，但我脸上的表情肯定变了。因为他在椅子上动来动去的样子，换作其他人，你肯定会用“坐立不安”来形容。我认为，他至少有那么几秒钟应该意识到这些交易让我觉得很不舒服。“别担心，亲爱的。”他的手从桌子对面伸过来，拍拍我的手，“如果你觉得为难，给我写张支票也行。”

我把父亲送到了沼泽门地铁站。他可以在这里乘坐北线直达国王十字火车站，再在那里转车回家。我给了他回家的路费——一笔不小的数目，这些日子连坐飞机去波士顿的机票都要比去唐卡斯特[1]的火车票便宜——还有下了火车后打车回家的钱。父亲对自己住在哪儿说得有些含糊——估计是不好意思说和谁住在一块吧——但他答应我会直接回家。我站在车站外，街角的自助拍照亭旁边。几分钟后，当我回头往车站里看时，他正在和一个年轻的街头艺人聊天。他大大方方地从我刚才给他的钱里掏出一张10英镑的纸币放进那个男孩打开的吉他盒里。他脱下身上的大衣，将它温柔地盖在男孩身边那只睡着的狗身上，然后，哦，我的上帝，他要开始唱歌了：

"河流太宽，我无法穿越，
也没有翅膀可以让我飞翔。
给我一艘双人船吧，
让我和我的至爱共同荡起双桨。"

这是他最爱的歌谣——雷迪的品位一向不会低于《柳园里》[2]这般高雅浪漫的歌。衣冠楚楚的过往行人，甚至是赶电梯的人，都停下脚步，侧耳聆听，他们被父亲优美的男高音而震撼——屡经挫折但依然满怀希望的父亲唱得如此好。一位穿着驼色大衣的女士弯下腰往吉他盒里扔了几枚硬币。父亲拿下头上"隐形的帽子"，向她行了一个脱帽礼。

这时，伴着忧伤的旋律，我仿佛能听见母亲尖锐又恼怒的声音刺入我的耳膜："他那弹琴的小手指头能养活你，是不？"

---

1 唐卡斯特，英格兰南约克郡城市。——译者注

2 《柳园里》，英国诗人叶芝早年的诗作，后被谱写成歌。——译者注

"不，他不能。"

"能啊，怎么不能。他一直都能。要是他真他妈的那么好，去找他啊。走啊！"

"我不想和他走，妈妈。"

"你永远都是他的。爸爸的好女儿！"

我又回到了喧闹的街上，买了份报纸，不至于让手空空的，然后往办公室的方向走去。

一个孩子对父母的爱几乎是坚不可摧的。然而，日复一日、年复一年，幻想一点一点地破灭，却可以让这种爱朽掉。印象中，我第一次对父亲产生的感觉是骄傲，那种油然而生、庆幸他是我父亲的自豪感。他比其他人的爸爸长得都好看，而且特别聪明，他能又快又准地心算，能在周六下午看完电视上的足球比赛后，把获胜队的名字倒背如流。谢菲尔德星期三、帕克里克·西斯尔、汉密尔顿。周六早上，他去抽赌签，我和朱莉会求他带上我们。到了那儿，我们总是会抱着"英雄"的大腿。我仍记得，当时在我矮矮的视线里，那由一条条大腿组成的"移动树林"和被雨淋过的毡帽所散发的潮味。数年后，在大学里，当我看见中产阶级的父亲们从家庭轿车里搬出各种高级茶具挂到孩子寝室的松木茶架上时，我竟渴望他们能给我一个哪怕是毫无感情的拥抱。

有一年冬天，应该有零下二十三四度。父亲带着我们去皮克区滑雪橇。到那儿去的其他家庭都带着买来的雪橇，滑板上有一圈木质的高架，可以稳稳坐着。人们在上面可以好好享受一番精彩的传统雪橇式滑雪。我们的雪橇就是贴着地面的一块板：它是父亲用一堆劈碎了的木头钉成的。底部加上了几根他从废弃轿车门上搞来的金属滑条。“来试试吧！”他搓着双手说道。

第一次试的时候，朱莉刚上去就掉下来了，雪橇径直滑到了坡下。父亲告诉她不要太娇气。接下来轮到我了。我爬上去，努力想要证明父亲做的雪橇和别人的一样好。但到半山腰的时候，我撞到了一个小山包，接着雪橇迅速改变了路径，朝着一个极陡的侧山坡滑了下去，尽头是一堆棘铁丝绕成的栅栏。雪橇下面加的金属滑条本是为了减少摩擦力，可现在雪橇完全停不下来。最后，雪橇带着我猛地冲进了栅栏下面。雪橇的前半部分颤巍巍地悬在半空中，而我倒在雪橇的后半部分，两只脚伸在雪橇两边，缠在铁丝网里。

父亲跑到我这里时，气喘得如此急促，我还以为他要死了。他跪在雪橇尾部，把它固定住，然后将我头发里、手周围、外套里的铁丝一根根拿掉。清理掉所有铁丝后，他把我拉起来，然后雪橇向前冲了出去。几秒后，就听见下面的马路上传来了东西碎裂的声音。我过去一直以为，我之所以对那天的事记忆犹新，是因为父亲救了我的命；但现在我认为，那是因为那天是我们做父女这些年来，他唯一一次保护我这个女儿。

父亲是我人生中第一个爱的人。哪怕到了后来，母亲那双淡褐色的眼睛被深深的黑眼圈吞噬了神韵，并且受生活所迫，对她的外在形象和行为举止无所顾忌时，我还是总站在父亲这一边。有一回在杂货店里，一个男人撞倒了一堆摆成金字塔形状的炼乳罐，白色、蓝色的小金属罐叮叮咣咣散落一地。母亲不停地哈哈大笑。最后，那个叫琳达的柜台人员不得不给她端了一杯水让她慢慢停下来。但女儿们不愿看到任何妈妈不高兴的迹象，因为那也许意味着她们的爸爸是不完美的。

多年后，事实已无数次证明约瑟夫·阿洛伊修斯·雷迪不是个值得迷恋的对象，可我还是不愿意相信。还需要什么样的证明你才甘心呢？他曾经从外面拿回来他和别的女人睡过的床单让母亲洗。那天晚上，他带着睡眼惺忪的我到楼下，让我告诉站在门口的警察，他——约瑟夫·雷迪——在某个晚上一直都在家，并让我发誓我记得很清楚。我发誓了。

“我们的凯西记忆力可好了，对那晚记得可清楚了。”父亲对警察说，“对吧，亲爱的？来，给我们可爱地笑一个？”

大自然通过“父亲”这个样板来告诉女孩子“男人”应该是什么样子。如果这个样板出了问题，那还会有什么好结果吗？

走进 EMF 的大门，空旷凉爽的大厅让我感到舒适。我喜欢大理石的地面踩上去嗒嗒作响的声音，电梯热情地敞开门欢迎我进去。我不敢看电梯里面的镜子墙面，不想看镜中女人的样子。快到 13 层时，我原本已经想好了借口，可门打开时，罗宾·库珀·克拉克却站在电梯口。

“非常精彩的发言，凯特。”他说着，将手尴尬地放到我的肩膀上，“绝对一流。只有几个小问题需要处理一下，但是不着急的，你自己安排时间。对了，家里没什么事吧？”

如果我说了实话，真不知道这位投资总监会做何感想。自从吉尔和我在一次公司举办的野鸡狩猎活动中因害怕而结盟，我就和罗宾一家变成了朋友。我和理查德去他们位于萨塞克斯的家拜访了好多次，但我从来没向罗宾提过我的父亲：我想得到他的尊敬，而不是同情。我回答道："没什么事，放心。"

"好极了。一会儿再聊。"

从上一次看大屏幕到现在的3个小时间，富时指数上涨50点，道琼斯指数下跌100点，美元汇率降了一个百分点。为了稳住基金，我做了一些计算。

不管怎样，有一点我是知道的：我不能再回到从前那昏天黑地的生活中，充满欺骗、逃避，令人窒息。

13

购物

如果时差也有自己的小气候，那一定是灰色、黏湿的新加坡气候。我到波士顿出了个短差，刚刚回来。2月的天正下着绵绵细雨，天昏沉沉的，像令人昏昏欲睡的热带天气。我走在长亩街上，直接和迎面走来的快递员撞了个满怀。鸭舌帽下，他那双眼睛愤愤地瞪着我。

“你是头蠢驴吗？”他骂道，“走路没长眼睛啊？”

我和罗德一会儿要在科芬园与客户见面。在那之前还有14分钟的时间，正好可以去逛班尼特[1]，目前正是鞋子的半价打折季。

我似乎已经忘了该如何享受购物的过程。对我来说，没有慢悠悠的东挑西选——这家试一件绒衣，那家试一条丝巾，然后再回到最开始的那家去买件庄重的亚麻衣或是高档又有手感的羊驼毛衣。购物时，我就像一只蝗虫，饥渴难耐地开始大扫荡，将所有我需要的或者绝对不需要、但觉得我应该拥有的东西一扫而光。总之，都是因为我几乎没时间购物。

1　班尼特（LK Bennett），英国轻奢女装品牌。——译者注我拿了一双细高跟鞋——踩盖伊的脚趾的绝佳武器——和一双长筒软皮靴。后来想了想，我又拿了一双黑色系带女鞋，上面一堆盲文一样的孔，像是专门为有恋脚癖的人设计的。想想也真是有意思，买两双鞋听起来很奢侈，可买3双就觉得像是捡了便宜。

往店里的另一头望去，我瞧见了一个女人。她的皮肤黑亮又饱满——打了肉毒素的皮肤顽强地抵抗着地球引力。她身上裹了一层鸽子灰的羊绒衣，一手拿着一只鞋，像花展上的专家一样比来比去。能看得出来，她既不缺钱，也不缺时间。我已经预见到她接下来会逛上一整天：有这么多可看的东西。中午享受一顿美味的轻食，逛累了再来几杯脱脂拿铁。我注意到，她将目光放在了一双39码的斑马尖头鞋上。必须得阻止她。我飞快地冲了过去，正好赶在了她前头。

"不好意思，我要买这双。"她浮躁又倦怠的声音努力表达着内心的不满。

"对不起，是我先看上的。"我说着，硬是把脚塞进了鞋里。

"这等小事用不着激动。"她笑着走开了，留下了浓烈的乔马龙香水味。她是不是一点都不好闻？当然。就没人想拧断她那没有皱纹的脖子？当然有。

到了收银台，店员看到斑马尖头鞋的鞋底，说："女士，这应该不是您穿的码？"

"我知道，但我还是要买。"

刷卡机被刷崩溃了。店员说："对不起，女士。您的信用卡被拒绝交易了。我得打个电话。"

“可我没时间等你打电话处理。”

店员虚伪地一笑，说：“那您再试试别的卡？”

*** 上午 10 时 16 分 ***

会面迟到了 6 分 35 秒。我一身正装进了约定的房间，努力将闪闪发光的购物袋藏在腿后。罗德·塔斯克抬头看了一眼，咧开鲨鱼一样的大嘴笑着：“哈，工作正火烧眉毛呢，我们的女士还有闲心购物。很高兴你最后还是来了，凯特。”

*** 中午 12 时 19 分 ***

离艾米丽的期中假仅剩 4 天，可我还没时间安排假期的行程。葆拉这周要去摩洛哥休假。我今早试探着问她，可否选择在我们休息的时候再休假，她给了我一个圣女贞德式的眼神，暗示：把你刚才说的话咽下去！无奈之下，我只好主动出钱帮她买机票，让她答应改时间。软弱啊，凯特，你真是太软弱了。

我在上班时偷偷给旅行社打电话，假装是在查询基金评估值。去佛罗里达应该不错吧？

“10 月份之前的已经全部订满了，抱歉。”电话那头的人笑得像个老巫婆。

“巴黎，迪士尼？”

全没了。看来到时候能在“欧洲之星”列车里坐着的，都是远期计划高手，可怕。旅行社的代理说，最好现在就把复活节的旅行给提前订了，他倒是还有一些复活节的余位。

"沙托克女士，您有考虑试一下欧洲度假村网络吗？"

是的，我是考虑过，比如乘着特百惠的集装箱周游地狱。

我试着问了康沃尔、科茨沃尔茨和加那利群岛。全满了。最后，又给一个叫"威尔士小屋"的公司打了电话。那个叫瓦尔达的客服替我激动地说，他们有一个去圣戴维斯[1]的预订取消了。"舒适条件可能是差了点，但没人会不喜欢篝火派对吧？"

我正准备去吃午饭，一个邮递员羞怯地来到了我的桌前：他拿着两大捆情人节花束。其中一捆是栀子花、百合和大如手掌的白玫瑰——像是为摩纳哥王妃的婚宴而定制的；另一捆是郁金香，看着像是在汽车修配厂前面摘的，周围还零星点缀着一些葬礼上才会看到的蕨草。我打开卡片，郁金香是我丈夫送的。

发件人：黛博拉·理查德森

收件人：凯特·雷迪

我想告诉你的是，虱子没什么好怕的。它们现在都应该被归类于中产阶级了。费利克斯的学校为了给虱子洗刷污名，甚至还举办了"虱子节"呢！

你和那个叫什么罕默的纽约之约如何啊？

我们目前处境的唯一好处就是，累得没法搞外遇。

1　圣戴维斯，英国威尔士的一个小城。——译者注周四一块吃午饭?

黛博拉 xxxx

发件人：凯特·雷迪

收件人：黛博拉·理查德森

恭喜虱子摆脱了“害虫”之名，成了被压迫的少数群体，还拥有了自己的欧盟基金。看样子以后再也不用因为给孩子们梳头去虱子而弄得他们又疼又叫了。试着用茶树精油——味道很恶心，但是没用——估计萨达姆的化学武器应该会管用。但到时候会不会虱子还没杀死，孩子先没气了?

抱歉，午餐不行，那天是期中假。

我刚刚好像收到了罕默的情人节花束。

发件人：坎迪·斯特拉顿

收件人：凯特·雷迪

不好了，亲爱的。你不在的时候，理查德打来电话。该死的秘书说：“啊，您的鲜花比她收到的那些郁金香美多了！”

你就装作有个卖花的跟踪狂盯上你了。最好再加一句，说她是同性恋！

Ps：谢谢你的斑马鞋。你亲自为我选的?

发件人：黛博拉·理查德森

收件人：凯特·雷迪

凯特，我们哪有精力去搞这些乱七八糟的啊，**难道不是吗?** xxxx

发件人：黛博拉·理查德森

收件人：凯特·雷迪

别做什么见不得人的事，也不许在我这有**任何隐瞒**！

黛博拉 xxxx

*** 下午 1 时 27 分 ***

在利物浦街附近的一个琳琅满目的电子商场里，我饿着肚子晃悠了半个小时。这里面真是乌烟瘴气，每个人都似乎有花不完的钱。我突然看到我们技术团队的一个家伙也在这儿。他正用手掌托着一个数码摄像机，一脸虔诚的表情，就好像手里放的是一个十字架。

没过 1 分钟，我就知道了我想找的是什么。最新、最轻巧的个人电子记事本。这才是个真正的好东西——质地极轻，却集合了许多人性化的科技，就像 20 世纪 50 年代的杯垫。这个名为“口袋存储器”的产品列举了大量的诱人功能：

——让你的生活更简单！

——消除压力！

——帮你支付账单！

——朋友生日提醒！

——和丈夫共度良宵的同时读完几周前翻开的卡罗尔·希尔兹的小说，说不定能把你读到的智慧直接带到你的第一胎里！

我把它买了。多少钱我不管。总而言之，我值得拥有。

*** 下午2时08分 ***

罗德·塔斯克突然出现在我的办公桌前，宛若海洋舰队突袭沙滩一般。“凯特，我需要你帮忙！”他喊道。接着，他张开嘴唇，紧闭牙齿，给了我一个他所谓的“微笑”（罗德唯一让人觉得恐怖的时候就是他在想办法跟人示好的时候）。

他一边拍打玩弄我花瓶里的水仙，一边和我说让我参加一个决赛，争夺一个3亿美元的道德抚恤基金。所谓的“决赛”类似于选美大赛，参加比赛的投资经理人比赛谁能让某个潜在客户相信，自己是整个地区最负责的赌徒。哦，罗德在得知此事之后便将其忘在了脑后，现在可倒好，我只有12天的准备时间。万一准备得不好，虽然这不是我的错，但正因为不是我的错，是罗德的错。可罗德是个男人，男人犯错可说不通。

我能听见自己内心深处的反抗——对“不公平”的无力哀号——可罗德的号令还没有说完。“他们说，我们的团队需要彰显EMF的多元化。”他说，“我一想，那就是你了，凯特。啊，还有那个研究部门的中国佬。”

“什么？”

“叫莫娜，对吧？”

“莫莫不是中国人，她是斯里兰卡人。”

“管她呢，”他耸耸肩，“反正她长得和我一比够他妈的多元化了。”

“罗德，我真的不能。莫莫她没有任何经验。你不能就这样——”

现在，我的老板正掐着水仙的脖子，可怜的花在哭泣，黄色的花蕊落在灰色的地毯上。

“嘿，我们可从来不做‘不能’的事，甜心。我们什么时候开始说‘不能’了？那是没种的家伙才说的话。”

罗德对我讲话的方式震惊到我了吗？事实上，我一点儿都没有被震惊到，你大概会为此感到震惊吧。我深吸一口气，闻到的是沙文主义的气息——一种古驰牌“妒忌”香水和健身后残留的、咸汗的混杂气味，让人不敢不瞬间清醒。就像温斯顿车里挂的那个方块形状的琥珀清新剂，你一进金融城，那味道便向你袭来，逐层侵蚀你的大脑。很快，它就变成了你生活里唯一的味道。相比之下，其他的气味——牛奶、苹果、香皂——都变得毫无存在感。我第一次来金融城闻到它时，便立即识别出这种气味叫作权力。

可事实是，我不在乎：如果让他们对我的腿评论几句，就能保证我可以给我和孩子买鞋穿，那就让他们说去吧。身为女性，在EMF工作，你永远得不到你想要的，可EMF却能因为你的存在从外界获得它想要的：数不清的账户和“企业多元化”的声誉——这都要归功于你。这是一个非常古老的交易，对我来说够好的了。有时候，我还挺为别人抱不平的，像业务部门的克莱尔·梅林沃森这样年事已高的女同事，早已被公司披上了隐形斗篷，被众人遗忘；而对于莫莫这类年轻的一代，她们还天真地以为，男人们会因为你有工商管理硕士背景就对你刮目相看。

这里的女性只有3种。从前，在克里斯·邦斯还在千方百计想和我上床时，他曾有一次在酒吧里醉醺醺地和我说："你在这里，要么就是个小孩，要么是小孩的妈妈或奶奶。"那时候，我还是小孩。

不是还有《机会平等法》吗？那也没什么用，顶多是把"厌女症"的大军赶到地下，迁移到网络中。我们总是在网上拿男人开玩笑取乐——扭曲、无用、愤怒的玩笑，可再看看那帮男人发的东西——我看得让某个妇科专家出面示范一下了。随他们怎么去颁布七七八八的法律吧。有本事定个法律让他们下面的那玩意儿永远别勃起来。

在我眼里，金融城里的女人就像是第一批移民。大家下了船后，尽最大努力地埋头苦干，尽力无视那些无知原住民的冷嘲热讽。他们讨厌你们，只因为你们从里到外和他们不一样，只因为有一天你们可能会抢了他们的饭碗，但你们依然充满希望。虽然你们知道，在有生之年，事态应该不会再有什么扭转，可这个群体毕竟还是定居了下来。这里处处都有你们的影子，连洗手间都要安装卫生棉条自动售货机。这一切都会让后来的人过得不那么艰难。几年前，我还在大学时，读了一本写一座大教堂的书，作者是威廉·戈尔丁。书里讲到，建一座中世纪大教堂需要好几代人才能完成。最开始计划建造的人都知道，他的儿子、孙子，甚至曾孙子，都未必能登上教堂顶楼。来金融城打拼的女性也是一样。我想，我们为后来的女性奠定了基石，也许到时候她们都未必会知道我们的存在，可她们所拥有的一切，都是通过我们的血与肉堆砌而成的。

去年在为 EMF 的企业宣传册拍照时，他们要去楼下的三明治店"借"女服务员来填补女性和少数种族的员工空缺。当时他们让我和一个哥伦比亚的女服务员面对面假装开会。她穿着西莉亚·哈姆斯沃思的红色毛料外套，假装正在分析基金报告。结果摄影师不得不帮她把手里的报告单正过来以后再拍照。

后来，我下楼去那家店买百吉饼的时候，想隔着柜台和那个与我“合作”过的服务员来一个女孩之间的相视一笑——那帮男人！还能有什么本事？可她的视线甚至都没从奶油芝士桶中抬起来过。

*** 下午4时53分 ***

我得抓紧时间搞那个道德基金的项目了，可脑子里却一直在想杰克送我的情人节花束，接着又开始想艾米丽的生日。其实，距艾米丽的生日还有三个半月的时间，可我的女儿已经开始掰着手指倒计时了。一个5岁孩子整天盼着过生日和一个35岁的大人整天想着忘记自己的生日是一样的。这次终于有种不慌不乱做母亲的感觉了。我给罗杰雷恩博——“黑手党妈”里声誉最高的小丑——打电话。结果只听到了电话答录机的留言，说她每个周末都是满日程，但万圣节期间倒还有一些空余时间。搞什么鬼，预约个小丑弄得比让三大男高音来家里还难。这一点都不夸张，相信我，这个年代，给孩子过个生日真的就像搞竞技赛一样。

“哦，不好意思，您是凯特·雷迪？”

“对。”我抬头一看，站在我桌前的是一位美丽年轻的女士。我记得在圣诞节前的网球入门课上就是她和我对打。当时还真是棋逢对手，把我累得够呛。和那天一样，今天，她的脸上也泛着红晕，可羞涩中又透露着从容与淡定：沉默寡言似乎代表着一种精炼金属般的能屈能伸。

“抱歉，”她又说了一次，“听说我们要一起参加……呃……一个决赛。塔斯克先生说我可以为公司做出重要贡献。”

我猜到他会这么说，回答道：“哦，莫莫，你是叫莫莫，对吧？我也没想到我们这么快就有机会一起共事，我相信这次一定是个不小的挑战。”

算了吧，凯特，让这个可怜的小姑娘松口气吧。又不是她的错，是别人把她推给你的。“我听很多人都夸过你，莫莫。”

“我久闻您的大名。”她激动地说，然后坐了下来，“我们所有人，所有的女同事，”——她向后面那一片穿着正装的人指了指——“我们不知道您是怎么做到的？哦，这是您的吗？”

她突然从我的视线里消失，钻到桌子底下。再上来时她手里拿着一朵水仙花。

“哦，真是抱歉，它死掉了。”

备　忘

写感谢信，给母亲和妹妹打电话。**重中之重！**填 IMRO[1] 表。给莫莫列任务清单。看热播电影——《卧虎》？《睡龙》？给本剪指甲。给朱诺健康健美学院打电话，预约新的私人教练。**收缩盆底肌肉。**艾米丽的上学申请**赶紧办。**公公的 65 岁生日——送艾克伯恩[2]的话剧门票？给吉尔·库

1　IMRO，全称 Investment Management Regulatory Organization，投资管理监管组织。——译者注

2　艾伦·艾克伯恩（Alan Ayckbourn），英国著名剧作家。——译者注

珀·克拉克打电话。社交：邀请朋友周末来午餐——西蒙和柯丝蒂？**搞定楼梯地毯的事！**给胡安妮塔留纸条。期中假行李打包必带物品：**Roo！！**备用浴巾、尿不湿、水瓶、止痛退烧药、可折叠婴儿床、湿巾、长筒雨靴。

14

期中假

“凯特，我不想为了双雨靴和你吵。”

“那我现在为了雨靴就要和你吵。艾米丽都湿透了。你看看她的裤子。每一次都是我来记所有的事情，每一件事。现在我可以和你发誓，我的脑子已经完全饱和了，理查德。我记得我告诉过你，让你看看雨靴有没有放进车里。”

“对不起，我忘了。这不是什么大不了的事。”

“不，你根本没有觉得对不起。如果是的话，你就不会忘。”

在记事情上，人类的大脑承受极限是多少呢？我之前了解到，我们可以把长期记忆比作一个巨大的储藏室，所有的事物：人、地点、笑话、歌曲，只要是我们所知道的，都像酒一样储藏在里面。但如果你不经常造访一个记忆，到它那里去的路径就会长满荆棘，最后消失掉，就像通往睡美人城堡的那条路一样。怪不得所有童话讲的都是努力寻找回去的路。

总之，自从有了孩子，我的记忆力就大不如从前，但我还是努力去记住每件事。某人也应如此。有个词叫什么来着？多重任务。女性生来就很擅长处理多重任务。但理查德呢？一旦让他同时记的事情超过三件，你就会看到他的耳朵开始往外冒烟了——脑子已经短路。我以前在收音机里听某位女性说，男人为了逃避做事，会装作他们很没用的样子。遗憾的是，大量科学实验证实，沙托克家的男人们在这方面是真的有先天性缺陷。从干洗衣物，到买消毒块，外加往相机里放胶卷这等事，没有一件事不会忘。就好比色盲症或心脏衰弱，和懒惰与否无关，而是生理问题，是一种先天缺陷。

星期六，在开车去威尔士这条似乎永无止境的路上，我看着理查德，看他在需要安静地思考下一段往哪儿开时，是如何屏蔽掉孩子们的吵闹的。男人的一生是一条路，女人的一生则是一张地图——我们总是要考虑旁路、岔路、原路折返等，而他们则只顾着在快车道上马不停蹄地往前开。偶尔，他们可能会突然蹦出个“抄近路”的点子，可大多数时候，这些“近路”都远不如原来的路省时好走。

这难道就是男人比女人更擅长“活在当下”的原因？我们的后代中，男人都懂得把握当下，而女人们则在第一周刚开始时就忙着为后两周做准备了。

现在我和理查德大部分的争吵都是和记事、忘事有关。就像期中假的第一天下午，我们到达彭布罗克郡的海滩时，发现理查德没有给孩子们带雨靴，我不知道我为何会如此气恼。是的，孩子们的脚都湿了，可他们还是玩得很开心。

白沙湾后面的山坡上有一条牛奶巧克力色的河道。水流与沿路的礁石撞击泛起白色的泡沫，最后汇入海中。本和艾米丽身上裹着3层衣服，在那里尽兴地玩着。艾米丽造了一座城堡，用锋利的竹蛏壳做了水景园和喷泉；本捡起一块鹅卵石，走到河道边，把石头扔进水里，然后再回去捡下一块。他们看上去和平时玩得一样快乐又专注。但天气突然开始变糟。这是当然了，我们可是在威尔士度假——常年阴雨的威尔士——我怎么能忘了这点。一开始太阳还出来露了个脸，借着短暂的阳光刚刚可以看清艾米丽脸上开始长雀斑了，现在青灰色的天开始下雨。为了避免被浇成落汤鸡，我们准备马上带孩子们离开，去几英里外我们租下的小木屋。那花了差不多15分钟，我们才把他们从水里拽出来塞进车里："请求"不成改"威胁"，"威胁"也不管用的时候，我们又开始了"贿赂"。

我向艾米丽保证：妈咪终于有时间给她读《忙小姐》的故事了。就这样，到了木屋以后，我扒下他们身上的湿衣服，让他们喝了茶，然后带他们到又冷又小、暖气墙散着一股烧焦味儿的浴室里洗澡。接着，我打开折叠床，把本安顿好睡觉。一切就绪后，我和女儿静静地坐在了火堆旁——两根闷声燃烧着的圆木头。

"忙小姐最喜欢的事情莫过于努力工作，让自己时刻忙碌起来。她每天早上3点起床，然后，忙小姐会读一章节她最爱的书，书名叫《工作对你有好处》。"

"我们能不能读点更有意思的，艾米丽？"

"不，我就要听这个。"

"哦，好吧。我们到哪儿了？'忙小姐只有在忙碌工作的时候才是快乐的。'"

“妈咪，你参加本的生日派对了。”

“是的。”我看透了她的心思。5岁孩子的想法永远都是赤裸裸的，他们还不懂得如何掩饰。此刻，像一阵轻风吹过沙丘，艾米丽的心中泛起了涟漪。

“老师和你说可以早点走是吗？”她最后开口问。

“不，亲爱的。妈咪没有老师。妈咪有……有一个老板。所有事都归他管。所以妈咪要离开的话，得先问他可不可以。”

“你能问问那个人，你在其他时候可不可以也早点回家？”

“不行。嗯，倒不是不行。但我不能总这样做。”

“为什么？”

“因为妈咪得工作……不然的话，其他人该生我的气了。我们把故事读完吧，艾米丽。‘忙小姐——’”

“你周四的时候能不能早点回家，送我去上芭蕾课？求你了，妈妈。”

“葆拉会送你去上芭蕾课的，宝贝。而且她说了，你真的……真的跳得特别棒。妈咪答应你这个学期结束时会去看你的表演。”

“但这不公平。艾拉每天就是她妈妈送她上课的。”

“艾米丽，我现在真的没时间和你争论这个事。我们赶紧把故事读完吧，好吗？”

“忙小姐一整天都不会休息，1分钟，甚至1秒钟都不停歇。”

孩子们在楼上都睡着后，理查德责怪我说：“出来放个假也不能放松一下。”我听了极其不舒服。来的路上，难道不是我在车里整整唱了3小时的莱昂内尔·巴特的《奥利弗》？

“爱——在——何处？它是否从天而降？”

降到地底下见鬼去了吧！记得马克·莱斯特饰演奥利弗的时候是那么漂亮。可我听说他如今在切尔滕纳姆还是某个地方当整骨医师。我想说，这应该不是真的吧？这真是有种梦幻顷刻化为泡影的感觉。

唱完《奥利弗》后，我们又唱了将近20遍的《哔哔巴士》[1]。那首歌真的能把我逼疯，可当时就属我唱得最欢乐。车开出斯文西海港时，本在车里吐了。我把他带到服务站，在那儿的水池里把他洗干净，用剩下的唯一一张干纸巾把他擦干，换了身干净的衣服。我又去买了所有到木屋后会用到的东西：茶包、牛奶、吐司面包片。这个假期我真的蛮像一个合格的母亲，对吧？

但理查德说得没错。罗德突然塞给我的那个决赛任务弄得我整夜睡不着觉。虽然我已经让莫莫在我休假这段时间去研究一下处方制药行业，可她没有经验，不知道如何有效获取所需材料。我的手机信号和海边的潮汐一样时有时无。于是，我每天都要跑到满地鹅卵石的海滨，或是围着高高树篱的车道上去找公共电话给莫莫打电话。一天打两次。我告诉她要找什么样的预警信号，如何比较各种筛选标准，等等。但这过程就好比让一个滑板运动员去对接宇宙空间站一样难。我特别交代盖伊去协助她。可我一离开，他估计就忙其他的事了——这位权谋政治家瘦骨嶙峋的屁股估计舍不得离开我的座位。凡是对我有益的事情，盖伊是连碰都不会碰的。

---

1 《哔哔巴士》，全球首支3D儿童音乐剧。——译者注

此外，小木屋里的信号烂到我连邮件都收不到。连续 4 天和亚伯罕默失去联络让我意识到，他已经成了一个我可以依赖的安全港，没了他的嘘寒问暖，我随时都有可能崩溃。

*** 星期四，圣戴维斯教堂的停车场，下午 3 时 47 分 ***

我正准备把本的婴儿车从车后备厢里拿出来时，大雨突然从天而降。这雨像疯了一样，好像是专门为了看人笑话而下的。真是见鬼！简直有种《雨中曲》的既视感。我试着把本固定在婴儿车里，这便开始和安全带较上了劲——他打挺的身体完全不配和我，让我愈发没有耐心，感觉自己像是在疯人院里给一个精神病患者穿约束衣[1]一样。理查德将防雨罩递给了我——一个聚乙烯膜和支撑架的可怕组合物。

我大胆地将遮雨罩越过本的头顶，试着将它的扣子扣到车上。可罩子没法穿过婴儿车的把手，扣子够不到车底部，只能固定在车的布罩上。只能暂时先这样了。可还有两个松紧带环。这俩玩意儿又是用来干吗的？我将另一侧的遮雨罩往下拽，让它能盖住本的脚。可大风一刮，塑料布直接打到了我的脸上。该死。又得重来。

“快点啊，凯特。”理查德说，“我们都湿透了。你不可能连装个遮雨罩都不会吧。”

可能！我当然不知道。我又怎么会知道？13 个月前，我把信用卡递给售货员买下它时碰过它一回，仅此一次。当时，售货员想给我

1　约束衣，专门用于束缚行为暴力者或精神病患者的紧身衣。——译者注

示范如何使用这个雨篷，我一把抓住她说："谢谢，不用了！"（说什么也不能给在摩洛哥的葆拉打电话问她如何使用自己孩子的设备！）

本开始又哭又嚎。雨水混着鼻涕如瀑布般地流下，在他的嘴巴附近堆积成河。我想问，不是所有的婴儿产品都标榜有"易组装"的优点吗？其实那只不过是这个行业的一个速记符号，它的真实意思是：在国家宇航局受过培训的人可以试试。

"我的上帝，到底什么情况？凯特！"理查德发起了牢骚。他什么都可以无所谓，但唯独受不了当众出丑。

"我正在想办法呢！艾米丽，离那些车远点。艾米丽!!立刻给我到这边来!!!"

一辆客运车在我们旁边停了下来，从里面涌出了一个由70多岁的女性组成的旅行团。她们头顶着新烫的卷发，短小而结实的身体外面裹着短款厚棉衣，使她们一个个看起来像那种为了节约燃料而在外面加了一层隔热套的锅炉。她们不约而同地从各自的手提包里拿出光溜溜的小包，展开成一个个透明的一次性雨衣。所有人都站在那里，面带同情地看着我的窘相，相互嘀咕着。

"哦，可怜的小家伙，"其中一个走到婴儿车前，朝我哇哇大哭的儿子边比画边说，"淋湿了吧？没关系。妈咪马上就会给你弄好的。"

我的手指已经冻得没了知觉。现在连拿住扣子都难，更别提把它打开了。在这块装错了的塑料布下，本的脸哭得涨红，冻得发紫，像一坨包装好的紫色甜菜根。我转向那帮女士。"刚买的婴儿车。"我大声说道。她们微笑着冲我点点头，迫不及待地表示她们的感同身受，和我一样讨厌男人制造的产品。

“他们真是把东西越做越糟。”一位穿着格子呢绒裤的女士说着，从我手里接过遮雨布，熟练地将它扣在婴儿车上，然后“咔”的一声将扣子扣紧。“我女儿用的和你的这款是一样的。”她轻快地拍了下我的肩膀，“她有两个小男孩。照顾起来可不是什么轻松活。你至少还有假期，对吧？”

我点了点头，想对她笑一下，可嘴唇已经冻得麻木了。这个女人的手瘦骨嶙峋，颜色发红。一双母亲的手，每天要择菜，三餐后要洗碗，要用肮脏的大口锅煮尿布。这样的一双手连同围裙、星期日烧烤大餐这样的传统事物和习俗将在下一代中消失。

理查德在雨中向她连着鞠了两次躬，然后推着车，沿小路朝教堂走去。艾米丽被浇得像个落汤鸡。

“妈咪？”

“怎么了，艾米丽？”

“婴儿耶稣有好多房子，对不对？这一座是不是他度假时会来的？”

“我不知道，亲爱的。问爸爸去。”

每一座教堂都修建得令人心生敬畏，像是从天而降的一座座神圣城堡，屹立在山林间。圣戴维斯教堂却不同，它坐落在威尔士的一个小镇（虽然名义上是一座城市）边界，将它的圣洁完美地蕴藏在这片山谷之中。悠闲吃草的牲畜都快爬到峭壁上了，整个山谷看上去宛若一幅出自天工的雕刻艺术品。

我爱这个地方。开门的瞬间，沉淀着历史感的寒意扑面而来，直入肺腑——我一直觉得，这是被封住的圣人气息。第一次来这儿时，我只有七八岁，嘴上还沾着棉花糖。现在舔舔嘴边，仿佛依然能品尝到那种网丝状的甜蜜口感。从那以后，我见到过许多宏伟壮丽的教堂：巴黎圣母院、塞维利亚天主教堂、圣保罗大教堂。可圣戴维斯的伟大之处却恰恰在于它的渺小。它的整体构造还不及一个牲畜棚大，要是在洗礼盆旁发现一头牛或驴，你都不会觉得奇怪。

能让我安静驻足的地方不多，圣戴维斯是其中一个。我站在中殿，突然意识到，这些天来，寂静对我来说是如此不习惯，甚至让我感到不适。教堂超越时间而存在，而我的人生却只剩下了时间。理查德带着孩子们去逛纪念品店了。我独自站在这里，口中念出只有我能听到的话："救救我。"

我不知道自己是否相信上帝，现在却想求他拯救我于水火。凯特，让我说你什么好？

远处的墙上有一块石碑，是为了纪念某个叫托马斯的贵族和他的遗孀[1]安哈雷德而立的。Relict 是不是和 relic（遗物）意思差不多，是遗孀吧？还是问问理查德比较好。他很擅长拉丁文，在这方面受过良好的教育，和我当年上的那种低级课程可不一样。

在外面，有一个阶梯连接着教堂与山上的小城，花哨的设计看上去令人有些头晕。我把婴儿车倒过来拉着上台阶，每上一级，我就感觉自己的腰椎震动了一下。理查德用肩膀驮着不安分的艾米丽。她和本都想要喝水了。自己真是不会当母亲。这是应该知道的，孩子就像汽车，若不定期加油，他们就会骤停。

---

1 原文为拉丁语：Relict。——译者注

我们走在一条咖啡馆林立的街上。透过每家店的窗户，我试着找一家适合孩子进去坐的店。是否有地方放婴儿车？老人多不多？本进去后，他流口水的样子会不会弄得他们吃不下烤松饼？大不列颠仍然不是个适合小孩子待的国家：比萨快递这样的连锁餐厅倒还好点。除此之外，随处可见那充满嫌弃的眼神，记得在我和朱莉小的时候就是如此。

我们最后选了一家低档次的店，里面全是来度假的父母。大家看上去都坐立不安，和我们一样愿意坐在角落里。我们把外套搭在椅背上，湿漉漉的大衣像奶牛一样冒着气。我念着菜单，艾米丽大声宣告，上面的东西她什么也不想要，就想吃帕斯塔[1]。

“我们有罐头装的那种圆圈形的意面。”服务员友善地给出了选择。

“我不想要圆圈的，”艾米丽又哭又嚷，“我就想要帕斯塔。”

城市顽童。这都是我惯的，不该在她小小年纪就给她这么多。我19岁的时候才知道意大利面是什么味道。当时是在罗马，点的白酒蛤蜊圆直面——从没见过的贝壳和怎么夹也夹不起来的长面条——黏糊糊的一大盘，完全不知从何下手，最后弄得一手黏糊糊。当时尴尬的吃相依然历历在目。

有时我会担心，我一路打拼走到今天，难道只是为了让自己有财力惯养我的孩子，让他们将来成为我上大学时在我面前纡尊降贵的那类人？

理查德在帮孩子们切烤面包片。我的手机响了一下——盖伊发来

1　帕斯塔（Pasta），螺旋形状的意大利面。——译者注

的短信。

土耳其金融危机，
罗德和罗宾都不在。
货币贬值？
土耳其股市崩盘，
怎么办？

见鬼！我一下子跳了起来，穿过坐着的其他家庭和蹲在一旁的拉布拉多犬，冲到大街上。想试试手机，它突然又响了一声，提醒我电池电量低。没有任何信号。当然了，我可是在威尔士。我赶紧跑回咖啡店。

“这里有没有电话可以让我用一下？”

“什么？”服务员一脸茫然地看着我。

“收费电话，有没有？”

“哦，有，但是好像坏了。”

“传真？”

“什么？”

“传真机。我需要发一封紧急消息。”

“哦，那家报亭估计会有。”

卖报纸的没有传真机，但他认为药店会有。药店是有传真机，但是没有纸。于是我又回到了报亭——老板正准备关店。我使劲敲门，恳求他行个方便。结果，只需要一张纸的我不得不一次性买500张。拿了纸回到药店，我用拴在柜台上写处方的笔草草地给盖伊写了一封信：

盖伊，务必评估土耳其交易失败的可能性，以及按百分之两千收取利息的可能性——这回让我们损失惨重——再评估一下如果货币贬值，股票价值损失多少，把这两个数据比较一下。

1. 我们从土耳其股票里赚了多少？

2. 市场有什么动静——其他领域有什么连锁反应？

3. 明早 8 点 30 分把结果放到我办公桌上。我现在就往回返程。

凯特

*** 晚 9 时 50 分 ***

M4 国道上双向交通拥堵。长长的一排车灯连在一起像一条 5 公里长的钻石项链。理查德坐在驾驶座上，从侧面用疑惑的眼光打量着我。我很庆幸现在是黑夜，让我看不到他脸上的阴郁表情。至少在我没准备好之前，我可以选择不看。

最后，他开口了："我还是觉得有点奇怪，凯特。情人节那天你给自己寄了那个花束？为什么？"

"想给自己打打气儿。我想让办公室的人认为，我在情人节也是有花收的人。但我可不确定你会不会记得送我。真的蛮可悲的。"

真想撒谎其实很容易，比起和他说"花是纽约那边的一个客户送的，最近我们在纽约共度晚餐后，我就经常想他，甚至在梦里他也会不请自来"要简单得多。是时候换个话题了。

"理查德，relict 是什么意思？我今天在教堂的墓碑上看到了这个词。”

“遗孀。拉丁文的字面意思就是‘剩下的’。”

“那就是说，妻子是丈夫去世后的遗留之物了？”

“一点没错，凯特。”他笑了，“当然了，在我们的婚姻里，我应该是你剩下的还差不多。”都说爱到了一定程度，就会受伤。我真的让他觉得如此自卑吗？回程的这一路，我内心盘算着各种计划，想扭转我们之间的状态，努力把事情做对。可3小时后，车子开过雷丁时，我开始感觉到了伦敦城在远方对我的召唤。它分散了我想改变生活的决心，把我重新拉回曾经的轨道。

放弃工作、去乡下生活的理由：

1. 会有更好的生活质量。

2. 在哈克尼买个小土堆花的钱就能买下一整栋宅邸，既有独立卫生间，又有充满诗意的长廊。

3. 有机会去做一个真正的母亲，有时间爱丈夫，了解孩子心里的秘密，还能学会如何使用婴儿车遮雨罩。

不放弃工作、不去乡下生活的理由：

1. 会发疯。

2. 同上。

3. 同上。

Part 3

第三部分

15

鸽子

当你需要一只猛禽来帮忙时，它会在哪儿呢？今早，两只鸽子落在我办公室的窗边。一看它俩就是初次约会。大约有一个小时的时间，公鸽子一直在对母鸽子大献殷勤，在她面前表现出一副侍者的谦卑风度。我觉得它应该是公的，因为另一只毛色单调，还像公主一样娇羞地低着头。而它呢，颈部长着一圈翠绿和紫色的羽毛，华丽而有光泽。

它若只是一直在悄声传达甜言蜜语倒还好，可现在，这只公鸽子将尾巴展开成扇形，昂首阔步地向前走，不断发出“嘶嘶”声来吸引对方注意，这噪声简直无法想象。我用力敲了好几下窗户想把它们赶走，可这小两口似乎完全沉溺于自己的爱情世界里。

我把盖伊叫来，让他立刻打电话联系那家公司来处理这两只鸽子。

盖伊露出了一副理想男仆一般的表情：“你是想让我安排人开枪打死它们吗，凯特？”

“不，盖伊，他们会放鹰来撵走它们的。问问他们什么时候会到？”

很少有人知道，金融城雇了一个养鹰人，他经常带着他的鹰来这里控制城中鸽群的数量。他上次出现的时候，我和坎迪在去吃午饭的路上。当时，看到这个又高又壮的乡下人戴着皮手套，把他那只一身羽毛的“导弹”放飞到天空时，连我这位一向处事不惊的纽约朋友都大吃一惊。

我说：“想知道为什么相比伦敦的其他地方，金融城的街道会这么整洁吗？这就是答案。”

“哦，原来如此，”坎迪笑道，“这样一来，这里还真是‘驴屎蛋，只图表面光鲜’啊。”

发件人：黛博拉·理查德森

收件人：凯特·雷迪

最近怎么样啊？过了3天的期中假，我更是压力倍增。弄得我都想去做修女了，修道院应该有专为隐退的上班族提供的项目吧？比如像我们这样可悲的迷途者。我们在萨默塞特郡住的是一家适合孩子待的旅馆。可即便这样，费利克斯还是让我们被强迫退房了。他把早餐厅的保险丝熔断了，导致整个区域漆黑一片，还把叉子插进了公用吐司机。鲁比说她恨我。你说，我们的孩子只是一时淘气，还是预示着他们将来会做出什么伤天害理的事？

周三午餐，约？

黛博拉 xxx

发件人：杰克·亚伯罕默

收件人：凯特·雷迪

主题：日本银行危机

你的客户注意到了远东地区的持续性剧变。据我所知，“折纸艺术”银行垮台了，“相扑”银行破产了，“盆栽”银行也在准备缩减规模。

夫人，能为在下指点迷津么？ xxxxx

发件人：凯特·雷迪

收件人：杰克·亚伯罕默

主题：日本银行危机

您手中不是掌控着一整个商业帝国吗，先生？拿我们东方朋友的文化来开玩笑可是很低品位的。不过，我确实听说“神风特工队”银行的股份急剧暴跌，“空手道”银行也有 500 名后勤部门员工丢了饭碗。

凯瑟琳 xx

发件人：杰克·亚伯罕默

收件人：凯特·雷迪

嘿，我很想你。我已经习惯了你的步调。假期过得如何？估计是又炎热又惬意吧？

有一天晚上看了部电影，讲的是一个男人失去了记忆，所以他要把所有能记得的事情都写在自己的身体上。我当时想到了你——你说你总是要记很多事来着，对吧？

杰克 xx

发件人：凯特·雷迪

收件人：杰克·亚伯罕默

不炎热也不惬意。这边还很冷——今早还在外面的溜冰场上看见一个人在溜冰。他在做着一些酷炫的旋转和转弯的动作，像是在冰上写他的名字，或者是其他某个人的名字——那得有多浪漫？

就电影的事给您做一下更正。我身体上几乎每一个部位都被笔记盖满了，不过左膝上还有一小点地方是专门给您留的。

发件人：杰克·亚伯罕默

收件人：凯特·雷迪

我偶尔会滑滑冰，你呢？我们应该找个机会在薄冰上来玩几个花样。

还有，准备好你的左膝盖，我正在给钢笔灌水呢。

*** 上午 10 时 23 分 ***

现在，窗外那只该死的公鸽子又开始拍打翅膀了，好像在为自己超赞的求偶能力大力鼓掌。同时，那只母鸽子在空中仰着蹬腿，用它们鸟类的方式回应着。简直看不下去了。我试着打开窗户把它们轰走。可是爱情这东西一旦产生了，就会让当局者又聋又瞎。

自己明明已经忙得焦头烂额，竟还有闲心在乎这种事。还有两天，我就要为了一笔 3 亿美元的道德抚恤基金赶赴美国出席一场决赛。到时候，我将带领 20 来个刚毕业的实习生一同前往——非白种人、非男性——她们除了最需要的工作实践能力，其他的什么能力都具备。我和莫莫·古玛兰特之间的协作将会向外界彰显 EMF 在企业多元化上的积极奉行，而其中最具纪念意义的奉行时刻，是在自助餐厅菜单上加上了墨西哥卷饼。此外，我还没有为艾米丽的生日派对找到表演节目的人。此外，我还得赶紧去干洗店取回出席决赛要穿的衣服。此外，还有很多很多的“此外”……

该死，真是讨厌什么来什么。桌上有一个罗宾·库珀·克拉克留下的便条，上面写着：EMF 卖了一些我们从未买过的股票，公司正在就此事进行内部调查。我立刻把便条推给莫莫，叫她把它放到克里斯·邦斯的桌上。“千万别让他发现是你放的，知道吗？”

她那双杏叶眼扫了一下便条。“我们卖了一些根本不属于我们的股票，现在矛头指向了我们。罗宾想知道这事到底是谁干的？”

“是的。”

“那我们现在已经抓到人了吗？”

“没有，莫莫。我们现在要做的是把责任不断推给别人，直到打垮他们。听说过‘击鼓传花’的游戏吧？我们现在要玩的是‘击鼓传便条’。最后一个拿着它的人就要栽跟头了。所以，现在你可以把这张纸条放到邦斯的桌上了吗？”

我开始注意到我的项目助理的面部表情变化：眉宇间的颤抖表明了一种在至高原则和渴望取悦上级之间的徘徊与挣扎。“抱歉，凯特，但我们怎么就能肯定是克里斯·邦斯干的呢？”

为了压住内心的火，我赶紧把目光转向窗外，避免与她直视。外面的平台上，起重机像一个巨大的三角尺。从这个角度看，那对鸽子夫妇正好被框在了中间，形成一幅“全家福照片”。我该怎么和她讲克里斯·邦斯这个人呢？这个男人，每次和人谈话时，都会不由自主地把手伸向裤裆，检查他那宝贝儿还在不在，而当他觉得自己胜过对方时，还会激动地去摩擦它。这个“对方”还特别是针对我。

"听着，邦斯一向只凭感觉做事，对手下的事务不闻不问。那些无聊却能讨好上级的事，他会全部推给你我这样认真负责的女同事去替他干。如果 IMRO 知道邦斯的真面目，他们会带着一队阿尔萨斯警犬来找他算账的。可邦斯在洗清罪责上又非常有一套，因为他就是'击鼓传纸条'的始作俑者。我说得够明白了吗？"

"抱歉。"莫莫说。她想表达的其实就是"明白了"的意思。她走过办公室，将便条拿在胸前，好像一个工兵拿着个没引爆的地雷。

"你能把她给训练好吗？"

坎迪站在我的桌边，她穿了一条短裙，那长度也就能把该盖的地方盖住。我甚至都不知道她什么时候走过来的。

"不知道。我试着告诉莫莫，不要把每个人都想得那么好。"

"我的天。我们不是在和温室里长大的花朵打交道吧？"

"恐怕是的。"

坎迪惊讶又无奈地摇了摇头，说："可怜的孩子。她这样可不会有什么发展。"

*** 上午 11 时 25 分 ***

我要准备设定新买的个人电子记事本了。口袋存储器将彻底改变我的生活，将助我消除压力，让时间跟着我的步调走！

拿着新手指南看了 10 分钟，我发现这个口袋存储器和我的电脑不兼容。我打了服务热线。客服一听就是个刚毕业的新手，说起话来就像是把乌尔都语写的对话脚本一条条翻译给我听一样。

“您后面是否有一个大型串行端口呢，女士？”

“我后面，还是电脑后面？我怎么会知道？”

“您现在需要一个连接设备。”

“不，我现在需要让我的个人电子记事本能用。”

“您可能需要下单购买一个我们的连接设备，女士。如果您想继续——”

“等一下？你们的产品不是承诺要让我的生活更方便吗？我为什么就不能直接去商店拿？”

“我们的现货不多，所以是需要预订的，女士。下单后，要等5天到10天。”

“我没有5天到10天可以等。我24小时之内就要去美国。”

“很抱歉，我们恐怕不能……”

“‘不能’是没种的家伙说的话。”

“您刚刚说什么，女士？”

“这是句古老的澳大利亚谚语，意思是告诉你们经理，我手上有你们公司上百万的股份。目前这些股份正在接受评估，而我们的市场调研报告似乎并不是很看好它们的前景。你明白我的意思了吗？”

电话里传来了清晰的咽唾沫的声音，说：“我要和我的上级传达一下。”

*** 星期二，上午 8 时 11 分 ***

事情是这样的。昨晚，我和理查德躺在床上讨论我们还有没有力气做一下爱，但我不记得最后的商讨结果了。只是今早一醒来就发现，我的大腿内侧有一些像糖霜一样的东西粘在一起。

在做重要的演讲展示之前这样可不是什么好主意。男性运动员总是说，他们在参加大型竞技赛之前从不做爱。你应该也没听说过哪个女运动员为此而抱怨过，但她们参赛时，如果没什么其他更糟的规定，估计情况也是一样的。世界上没有比女性的性高潮更让人沉醉的事了。一次高潮的几小时之后，一种深深的、微妙的疲劳感仍然在引诱你继续：再次高潮，我是说真正的高潮，那感觉足以让你想一直躺到年末圣诞。我猜，大自然正是给予了女性这种生理特征，才让精子有了射入卵子的可能。仔细想想，大自然给予女性的所有生理特征都决定了我们想要孩子的渴望，或者等我们有了孩子后，这些习性又决定了我们要保护孩子的本能。直到去年，我还一直患有中度的经前紧张症。别以为这没什么，很多女性都经历过这种地狱般的腹绞痛折磨。后来等我到了35岁，每次它发作，都像是要迎接一场战争。如今，体内的荷尔蒙每个月都要出来撒一次欢，挥舞着布告帖大喊："救救我们的卵子！"我的身体似乎知道：整个过程时间太短，每个卵子的流失就像是丢掉一颗颗珍贵的宝石一样令人惋惜。

但如果我连已有的两个孩子都照顾不过来，还有什么资格再要一个？过去的几天，我几乎都不在家。抬头看看办公室的时钟，如果过了8点，我就知道我已错过了孩子的入睡时间。那这个晚上就干脆继续在这儿工作下去吧。莫莫会点比萨外卖，或者我们就吃一些食堂的简单盒饭，里面的东西一向都难以下咽。最后，我们便又开始了一贯的丰盛夜宵：一包墨西哥薯片、自动售货机买来的五谷能量棒，就着无糖可乐咽下去。

昨晚11点55分刚到家时，我接了一个电话，开始还以为是莫莫打来要向我报告一些数据。可猜猜实际上是谁？我的婆婆芭芭拉。简直不敢相信她竟然那么晚打电话。

“别怪我多管闲事，凯瑟琳。我刚刚和理查德通话时，他听起来特别累。我希望一切都还好。”

她还认为**他**很累？

*** 上午10时07分 ***

我正与罗德、莫莫和盖伊开会。这是我们对整个决赛的第三次彩排，罗德和盖伊暂时加入，充当客户角色。正当罗德要说秘书长的台词时，洛兰突然闯了进来。

“很抱歉打断你们。凯特，3号线有人找你，他说是急事。”

“谁？”

洛兰尴尬地站在门边，看那样子似乎不好在这儿透露。但最后，她还是小声说了出来：“菠萝珀西。”

盖伊翻了个大大的白眼，应该都能看到自己的后脑勺了。莫莫则低头盯着自己的鞋子。

“这个菠萝珀西又是谁呢？”罗德友善地询问道。

我决定硬着头皮说下去：“哦，是的，应该是菠萝珀西没错，娱乐股份，属于Fruitscape.com。公司马上就要上市了，他们的董事长要和我商讨一下汇率浮动的问题。这名字不过是他开的小玩笑罢了。”

亲爱的上帝，艾米丽的生日上还是没人能来表演。已经试了所有权威级的表演者——罗杰·雷恩博、吱吱小丑、凯蒂小姐，后者能用一个气泵来玩转巧克力豆。他们不是要赶赴摩洛哥或拉斯维加斯表演，就是被某个在临盆那天就把孩子的 7 岁生日都安排妥当的精明“黑手党妈”约去担任舞蹈嘉宾。

很快，我就降低了标准，开始把目光放到一些小广告上，包括长着一脸无赖相的胡子男，即使看着他们总是会让人联想到《世界新闻报》“公开指责”专栏里曝光出来的恋童癖。周一的时候，终于见到了一线曙光。来自格雷夫森德的菠萝珀西说：120 英镑，他就能开着他的卡车过来为小姑娘献上一场美妙的表演，谢绝还价。可今早收到珀西的宣传单时，上面竟是一个圆乎乎的侏儒，正拿着一个避孕套似的粉气球往一只腊肠犬身上套。

当然了，艾米丽真正想要的是一个泳池派对，可这根本想都不要想。你能找到的泳池总是会遇到这种状况：温乎乎的水，一摸就能想象到里面养着多少细菌，而且一眼望去和大多数的“水”还不一样，因为是不透明的。除此之外，为了穿比基尼还得专门抽时间去做脱毛——毕竟自己没勇气和别的父母一样全裸出场。

*** 晚 11 时 19 分 ***

到家后，我在桌子上发现了寄来的口袋存储器的连接设备。理查德正窝在沙发上看游戏教程。他在烤箱里给我留了意大利面——闻起来、看起来都像是烘烤的脚趾头。

“某人就不能动弹动弹，把楼下这一堆东西拿上楼吗？非要等到我回来弄。”

理查德紧盯电视，说：“啊，又来了。这又是每个月的非常时期了，是吗？”

“你是在抱怨我的经前紧张症吗？”

理查德把遥控器一扔，吼起来：“天哪，凯特，我都开始怀念你的经前紧张症了。这些天，你不是经前紧张，就是经后紧张，每天连轴转的紧张。你就不能在最后上床睡觉的时候歇一会儿，或者把你的这些牢骚留到梦里再发？”

我打开洗碗机，发现那些算是洗了的碟子上有湿湿的灰色水痕。破机器，八成又是出毛病了。“可能你是没注意，理查德，我有个重要的演讲展示——”

“把我送到乌兰巴托去我都忘不了。”

“我这么做都是为了我们，你是知道的。”

“‘我们’是谁们，凯特？从威尔士回来后，孩子们就没见过你。你要是个电视主播倒还好，至少他们还能在电视上一天看见你一次。”

我站在门口，远远望着愤怒又沮丧的丈夫。我对这情景再熟悉不过了，也知道相应的解决办法：放着僵局不管，早上直接去机场，等回来后希望我们已冰释前嫌，或者立刻脱了衣服，做一些夫妻之事来挽救我们的爱。我感到身心俱疲，宛如行尸走肉一般。不，那感觉更像是一个活人背着一个死人。但我不能就这样扔下他不管，况且有些方式可以不用脱衣服，也不那么费体力。

“理查德，你得和我达成统一战线，算我求你了。”几分钟后，我站起来和他说，“在办公室，我孤军奋战，周围全是敌人；在家里，我不能再无依无靠了。”

*** 凌晨1时01分 ***

我把所有需要的信息录入口袋存储器里。快完事的时候，楼上突然传来了哭声。

*** 凌晨4时17分 ***

艾米丽已经醒了3次。她在被窝里翻来覆去，被汗浸湿的头发卷曲地贴在她苍白的脸颊上。她也说不出来到底是哪儿不舒服。还有3个小时我就要去机场了，她为什么偏偏在今晚闹这么一出？可我立刻又因为自己会这么想而自责。后来，我正准备把这当成是女儿因为我要离开而和我闹脾气——还没等我把行李拿到楼下，艾米丽就像小猫一样感觉到了离别的气氛——她终于哭咽着说：“妈咪，我尿尿的地方疼。”

我给她倒了一杯蔓越莓果汁。接下来的20分钟，我开始联系急诊医生。他建议我先给她吃一片止痛退烧药，重要的一点是，要记得取点她的尿样带到诊所。我下楼翻找类似于标准瓶的容器——可以拧紧，瓶口还要够大——好让艾米丽能够往里面尿尿。最后只有那个芭比娃娃水瓶还比较符合标准。只能是它了。我拿着它上了楼，和艾米丽蹲在厕所，可不知道怎么哄她往里面尿。

“妈咪？”

“妈咪在，宝贝。”

“能给我开一个泳池生日派对吗？”

“当然了，亲爱的。”

瓶子瞬间被装满。

*** 纽约，肯尼迪机场，中午 ***

一个海关检查员拿着我的包翻来覆去地查着。他一副笨手笨脚的样子，长得酷似《纽约重案组》里的肥警官西波维茨。我漫不经心地在旁边看着他从我包里把东西一样样拿出来：手机、备用丝袜、小儿书。突然，他那肉乎乎的手伸进了侧边口袋，掏出了一个芭比娃娃水瓶。天哪，它不是应该在厨房桌子上吗？等等，要是水瓶在这儿，那我的口袋存储器在哪儿？

“西波维茨”拧开瓶盖，闻了闻：“女士，这液体是什么？”

“那是我女儿的尿液。”

“女士，你最好跟我来一下。”

备　忘

所有事！全部事！每件事！

16

决赛

*** 星期三，新泽西，尚克斯维尔，费尔韦瑟旅馆 ***

循环往复的时差反应在凌晨 4 点钟就把我“叫醒”了，但客房服务到 6 点才开始。我到走廊的自动贩卖机买了一罐咖啡，从小冰箱里拿出了一小瓶威士忌倒了点进去，给它来点持久性的香醇。我一抬头，在浴室镜里看到一个上了年纪的女人，于是赶快将视线转移到了别处。

今天早上，我以一身阿玛尼全副武装：整洁的白色衬衫，消化饼干色的浅棕夹克，配上制作精良的半身裙，裙边缝合的精细度足以拿去做阑尾切除手术。我脚上穿着班尼特的奶油棕色细高跟鞋，白色匝线，细得可以踢爆男人命根子的鞋跟。我的目标是让自己看起来有凯瑟琳·赫本的范儿。

离决赛开始还有 2 个小时。莫莫来到我房间里，她穿了一件蓝色丝绸做的西服，一头乌发在后面挽成了一个髻。也许她的内心也很紧张，可外表看上去如此祥和平静，甚至还带有一种宗教式的庄严感。

今天，我得对我们两个都充满信心才行。我要本着主办方该有的大气和友善，同时又要拿出对合同签订的胸有成竹。整个流程已经彩排了50余次，但对注意事项的复习永远不会嫌多。

“如果他们递水给你，别要，知道吗？还有，无论如何，一定不要用他们的名字来称呼他们。这是一个有关道德基金的项目，到场的这些‘格雷格’‘汉娜’希望别人叫他们‘格雷格’‘汉娜’，可你如果按他们的意愿叫了，他们就会瞬间有种居高临下、被人服从的优越感。他们在考虑要不要将一大笔钱押注到我们身上，所以从始至终，都只能用‘先生’‘女士’称呼他们。别忘了，我们是‘求婚者’。”

莫莫惊讶地看着我，说：“这相当于在调情？”

“对，但只有在我们不去‘调情’的时候，才能真正‘调情成功’。所以，是一种‘典雅之爱’[1]。”

“雅典娜？”

“典雅，典雅之爱。你上学的时候没读过乔叟的诗吗？”她摇了摇头。天哪，现在学校都在教他们些什么？

“我们反对‘执着奉献’。没错，我们极力取悦客户，甚至会为了一纸文件不惜漂洋过海来找他们。但关键还要让他们明白，尽管我们身后有上百位白人男性在银行业久经沙场，可是我们还有无数女性和其他种族的伙伴在彰显着‘多元化’的意义。不过，他们不欢迎第三

---

1 典雅之爱，出自英国诗人乔叟的《坎特伯雷故事集》中《典雅之爱的盛行》（*Pervasiveness of Courtly Love*）这一章节。——译者注

世界，所以我们能够给他们的是一个多元化的‘英国群体’，也就是你我所处的群体。”

“那这算不算是一种不道德呢，凯特？”

几周以来，我不断给她洗脑，灌输我的愤世思想，她竟然还会问这种问题？我该拿眼前的这个孩子怎么办？“如果我们说了实话，那确实是坚守了所谓的道德，可同时也输了；但如果我们装模作样一下，就会赢。到时候，两个女人——其中一个还是有色人种——就会为埃德温·摩根福斯特争取到一个3亿美元的基金账户。这将意味着，‘多元化’最终证明了它的价值；这也意味着，有一天，我们也有实打实的经营能力，而不是一堆绣花枕头。这一切都与道德相一致，同时也意味着我们能有钱买好多好多漂亮鞋子。好，下一个问题。”

“那么，在决赛中撒谎不算错了？”

“只要你别做得太恶劣。”

莫莫笑得有点过了头，她那纤弱的身板一下子向后仰到了床上，一只鞋滑了出去，落到地板上。一定得想着给她换双鞋：那双海军蓝的平底鞋，套在她那芭蕾舞演员似的又小又瘦的脚上，真是一点都不合适。她躺在弄成一团的橘色床单上，仰头看着我，感叹道：“我真是不懂你，凯特。我有时候觉得，你根本不在乎这些，认为一切全都是胡闹，可你好像又真的非常非常想赢。”

“哦！我确实是太想赢了，瞧我的吧。我小时候玩‘大富翁’[1]时，

1　一种棋牌游戏，玩家凭运气（掷骰子）及交易策略、买地、建楼房等赚取租金。英文名是Monopoly，即“垄断”，游戏最后只会有一个赢家，其余人均以破产收场。——译者注

常把旅店的小房子模型藏在袜子里。等我的棋走到‘柏宁酒店’那个格子时，我就偷偷把它拿出来放在那儿。有一回被我父亲看到了，他拿着胡桃夹子揍了我一顿，还说我是个撒谎的小牛犊。”

能看得出，莫莫在以她那中产阶级女孩所经历的幸福童年为模板，来努力想象着我这个只会在狄更斯小说里出现的陌生情景。她可能都还没有注意到我是拿着假护照出国的。也难怪，她怎么会发现呢？这些天，我们一直跟金融城的大队伍在一块，连我都很难把自己当成骗子。

然后，她回应我了，眼里充满阳光。“那太糟糕了，”她说，“你的父亲。我真的很抱歉。”

“别替我抱歉。把抱歉留给那些输家。来，我们再把你递给我客户名单的那一段走一遍场。”

电话铃响了，听起来像凄厉的羊叫声。甚至有那么一瞬间，我们都没有意识到那是电话在响。是罗德，他给了几条临场建议。我撂下电话后，转向莫莫。

“猜猜他说了什么？”

她皱着眉头，假装在冥思苦想，估计是要以切尔滕纳姆淑女的风范给出一个漂亮利落的答案：“滚出去，踢你那该死的轮胎。”

瞬间，我觉得好像没必要太担心她了。“好的，你有活干了。你知道的，罗德这个人，只要你知道该怎么对付他，他其实没那么坏。如果能让他觉得，所有你想做的事情其实都是他自己的主意，那他就会非常高兴。”

莫莫又皱眉了，说：“凯特，你每次谈论工作中的男人时，都好像是他们的母亲一样。”

“我们就是他们的母亲。办公室里，他们拽着我的衣角求我帮忙；回到家里，他们还是不撒手。你最好尽快适应这一点。好了，我们再来一遍开场吧。”

电话又响了，这次是葆拉。她打电话是要告诉我口袋存储器在装蔬菜沙拉的那层抽屉里找到了。看来本已经学会往冰箱里藏东西了。很好，接下来的12小时里，我所需要的信息正和芹菜萝卜做伴儿。她还告诉我，艾米丽正在服用尿路感染的抗生素。她的体温仍在持续升高，但和我说说话应该不打紧吧。

艾米丽拿起话筒，娇羞的气息夹杂着兴奋。每次从电话里听女儿的声音，我都感觉像是第一次听：似乎很难相信那个曾在我身体里孕育的小东西，现在竟然在和我聊天，而且还是隔洋跨海地通过卫星传送来聊天。

“妈咪，你是在美国吗？”

“是的，宝贝。”

“就像《玩具总动员2》里面的伍迪和杰茜一样是吗？”

“是的，没错，亲爱的。你现在感觉怎么样？”

“挺好。本撞了个大包，好多好多的血呢。”

我的血液瞬间凝固，好像有人在给我照快照，我就定格在了那儿一样。“艾米丽，你是好乖乖，能把电话给葆拉吗？请让葆拉再过来接一下电话，好吗？”

我努力让声音保持平静，假装随意问起本的大包是怎么弄的。可事实上，我此刻真想以母亲大人的身份，化身成一团长着獠牙的火球，带着一支嘶嘶作响的眼镜蛇大军冲回我的厨房。

“啊，他啊，”葆拉不屑地说，“撞到桌角了而已。”

那张桌角能把人眼睛戳瞎的金属桌子，我曾特别强调要把它放到地下室，就是为了防止本撞到上面。“嘿，可事情已经发生了。”葆拉这样告诉我，语气里暗示着：反正你自己都没在这儿，又有什么资格怪别人呢？她还说，本不需要缝针。

缝针？我的天。我清了清嗓子，努力去寻找一种甜美、轻松的语调，来把“命令”说得更像是“建议”。也许葆拉会带本去诊室呢？不过还是以防万一吧。她听了后深深叹了口气，接着突然告诉本把什么东西放下。隔着这么远，我听见保姆的语气里满是嘲讽和冷静。可最让我难受的是，在孩子身边的是她，不是我。我刚刚能听见本在叫——他应该是在窗户边——那叫声应该是在喊疼，但同时也是他兴奋地发现了什么新玩意儿的特有表达方式。葆拉还跟我说了个事，亚历山德拉·劳在学校组织了一个家长会，问我去不去。

“什么？”

“你能去那个家长会吗？”

“我现在真的没时间想这个。”

“那我就和她说你不去了？”

“别。告诉她……我回头会给她打电话。”

发件人：<u>黛博拉·理查德森</u>

收件人：<u>凯特·雷迪</u>

问：找一个心细、敏感又好看的男人怎么就这么难？

答：他们都名花有主了。

你在那边怎么样？

发件人：凯特·雷迪

收件人：黛博拉·理查德森

我快要崩溃了，说真的，成天像个游魂一样。我啊，就是典型的智商高、情商低。我准备和一个把乔叟说成是希腊女神的实习生一块拿下一个 $$$$$$ 的基金账户。艾米丽病了，本差点撞掉了脑袋，可我们家雇来的那位大小姐却在那儿津津有味地听音乐广播。

再也不想当大人了。我们什么时候开始必须要像大人一样生活的？

凯特 xxx

*** 下午 2 时 57 分 ***

进入我们潜在客户的办公室时，立即就有种天堂办公的感觉。花格子布的翼状靠背椅、一条条柚木做的罗马杆上，充满民族画风的窗帘如瀑布般倾泻而下，如此布置摆明了他们是要对此次决赛动真格了。不过，如果心情不爽的时候，这里倒挺适合做个倒立式瑜伽来舒缓一下。

我和莫莫有史以来第一次在会议室里见到这么多的女性。卡罗尔·邓斯坦明显是“肥胖”部门的“多元化职场”主要受益人，从大厅走过来的这段路程就累得她气喘吁吁。看着她，你就会禁不住想，一个人每天得压抑到什么程度才会吃成那个样子？她依次向我们介绍了

在座的18个人。我听见莫莫婉拒了一杯酒，嗯，孺子可教！“最后，当然也是最重要的一位，雷迪女士，是坐在董事会座席上的，我们塞林格基金会的同事，尊敬的亚伯罕默先生。”

他真的坐在那里。在最远的角落，一副玩世不恭的悠闲坐姿，咧着嘴的笑容，在众人中尤为明显。杰克——我最不想见，同时又是我最想见到的人。

演讲展示进行得很顺利。应该说是太顺利了。进行到一半的时候，我甚至已经能尝到回程飞机上杜松子酒的烈味。同时，我知道我的邮件情人现在就坐在这间屋子里。我尽力去无视他，可他的存在就像是太阳一般，不断炙烤着我的皮肤，令我浑身发烫。

我从伦敦带来了一份册子，里面是负责证券投资组合的男性员工的照片。我拿着它给潜在客户们边看边介绍。里面的内容估计有300年没换了，像是金融城的一道历史长廊：有的看上去油光满面，像荷加斯的油画里赶牛放羊的乡绅；有的头上几乎是“一马平川”，剩下的几绺吹干了的头发，看上去像是棉花糖一样贴在粉色的头皮上。候选人页面里，全是一副幼儿园孩子般迫不及待的表情，在那些中年人的脸上挣扎着，让人担心他们随时有心脏病发作的危险；年轻人则是一张张受了惊的苍白面孔，典型一副沉溺上网数小时后的颓废相。我特别自豪地指了指我们的红人：对冲基金经理克里斯·邦斯。因为常年服用可卡因的习惯，使他无论从眼神还是举止上，都无不让人联想起实验室里的小白鼠。罗宾·库珀克拉克的照片印在首页：伟岸的身材，一副似笑非笑的古怪表情。估计如果上帝也换上一身西装的话，就是他现在这个样子了。

卡罗尔·邓斯坦清了清嗓子："雷迪女士，新泽西近期签署了麦克马洪惯例。这对于您做资金调配会有影响吗？"

好了，别慌，凯特。好好思考，思考！"不会的，我相信，如果我们能得到一份麦克……呃……马洪惯例所掌管的股票清单的话，应该……"

"我们没有清单，雷迪女士。"胖女人直截了当地说，"当然了，我们是希望埃德温·摩根·福斯特能提供一份服从条款的股票清单。不过前提是你们得对该惯例有所了解。"

桌上这 **18** 张面孔同时看向我。不，是 **19** 张，还有莫莫。她抬头仰视我的眼神充满渴望与信赖。这个什么麦克马洪和他的见鬼惯例我连听都没听过。接下来，原本安静、平常、悄无声息流逝的几秒钟，突然变得吵闹、煎熬、无比漫长。我感到体内的血液急增到了胸腔和嗓子眼儿，脸红得像是刚做了爱或是受了什么奇耻大辱一般。空调的嗡鸣声听上去像是一个女人与情人离别时的哭喊。不，不能想什么情人。想想麦克马洪。不管他什么来历，估计是某个自以为是的小凯尔特人要找一些盎格鲁－撒克逊的资本主义压迫者复仇。我尽量不去看桌子的另一端——杰克坐的位置。

卡罗尔·邓斯坦那薄如一条线的小嘴正准备再次张开，却被一个男人的声音抢了先："我觉得我们完全不用担心，卡罗尔。以雷迪女士在道德基金项目上的丰富经验，她完全可以迅速掌握爱尔兰公司那边的最新雇佣惯例的。"

瞬间，一股感恩洪流犹如氧气一般直灌我的胸腔。在紧急关头，杰克为我开了绿灯，替我解了围。我赶紧顺势点点头表示同意，说："正如亚伯罕默先生所言，我们的专业团队会对雇佣条例进行筛选。我个人作为爱尔兰人，更是会完全遵从麦克马洪惯例。”

身后传来了东西掉落的声音。莫莫将一份文件掉在了地上，不过这个微不足道的小意外完全无人在意，大家都在低语称赞着我的道德信誉。借着此刻给大家产生的良好印象，我直接进入了总结阶段。说白了，这部分就是要和他们说，把钱给我们吧。当然不能真提“钱”这个字眼儿，得婉转点才行。

*** 下午 5 时 11 分 ***

我和莫莫刚一屁股坐进出租车，就听见身后有人探了进来。

“雷迪女士，我不得不说，您刚才的表现真是精彩极了。”

“是我要好好谢谢您，亚伯罕默先生。多亏了您及时出言相救。”

夹在中间的莫莫看着我和杰克，一脸困惑。

杰克把手轻轻放在车门边，说：“不知二位是否有兴趣和我小酌一杯呢？好好领略一下尚克斯维尔的风景。我在辛纳特拉酒馆里看见有一款鸡尾酒叫‘伴我双飞’[1]。”

“是这样的，我和古玛兰特小姐都有些累了。”

他点了点头，说：“那就换个时间吧。祝一切顺利。”

回宾馆的路上，莫莫问：“抱歉，凯特，你以前认识那个人吗？”

---

1 《伴我双飞》，美国歌手弗兰克·辛纳特拉（Frank Sinatra）创作的歌曲，英文名“Come Fly with Me”。——译者注

“不认识。”这是实话。我不了解杰克·亚伯罕默，虽说我可能已经爱上了他。我怎么可能会爱上一个自己不了解的人呢？不过综合想想，也许正因为不了解，反倒更容易爱吧？那人就好比一张白纸，任凭你畅想勾勒。

“他看上去像乔治·克鲁尼，”莫莫感叹道，“我觉得我们刚才应该接受他的邀请。”

“不行。在客户没做决定之前就接受邀请是非常不专业的表现。不过，我们之间倒是得好好庆祝一下，今天你可是明星啊。”

“抱歉，凯特。刚刚是你一展风采，换作我可不行。”莫莫自己笑了一下。我这才意识到她的面部表情刚才有多紧张。她接着说：“我不知道你是爱尔兰人。”

“一小部分血统而已。从我父亲那边继承的。”

“像麦克马洪？”

“是的，不过他可没有发布什么惯例。”

她咯咯地笑了，问我：“那你父亲是做什么的？”

“和我同行。”

“也是基金经理？”

“不是。他和我们一样，喜欢在自己喜欢的事物上押东西，并且假装这一切很科学，祈祷上帝会帮他实现。可有一天希望落空的时候，他就离开了家。”

“天哪！”莫莫说，这是我认识她以来，她第一次忘了说“抱歉”，“他听上去很有故事。”

每次和别人谈起我父亲，我的语调就会突然变得超然、自在、充满讽刺，好像在讲一个有趣的故事。有趣的角色在狄更斯小说里一向被描写得精彩传神。被安插为电影中的配角时，他们通常由过气而自大的偶像明星担演，之后这帮人又会靠着大众的追捧一举拿下“最佳男配角”奖。然而，只要你可以选择，你就不会想让这种人真的出现在你的生活里。

“我们要假装自己有一大笔钱，宝贝儿。”父亲曾经这样教导我。在北部的一片灰蒙蒙的城镇尽头，我们坐在一个小酒馆的花园里，朱莉和我每人各拿着一杯半品脱[1]的蒲公英牛蒡。这酒喝起来像是百事可乐兑木榴油的味道，当时我们却相信它是“成熟女人的选择”。当年我只有 12 岁，被每 6 个月搬一次家的生活弄得晕晕乎乎，已经不知道什么举止才称得上“可靠而得体”。况且，在父亲强而有力的影响下，我也根本没有任何主见。我们当然没有一大笔钱，而且就算有，也会被父亲从母亲的钱包里抢走去实施他的某个宏伟计划。

但我还是会假装我们很有钱。即使那样，我仍能感受到失落感像氤氲的湿气一般笼罩着父亲，而我不想让他那样失落，因为这会打垮一个男人的士气。看着他坐在那儿，拿杯子的那只手甚至需要另一只手来稳住，嘴上却仍然坚信凡事都有机可寻。这时候，他身边的女人需要做的就是假装对此毫无察觉。

那么，有趣的事来了。在金融城，我所认识的女性从某种程度上都是“爸爸的乖乖女”（坎迪的父亲在她 5 岁的时候就离家出走，从那天起，她好像一直都在努力去找他；黛博拉的父亲在西米德兰兹郡

1 品脱，英制容量单位，1 品脱约等于 0.6 升。——编者注

开了个汽车公司，偶尔到了周末，她和姐妹们就去找父亲打高尔夫）。女儿们都想成为父亲们想要得到却未能得到的儿子，女儿们在学校出类拔萃，只为赢得某个无视她们存在的男人的关注；女儿们喜欢安提戈涅，源于她对父爱疯狂又令人心痛的执着。那问题来了，为什么我们这些“爸爸的乖乖女”非要在一个如此排斥女性的地方工作呢？因为，唯一能令我们感到欣慰的就是得到男人的肯定。这不可悲吗？难道这他妈的就不可悲吗？

我闭上眼睛，试着过滤掉脑海中这些思绪。自从他拿着那个尿不湿设计图出现在我的办公室以后，我几乎每天都能接到他的电话。有一天晚上，他还给我留言说上次的钱不够。

“你给了他多少？”理查德问我，一副无可奈何的样子。

我只报了实际数目的三分之一，理查德就已经要跳墙了。

“天哪，你这女人什么时候才能长记性？”

问得好。人的怜悯之心就是永无止境，不是吗？

*** 晚 8 时 18 分 ***

迷迷糊糊中我被电话铃给吵醒——估计是回到房间就躺下睡了。电话是理查德打来的，他听上去特别恼火，说是找不到洗衣机用的清洁球了。葆拉请了病假，本没穿尿不湿就到处跑，最后在床单上“山洪暴发”。现在只能把床单撤下来洗，但他找不到清洁球。

我告诉他清洁球可能和床单卷到一块了，看看熨烫筐里有没有。

“什么熨烫筐，在哪儿？”

“在熨烫板旁边放着，里面全是衣服。理查德，你怎么不问问我这边顺不顺利？”

“什么？”

“决赛。”

“我需要你。”

“得了吧，理查德，只是洗个床单而已，你能搞定的。”

“凯特，这和洗床单没关系。我只是需要你。你为什么不能今晚就飞回来呢？”

“我真的不能。听着，我明早会赶第一班飞机回家的。”

电话又响了。我实在是懒得接，估计还是他。这次八成是仓鼠粮食找不到了，或者忘记了微波炉在家里的具体位置。是不是他连孩子的耳朵在哪儿都得问问？可我又担心会不会是孩子们出了什么事，最终还是接了电话。

“知道你是爱尔兰人我还挺高兴的。有那么一会儿，我还担心把你和那个运作我的基金、自称是法国人的凯瑟琳·雷迪搞混了。”

“我没说过我是法国人，杰克，我只是说我有法国血统。”

他笑了：“下回又会是什么呢？切罗基族人？你真是让人捉摸不透啊，凯特。”

此时此刻，我听到了一个声音，一个女人冷静、负责的声音。她坚定地告诉客户，她永远都不想在街边某个俗气的酒馆里喝那个叫“伴我双飞”的鸡尾酒。

他立刻回答道："没问题。他们还提供'陶醉、烦恼和困惑'[1]。"

那首歌的旋律瞬间在我的脑海中回荡，我随即唱了起来："对他自己而言，现在他是最辉煌的时刻。"

亚伯罕默轻轻吹了一声口哨："所以，这是真的，你什么都知道。"

"可我不知道怎么从我儿这去辛纳特拉酒馆。"

---

1 《伴我双飞》中的歌词。——译者注

17

日日夜夜

走进辛纳特拉酒馆，会感受到一种过气舞女的神采——风华渐衰，却依然在竭力彰显昔日的华丽。红色天鹅绒的小隔间沿着墙排成一排，50 年岁月流转，人们不知在此度过了多少个优雅的进餐之夜。如今，上面的座椅已经被剥蚀得掉皮生疮，露出了鲜红色的绒毛里衬。后面的墙上都是一些在当地小有名气的男孩的照片（弗兰克来自霍博肯，就在这条街的尽头）：辛纳特拉和劳伦·白考尔的合照；鼠帮[1]的合照，照片里的辛纳特拉风流倜傥；还有一张照片，辛纳特拉站在钢琴旁，一束锥光投射到他身上，他脖子僵直，上面系着一条松松垮垮的领带，好像在绞尽脑汁地回想被遗忘很久的音符。另外，还有辛纳特拉和艾娃·加德纳 50 年代时的旧照，他看上去十分饥饿，而她则看上去十分贪婪。除了床上这个场景，我实在无法想象他们两个在其他情景中同

1　鼠帮，由弗兰克·辛纳特拉、甸马丁、小森美戴维斯、祖伊毕什和彼得洛夫特组成。大家先是喝酒，后来开始演唱，很受欢迎。——译者注

时出现的样子。

每个隔间都有单独的迷你型自动电唱机，往里面塞 25 美分，就可以在弗兰克的精选专辑里任意挑选你喜欢的歌听。太多主题，太多关于“你”的歌词。我和杰克·亚伯罕默选了一个角落的位置坐下来，座位上方贴着弗兰克在电影《永垂不朽》中饰演马乔的海报。服务员一副饥渴又倦怠的表情，像是急于要把店里的牛肉菜品都卖光。所以我们最好装作一对夜晚出来喝酒消遣的普通夫妇。事实上，我和杰克陷入了一种较为艰难的境地。我们正努力从曾经的邮件往来状态过渡到现在的面对面交流，就好像刚返回地球的宇航员一样。前者可以说你想说、说你所想、说你所爱，是一种不受引力所牵绊的跨时空交流；而后者则是回到了现实世界，你的四肢、嘴唇和眼神在引力作用下做出的每一个动作，都会让你的言语也有着相应的变化。

这是我第一次见杰克穿便装的样子。他的这身打扮几乎同他全裸现身一般令人诧异。我边喝酒边笑，同时有一种疑惑贯穿全身。杰克 · 亚伯罕默对我来说，就像是科幻小说里的人物一样。我需要他真实地存在于我的生活中，让我更有勇气面对现实，而不是让现实变得更复杂。

“那么，想点些什么呢，夫人？”杰克看着菜单，“小牛肉配玛拉莎白葡萄酒，小牛肉配马斯卡彭，或是小牛肉配美味的碎牛肉？你不喜欢小牛肉？好吧，那我们就点柠檬腌制肉块好了。”

说完，他往唱机里塞了一枚 25 美分的硬币，准备去按《何时何地》那首歌的按钮。

“不，不听那首。”

“那首歌很美啊。”

“我会哭的，我听辛纳特拉死掉会哭的。”

“嘿，我也喜欢弗兰克。但他死的时候已经很老了，所以没必要为此而哭吧？”

我不知道该向这位最熟悉的陌生人如何描述。那是有趣的文学人物版本还是真实的故事？我父亲在餐具柜里藏了辛纳特拉1978年发行的唱片，它被棕色的纸套筒包裹着，夹在一个类似烤面包架的东西里。当我和朱莉还是孩子时，对这东西十分着迷。棕色的纸闻起来有股老人的陈年古味，但唱片本身却又让所有人觉得年轻了不少。它的表面是奢华的乌木色，犹如蟑螂那发亮的身体；紫色的标签誊写着银字，就像一封舞会请柬。父亲总是在全家人聚齐的时候模仿辛纳特拉——他站在桌子上，然后唱着“芝加哥……芝加哥……那座颠沛之城”。但他最喜欢的还是那几首伤感的歌——《天长地久》和《何时何地》。“弗兰克是单相思的守护神，”父亲说，“你会听他的歌吗，凯特琳？”

“凯特？”

“弗兰克能让我父母开心，”我看着菜单说，“在我的家里，辛纳特拉的歌永远都是休战曲。每次只要我父亲一放《伴我双飞》，气氛就缓和了。我想我还是再点一杯鸡尾酒吧，不要牛肉了。如果把‘爱情与婚姻’和‘夜晚的陌生人’[1]兑在一起会怎么样呢？”

杰克抓住了我手里摆弄着的刀，现在我们每人都抓住了刀的一头。

1 《爱情与婚姻》和《夜晚的陌生人》是弗兰克·辛纳特拉（Frank Sinatra）演唱的两首歌的名字，在此是鸡尾酒的名字。——译者注

“不会太可怕，可能只是味道会比较奇怪。但我觉得最糟糕的应该是，明天一早起来，那种头疼得悔到肠子青的感觉。充气城堡是什么？”

“什么充气城堡？”

“一个充气城堡，你手上写的。初中毕业以后，我就再也没见过哪个女孩在自己的手上写东西。凯特，你真得好好研究一下那个叫‘日记’的新玩意儿了。”

我低头一看，发现在自己的指关节上有一些圆珠笔的字迹，当时写下是为了提醒自己不要忘了艾米丽的生日。好了，新的纠结又开始了：该不该和他说我已为人母（要知道，这是唯一会让我陷入尴尬窘境的方式）？

“充气城堡是……那种用气吹起来的城堡，人可以在上面跳着玩。我是为了提醒自己去租一个，好在我女儿的生日派对上用。我是说，租这个花不了多长时间，但等我想起来再去租的时候可能就太晚了。”

“你有一个孩子？”他看上去对此很感兴趣，但没有表现出惊愕。

“两个。我不常见到他们。艾米丽到今年6月时就6岁了，她总是把自己当成是睡美人。本1岁多，非常的调皮，永远都没有老实的时候，他……他是个男孩儿。”

杰克严肃地点点头，说：“真是不可思议，女人们还在不断地生养男人。严格来说，我们男人就应该和恐龙一样灭绝才对。但我们中的一些人还要选择再逗留一段时间，想看看你们掌管的世界是什么样子的。”

“我是个不爱开玩笑的人，亚伯罕默先生。”

“那说明你体内还有德国血统，雷迪女士。”

不一会儿，服务员端上了牛肉，那看上去就像外面裹了一层芝士碎的法兰绒布。之后是提拉米苏，就像在剃须泡沫上面洒了杏仁粉。每一样菜都无比难吃。我们开始拿这些食物开玩笑为其增加点趣味。接下来是跳舞的时间，我们跳了很久。我记得好像还唱歌了，但我肯定记错了。让我当众唱歌，想都不要想。

“有一个声音在我内心不断地萦绕，

你，你，你。

日日夜夜，一直是你。

月亮与太阳之下，只有你的气息。

亲爱的，无论你在我身边，还是与我相隔千里，

我都会日日夜夜想念你。”

*** 凌晨2时34分 ***

“起床，妈咪，起床，瞌睡虫！”

我坐起来后，有种莫名的恐慌。我下意识用手捂住胸口，但马上意识到周围是一片漆黑。艾米丽在这儿？这儿是新泽西？我花了几秒钟才摸到灯的开关。接着又过了几秒钟，我才意识到刚刚的声音是来自旅行闹钟。作为我的圣诞礼物，它是艾米丽专门送给我旅行时用的。是时候起床准备回伦敦了。“快点，妈咪，懒骨头，你要晚了。”艾米丽的声音里略带一丝傲气。发号施令时，她听起来和她母亲简直一模一样。

我窥视了一下四周，看看是否有任何出轨的迹象。裙子被好好地挂在衣架上，鞋子摆在椅子底下，内衣整齐地叠放在椅子上——杰克送我回来后，帮我脱掉衣服，安顿我上了床。我感觉那时的自己就像个孩子。我突然想到，要是杰克没走，艾米丽的声音在黑暗中猛地响起，而我们正在……

天哪，我的头。我得赶紧喝口水。我走进浴室，打开灯。灯滋滋地响个不停，于是我又把灯关了。打开水龙头，我接了一杯水喝，然后又喝一杯，还是不够。我打开喷头，张大嘴巴让水流就这样往嘴里灌。总算喝够了。在进屋往床边走时，我发现宾馆的便签簿上写了一些什么东西。我打开台灯，看到：

某些事第一次发生，就可能会再次发生，……但谁知会在“何时何地”呢?

睡个好觉。

爱你的杰克

*** 纽瓦克机场，上午10时09分 ***

飞机好像从来没有准点的时候。我在商务休息室里找了一排座椅，平躺了下来。窗外的雾气和我脑中无际的昏暗是如此相衬。我想着昨晚的事，同时又极力不让自己去想。看我们雷迪式的出轨：对丈夫满怀愧疚，可其实并没有与别的男人享受到性的欢乐。漂亮，凯特，你干得真漂亮。

试想，与客户喝得酩酊大醉，然后让人家带你回宾馆，帮你脱光衣服，再把你扶上床后，又绅士地离开了。真不知该做何感想：要是真被侵犯了则会感到愤怒，如今没有被侵犯却又感到羞耻？也许是因为杰克看不惯女人穿不成套的文胸和内裤，或者当他看到雷迪那怀孕了两次、外加一次紧急剖腹产后的肚子后，不由得联想到他祖母做的米饭布丁——一团颗粒状的糨糊上面糊了一层皱巴巴的表皮。在目标情人面前失去意识的一个问题就是，不能像私人教练说的那样，把肚脐向着脊柱的方向用力收。

一想到杰克给我脱衣服，我整个人就像穿在腿上的丝袜一样不住地往下打滑。

“凯特，你还好吧？”莫莫回来了，手里拿着黑咖啡和英国报纸。

“不好，糟透了。有什么新闻吗？”

“托利党内部互相咬脖子之类的。还有，上班族母亲要撑不住了。报纸上写，如果可以的话，她们当中78%都会在第二天辞职。”

“哈！这可不准。我们当中那些真的累到不行的人根本就没时间给他们做这个调查。你怎么想，莫莫？”

莫莫做了个可爱的噤鼻子表情，说：“抱歉，我不会要的，我不想要孩子。我不知道该怎样面对那样的生活，凯特。”

“分开面对。孩子是一块，工作是另一块。你得保证它们之间互不影响。这很难，但并非不可能。总之，你得要孩子。你既漂亮又聪明，生的孩子肯定会和你一样，正好来拯救这个白痴泛滥的世界。”

莫莫摇了摇头。“我喜欢孩子，真的喜欢。但我不想放弃我的事业。你也说过金融城里的人是如何看待‘母亲’的。反正，”她沉着地说，“我照顾小孩子可能有点大材小用了。”

该怎么和她解释呢？有很多像莫莫这么大的女孩，因为受不了像我们这样在双重身份下生活，就把生孩子的事一拖再拖。我朋友里就不乏这样的人。她们一旦过了35岁，便开始整日恐慌，跟谁上床都没法让她们“命中”——到那时谁来成为孩子的父亲已经无所谓了——发现怀不了孕后，她们又开始试管授精。这玩意儿耗资巨大，还让人备受折磨。更何况，它有时候管用，多数情况下都是无果而终。我们自以为战胜了大自然，但大自然自有征服我们的方式，它让我们意识到自己的渺小。世界将不会以宇宙大爆炸终结。末日的那天，将会是一个女人通过玻璃罩盯着她那冷冻的受精卵，思索着是否有时间解冻它们的时刻。我试着屏蔽机场周围的噪声，去思考艾米丽和本在我生命中的价值，以便集中最有力的几条来告诉莫莫。

“莫莫，孩子是我们曾经存在过的证明，是我们生命的延续。他们是我们创造出的最棒、最不可思议的事物，是我们生命的唯一。人生是一个谜，而他们就是答案。你得相信我，如果人生的谜语有答案可寻，那就只有他们能帮我们解答。”

莫莫从她的包里拿出一张纸巾递给我。我是因为想到孩子才哭的，还是因为昨天一整晚我都没有想过他们而感到内疚？

*** 纽瓦克到希思罗的飞机上，晚8时53分 ***

肾上腺素总是能帮助你完成工作。回程的路上，当我突然意识到自己已离家多日，一种失落感赫然袭来。家，它与我关系重大，他们没有我怎么能行？可同时我又感觉到了一丝痛苦，没了我，他们确实也能继续生活。

每次出国，我都会在宾馆里用笔记本电脑，通过远程访问来用电子邮件拨打电话。你会听见拨号音传输到远方，直达宇宙另一端的某处。突然，声音像被人掐断一般戛然而止，几秒钟后，浏览器安全防御系统通过卫星接收信号，再次建立连接。远程访问，这就是我和孩子们聊天的方式。在我需要的时候给他们打电话，没时间时就任凭他们与我相隔千里。有时候，我有机会与艾米丽、本朝夕相处几日，可每次都会被他们真实生活中生龙活虎的样子给震惊到。我的钱包里一直放着他们的照片，刚才还给莫莫看了一眼。对我而言，他们不仅仅是照片上羞涩的、微笑着的小男孩、小女孩。他们离不开我，就好似离不开水和阳光，这种需求再简单不过，不需要任何理论去证明。那些论述女性在孩子人生中所起作用的女性，她们从来没当过母亲，或者她们对孩子的方式和我一样——通过远程访问。

孩子会改变你的心。这一点永远不会在那些理论中提到。我坐在商务舱的前排，捧着一大杯杜松子酒，感觉自己的胸腔内肿胀而沉重，仿佛有一只葫芦。

莫莫就坐在我身边。自从看到我在机场流泪后，我的助理就一直十分留意我的情绪。莫莫似乎被这个突然间谈论人生意义的陌生人搞得很不安，想要那个正常的凯特赶紧回来。我也一样。

“凯特，我想用我的《哈佛商业评论》交换一下你的《名利场》。”她给了我一本副刊，上面印着暗灰色的字体。

“里面有约翰尼·德普的照片吗？”

“没有，但有篇超级有意思的文章——《做演讲展示时的动作准则》。猜猜第一条要点是什么？”

“解开两个以上的衬衫扣子是非常受人尊敬的形象？”

“不是，凯特，认真点。是‘确保你的肢体动作能够向客户传达你的意图’。”

“我说的没错。两个衬衫纽扣。”

我为什么总是要把这个可爱、冷静的女孩从她的幻想中解救出来呢？也许是因为我宁愿自己先介入其中，也不愿让她的这份幻想到时被男人给破灭。

过道对面，一个浅肤色的女人穿着宽松的粉色毛衣，正在心力交瘁地哄一个哇哇大哭的婴儿。她一会儿站起来轻轻摇晃婴儿，一会儿又坐下，让婴儿乱动的头靠在她的肩上。最后，她掀起毛衣，开始喂孩子吃奶。邻座那个身穿西装的男人看了一眼那硕大的、如水球般的乳房，火速冲进了厕所。

婴儿的哭啼有个鲜为人知的规律：母亲越是窘迫无奈，他们哭得就越大声。我不用回头看，就能知道此时周围旅客的反应。无声的反感从机舱的四面八方袭来：想要集中精力工作的男人、想要休息的男人、想享受这最后几小时自由而不想让某种声音提醒她们回家也即将面对同样状况的女人，以及离家很久不想让某种声音来唤醒自己内心愧疚的女人。

这位母亲脸上的表情我太懂了。两分急切的歉意（很抱歉，大家），以及三分的不甘心（机票是我们花钱买的，和你们一样。孩子这么小，你能指望她怎么样呢）。那个婴儿估计也就两三个月大。绒绒的毛发像蒲公英一样，罩着小小的脑壳，好似一圈柔和的光晕，展现着一个受精卵的生命张力和美丽。婴儿在尖叫的时候，可以明显看见两鬓涨突的血管在跳动。

“不，劳拉，亲爱的，这很疼的。”母亲斥责道。只见婴儿在疯狂地拽着她母亲那又长又黑的头发。我瞬间想到了本，感到一阵揪心。每次他很累的时候也会这么干：一个婴儿在疲惫不堪时又不能入睡，就跟让一个酒鬼站在酒馆外面，又不让他进去是一样的。

莫莫看着她，带着20来岁年轻人的那种极度缺乏理解的眼神。她小声问我，为什么那女人就没法让她的孩子安静下来。

“因为她的孩子想睡觉，可耳朵被大气压压得太疼睡不着。唯一可以缓解耳部压力的方式就是让孩子喝点东西，可她现在的状态，连吃奶的力气都没有。”

当我说“吃奶”这个词时，莫莫的身子在那件唐纳·凯伦牌的灰羊绒衣里打了个充满嫌弃的寒战。她说一想到“哺乳”这种事，就觉得极其怪异。

我告诉她这再正常不过了。“事实上，只有哺乳时，你才是在真正意义上接受了你的孩子。我当时坐在产房抱着艾米丽，看着她在我怀里动来动去的样子，我体内的乳汁开始往外流淌。当时我就在想，我是一个妈妈啦！”

“听起来挺不雅。”莫莫说。

“这没什么不雅，这令人感到慰藉。我们用一生来努力对抗我们体内所存留的本能。卡洛尔·金的那首歌怎么唱来着？……‘哦，你让我……感受到了……做女人的……天性’。”

我不该这么唱出来的。穿粉色毛衣的女人听见了，她肯定觉得我是在挖苦她在公共场合喂孩子。我试着去弥补，朝她会意地笑了笑，以此来告诉她：别担心！我们是一条船上的！可我忘了自己现在是一身正装的样子，面前还放着笔记本电脑。她肯定把我当成是那种不屑要孩子的上班族了，于是狠狠地瞪了一眼这个她与孩子的公敌。

我想试着睡一会儿，可有些想法如狂风暴雨般令大脑不得安宁。一想起杰克，我就觉得，我觉得什么呢？我觉得自己像个白痴——他是谁？他和我在一块想得到什么？我和他在一块又能得到什么？但是我更觉得兴奋，觉得自己像**中了埋伏**，似乎有种力量包围了我的内心，朝我大喊，让我举起双手站出来。我有时真想就此投降，可接着又想到了孩子们。他们就像本的童书里那嗷嗷待哺的小猫头鹰一样，等着打猎的妈咪回家。这个故事早已烙在我的心上。

“小猫头鹰们闭上了眼睛，希望猫头鹰妈妈能回来。**然后她真的回来了**。她轻轻地、静悄悄地穿越丛林，飞到萨拉、珀西和比尔身边。‘妈咪——’它们叫着，扑扇着翅膀，在树枝上兴奋地上下乱跳。‘**有什么大惊小怪的？**’猫头鹰妈妈问，‘你们要知道我肯定会回来的。’”

“莫莫，我们再来点杜松子酒如何？我好像还是比较清醒。”

飞机正在大西洋的上空，我试着给杰克编辑了一条短信，来收拾一下那天的残局。

*** 下午1时05分 ***

发件人：凯特·雷迪

收件人：杰克·亚伯罕默

烂醉的时候被一个陌生男人脱光了实在是让我觉得不习惯……

不行，太直白了。删掉。用常规的商务语气试试。

*** 下午1时11分 ***

发件人：凯特·雷迪

收件人：杰克·亚伯罕默

关于我们的上次会面，我一直在想暂时把基金的营业额增加。如果您有任何其他需求……

如果您需要我……

我非常……

您知道我会竭尽全力……

我倒是有一些想法，可能需要在床上来完成……

天哪，我这是在干吗……

*** 下午1时22分 ***

发件人：凯特·雷迪

收件人：杰克·亚伯罕默

杰克，我只是想说，对于昨晚的失态我感到非常抱歉。希望不会影响我们在工作上如此重要的伙伴关系。那天晚上具体发生了什么我记不太清了，但我相信，您好心地把我送回宾馆，并没有让我陷入某种极度的尴尬中。

当然，也希望这不会影响到您与EMF之间的后续合作。您一直以来都是我们最尊敬的客户。

祝好，凯瑟琳

我一到家，就把这条信息发了过去。

发件人：杰克·亚伯罕默

收件人：凯特·雷迪

在美国，如果一个女人上来吻你的嘴唇，请你带她去一个你想去的荒岛，那么这在一定程度上就是"转换了工作上的关系"。除非，这在英国的MBA课程里被列为是处理客户关系时所需掌握的必要技巧。

辛纳特拉酒馆的那个夜晚，我很愉快。关于宾馆里的事你不用尴尬：我从头到尾都是闭着眼睛的，夫人。除了你让我帮你摘掉隐形眼镜时，我睁开了一小会儿。我发现，某人的左眼睛更绿一些。

我回到公寓后，电视里正好在演布屈·卡西迪[1]。凯特，记得在结尾的时候，圣丹斯和布屈与埋伏在外面的墨西哥军队对峙的情景，他们明知已无路可逃，可还是拿着上满膛的枪冲了出去。

当时有那么一刻，我真的觉得我们有麻烦了。

杰克

1　布屈·卡西迪（Butch Cassidy），美国历史上著名的劫匪。——译者注。

备　忘

孩子，充气城堡，做牛奶冻的模具，丈夫。

必忘事宜

你，你，你。

18

母性法庭

女人似乎只要一到母性法庭上，就无法为自己辩解。真不知道问题到底出在哪里。她有无数个完美合理的理由解释她为何要出去工作，这样会如何有利于她和孩子们，以及女权主义领袖格洛丽亚·斯泰纳姆能那句撒手锏式的质疑：为什么男人就不用成天思考如何平衡家庭与事业？这些话都已到她的嘴边。可一旦站在被告席上，顷刻间又化成灰烬。

她想，这可能是因为他们总是在夜间传讯她，在她睡觉的时候。这时候她显然不在状态。整个法庭的样子对她也有影响：密不透风、橡树板装潢，左右各坐着一排戴着假发、身穿一身黑衣的人，看着就让人压抑。那感觉就好像身处一口巨大的棺材里，而你的葬礼承办人正在上面看着你，等着你给自己挖掘坟墓。还有，她讨厌那个法官。看他那样子至少有 65 岁了，耳朵还不怎么好使。

“凯瑟琳·雷迪，”他的嗓音如洪钟般低沉，“这里是母性法庭，你被指控将生病的孩子扔在伦敦不管，去美国出差。你可认罪？”

天哪，不是这样的！“我确实是在艾米丽发烧的情况下离开的伦敦，法官大人。但如果在最后关头退出决赛的话，埃德温·摩根·福斯特就再也不会给我任何重要的机会了。”

“丢下生病的女儿不管，哪个母亲能做出这等事？”法官质问道，如石头般冷酷地俯视着她。

“是我，但……”

“大声点！”

“是我，法官大人。我确实离开了艾米丽，但我知道她会得到相应的治疗。她后来打了抗生素，我在美国期间也有保证每天都和她通话，我还准备在她生日时为她办一个泳池派对，我一直坚信，母亲是女儿的楷模，而且……我非常非常爱她。”

“沙托克女士，”公诉律师走过来指着另一个女人，“法庭获悉你曾向你的同事坎迪斯·斯特拉顿小姐坦言道，你觉得期中假过后再回办公室，有一种‘近乎性高潮般的放松快感’。关于这个，你怎么解释？”

我笑了。笑声里夹杂着茫然与苦涩。“这简直太不公平了。当然，我不否认，在办公室里的一点好处是不会有人总围着你嚷嚷：‘妈咪，我要便便！’至少办公室里的人看到你在忙，就不会让你给他们做吐司、买棒棒糖或者帮他们脱内裤。如果连承认这是一种‘放松’都不对的话，那我也无话可说，只能认‘罪’。”

“你刚刚是说你有罪吗？”法官一下子激动起来。

“若说还想辩护什么，”我继续说，“我会告诉你们，我在圣戴维斯度假时做了三个沙堡，还由着艾米丽把螃蟹壳插进我的头发里当作美人鱼的首饰。旅途中我唱了所有能唱的歌，每天做两种口味的三明治。可到头来他们还是只吃薯片。”

“沙托克女士，海滨活动与母性法庭无关。”法官咆哮道，“你是否承认罪行，有罪还是无罪？”

我将头歪向一边，眼神里流露出一种恶作剧般的挑衅，回答道：“我的法官大人，我们是不是也该设立一个父性法庭了？哎，我怎么能问这种蠢问题。想想那些回家途中冲进酒馆里快活到后半夜的男人。那七七八八的案子要是照你们这样审起来，恐怕得审到猴年马月吧？”

“安静！我说安静！沙托克女士，如果你仍是这种态度，就请先回牢房吧。”

“听上去不错。我正好想接着睡会儿呢。”

法官敲了法槌。他变得愈发庞大，那张苍白的老脸突然像抽了血的针管一样变得血红；与此同时，被告人却变得越来越小，最后缩到和芭比娃娃差不多大。她穿着高跟鞋的脚踩在被告席的边缘处，努力把持着平衡。当她向法官大吼时，声音听起来就像吱吱叫的老鼠：“好啊，你不是想知道真相吗？有罪！简直是岂有此理，全都是神经病！听着，我很抱歉，但我必须得走了。瞧瞧现在都几点了。”

19

爱情、谎言、红手印

你能嗅到自己爱人背叛的味道吗？我敢保证理查德能。自打我从新泽西回来，他就无时无刻不跟在我身边：洗澡的时候他在浴池边坐着，坚持说要帮我洗后背，并对我三年没换的发型大加赞美。此外就是不停地盯着我看，好像要从我脸上读出点什么——尽管他自己也不清楚到底想要读出什么。当我们四目相对时，他又迅速将目光移开。我们之间产生了一种从未有过的羞怯感，就好像晚宴上彬彬有礼的客人。很难相信到今年 7 月底，我们结婚将满 7 年。

趁理查德在楼下锁门的时候，我赶紧一头扎到床上，假装处于深度睡眠的状态来避免一场久别重逢的做爱。我躺在他身边，闭着眼睛。黑暗中，罪恶感、工作、欲望和购物相互交织在一起，形成一幅模糊的画面：面包、米饭、蛋糕、杰克的微笑、金枪鱼罐头、调查基金的现金流水平、苹果汁、字母薯饼（问问葆拉）、电子表格、美式口音说出来的“吻”、黄瓜、牛奶冻和绿草冻。

终于我们开始做爱的时候，天已经快亮了，隔着天花板能听见楼上孩子们醒来的动静。整个过程中，我感受到了丈夫强烈的控制欲，他好像是在向无形的某人示威，要抢回对我的占有权。而我呢，对于被抢回来充满感激，这要比出发去异乡，面对各种奇怪的习俗和事物要有安全感得多。

孩子们叽叽喳喳地跑进房间时，理查德整个人还趴在我身上。见我回来，艾米丽的反应先是单纯的开心，紧接着噘起了嘴，用一双奥赛罗式的绿眼睛瞪着我。本兴奋得哭了起来，被尿不湿包着的小鼓屁股一下子坐到了地上，这小小的身体好像还承受不了如此大的情绪波动。他们俩爬上了床，艾米丽跨坐在理查德的胸上，本躺在我身上，脸和我同一高度，用小手指头指着我的五官说着："眼——清——。"

"是'眼睛'，宝贝真棒。"

"鼻——子——"

"鼻子，没错，本真聪明。妈咪不在的时候你在学习新词吗？"

本把他那如铅笔一样细的小食指放在我的两胸之间。

"这个呢，小伙子，"理查德倾过身子，温柔地拿走了儿子的手，"是女性的乳房，而你母亲拥有的这对是一个非常好的范例。"

"妈咪长得像我，对不对？"艾米丽求证道。她爬了上来，本被她一推，滚到了我肚子上。这个圆圆的、软软的东西，仍然记得当年带这两个小家伙时的感觉。"我！"本高兴地叫着，"我！我！我！"孩子们在母亲身上欢乐地打闹着，而这位母亲在吵嚷声中迷失了自我……

在我看来，女人只要有了第一个孩子，就会犯一种特殊的"通奸罪”。摇篮里的“新欢”近乎霸占了你全部的爱，那位身为成年人的“旧爱”就只能耐心等待，希望能从后来的入侵者那里捡一些“残渣剩饭”。第二个孩子的出现对“旧爱”的压榨更是猛烈。但不可思议的是，这些都不会彻底浇灭与“旧爱”的激情。真正会让其消失的是，那些常年早起晚归、心不系家的日子。

我第一次出差回来后，曾向自己保证这将是最后一次。我曾经以为，工作只是我的众多选择之一，它并不会影响到我和孩子的生活。可事实证明，这只是我构想出来的乌托邦。艾米丽和本需要我，我才是他们想要的。哦，他们当然也爱死理查德了。但他是他们的生活玩伴、探险伙伴，和我对他们的意义不同。

如果爸爸是大海，那妈妈就是一片安全温暖的港湾，可以让他们休息，聚集勇气，从而在下一次启航时走得更远。但我清楚地知道，我不是什么港湾。有时，当事情糟糕到一定程度，我甚至会想，我是一艘夜航的船，每次驶过都只会吓得孩子们惊声尖叫。

我翻出日历，又开始计算起来。如果我辞掉工作的话，我们可以把房子卖掉，还清贷款，再也不用为房屋的各种毛病去借款翻修——从我们发现这栋房子地基塌陷、潮气重以后，这笔花销就没有停止过（“你需要支撑架构，亲爱的。”建筑工人说。对极了，我当然需要）。然后，我们离开伦敦，搬到一个有美丽花园的地方，希望理查德到时候能干一些建筑工的活，我则试着找点兼职。从此，没有海外度假，买东西不再选奢华包装，买鞋子够穿就行。

有时，一想到可能会成为这样一个勤俭持家、尽职尽责的家庭主妇，我就会感动得痛哭流涕。但辞职后失去经济收入又让我心生恐惧。

我离不开钱，就如同我离不开自己的肺一样（“你那可怜的妈妈永远不会对金钱说‘不’。”菲利斯阿姨拿她的手帕擦我的脸时曾和我这样说）。况且，怎么可以让我独自在家，整日什么也不干就看着孩子？孩子们的需求就像无底洞。你可以为他们倾注全部的爱与耐心，可什么时候才是尽头呢？你永远都别指望有尽头。所以，为了彻底做到无私奉献，你需要对自己妥协。我很钦佩能这样做的女性，可仅是想想就令我心生恐慌了。在我眼里，放弃工作就意味着迷失自我，尽管我对谁都不会这样承认。大英帝国的邮局应该收到过很多女人的寻人告示，要寻找她们迷失在孩子身上的那部分自己，那部分永远消失了的自己。所以，当我的两个孩子在我身上又跳又叫时，“我，”我内心深处的声音在不断地呼唤着，“我，我，我……”

*** 早7时42分 ***

出个门都能被他们搞得发疯。经艾米丽反馈，我给她换的3套衣服她全都不喜欢。很显然，黄色才是她最爱的颜色。

“但是你所有的衣服都是粉色的。”

“粉色看起来很傻。”

“好了，亲爱的。来，让妈咪帮你把裙子穿上。看，这多漂亮啊。”

她甩开我：“我不要粉色。我讨厌粉色！”

“别和我用那种语气说话，艾米丽·沙托克。你都要过6岁生日了，别以为自己才2岁。”

“妈咪，你这么说可不太好。”

该如何对付一个两秒前还满腔热血模仿约翰·麦考易的场上英姿，两秒后又扔下遥控器、捧起书来研究玛丽·沃诺克的伦理哲学的孩子呢？我边往门口走，边冲屋里不知在何处的理查德大喊，让他赶紧找个人来修洗碗机。接着，我递给葆拉一个购物清单和我所有的现金，并确保在拜托她的过程中说4次“请”。正当我要开门时，艾米丽突然走到楼梯旁，把脸皱成一团。从我这儿看到的，不再是个炸了毛的火鸡，而是一个伤心的小女孩。我走过去抱抱她，当然在这之前我脱掉了外套避免沾上她的鼻涕。

“妈咪，你去过嘀咕大厦吗？”

“什么？”

“我想和你去嘀咕大厦。它在美国。”

“哦，是帝国大厦。好啊，亲爱的。将来妈咪会带你去的，等你再长大一点的时候。”

“等我7岁？”

“对，等你7岁的时候。”她的脸瞬间阴转晴。

发件人：杰克·亚伯罕默

收件人：凯特·雷迪

重要顾问5月份全都要过来。打住。

急切需要出色的英国基金经理现身。打住。

中央车站边的牡蛎酒吧很棒。打住。

你能一口气吃10个牡蛎吗？我是不能。打住。

*** 下午2时30分 ***

我从国王十字火车站乘火车，赶赴约克参加一个会议。我给自己规定：想杰克的频率不能超过每小时两次。但是这种惊人的自律想法却不得不向事实低头——火车还没开出站台，我就已经用完这一整趟旅程可以想他的次数。当我回忆起在辛纳特拉酒馆亲吻他、他又回吻我的情景时，就感觉整个身体如被填满了金子般在灼烧融化。

随着列车晃晃悠悠地驶离站台，我把所有东西都摊放在桌面上：好不容易有机会坐着悠闲地读读报纸。报纸第二页的头条：为什么生二胎就代表了你事业的终止？坚决不读。自从生下艾米丽后，我敢说，每个月都会碰到什么新的研究报告，表明我的孩子会毁掉我的工作前景，或者一些更揪心的——我的工作会毁掉我孩子的前景。每次看到这些，你就会不由自主地对号入座。

我翻到女性专栏，开始做上面的一项压力测试：

你是否有以下问题？

A. 失眠

B. 暴躁

天哪，就不能消停一会儿吗？该死的电话。罗德·塔斯克从办公室打来的。

“凯特，我听说你和哞哞的决赛非常成功。”

“是莫莫。”

“哦，好吧。我就知道你们女孩一定会团结一心的。这事完了别停手，继续搞些道德基金账户来。”

罗德说他需要塞林格文件，但打不开我的电脑，问我要系统密码。

“Ben Pampers。”

“Pampas？我还真不知道你对阿根廷佬感兴趣啊，凯特。”

“什么？”

“Pampas。南美洲草原，不是吗？”

“不，P.A.M.P.E.R.S，呃，它是一个化妆品品牌。”

你上次阅读一本书是什么时候？

A. 一个月内

B. 更久以前

电话又响了。是我的母亲。“现在忙吗，亲爱的？”

“没事，妈妈。”我把头向后一靠，准备迎接一场长时间的对话。真不知道该怎么和母亲讲，“忙”对现代人的意义已经不同于她那个时代了。对她而言，忙意味着早起，忙着洗衣服、切奶酪、为孩子准备午餐三明治、晚上再去接孩子放学。然而从我记事起，“忙”就开始不断地升级扩张，如今已演变成一个涉及全球范围的活动状态。

我母亲认为，如果我连着24小时不给她打电话，肯定是发生了什么事。该怎么和她解释呢？事实上，只有在什么也不发生的时候，才是我唯一有时间给她打电话的时候——长期的暴风雨夹杂着片刻奇迹般的宁静。

母亲说她打电话就是想问问，在艾米丽的朋友艾拉离开后，艾米丽在学校还适不适应？

我竟然对艾拉的离开毫不知情，瞬间觉得很难受。自从着手准备决赛的事情，我就再也没去过学校。“哦，挺好的，真的。她很快就适应了。而且她的芭蕾舞学得也越来越好了。”车进入了隧道，信号随即断掉。

我的内心像是被死死地打了个结，很难继续集中精力做那个压力测试。我什么时候也开始和母亲撒谎了？我并不是说那些母女之间必要的谎言——“最晚11点……从来没试过……3杯可乐……但所有人都穿啊……他睡在地板上……对……黛博拉的一个朋友……没，没有特别夸张……对，打折的，非常划算……很好，再好不过了……”

不，并不是这些简单而善意的谎言。小时候，母亲用谎言保护你，因为她觉得你太小，没法理解外界的纷繁复杂；现在，你用谎言来保护母亲，因为你觉得她太老了，没法理解外界的纷繁复杂，或者说无法承受这些复杂给她带来的冲击和影响。人生的曲线即是如此：想了解——了解——不想了解。

我所说的谎言是，关于自己如何做母亲这件事上不和她讲实话。我告诉她，艾米丽在朋友离开后很快就适应了新的生活，其实我压根就不知道艾拉走了这件事。我宁愿告诉母亲我在工作中失败，也不想让她知道我和孩子之间存在隔阂。我怎么能和她讲？这就好比灰姑娘去皇宫之后，王子又让她干起了扫灰的活。

*** 约克，修道院酒店，傍晚 7 时 47 分 ***

我给母亲回了电话。她听上去呼吸很急促。在我的追问下，她承认近期身体有点儿不舒服。母亲这样说，实际上就表明她的身体的确有了大问题。

天哪！我连话筒都没放下，直接又给朱莉拨了电话。妹妹住得离母亲很近。接电话的是朱莉的大儿子史蒂芬。他说他妈妈正在看电视，现在去叫她过来。

朱莉的语气令我吃惊。我妹妹以前有着可爱的咬舌音，可近几年，她说起话来像个随时要和人吵架的怨妇。每次和她通话，她就像刚刚在一场战争中被洗劫一空了一样，满肚子说不完的冤屈与愤恨。

当年我离开家时，朱莉还没有离开。她怀了孕，在 21 岁那年结了婚。她 28 岁的时候，已经是 3 个孩子的妈了，那时我还没有孩子。朱莉的丈夫是一个电工，我丈夫是个建筑师。朱莉的家离母亲不到两公里远，她几乎隔几天就能回去看看，但我不行。朱莉生得一副巧手，为当地一个生产玩偶之家的公司做一些小布帘和小家具赚外快，而我生得一个好头脑，没有像她那样。（事实上，我将客户的钱投给了远东地区的一家血汗工厂，很有可能有一天这会间接导致朱莉的那家公司破产。）朱莉就出过一次国，去的是意大利的里米尼，当时还没赶上好天气，而我一个星期飞两个地方都不算多。这些命运的交错不是任何人的错，可如今我与妹妹的关系却处于一种除了责备就是内疚的状态。

我问朱莉能不能带母亲去看医生。她立刻叹了一口长气——估计顷刻能把奔宁山脉上的整排树吹倒。“她不会听我话的，”她说，“如果你放心不下，怎么不自己带她去？”

我和她解释自己的日程有多紧，她立马就火了：“你又不是腿有毛病走不了路，有什么不能自己来的。现在时不时就有一些男人跑去她那里闹，说父亲欠他们钱。”

“你怎么不早和我说？”

电话里，我能听见朱莉家的客厅传来《加冕街》忧伤的背景音乐。我和朱莉小时候都是这部肥皂剧的粉丝，特别是对里面的雷·兰顿——一个有一头乌黑卷发的技工，最后葬身于自己的车轮下——更是爱到不行。那段日子，我们俩为了证明自己才是他的忠实粉丝，成天吵个不停。现在想想，我已经有20年没看那部剧了。

“我在电话里给你留过好几条消息，凯西，”我妹妹说，“你根本没去听，对吧？”

*** 晚8时16分 ***

此次来参会的都是一些互联网企业。当然了，是仍在市场上苟延残喘的那些。这帮家伙想让金融城相信他们是未来的风向标，可如今看来，尽是些无稽之谈。你根本无法想象EMF当时往那些卖名牌服装的网购公司身上投了多少钱。但猜猜怎么着？人们更愿意去实体店试穿后再买。

此次灾难中，女性基金经理所受牵连相对小得多。鉴于我们更善于风险补偿评估，自然不会像那帮先生轻易去尝试未经证实的新事物。人们说我们只是侥幸罢了，但我不同意此说法。我将其视作一种“天性”——我们必须确保厨房里有可靠的食材，以便在任何危急情况下，都能保证家里的几张小嘴不会断粮挨饿。

下楼吃晚餐前，我准备先拆行李包。箱子里放着一个大信封，上面写着“一定要等星期天时再打开！”，是理查德的字迹。我打开了它，是母亲节贺卡。其中一张卡片上有本的一对小手印儿，是蘸着红颜料印上去的。一想到制作过程中本会把家里搞成什么样，我就有点啼笑皆非。艾米丽在第一页画了我的画像：我戴了个皇冠，怀里抱着一只绿色的猫，比旁边的宫殿还高出一大截。她在宫殿上面写着：我爱我的妈咪。爱是特别的，会点亮我的心，宝藏也会出现。

真不敢相信，我都忘记母亲节这回事儿了。母亲永远都不会忘记我的。我走到宾馆前台，“能帮我查一下花卉联合会的电话吗？”

发件人：<u>杰克·亚伯罕默</u>

收件人：<u>凯特·雷迪</u>

你来不来纽约了？还是我过去？打住。

总是在想你。打住。

发件人：<u>凯特·雷迪</u>

收件人：<u>杰克·亚伯罕默</u>

别来。打住。

备　忘

修洗碗机。楼梯地毯？尽快落实基金转账——坚决不能搞砸！给吉尔·库珀·克拉克打电话。为本填写幼儿园申请表？为艾米丽找学校，**马上！**交芭蕾课的学费。提醒理查德取钱给保姆。**给胡安妮塔工钱！**修改电脑密码。葆拉的生日——宝马车？乔治·迈克尔音乐会门票？温泉疗法券、熏香放松枕。联系父亲，处理他的债务。找时间去看母亲。买辛纳特拉的 CD。改善记忆，是买人参还是买银杏之类的？

20

往日情怀

*** 凌晨3时39分 ***

有人在按门铃，是和我们隔着三家住户的邻居，罗伯。他说刚刚听见一阵吵闹声，看到有一群混混在我们的车附近，他吆喝了一声，他们就跑了。理查德出去检查了一下：侧窗玻璃完全被敲碎了，后车窗有一道闪电形的裂纹。通常连一只猫的呼吸都能触发车的报警器，可今天真的有贼来了，它却变成了哑巴。

理查德用胶带先把车窗封住。我拿起电话，拨打了车窗维修公司的24小时服务热线。

“对不起，人工客服全忙，请耐心等待。”

全忙？和谁忙？现在可是凌晨4点钟！

“若您已知所需服务的分机号，请按1，人工服务，请按2。”

我按了2。

“正在为您转接，请稍后。感谢您的等待！如需人工服务，请按3。”

我按了3。“对不起，无法为您转接，请稍后再拨。”

我回想着每天在这些自助语音上所浪费的时间。哲学家萨特有句名言，叫“他人即地狱”？依我看，地狱不是什么他人，而是想试着接通他人，却不得不手举话筒，听着用维尔瓦第曲子做的背景音乐在耳边回荡足足7分钟。最后，我索性穿好衣服早点开始一天的工作。现在刚好是致电东京的好时间。我正在漆黑的卧室里摸索着系衬衫的扣子时，楼上突然传来一声大叫。我跑上去，看见本正站在小床上，对把他吵醒的“邪恶力量”进行抗议，他用食指狠狠地朝空中戳着那个无形的袭击者。

“我知道，亲爱的，我知道，有坏人把我们都吵醒了。”

本受到了惊吓，无法继续入睡。我把他抱起来，到旁边的沙发床上躺了下来。

“Roo，”他嘟囔着，“Roo。”于是，我又去把那个脏兮兮的小袋鼠拿来塞进他怀里。

婴儿眉宇之间的那个中点很是神奇。如果你用手指从那儿沿着鼻子渐渐往下滑动，他们就会自然而然地闭上眼睛。我的宝贝讨厌睡觉，睡觉会将他和这个处处充满新奇的世界隔离。后来他还是迷迷糊糊地睡着了，靛蓝色的眼睛渐渐凝滞，然后闭上。我躺在那儿，注视着天花板上吊灯附近的裂纹，周围的墙皮开始脱落。连我的天花板都患上了“精神紧张性湿疹”。我想象着一根手指从我的眉宇间向下滑动，身上的衣服在辗转中起皱，随即将我带入了一个拥挤的梦境。

*** 早6时07分 ***

理查德进来叫醒了我。本像个玩偶一样趴在那儿，四肢伸展。我们小声地说话。

“我说过不该买沃尔沃的，凯特。”

“一些小混混砸了我们的车也怪我？”

“不是，只是在这一片发生这种事，很明显是仇富的人在挑衅啊。”

“别胡扯了，理查德，就连彭东尼这种极‘左’分子都不会想通过盗窃来实现‘平等’了。”

他笑了，说：“之前是谁说的，犯罪是对社会不公正的惩罚？”

“我可从来没说过。我什么时候说过？”

“在你拥有第一个露天高尔夫球俱乐部之前，恩格斯夫人。”

这回换我笑了。借着兴致，理查德开始亲吻我的头发，把手伸进我的睡衣里向下摸索。即使现在没心情，乳头还是瞬间硬得像两粒冰豆。理查德顺势把我推向了地上的小熊维尼地毯，本这时候笔直地坐了起来，以一种“你们怎么能这样”的眼神盯着他的父母，接着又指向他自己。我有没有提到过，婴儿对性事都极其反感？你以为他们会对这个造出自己的过程有怀旧情愫？错！相反，他们似乎时刻警惕这种行为，以防再造出一个充满威胁性的竞争者，与他们争夺父母的爱。正因如此，胸罩搭扣就跟开关一样，被解开的一瞬间，那边的哭声也跟着起来了。理查德迅速抱起儿子下楼提前吃早餐去了。

我想试着再打个盹儿，但总是禁不住去想与理查德之间的感情所经历的变化。我们第一次相遇是在15年前我上大学的时候。当时，我正积极参与和南非有关联的企业的抵制活动。那一天，我站在巴克莱银行的外面，制止人们进去开户，而他正准备来这儿开户。我向他喊"你怎么可以把钱放在这家银行，这简直就是一种野蛮投资"之类的话。理查德走了过来，接过我手里的单子，礼貌地看了看。

他说："喔喔，这话听上去可不太悦耳。"接着他就请我去喝了咖啡。

理查德·沙托克是我所见过的人中最精致高雅的，他讲起话来犹如贵族中的贵族。此前我一直认为所有的公学男生情商都很低。当我清楚地意识到，这个人就是我的白马王子时，自己还不知道该怎么办。理查德并不像我的那些理想主义朋友，整天张罗着要拯救世界；他只想尽一己之力让世界变得更加美好。

相遇后的第6天，我们在他大学宿舍的屋檐下做了爱。阳光透过天窗照进来，形成了一道道飘浮着灰尘的金色柱子。理查德取下别在我身上的"反对使用炸弹的骑车者"徽章说："俄罗斯人知道你过了骑车水平测试后，肯定能睡个踏实觉了，凯特。"

我之前有笑过自己吗？那天晚上，那笑声听起来像是从生了锈的嗓子眼儿里挤出来的一样，如同废弃多年的喷泉里突然涌出清泉。"黑暗、苦涩、北方味儿浓厚，让我有种想吃了你的冲动。"那也是我最喜欢的声音：那声音标志着我们还是当初的我们。

我记得，我曾经是那么爱他的身体，更爱自己的身体和他交织在一起的感觉——爱他那脊背的曲线，犹如一节节连续的石梯凳，将我引入天堂般的乐园。白天，我们在苏格兰的沼泽地带穿行，每次快要陷下去时，我就会大喊"天哪"；晚上，我们又会去探索另一个神奇的地方。

我和理查德第一次一起睡觉时——我是说只是普通睡觉而已，我们会躺在床的中间，脸对脸，近到可以感受到对方呼出的温暖气息。我的乳房会紧贴他的胸膛，双腿像美人鱼的尾巴一样消失在他的腿下面，尽管我到现在也不知道当时是怎么做到的。现在回想我们那时的床上睡姿，用海马的形状来比喻最为贴切。

渐渐地，我们开始将脸转向外侧睡。至于分水岭，你可能已经猜到了，就是在20世纪80年代末买入特大号床的那一天。紧接着，第一个孩子出生了。“睡眠之争”就此拉开序幕。床是一个你可以慢慢躺上去的地方，但绝对没空间允许你一头扎进去。以前，从“入睡”到“醒来”对我们来说就如做爱一般自然，可如今却成了我们坚守“领土”的时刻。自己的身体不知为何变得如此敏感而不可触碰，唯恐任何事物前来干扰它的休息、消耗它的能量。突然伸过来的手臂、无意间支过来的膝盖，都会触发一场“三八线之战”。我开始意识到理查德的鼾声有多吵，那声音有多奇怪。“哈——咻！哈——咻！”

在学生时代，我们坐火车在欧洲各地旅行。一天晚上，我们在慕尼黑的一家小旅馆为了床的问题变得歇斯底里。那床看起来像是双人的，可掀起上面的被单却发现其实是两张小床垫，中间隔着或者说是连着一块薄木板，睡在上面的人要想靠拢到中间去，是一件要下功夫的事。这一切特别有日耳曼情节。“你在东德，我在西德。”我当时这样和理查德说。外面的路灯将灯光撒向屋内，我们分别躺在自己的那一边，相互笑着。我突然开始思考，难不成慕尼黑的这类床才是真正意义上的婚床？——实用、朴实、将上帝所要结合之物分离开来。

*** 早7时41分 ***

早餐过后，本戴着围嘴，十分黏人。温斯顿的车开到门口时，葆拉好不容易才把他从我身上"剥"下来。"好啦，好啦，小宝贝。"我把身后的门关上时，还听见葆拉安慰本的声音。

待会儿有个演讲展示要做。我坐在珀伽索斯的后座上，试着读一些《金融时报》来让自己早些进入状态，可注意力就是无法集中。车内一直放着爵士、钢琴曲之类的音乐，我隐隐约约能听出来是哪一首——《生命因你而动听》。那曲调像是被钢琴家敲得粉碎后扔到空中，再让它们做自由落体一般。重复乐段听着跟洗牌的声音差不多。温斯顿一路上跟着哼曲儿，虽然大部分都在调子上，但他会时不时来点小花样，像是在别有用心地向钢琴家致敬。这天早上，我的司机表现出的愉悦和放松让我觉得很无礼，就像是一种责难。我要他停下。

"温斯顿，我们能不能绕开新北路的信号灯，从后面走？我觉得我们现在走的不是最佳路径。"

他没有立刻回答，而是一直等音乐放完，尾音渐渐消失时，才开口说："你知道的，女士，我从小到大都没有火速行事的习惯。"

"凯特，我的名字叫凯特。"

"我知道你叫什么，"他说，"我的理念是，欲速则不达。飞得太快呢，女士，你就会错过自己的窝。"

我回答他的声音比往常听起来都黑暗："呵，出租车司机就是能站着说话不腰疼地阔谈人生享乐哲学……"

温斯顿并没有回应我的出言不逊。他透过后视镜盯了我好一阵，然后若有所思地说：“你以为我想变成你吗？你都不想成为你自己。”

既然说到这个份上了。“听着，我给你钱不是为了让你给我做心理辅导的，而是要你在最短的时间内把我送到布罗德盖特。可现在看来，这个任务似乎远超出你的能力所及。所以如果你不介意的话，请让我下车，我看我走过去会更快一些。”

我递给温斯顿20英镑。他伸进口袋准备找钱时，又开始唱起来：“有一个人，我渴望遇见……希望他……将会……为我而驻足。”

*** 早8时33分 ***

从电梯里刚出来，我就撞见了西莉亚·哈姆斯沃思。

“外套上是什么东西啊，亲爱的？”人事总监满脸坏笑。

“什么也不可能有，这是刚洗过的。”我低头看看我的肩膀，有一块污渍，本的香蕉麦片粥。不，上帝，为什么你总是这样对我！

“你能一直待在这儿真是个奇迹，凯特。”西莉亚柔声细语道。很明显，将来要是我被炒了，她会很欣赏自己的预见能力。

像西莉亚这种老“黄花”，特别想成为男人世界里的一枝独秀，那样她便可以毫无压力地自封为美人。可像我这样的女孩一出现，就破坏了她的垄断野心。

“养这么一大堆孩子肯定不容易吧，”她说了一些中听的话，“你请期中假的时候——是叫‘期中假’，对吧？——我和罗宾·库珀·克拉克聊起你来着，我说，我不知道你是怎么做到的。”

“两个。”

“什么？”

“我的‘一大堆’孩子，其实一共就两个而已，比罗宾还少一个。”

我转身走向自己的办公桌，把脏外套脱掉，塞进了底层抽屉。窗外的噪声令人发指，外面的窗沿上，那两只鸽子准备在这儿定居了。公的那只坐在那儿，嘴里叼了根树枝，一脸无精打采的蠢相。我认出了那表情，有一次，我将一套需要自行组装的柜子搬回家时，理查德就是这副样子。与此同时，那只母鸽子忙着把旁边的一堆小树枝插进一个像晚餐盘那么大的竹筏结构里。哦，棒极了，它们开始在这儿筑巢了。

“盖伊，你有没有联系那个养鹰的人？这些该死的鸽子要在这儿安居乐业了。”

我掏出包里的小镜子检查脖子周围是否有本咬过的痕迹——没有，干干净净。接着，我沉着地走上讲台，面对罗宾·库珀·克拉克及其他高管，开始了我的演讲。整个过程堪称完美，所有人都目不转睛地看着我，尤其是克里斯·邦斯。显然，我现在所要的是真正意义上的尊重：平时表现得像男人一样，对孩子只字不提……这一切，在此刻都值得了。

当我把幻灯片关掉，开始讲日常杂费这部分内容时，突然意识到，我是屋子里唯一一个没长阴茎的。嘿，这时候可不适合去想那个东西，凯特。在17个男人面前，就不能想点别的？你不想让他们如此专注地看你了吗？话说回来，他们也太专注了吧。我下意识地低头看了看自己：红色咖啡杯大小的大内密探胸罩，外面套着白色的透明雪纺衬衫——这是凌晨四点半在五斗橱里摸黑掏出来的。我的天，我看上去简直就像《花花公子》的封面杂志女郎。

*** 上午 11 时 37 分 ***

在盥洗室的隔间里，我将滚烫的脸颊紧贴在冰凉的墙壁上。墙面是黑色的大理石砖，上面点缀着白色的星星，犹如一张宇宙地图，这片外太空仿佛正将我吸入深处。要是可以的话，我倒真愿意这样。躲进黑洞里待上几千年，等这份公众出丑的记忆消散了再回来如何？过去，每当事情陷入绝境，我就会躲在这里抽烟；戒了烟以后，我开始小声唱歌："我坚忍不拔。我万夫莫及。我是一个女人。"

这是我在上学时听的海伦·雷迪的一首歌。我为自己能和她同姓而感到骄傲。她的声音饱满而自信，释放着一种女性笑看人生风雨的潇洒。大学时，每次我和黛博拉在晚上出去狂欢之前，我们都会一遍遍地放海伦·雷迪的歌来让自己兴奋起来。我们在屋里跳舞，拿着黛博拉的"机动部队玩偶"扔来扔去。后来，它的腿被我们摔断了。黛博拉说，我们应该叫它"植物人玩偶"。

"哦，是的，我很睿智，
但痛苦也因此接踵而至，
是的，我付出了代价，
但想想收获，甚是值得！
我坚忍不拔。我万夫莫及。
我是一个女人。"

我是否相信性别平等，这个不好说。我曾经相信过，年轻气盛时，自认为无所不知，实际上是一无所知。平等，听上去不错；高尚、无可厚非的公平理念。可问题是：到底该怎么实现？他们让你上班，给你产假，可一旦男人出现，而你又再无利用价值时，那所谓的“平等”也随之终结。女人整日为家操劳。每天下班回家，我都能看见她们提着大大小小的购物袋外加她们的公文包，一路小跑奋力去赶公交的那副晃晃悠悠的样子，就跟上弦上得过猛的发条玩具一样。

不久前，我朋友菲利帕告诉我，她给她丈夫定了一条遗嘱：在她临终前，马克要承诺为她的孩子们剪指甲。他以为她是在开玩笑，但其实她是认真的。

去年年末的一个周六，我从波士顿出差回来，看见理查德站在门厅，一副整装待发的样子，他要带着两个孩子参加派对。艾米丽蓬头散发，脸上黏着番茄酱，就像一场决斗后留下的伤疤。本弯着腰，身上穿了一件紧巴巴的衣服，上面的杏黄色斑点花纹我一点印象也没有。走近一看才发现，衣服原本的主人是艾米丽的一个芭比娃娃。

我和丈夫讲，我们的孩子看上去就像在地铁下面乞讨的那些人。可理查德却说，如果我非得这么挑剔，就应该自己先亲力亲为。

我是要变得挑剔，我也会亲力亲为。

发件人：凯特·雷迪

收件人：坎迪·斯特拉顿

我今天真是出彩了，刚刚不经意间，我在所有投资高管面前秀了自己的胸。克里斯·邦斯过后来找我说："你刚才那样简直太专业了，凯特，前面还挂了两个球。"接着他放声大笑，还说什么要把我放到他的网站上。什么网站？

另外，杰克邀请我去纽约和他约会。

男人怎么尽是些浑蛋？

发件人：坎迪·斯特拉顿

收件人：凯特·雷迪

嘿，别担心，你的胸一向很迷人。昨天你都快把我"掰弯"了呢。

邦斯他就是一坨狗屎。他的那个网站估计叫"自慰中心"吧。

我蛮希望你和那个叫杰克的男人在纽约城见面。感觉他很不错呢。

你一板一眼的英国人作风最让我讨厌了。

坎迪 xxx

*** 下午1时11分 ***

中午，罗宾·库珀·克拉克带我和一位叫杰里米·勃朗宁的新客户吃饭。餐厅在一座大厦的顶层，能俯瞰伦敦交易所。就餐环境极其肃静，估计除了修道院之外，只有钱才能将噪声清理得如此彻底。"沉默是金"，说的真是一点没错。皮革包裹着的座位像一块块太妃糖，服务员走过来时，脚上像装了滑轮一样悄无声息。菜品是我最不中意的那类：尽是各种排骨，丝毫不照顾女性的口味。我问服务员有没有沙拉，他用法语回答道："*好的，夫人*。"不一会儿，他就给我端来一盘混着*鸡杂碎*的东西。

我冲着盘子疑惑地点点头。罗宾小声咳嗽了一下，说："鸡的喉咙。我估计是。"怎么会有人能咽下鸡喉咙呢？

我说，沙拉不错，但这里面的喉咙可不可以拿走。罗宾偷偷笑了一下，可服务员却露出一丝不悦。这也难怪，肉才是这家店的主要特色，我却抱着沙拉盘子不放。

"您是与乌斯特郡那边的雷迪家族有什么血缘关系吗？"杰里米问道。罗宾此时正在看酒水单。我们的这位客户应该有50岁出头，但身体状态看着很不错，他自己肯定很清楚这点：颈部以上那滑雪时留下的古铜肤色，健美而结实的肩膀，以及浑身散发着的成功男士的气质。

"估计没什么关系。我来自更北边一点的地方。"

"英苏边境？"

"不，更靠近德比郡和约克郡那一带。我们经常搬家。"

"哦，这样啊。"

知道我不是什么大人物，也没什么家世背景，这位新客户便开始安心地选择无视我。过去10年，这个国家已经不再搞阶级分化，但那些有一定社会地位的人对此消息却不灵通。像杰里米这样的人，"英格兰"仍然只限于伦敦市中心这一带，"苏格兰"只是一个他们到了8月去打猎的地方，而"北部"这个概念则指的是从伦敦到爱丁堡之间所有的土地，一块只有在乘飞机或长途火车时才会顺便途经的"异国领域"。想想杰里米·勃朗宁的祖先以前可能还征服过印度，但如今让他们迈出英格兰西部的边界都十分困难。

罗宾从未——也永远不会——像杰里米这样对我，因为他在过去20

年里与吉尔一起度过。吉尔从骨子里认为，势利眼这类人永远不必在乎，并且不管怎么看，女性都不容小觑。每次看到我老板这样做时，我真是打心底高兴。罗宾可以说在交际、情商及智商上，都远胜于他的任何一个客户，但他却总能让他人感觉他们才是胜利团队中的领导者。意识到我被杰里米边缘化之后，他试着将我拉回谈话中，语气温柔又坚定地说："凯特现在是您基金项目的高级经理，将负责您的证券投资组合结构的查询等相关工作，她甚至还能解释一些有关美联储的棘手问题。"

几分钟后，当我们这位客人吃着乳鸽大快朵颐时，罗宾又继续说："事实上，在过去这6个月里，凯特所管理的基金是收益最棒的，而这期间股市可是一直起伏不定。不可否认吧，凯特？"

他这样做我真的很感激，但丝毫不起作用。有些男人永远都只愿意和男人交涉，任何男的都可以，只要不是女人，杰里米·勃朗宁就是其中之一。我能感觉到他的被动：我不是他老婆，更不是他老妈，我也不是他姐妹的闺密，当然也绝不可能和他擦出什么爱情的火花。所以呢，他肯定是边嚼着鸽子，边在心里问自己：这姑娘在这儿干吗？她有什么目的？

10多年来，这类人我屡见不鲜，可到现在还是不能完全理解他们。他们这是对陌生的生活状态的恐惧？毕竟，杰里米7岁时就被送去男子学校念书，接着又进了为数不多的男子大学，他的妻子安娜贝尔负责在家照看孩子。因此，他觉得，任何与这种传统生活方式不符的都是犯罪。

"不好意思，我能拿回我的酒吗？"

杰里米碰了碰我的袖子。我这才意识到，我把他的酒杯推到了桌子中间，防止其不小心被撞洒——这是和孩子们吃午餐的习惯动作。

“天哪，实在是不好意思。有了孩子以后，就总是担心东西会被撞洒。”

“哦，你有孩子啊。”他说。

“是的，有两个。”

“但愿没计划再要了吧。”

这句话凝固在了空气中——我的生育权都被他所掌控？他付了钱，我就被完全承包给了他？甚至与自己的男人生几个孩子都得经过他的批准？我真想好好回敬他一下，在桌子下面狠狠地朝他裤裆踢一脚，让他这辈子也别想再有自己的孩子。但“睾丸被踢”似乎不是什么对我有益的客户反馈。

“当然了，”我咽下喉咙里的青菜，好好清了清嗓子，“我的一切都会为您的事务让步，杰里米。”

发件人：杰克·亚伯罕默

收件人：凯特·雷迪

针对你说的借款限额的问题，我附上了一些关于借款的想法。虽说这不是我个人的想法，但它们倒是能很贴切地表达出我对某个管理我基金的人的想法。

我生来只会借款，

不会偿还；

但莫要因此而将贷方怠慢；

没有什么便宜真的可以占。

哎，你愿施舍多少于他人，

他人定将回报多少于你；

即便不是明日，

债终有一日要偿还。

也许，比起死亡和时间，

爱远不及它们强悍；

然而，历史只能持续得更长远，

可只有爱，才能真正到永远。

发件人：凯特·雷迪

收件人：杰克·亚伯罕默

感谢您对于借款的建议。作为您的基金经理，我需提醒您，您的投资价值可升可降。眼下的市况并不景气，但我很快会去美国，届时可能有机会与您当面商讨提高宣传程度的问题。

诗很美。

凯特 xxxxx

*** 凌晨3时44分 ***

我把孩子扔在家里，跑去了办公室。有一堆事情要做，时间可不等人。应该不会太久的。20分钟，顶多40分钟。他们都不会知道我出来过。

后半夜的办公室很静，只能听见叹息声和各种机器运作的声音，像是在互相传情一般。在没有任何干扰的状态下，我的工作效率极高；手下的字如蠕动的蚂蚁大军一般由点成行、由行成面。把基金报告归档后，我关了电脑，从大楼后门溜了出来。整个金融城如核战后的破晓一般——一阵阵的暖风，飘来飘去的垃圾，漆黑的天空宛如巨大而无边的黑色平底锅。远处的地平线隐隐约约出现了黄色的灯光——一辆出租车正往我这边开来。我向它招手，它没停。另一辆又从我身边掠过，如灵车一般消失了。我开始恐慌起来。第三辆开过来了，我跑到路中间让它停下，可司机绕开了我。我透过挡风玻璃往里看，看到司机那布满麻子的脸像一只巨大的蘑菇。“你是蠢驴吗？”他骂道，“走路没长眼睛啊？”

我坐在路边哭了起来，觉得自己沮丧又可悲。这时，听见远处传来火警消防车那令人焦心的鸣叫。车在我面前停了下来，我爬了上去。我满是感激，甚至忘记告诉他们我要去哪儿。车随即开进了我熟悉的街道，一直开到了我家门口。我下车后，向房子走去，看见房子周围围了一堆人。

烟是从卧室的窗户里冒出来的——艾米丽的窗户。

“别靠近，女士，我们会处理的。”一个男人说。

我不断地用手砸门，喊着孩子们的名字，但警笛声盖住了所有的声音。我甚至连自己的尖叫声都听不见。关掉警笛，关掉警笛，谁能去帮我把这该死的警笛关掉。

“凯特！凯特，醒醒。没事了，没事了。”

“什么？”

“没事了，亲爱的。你做噩梦了。”

我坐起来，睡衣全被汗浸湿了。胸腔内好像还有一只鸟在扑扇着翅膀，挣扎着要出来。

“我丢下孩子走了，理查德。然后房子着火了。”

“好了。真的，没事了。”

“不，我把他们扔在家里，然后跑去上班了。我丢下了他们。”

“不，不，你没有。听，本现在在哭呢，听见了吗？凯特。”

是真的。楼上传来了“警笛声”——婴儿那令人焦灼的哭声，就像由一个人组成的消防队。

21

星期日

星期日，要么是“养精蓄锐日”，要么是“不间断劳作日”。首先，我把冰箱里过期的速食餐清空；其次，将上层透明抽屉里那些疑似海藻的不明残留物擦干净。那块帕尔马干酪闻起来就像老年人房间里的味道，扔掉；接着，丢掉葆拉买来给孩子们吃的那些恶心鸡块，还要确保它们被藏在垃圾袋的最底下。我的宝贝们很娇贵，只能吃散养的禽类产品。她到底要我说多少次才记得住？

一连洗了三筒衣服。胡安妮塔因为后背有慢性疾病（病史长达三年半），无法在家扛沉重的脏衣服。洗成人衣物又不是保姆的活，尽管葆拉偶尔会打破严格的条例，将我的某件只能手洗的衬衫扔进滚筒里搅了。我总是想找机会说说这事，但想了想，最后还是把它收录到《埋怨葆拉的原因：第三卷》为妙。

今天，我邀请了柯丝蒂和西蒙来家里一同享受休闲午餐。见朋友很重要。要记得，工作并不是人生的全部。维系社交圈、加强集体意识远比它重要得多。此外，让孩子们和妈妈一起轻松地待在家里也很关键。我们要帮他们创造一个美好的童年，而不是做一个每天穿着一身黑衣，一边火急火燎出门、一边发号施令的女人。

一切都很顺利。配方手册像《圣经》一样被打开，放在干净的塑料图书固定架上。食材也全都摆放整齐了，包括一瓶小巧的橄榄油，上面还系着精致的丝带。我围着温馨的田园风围裙，图案是复古的小碎花。这多多少少能给人一种50岁左右、居家女性的形象，但和我母亲那种劳役般的家庭主妇还是有着一定的区别。也许是吧。在客人来之前，我得赶紧换上女主人周末应该穿的休闲家居服：牛仔裤配粉色羊绒衫。接着，我开始研究食谱，婆罗门参、韭葱和蓝纹芝士派。本一直在拿我的腿练攀岩，没剪的指甲成了他的防滑钩子。可我只要一把他放到地上，哭号警报瞬间就被触发。

做芝士派时，有些人连饼皮也亲手做。可还有些人，他们虽然对这种需要勤劳和技术的做法大加赞赏，但他们自己却未必真的会这么干。我从包装盒里拿出一张买来的面皮，在上面刷上黄油，然后再拿出一张盖在上面，非常贴合。艾米丽噘着小嘴走了进来："葆拉呢？"

"今天是星期天。葆拉不会来了，宝贝。妈咪和艾米丽一起烤美味的曲奇饼干吃，好不好？"

"不要，我要找葆拉。"刚听到这句话时，我发誓我感觉到有把钳子在我心里绞拧，可对于长女的背叛之痛，我却无能为力。

"我真的希望你能帮我一块做饼干，亲爱的。那会很有意思的。"

我透过艾米丽那双灰色的大眼睛，看到她在掂量着自己母亲是如何在和她玩过家家当妈妈的游戏。"爸爸说我可以看《淘气小兵兵》。"

"好吧，你在柯丝蒂和西蒙来之前把蓝裙子穿好，就可以去看了。"

*** 上午 11 时 47 分 ***

一切都很顺利。回到配方上："将柠檬汁和蓝纹芝士搅拌混合，之后倒入冷的贝夏梅尔酱里。"贝夏梅尔酱是什么？

翻页。"贝夏梅尔酱，详见第74页。"有介绍就好。手机响了。是罗德·塔斯克。"方便吗，凯特？"

"方便，当然方便。哦！本，把那玩意儿放下！哦，抱歉，罗德，请继续。"

"我把明天开会的详细内容用传真发给你了。我们需要你了解一下绩效、资产分配、战略蓝图等方面的最新情况，都是你管的那块业务。盖伊那个小伙子一直夸你周五晚上处事有方呢，考虑全面。"

"考虑什么？"

"哦，就是你知道如何对付那帮成天吃咖喱的家伙啊。"

不，我不知道。要是能让那个阴魂不散的盖伊不再偷窥我的工作，我倒愿意和罗德他们一起，周五晚上去和那个印度人会面，可我得回家读《哈利·波特》。

突然，烤箱里散发出一股不妙的味道。"放心，罗德。一切都会很顺利。明天见。"

"放轻松，甜心。"

我打开烤箱门，酥皮派成了一坨"石化森林"。别慌。想想，凯特，想解决办法。于是，我一边急三火四地跑出门，一边发号施令：理查德，能不能帮本穿好衣服，再收拾一下厨房。

*** 中午 12 时 31 分 ***

我从玛莎超市回来，看到本的衣服已经穿好了，可厨房还是乱七八糟。

“理查德，我不是说让你收拾厨房吗？”

他把眼睛从报纸上抬起来，一脸迷惑，说：“我已经收拾了。我把影碟都按照字母的顺序排好了。”

我把玩具火车踢到沙发底下，将剩下的玩偶全部堆到杂物间，并用晾衣架倚着门，不让里面的东西溢出来。接着，我拿出刚买来的菠菜蛋饼，准备用它代替烤箱里的那块黑黑的“石头”。现在开始弄调味料。小橄榄油瓶上的红蜡塞子结实得要命。我试着用开瓶器，但仅弄下了一些红色的碎片，还掉进了蔬菜沙拉里。接着我用牙咬，还是没用。该死！该死！我准备用尖刀来对付这个破塞子。结果，完美错过目标，割到了自己的手背，看起来就像是醉酒后企图自杀一样。我赶紧找急救箱，只翻到一个创可贴。随后，我跑到楼上准备换上女主人的休闲服装。可刚套上新牛仔裤，粉色羊绒衫又不见了踪影。为什么这栋房子里没一样东西是放在该放的地方的？

*** 中午 12 时 58 分 ***

最后我终于找到了毛衣。葆拉把它塞在了晾衣橱的后面——鬼才能找到。显然，它历经了与孩子衣物混洗的劫数，已经缩水到只能给艾米丽的仓鼠当礼物的地步。下楼后，我看见本正拿着剩下的蓝纹芝士往电视屏幕上抹。艾米丽大声尖叫着，因为她的《淘气小兵兵》被弄模糊了。理查德不见了踪影。这时，门铃响了。

柯丝蒂和西蒙是理查德建筑行业的朋友。他们住在克勒肯维尔，与我们年龄相仿，没有孩子，养了一只灰蓝色的猫，被打理得非常精致。在我们拜访他们时，我大部分时间都是冲着本大呼小叫，因为他总是爬到没有栏杆的敞开式楼梯上，将好奇的小脑袋探向深不见底的楼下。丁克夫妇和成天怀抱婴儿的我们之间有一种难以言状的紧张关系。在艾米丽出生前，我们曾与柯丝蒂、西蒙在意大利锡耶纳的郊区租了一栋别墅，也就是那段温暖的记忆还能偶尔缓和一下我们如今渐行渐远的关系。现在，理查德和我如果想要社交，会倾向联系有孩子的朋友，因为他们对这些会更加理解和包容：对面巾纸和比萨刻不容缓的需求（经常是同时发生的）、毫无征兆的尿不湿味，时不时地打盹儿，以及像坦克突袭一样的不稳定情绪。

柯丝蒂和西蒙好像很愿意我们去看他们，可我还是觉得，在我们去了以后，他们又开始迫不及待地想说再见。我总是想象，他们在关上门的一刹那，会互相有种心照不宣的放松和解脱之感，然后他们便可以在沙发上好好休息了，再也不用担心上面会被孩子抹上鼻涕。但今天是他们来我们家。这里的每一个家具在本质上都是一块块“大手帕”。和平时相比，今天厨房的状态堪称完美，但当柯丝蒂看到地板上留下的一个玩具时，给了我一个同情的微笑。不知怎么的，这让我有种想扇她一巴掌的冲动。

午餐吃得很愉快。我接受了大家对玛莎超市菠菜蛋饼的赞美，内心竟然还有一丝丝羞愧……嗯……人家开始时的确花了很多心思在上面。这对夫妇聊天时是发散式思维。大英博物馆的大中庭是否应该在夜间对外开放呢？西蒙认为，这会是一个“失败的尝试”。他要是知道我连大英博物馆在哪都忘了，不知会做何反应。

然后，我们又说起电影院最近没有新影片上映。柯丝蒂和西蒙看了一部法国电影，讲的是两个女孩在一家工厂工作的故事，他俩被电影深深打动了。理查德说这部电影他也看过了。他什么时候有时间去看的？

“凯特以前也在一家工厂上班。对吧，亲爱的？”

“哇，这么棒啊。”西蒙说。

“没那么好，那厂子是给罐头做塑料盖的。特无聊，成天被那味道熏得不行，而且待遇很差。”

随后是一段略微尴尬的寂静，紧接着又被柯丝蒂打破了。“那你呢，凯特？”她兴致勃勃地问道，“最近看了什么好电影吗？”

“哦。我蛮喜欢《卧虎》”我停了一下，“《卧龙》的。”

“藏。”理查德低声嘟囔道。

“《藏虎》，”我说道，“我蛮喜欢……呃……中国演员。迈克·李真是位优秀的导演。”

“是李安导演。”理查德又一次低声嘟囔道。

“我喜欢《欢乐满人间》。”艾米丽的声音突然冒出来。她从厨房另一头跑过来——我的天哪！——除了穿着小美人鱼绿色丝绸做的尾巴，她的上身一丝不挂。“简、迈克尔和他们的爸爸一块去银行上班，那儿离他们妈咪工作的地方不远，而且还有很多鸽子。”接着，艾米丽开始毫不顾忌地放声大唱，完全不在调上：“‘喂鸟吧，两便士一袋，两便士，两便士，两便士一袋。’你喂鸟吗，妈咪？”

不，我还曾雇人来消灭它们。

“当然了，亲爱的。”

“我能和你一块上班吗？”

“当然不可以。”

柯丝蒂和西蒙客气地笑了笑。柯丝蒂发现她的甜点餐叉缝隙处塞着一小条橘黄色的橡皮泥，随后说他们该走了。

备 忘

避免和那些对衣服、家具的卫生程度有特殊要求的人社交。为欧洲迪士尼旅行的行李必需品列清单。面包、牛奶。楼梯地毯。给父亲打电话。填写本的幼儿园申请表。给吉尔·库珀·克拉克打电话!! 买桑顿牌的小鸭子巧克力！

22

代价是多少？

*** 星期三，晚 10 时 35 分 ***

黛博拉往我家打来电话。这很奇怪，因为现在我们都不怎么聊天，通常是发邮件联系。听到她的声音，我立马就知道有事。我问她最近过得怎么样？一个深呼吸后，她开始倾诉：哦，一如往日。吉姆在复活节期间要出门处理几个事务，她得开车带孩子去萨福克和她父母待一段时间。她父亲中风了，她母亲说一个人能撑过来，但其实根本不能。他们知道黛博拉很忙，所以不想来打扰她。她当然愿意被打扰，只是她的工作太忙了，而且那帮人一直拒绝让她成为全面合伙人。那个叫皮尔伯特的浑蛋还说什么"我的承诺后面总会带一个质疑的问号"，但以她的资历和工作能力，根本就毋庸置疑。接着是保姆安卡的问题，自从她在费利克斯一岁的时候来黛博拉家工作，就一直在偷东西。黛博拉有说过是"偷"吗？

没，她没说过。

要是黛博拉够坦率，她应该从去年夏天就知道保姆偷东西的事。可是她没机会让自己知道，也不想知道。第一次只是一小笔现金不见了。她以为是放在家里的某个地方而忘记了。接着，其他东西也开始陆续失踪——随身听、银制相框、吉姆从新加坡带回来的数码相机。全家人都在开玩笑说有人在搞偷盗恶作剧。为了防患于未然，黛博拉换了更好的门锁。可后来，在圣诞节前夕，她最喜爱的那件皮夹克找不到了，她发誓说自己没有把它落到任何地方。她联系了所有去过的餐厅，翻遍了衣柜，还是毫无踪影。她还无奈地和安卡开玩笑说，自己可能提前患上了老年痴呆；安卡给她沏了杯茶，往里面加了3块糖——怪不得斯洛伐克人都没有牙——然后友善地说："我觉得你只是有点累了，还没到痴呆的程度。"

后来，要不是一天下午，黛博拉在和两个客户会议之间的空当回了趟家，真相可能永远无从得知。当时她正在包里找钥匙准备开门，一回头发现安卡推着鲁比的婴儿车在街边走着，安卡身上穿的就是那件丢失的皮夹克。黛博拉说那一瞬间她觉得身子虚弱得挪不动步，但还是理智地赶紧藏到垃圾桶后面以免被安卡发现。

接着，上周六，黛博拉趁安卡不在家的时候溜进了她的房间。那感觉就像做贼一样。在安卡的衣柜里，黛博拉发现了那件皮夹克及其他几件莫名失踪的衣服。在抽屉里，她还找到了数码相机、她祖母的手表和银边相框。

"你怎么和她说的？"

"什么也没说。"

“但你不能就这样忍着吧。”

“安卡在我们家已经4年了。鲁比出生的时候，是她把费利克斯带到医院去的。她是我们家的一员。”

“你们家的一员是不会偷你的东西，然后再假惺惺地向你表示同情。”

我对朋友的平淡口吻感到惊讶，那声音里丝毫没有反抗。

“我想过这个，凯特。费利克斯因为我长期不在家，现在一见到我就紧张。他的湿疹越来越严重……而且，他很爱安卡，真的。”

“得了吧，安卡是个贼，而你是她的老板。工作中遇到这样的事，你连一分钟都不会忍的。”

“我能忍受她偷东西，但我受不了孩子们不开心。好了，不说我了。你怎么样？”

我深深地吸了口气，说：“我挺好的。”

黛博拉挂断电话之前，我们约了一个午餐时间见面，但估计到时候又是无法如期赴约。我还是把她的名字写进了日记簿，并在旁边画了一个笑脸。1983年，在我和黛博拉共用的欧洲史笔记里，每个提到约瑟夫·斯大林的地方，黛博拉都会在旁边画一个这样的笑脸（这样一来，我们两个每次只要有一个人去听讲座就可以，另一个完全可以赖在床上）。

雇别人给你孩子当母亲的代价是多少？有人算过吗？我不是在说钱。钱肯定要花很多，但其他方面呢？

*** 星期四，早上 4 时 05 分 ***

艾米丽叫醒了我，说她睡不着。现在，成了我们两个一块睡不着了。我摸了摸她的额头，感觉应该是因为一会儿要去巴黎迪士尼乐园过度兴奋才导致发烫的——前提是我今天能及时处理完所有工作。自从女儿知道《睡美人》结尾出现的城堡在现实生活中也存在，就一直吵着要去迪士尼乐园。

她爬到我的床上，在我耳边问："米奇会知道我的名字吗，妈咪？"我说当然会，她便像个袋鼠一样在我的后腰处一拱，慢慢地睡着了。我躺在床上，无比清醒，试着再捋一遍所有要带的东西：护照、门票、钱、雨衣（因为是假期，所以绝对会下雨，经验之谈）、拼字游戏玩具/蜡笔/纸（万一火车在隧道里出故障，可以拿来打发时间）、杏干（做营养零食）、果冻（必要时刻拿出来贿赂艾米丽）、巧克力豆（情况大不妙时拿出来向艾米丽求饶）。

潘克赫斯特夫人[1]是否说过，女性应该停止做男人的奴隶？我们努力了，女性在做着和男人们一样的工作，并且做得不比他们差。但有些信息总是和女性如影随形，我估计在一个上班族母亲的脑子里每天都像是盖特威克飞机场一样：麻疹疫苗（纠结打还是不打）、阅读计划、鞋码、假期行李打包、找合适的儿童托管（最让人头大的糟心

1　潘克赫斯特夫人，埃米琳·潘克赫斯特（Emmeline Pankhurst），英国政治家，她也是帮助英国女性赢得投票权的妇女参政运动的领导者。——译者注

事），所有这些信息，就像机场上空盘旋的飞机一样，排着队等空中交通管制的通知。如果女性没有成功让它们安全着陆，整个世界都将崩塌，对吧？

*** 中午12时27分 ***

窗外的鸽子下了两个蛋。外形椭圆，颜色莹白，里面透着一抹淡淡的蓝。鸽子爸爸和鸽子妈妈好像在轮流孵蛋。这让我想起了孩子生病时我和理查德轮流照顾孩子的情景。

今天结束前，我需要撰写4篇客户报告，卖掉一大笔股票（随着股市持续低迷，公司目前的政策是尽量将投出去的钱收回），买一堆桑顿牌鸭子巧克力。此外，我和莫莫又要开始一个意大利的道德基金项目。我今早还没有收到任何有关杰克的消息，我期盼着手机屏幕的右上角赶快出现小信封的图标，这证明他在远方想着我，就像我一直想着他一样。

（在开始等待他的信息之前，我的生活是什么状态来着？现在，除了等待，还是等待。不是读他发来的最后一条信息，就是编辑回复、发送，然后再接着等待。这种感觉如同饿鬼一般着急难耐。每天就那样盯着屏幕，祈祷着消息出现，盼着他再次说话。）

发件人：凯特·雷迪

收件人：杰克·亚伯罕默

杰克，在吗？

发件人：凯特·雷迪

收件人：杰克·亚伯罕默

你在想什么？赶快说话 !!

发件人：凯特·雷迪

收件人：杰克·亚伯罕默

我有说错什么话吗？

发件人：凯特·雷迪

收件人：杰克·亚伯罕默

在不在啊？

发件人：凯特·雷迪

收件人：杰克·亚伯罕默

有什么事还能比和我聊天更重要？

xxxxxxxxxxxxxxx

发件人：杰克·亚伯罕默

收件人：凯特·雷迪

既然成了您的奴仆，

那除了时刻伺候、满足您的心愿以外，

还有别的我该做的吗？

只要您不提需求，

我便无事可做，无乐可享。

发件人：凯特·雷迪

收件人：杰克·亚伯罕默

好吧，原谅你了。话很中听。比尔·盖茨比亚[1]的十四行诗，对吧？但有件事先说明白：以后再敢消失这么久，你就有大麻烦了。事实上，你就死定了。

就这么定了。

xxxxx

发件人：杰克·亚伯罕默

收件人：凯特·雷迪

我发现比尔·盖茨比亚很情绪化，能在不同情景下即兴创作……据我所知，凯瑟琳，我已经有大麻烦了。如果杀了我意味着有希望单独见到我的基金经理，那我会像个男人一样死去。

我知道你要和孩子去迪士尼了，所以想你可能在忙着准备，不想被任何消息打扰。我试着想象你在没有我时高兴的样子，同时努力不因此而让自己感到痛苦。

我不敢带着妒忌之心揣测，
你在何处，缠身于何事；
然而，我却像一个悲伤的奴仆，徒劳地想着
你所在之处，人们会多幸福。

1　此处为凯特模仿莎士比亚的名字而杜撰的人名，是一种戏谑的表达。——编者注

你说起你的孩子时，是那么了解他们——艾米丽朗读的样子，本想要和你讲话的方式——我能看得出你是个好妈妈，你观察得很仔细。我母亲倒是成天待在家里玩桥牌，和朋友们喝酒。她整天在那儿，却从来不过问我们三个。别把那种在家看孩子的父母想得有多好——是不是好父母和每天在不在家一点关系都没有。

因为你就住在我的脑海里，随时陪伴我，你是知道的。我发现自己无时无刻不在和你说话。最糟糕的是，我开始认为你能听见我说话。

杰克 xxxxxx

发件人：凯特·雷迪

收件人：杰克·亚伯罕默

我是能听见。

23

复活节

*** 星期六中午，巴黎迪士尼乐园，蟾蜍楼花园餐厅 ***

一个高个子陌生人投来各种激情四射的法式飞吻和拥抱。遗憾的是，他的名字竟然是高飞。艾米丽见到这些她最爱的卡通人物过于羞涩，一直躲在我的腿后，连招呼都不敢打。

不一会儿，葆拉进来了，她像一个刚刚被敲了的铜锣，浑身萦绕着怨气。她“同意”陪我们来巴黎迪士尼乐园，就跟英国当年“同意”归还印度时的态度差不多。虽然让她跟着来能让我暂时轻松一下，可想想为此在今后与她的长期周旋中我要失去多少主动权，就觉得很不划算。

这一路上，我感觉，我一直在为自己没做过的事情道歉。对不起，本昨天晚上打呼噜弄得所有人都没睡好；对不起，客房服务太慢了；对不起，法国人不说英语。哦，还有，对不起，天下雨了。为此我真的感到抱歉。

其间，我手忙脚乱地照顾孩子。而葆拉呢，她往椅子背上一靠，扬扬自得地看着我，就像一个驾校教练放眼旁观一个不知天高地厚的小学生开车驶向一个不可避免的深坑。

蟾蜍楼花园餐厅到处是灰色塑料做的夜行神龙和古怪男爵的仿造模型。在这里，买午餐排队就排了15分钟。终于排到了柜台，葆拉给她和两个孩子点了鸡块。鉴于那裹了一层面包糠的鸡块很可能来自被打了抗生素的鸡，所以我决定表明自己的立场，建议给孩子们点乳蛋饼，至少它的食材还有可能来自农场，而不是实验室的试管。“随便你啦。”葆拉一副无所谓的样子。

餐桌上，我把乳蛋饼放在本面前时，他的小嘴噘得老高，一脸嫌弃，然后开始了他的“打嗝式哭法”，一抽一抽地哭，看着都替他憋得慌。我们旁边坐着的是一桌法国家庭，孩子们都穿着海军蓝或灰色条纹衣服，他们笔直地坐着吃*蔬菜炖羊肉*，时不时转过头来看看我们这一桌来自不列颠岛的野蛮人。艾米丽只吃了一口，就说她再也不想吃乳蛋饼了，因为里面有鸡蛋味。她想吃鸡块。葆拉没有说“看，我说什么来着”之类的话，相反，她给了本一个安慰的拥抱，然后从自己的盘子里拿薯条喂他吃。

（当我、葆拉，还有孩子们在一起时，我时常会有这种感觉，就是当年在学校时，一个小团体里的另外三个女孩忽然一夜之间走得更近了。我是怎么错过这一切的？之前一直都是我和受欢迎的杰拉尔丁——她一头金发，戴着手镯，还有着迷人的胸，放学后手拉着手回家。可突然间，我被排挤到了队伍的最外侧，只能挽着海尔格——一个戴着眼镜、像猿人那么高的奥地利人。我仍然是她们中的一员，但却被边缘化了。她们经常围在一起咯咯地笑，而我愈发确定、愈发伤心地感觉到，她们是在笑我。）

“别闹了，艾米丽，算我求你。”

艾米丽把小包糖果一个个撕开往桌子上倒。后来，我们达成了一个协议：她可以堆一座糖山，让她的米奇钥匙圈从上面滑下去，但前提是她要把乳蛋饼吃完，外加 3 个绿扁豆，不，是 5 个。好吧？

我本以为可以放松点儿了，可脑子里有一个嗡嗡的声音在提醒我忘了什么东西。*还有什么？还有什么？*

*** 晚 7 时 16 分 ***

到了上床睡觉的时间，艾米丽特别兴奋，她要再听一遍复活节的故事。自从上周她知道自己在圣诞颂歌音乐会唱的婴儿耶稣长大后被钉在了十字架上，就对这个故事特别着迷。此时真希望有个按钮，可以一按下去，仙女教母就会突然出现，挥舞着她的智慧魔杖，把我从无尽的问题中解救出来。

“为什么耶稣会被杀？”

哦，天哪。

“因为呢，因为人们不喜欢听他说的话，想让他住嘴。”

我能感觉到，艾米丽在脑海里搜索，试着找出她能想到的最坏的罪行。最后她说：“他们不喜欢分享？”

“某种程度上是这样的，他们不愿意分享。”

“耶稣死后去了天堂。”

“没错。”

“他们钉死耶稣的时候，他多大呢？”

“32 岁。”

“妈咪你多大？”

“我 35 岁了，亲爱的。”

“有些人能活到 100 岁，是不是，妈咪？”

“是的，有人可以。”

“但他们还是会死，对吗？”

“是的。”（她是想让我告诉她，我不会死。我知道这是她想听到的，但我却不会那样说。）

“死是很难过的事，因为你再也见不到你的朋友们了。”

“是的，艾米丽，很让人难过，但还是会有爱你的人……”

“天堂里有很多人，是不是，妈咪？很多很多。”

“是的，宝贝。”

作为从不做礼拜的不可知论者，我和理查德曾经决定，等有了孩子以后，绝不会向他们传递任何有关“来世”的错误概念和安慰信息。没有所谓的天使、大天使、竖琴，也没有什么极乐世界。可女儿在提到“死”字之后不到 3 秒钟，我之前的决定就崩塌了。我凭什么剥夺女儿对童话世界的美好畅想？难道要残忍地打开焚尸炉的炉门，让她走进去，想象着她所认识、所爱的人是如何在这里化为灰烬的？

“复活节兔子[1]也在天堂里吗？”

1　复活节兔子，复活节象征之一。复活节时，人们把它用作礼物或装饰品。——译者注

“不，复活节兔子不在，绝对不在。”

“那睡美人应该在。”

“不，睡美人在她的城堡里，我们明天就去那儿了。”

艾米丽问的问题总会震惊到我。但更令我惊讶的是，对于这些问题，我可以想怎么回答就怎么回答。我可以告诉她上帝存在，也可以说上帝不存在；我可以告诉她绿洲乐队比模糊乐队好，估计等她将来有能力买他们的专辑时，也没有专辑可买了。到那时，麦当娜这个名字肯定和贝多芬一样遥远了。我可以鼓励她去支持一个球队，也可以告诉她运动其实超级无聊。我可以告诫她要洁身自好，也可以提早教给她避孕知识。我可以建议她尽快将她年收入的四分之一存入与物价指数挂钩的养老金账户里，也可以和她讲爱才是一切之本。我能告诉她任何我想说的，那种自由感既奇妙又可怕。

6年前，我们带着一个女婴从医院回家时，忘了向医院再要一份《人生意义手册》。我仍记得，理查德把她从车里的婴儿座里抱起来，走进家门，他极其温柔地将她放到客厅地板上的情景（那时候，我们仍然担心会弄伤她，却不知事实完全相反）。我和理查德看着我们的女儿，然后互相对视，心想：“接下来呢？”

如果你想开车，需要有驾照。但要是有个婴儿在车里，你得时刻准备着把她抱起来。为人父母就好比你想试着造一艘船，但你对造船一无所知。

医院给了我们一本薄册子，用蓝色塑料夹子夹着，上面画着一些卡通简笔画。每幅图上都是一对父母，他们要么在笨拙地用胳膊肘小心翼翼地试浴盆的水温，要么在用手背试牛奶的温度。此外，册子里还附了喂食时间表，从婴儿食物过渡到正常固体食物的小窍门，好像还给出了普通皮疹列表。但绝对没有一个字讲到该如何告诉孩子接受父母将有一死的事实。

我低头看着艾米丽那张既兴奋又困惑的脸，感觉自己仿佛承载着成千上万个母亲会面临的压力——为孩子抛出的这个古老问题而感到窒息，内心五味杂陈。

“你会死吗，妈咪？”

“有一天会的，但要在很久很久以后。”

“多久呢？”

“那是艾米丽也当妈妈之后的事了。好了，现在好好睡觉，闭上眼睛吧。”

“妈妈？”

“睡吧，宝贝。明天将会是很精彩的一天呢。”

我处理得还好，是吧？就应该这样回答她的，对吧？

*** 星期日，下午 3 时 14 分 ***

我和艾米丽坐在云霄飞车的前排，我大声尖叫着，胃里翻江倒海。我闭上眼睛，开始在记忆中搜寻：我和我可爱的孩子一起玩耍，她的头发随风飘动，她的手紧紧地抓着我，但我即使人在这里，仍然无法逃脱远方的事实——“工作”这个词一直萦绕着我。股票市场不断地走高……走高……然后顷刻崩塌；一扇心门突然打开了。

凯特，蠢啊，**蠢死了**，真是白痴到了极点……女人……天哪，不……周四的时候忘记完成交易了。我还需要卖掉五个百分点的基金——EMF的内部政策是要在股市垮台期间，尽量将股票卖出，收回资金。飞车爬到了坡顶，法国北部的风景和我的事业同时在我眼前闪现。EMF已经开始减少不必要的人员招聘。下一步，就要裁员了。谁将成为首要候选人呢？那个因为买什么鸭子牌巧克力而忘记卖掉客户股份的基金经理，非她莫属。

“我要被解雇了。”

“什么？”我们从飞车上下来后，理查德走了过来。

“我要被炒了。我忘了重要的事。我想努力记住一切，可还是忘了。”

“慢慢说，凯特。慢慢和我讲。”

“爸爸，妈咪为什么哭？”

“妈咪没有哭，”葆拉说，她从人群中过来，抱起艾米丽，“妈咪只是玩得太开心，笑得眼泪都出来了。好了，谁想吃可丽饼？想要加果酱还是柠檬？我准备加果酱了哦。”

“把他们交给我行吗，凯特？”葆拉匆匆问了一下。我点点头，显然我是完全说不出话来了。于是，葆拉一手推着坐在婴儿车里的本，一手牵着艾米丽去别处玩了。真是多亏了她在这儿，不然我可怎么办？

*** 下午4时40分 ***

我现在平静多了。其实就算不平静，也无济于事，今天是公休日。周二之前什么交易也做不了。因此，带着情绪度过剩下的旅程没有任何意义。我从旋转木马上下来后，在排着的队伍里注意到一个男人正盯着我，是我的前男友马丁。大家都知道遇见前任时那种奇怪微妙的感觉吧。我现在就是如此。那点残存的激情，像一条丝质手帕从心脏里被抽了出来。我赶紧转过身，将本来已经拉得很紧的婴儿车带子又拽了拽。

第一个念头：不想被前任认出来的理由

a. 我穿了一件从迪士尼纪念品商店买来的带有米奇图案的塑料雨衣，它闻起来有股避孕套的味道。

b. 我的头发是今早用宾馆里那嗡嗡作响的吹风机吹的，它现在像个破头盔一样一绺一绺地贴在脑袋上，让我看起来就像是某个退休在家的老女人。

c. 我就要被炒鱿鱼了，实在不想让他以为我的人生没了他过得有多凄惨。

第二个念头

a. 他没认出我。他竟然没认出我！岁月是把杀猪刀。在那个曾经被我迷得神魂颠倒的男人面前，我已经没了任何魅力。

在旋转木马上，我看到了一个男人的双眼。他冲着我笑，但他不是马丁。

*** 晚 8 时 58 分 ***

我们坐上了从巴黎回伦敦的“欧洲之星”号列车，本躺在我的腿上。他的睫毛长长的，肥肥的小手和刚生下来时一样，指关节上的小坑如一排气泡。等他长大后，不知道我该怎么告诉他，当年妈妈有多爱他的这双小手，也许我自己都不记得了吧。我伸手去拿我的笔记本电脑，但本翻了个身，哼唧了一声，貌似要醒了。反正我现在也不想看邮箱：估计不是罗德发来的一段劈头盖脸的臭骂，就是盖伊那假惺惺的慰问。我要调整好心态，做一个身无分文的家庭主妇，迎接那些每天去大卖场抢廉价 T 恤的日子，并努力背下《小小蜘蛛》动画片里的歌词。

瞧见没，这就是为什么我没有在那天晚上打开罗德的邮件。那是一封告诉我一切都好，一切好的不能再好的邮件。

发件人：罗德·塔斯克

收件人：凯特·雷迪

凯特，你到底死哪去了？美联储竟然又开始削减汇率了。其他人都拼命将手里的股票往外扔，只有你稳住了没卖。分享一下秘诀吧，天才？难不成你色诱了格林斯潘那个老东西？

别再和那个老头儿浪了，赶紧给我回来。记得给自己买瓶啤酒。

祝好，罗德

24

“凯”旋归来

*** 星期二，上午 9 时 27 分，埃德温·摩根·福斯特办公室 ***

哈利路亚！我太伟大了。我对市场天才般的判断力，或者说是忘了完成一些股票交易，但却因美联储意外降低汇率歪打正着地让我起死回生了——这让我暂时成为办公室里的“圣母”。我在咖啡机那里接受着同事们络绎不绝的称赞和敬意。

“只有你预测到了美联储会削减汇率，看到了行情回升的可能啊，凯特。”满脑袋头皮屑的加文赞叹道。面对这些，我尽可能地表现出一种谦卑又自豪的态度。

“妈的，我卖了 6%。白白浪费了几个基准点。”伊恩愤愤地嘟囔道，他那张脸向来都是红通通的，“布莱恩卖了 15%。他这是离自己的末日又近了一步，倒霉的家伙。”我同情地点点头，随口说道：“实际上，我只收回了 1% 的现金。”此刻，成功的滋味停留在舌尖上如香槟一般强烈。

克里斯·邦斯经过我们这里，朝卫生间走去，他的眼睛都不敢看我。莫莫走过来，在我的脸颊上轻吻了一下。同时盖伊的目光向我投来，如三叉戟一样直戳我的肩胛骨。办公室的另一头，罗宾·库珀·克拉克一脸愉悦地走了过来。那感觉就好像他是大主教，而我是个初出茅庐的助理牧师。

“第三天，他死而复生了[1]，”罗宾说，“还有我们的雷迪女士。谁说复活节已经失去了它本身的意义？”

他知道。他肯定知道。他知道整件事情的来龙去脉。整个太阳系再也找不出比他更聪明的人了。

“我真是太幸运了，罗宾。没想到艾伦·格林斯潘满血复活了。”

“你的确非常幸运，凯特。不过你本身就很优秀。优秀的人理应得到幸运之神的眷顾。对了，罗德有没有告诉你，要你去法兰克福的事情？”

我回到自己的位置上坐了下来，但仍旧处在兴奋中，此时好像完全不需要椅子来支撑我的身体。我先是查看汇率和股市行情，接着打开邮件。看到最上面的两封邮件来自我的闺密们，我开心地笑了。

发件人：<u>黛博拉·理查德森</u>

收件人：<u>凯特·雷迪</u>

为了找新保姆，我真是急到火烧眉毛了。我质问安卡偷东西的事时，

---

1 此处意指耶稣被钉十字架死去后第三天复活。——译者注

她立刻破门而出。吉姆的妈妈会从萨里过来先帮我照看几天，但她周五就得回去了。求救!!!求建议！我问过的大部分人，都需要我们提供一辆车才肯干；就算不要车，要求的工资都赶上《时尚》杂志编辑的月收入了。这是狮子大开口啊。这是要逼我辞职的节奏，连上班的成本都变得这么高了！

什么时候才能熬到头啊？什么时候才能有机会说“哈，所以说，受的所有苦都是值得的”。

周四午餐照常？？？

Ps：必须得调整一下心态，让自己积极点了。我知道有些人还穷得连鞋子都没得穿。

发件人：凯特·雷迪

收件人：黛博拉·理查德森

很高兴听到她走了。你早该这样做了。别慌！你肯定会找到更好的人的。听说澳大利亚的女孩都很不错。我会给你一些机构的电话，再帮你问问葆拉知不知道有哪个保姆正在找工作。我今天成了办公室的中心人物。太侥幸了。

如果你邂逅了成功和灾难，那就把后者当作是前者向大家炫耀——这样你就是一个真正的女人了，亲爱的！

而我的奖励呢，就是去德国的廉价机票——航空公司叫什么不记得了。

我们的约会能改时间吗？抱歉。

爱你，凯特 xxxxx

收件人：坎迪·斯特拉顿

收件人：凯特·雷迪

见鬼！我怀孕了。

我立刻朝坎迪坐的地方看去。她貌似注意到了我的目光，抬头向我挥了挥手。那样子像个孩子，哭笑不得。

坎迪怀孕了。不是月经推迟，而是怀孕。昨天她去了诊所，医生说孩子已经至少四个半月大了。最近几年，她的月经一直不规律——八成是吸毒导致的——她呢，除了体重长了几斤、胸部变得有些松弛以外，并没有发现身体有什么异常。她还以为这些变化是她和达伦在床上有些过头导致的。那个家伙是她在最近的一次滑雪旅行中认识的黑道[1]专家。

“我要做掉他。”

“好吧。”

酒吧里，我们坐在老地方。从那里可以俯瞰冬日里的溜冰场。坎迪点了一杯香槟，我要了一瓶矿泉水。

“有什么话就说，别不同意还假装同意，凯特。”

“我就是想说，我会尊重你做的决定。”

“决定？这不是决定，亲爱的，这他妈的就是一场灾难。”

“我在想，都四个半月大了，这时候做流产可不是什么愉快的体验。”

“那花20年拉扯大一个孩子就是愉快的体验了？”

1 黑道，适合专业滑雪者的高难度雪道。——译者注

“你才 36 岁。这也没什么不可能。”

“准确来讲，到周二就 37 岁了。”

“你快没时间了。”

“我要做掉。”

“好吧。”

“什么？”

“没什么。”

“我觉得我一点都不了解你，凯特。”

“我只是觉得你会后悔，仅此而已。”

她碾灭了手里的烟头，接着又点了一支，说：“哈默·史密斯那有个地方，价格不便宜，但他们很擅长做晚期流产，也从来不多问客人问题。”

“好。我陪你去。”

“不用。”

“我不会让你一个人去的。”

“又不是给孩子洗澡，就是一个流产而已。”

我盯着她的脸，说：“万一拿出来的时候，他哭了怎么办？”

“你是干吗的，凯特？反堕胎主义狂人？”

“胎儿在发育阶段会哭，这事大家很早就知道了。你是比较狠心，换作我的话，还不如杀了我。”

“能再给我们来一杯吗？”她向酒保示意，“好吧，跟我说说。”

“什么？”

“孩子。”

“我不能说什么。你得自己去感受。”

"行了吧，凯特。你那张嘴还能说服不了谁。说吧。"

坎迪脸上露出了她特有的表情，一副桀骜不驯却受到重创的样子，就好像一个 7 岁的孩子不听劝告硬是去爬树，最后摔了下来，但还是强忍住疼痛不哭。我想抱住她，但不管她有多么需要这个拥抱，都会硬着头皮闪到一边去的。唯一能劝她的办法就是，要让她觉得这是傻子才会放弃的机会。

"记得我的那两个临产日吧？"

她点了点头。

"如果我只能从生命中选择两天来留住的话，那我会选择那两天。"

"原因？"

"敬畏。"

"敬畏？"坎迪苦笑说，"你不喝酒，不抽烟，晚上不出去找乐子，你的两个奶子耷拉着就像两个死耗子，大腿之间的那个地方被撑得跟河道差不多宽了，然后你过来和我谈'敬畏'？天哪！还有什么其他的亮点吗，母亲大人？"

没用。"我得走了，坎迪。一会儿发邮件告诉我时间和地点，我们到时候见。"

"我会去做了他。"

"随你便。"

25

返校日

*** 上午8时01分 ***

“好了，艾米丽，走吧。快点，妈咪要迟到了。午餐盒带了？好。图书馆的书？不，不行，今天没时间编辫子了。就是不行。牙刷了吗？哦，天哪。赶紧刷牙去。快点。先把你嘴里的吐司弄掉。不是吐司？那……我可没允许你吃巧克力……爸爸不该这么说的。我不可怕。好了，走吧。”

假期后的第一天，孩子们跟赛马大会开始前的小马一样叛逆、狂躁。艾米丽又开始故意学婴儿一样不正经说话了。每次我要出门时她就来这一套，真是能把我弄疯。

“妈咪，《大熊贝尔蓝色的家》里你最喜欢哪个角色？”

“不知道。呃，呱呱吧。”

“但我最喜欢娇娇。”艾米丽对我的背叛表示不满，皱起了眉头。

“大家未必要喜欢同样的东西，艾米丽。每个人喜欢不同的事物是很好的事情。比如，爸爸喜欢早餐节目里的傻佐伊，但妈咪对她就一点感觉也没有。”

“她不叫佐伊，叫克洛伊。”理查德说，他眼睛都没有从电视屏幕上移开，“另外，再告诉你一下，克洛伊是修过人类学学位的。”

“难不成这就是她为什么总让腰部以上都露着？”

“你为什么不喜欢娇娇，妈咪？”

“我喜欢娇娇，艾米丽，我觉得他是个非常棒的小伙子。”

“她没露着，她的胸是自然就那么挺。”

“娇娇不是男孩，娇娇是女孩。”

*** 上午 8 时 32 分 ***

我赶紧推着艾米丽出门。这时，还穿着 T 恤和平角短裤的理查德晃晃悠悠走到门厅，问我他能不能去勃艮第参加为期 5 天的葡萄酒品尝课程。

勃艮第？5 天？眼下股市动荡得跟云霄飞车似的，他却在这个节骨眼要把孩子全扔给我？

“你真会挑时候，理查德。你怎么会突然想这么一出？”

“你给我的圣诞节礼物啊，凯特。你忘了？”

哦，天哪。这是又推回到我头上来了。一时间，强烈的自责立刻伪装成一种慷慨。我得学着克制自己的冲动。我告诉理查德我会想想，然后冲他笑了笑，这事便将被归档于“需忘事宜”里。

车上，艾米丽不管不顾地踢着前方的座椅。这个时候说她也没用，她甚至都不知道自己在做什么。有时候，一个6岁孩子所产生的情绪完全不是他们的身体能驾驭得了的。

“妈妈，我有个主意。”

“什么，亲爱的？”

“周末去班班（上班），班班（上班）时过周末好不好啦？”

我正在等信号灯。胸口像关了一只狂躁的鸟，拼命想飞出去。

“这样子尼（呢），么么（妈妈）和波波（爸爸）就可以多陪陪宝宝。”

“艾米丽，你能不能正常点说话。你不是一两岁了。”

透过后视镜，我和她对视了一下，她赶紧将目光移开。

“妈咪，我肚子疼。妈咪，今晚会哄我睡觉吗？今晚哄我睡觉好不好？”

“好的，我保证。”

我不知道自己是怎么想的，竟然让亚历山德拉·劳替我报名了家长会。不，其实我很清楚自己是怎么想的，我在想：哪怕只有一个小时，我可以在那间昏暗闷热的教室里假装和别的母亲一样。当主持人提到某个缺席的家长时，我要给出一个事不关己的轻松微笑。要是某人提起举行夏天宗教庆典的事，我会发牢骚——年年都是这时候！在那份燥热中感受与周围人彼此相契的融入感。之后，当我们为买电脑或者改善运动设施的筹钱问题进行投票表决时，我要紧紧攥住装着热饮料的塑料杯，给出“此事免谈”的态度。我要夸张地掐着腰说：“哦，那你们随意！”就好像很久以前，我曾为了一块巧克力饼干而妥协，那是我干过的最鲁莽冲动的事。

可仔细想想，我哪有空在星期三晚上六点半的时候跑去开家长会？亚历山德拉·劳将六点半定为“下班后”，但如今，什么工作能让你在六点半就走人？教师的工作，很显然。即使是老师，也有批不完的作业。在我小时候，周围会有一些父亲每晚按时回家吃饭。夏天，他们白天下地割草，傍晚给豌豆浇水。但那个“工作只为谋生”的年代已经过去；如今是“为工作而生活”。大家每天恨不得坐火箭跑来跑去，各种电子设备和霓虹灯晃得人睁不开眼。我不知道办公室里还有谁能在工作日和孩子一块吃饭。

不行，去家长会真的不现实。虽然我已经入会3个月，但一次都没参加过。所以，当我把艾米丽送到学校后，我尽量避免和亚历山德拉·劳撞见。可说起来容易，做起来难，这个女人真是无处不在。

“啊，凯特，你在这儿啊……”她从教室另一头直奔我冲来。她今早穿了一件密密麻麻、看着就让人眼晕的碎花裙。“我们都准备派一支巡逻队去找你了，哈哈哈！你还在上班呢？老天。真不知道你是怎么做到的。哦，黛安，我正和凯特说呢，我真不知道她是如何做到的。你说是不是？”

黛安·珀西瓦尔是艾米丽的同学奥利弗的母亲。她向我打招呼的那只手被晒得黝黑，消瘦的食指上戴着豆芽大小的蓝宝石戒指。我立刻知道了她是哪种类型——那种时刻紧张得像绷着的弦，为了丈夫花一辈子时间去拼死保住身材的女人。她们每天去健身，两周做一次头发，就连打网球时也不忘化个全妆。当发现化妆不再管用时，她们便开始向整形医生的手术刀寻求帮助。“这些待在家里的富太太是在和她们的人生打持久战。”黛博拉说。她说得一点没错。这些女人每天都活在无尽的恐惧之中：唯恐丈夫的爱会和她们的青春一起消失殆尽。

她们和我一样，每天投身于资产管理中。但我的资产是全球性的，而她们的是自己的身体——一个可爱的产品，却无法保值。别误会，我很清楚，我到了一定岁数也会和黛安她们一样，去做提拉颈纹和各种保养来保证让某人开心。但不同的是，这个“某人”是我自己。虽然我曾多次说过我不想做我自己，但我更不想成为黛安。

我从来没有机会和黛安·珀西瓦尔真正地说过话，但一想到她，我就没法对她热情。黛安是负责发纸条的母亲，纸条内容包括邀请你的孩子来参加亲子活动、感谢你的孩子能来参加亲子活动（尽是些无关紧要的事，真的）。上周，有一张纸条可谓是“登峰造极”。黛安替奥利弗给艾米丽写了一张纸条，内容是感谢我女儿的下午茶邀请。到底是什么样的人会写纸条去感谢受邀到一个无聊透顶、除了炸鱼条就是豌豆的活动呢？况且，这个活动还没有真正开始。在艾米丽的学校，有很多母亲与上班族的世界脱轨后，开始构想出各种毫无意义的测验，唯一的目的就是，能有机会让那些仍忙于事业的母亲产生挫败感。

“谢谢你的感谢纸条，估计下次，我会收到一张你因收到我的这张纸条而专门写的感谢纸条。谢谢，希望你能尽快从我面前消失。”

***** 法兰克福，诺瓦利斯宾馆，晚 8 时 19 分 *****

糟了，今晚到底还是不能陪艾米丽睡觉了。公司说要和德国客户见面，让我乘坐最近的一班飞机过去。如我所料，会面进行得很顺利。

经过我不停地游说加哄骗，终于成功地为公司争取到了几个月的时间来扭转基金业绩。

回到宾馆后，我倒了一大杯水喝，刚准备去洗澡，电话就响了。搞什么鬼？竟然是浴室的分机电话在响——一个挂在毛巾架旁边的乳白色话筒，我有生以来还是第一次遇到这种情况。电话是理查德打来的，他听起来有些不对劲，说："亲爱的，很抱歉，有个坏消息得告诉你。刚才罗宾打电话来了。"

26

一位母亲之死

周一清晨，47 岁的吉尔·库珀·克拉克在家中去世了，去世时十分安详。去年，孩子们刚放暑假时，她就被确诊为癌症了。癌细胞如森林之火一般在她的体内蔓延，先是外科疗法，紧接着放射疗法和药理疗法的专家也全面出动。大家齐心协力想遏制住这把“火”，可癌症最终还是吞噬了她的全身——胸、肺、胰腺。吉尔是我见过精力最充沛的人，可她的能量到头来却把她自己当成了敌人，就好像她的生命力被劫持并重新部署，共同达成死亡的目的。我最后一次见她是在 EMF 的一个晚会上，公司投了巨资，致力于打造一个以阿拉伯元素为主题的晚会，布景里甚至还有真的沙子和一只狂躁的骆驼。吉尔的头上包了一块头巾，因为化疗导致她的头发已所剩无几。她和往常一样逗我笑。

“简直是刀耕火种啊，凯特，你绝对不会相信治疗过程有多么原始。我觉得自己就像一个中世纪的村落一样被夷为平地了。估计只有我会说，宁愿被维京人洗劫，也不想受肿瘤医师的折磨。你说是不？”

在接受治疗前，吉尔有一头褐色的秀发，浓密而富有弹性；皮肤也如牛奶般润滑，脸上微微点缀着肉桂色的雀斑。她生养了三个健壮结实的男孩，这都没能压垮她活力四射的身体。罗宾说，要想亲眼见识他妻子的潜力，那得看她打网球时的“反手拍”招式：正当对方以为赢定了，而球也没有任何被打回的可能时，她突然展开攻势，给你来个出其不意的回击。两年前的夏天，我去他们位于萨塞克斯的家里玩儿时，就见过这样的精彩瞬间。她击球的时候，还会带着欢快又挑衅的表情大喊一声“哈！”我想，大家还等着她以同样的方式给癌症一个反手拍吧。

但吉尔撇下她的丈夫和3个儿子走了。罗宾从电梯里走出来，穿过铺着榉木地板的中央大厅，他的高档黑皮鞋踩过去发出了如踢踏舞般的声音。看着他匆匆朝办公室走去，我也跟了过去，和他一起进了屋。他在办公室里踱来踱去，十分躁动，一会儿咳嗽几声，一会儿打开抽屉，一会儿又将它关上。

我给他端了一杯茶，他开始慢慢地讲话：“哦，你好啊，凯特。你看我现在这个样子，让你一个人挑大梁，真的很抱歉。我知道眼下有多困难，而且塞林格那边还有一堆事。但你放心，葬礼之后，我任你差遣。”

“不用担心，一切都很顺利。”一个谎言。我本想问他怎么样，可我看得出来，他目前对于会戳到他痛处的私人问题很避讳。所以，我问了些其他的。“孩子们都还好吧？”

“哎，我们比很多人都幸运，”罗宾自然地转换到了投资总监的会话模式，“你知道的，现在蒂姆在布里斯托，山姆在忙着考普通中等教育证书，亚力克斯马上就9岁了。他们都不是小孩子了，呃，不是那种需要母亲在身边照顾的小男孩了。”说完，他发出了一种EMF所有人都不曾听到过的声音。那声音似狗叫，又像哀号，几乎不像是人发出的，或许是它太过于贴近人的本性，以至于我再也不想听第二遍了。

他捏了捏鼻梁，然后转向我。“吉尔留下的。”他说着，递给我一叠纸。那是20页整齐的手写笔迹，标题是“你的家，要这样去经营！”。

“所有的一切都在这里面，”他一脸茫然地摇着头，“她甚至连去哪里找圣诞节装饰这种事都告诉我了。你是不知道有多少事需要记，凯特。”

不，我知道。

*** 星期五，中午12时33分 ***

如果我现在离开办公室，那我就可以赶上下午3点去萨塞克斯的火车去参加吉尔的葬礼，还能有充足的时间在路上买个三明治。莫莫和我要为另一个决赛做一些准备。莫莫问我认不认识库珀·克拉克先生的夫人，我告诉她，吉尔是一个非常好的人。

莫莫看上去有些困惑，说：“但她不上班，对吧？”

我看着莫莫的脸。她才多大？二十四五岁。年轻气盛，完全不知道在她之前的女人们要经历怎样的忍耐，而是理所当然地看待她现在所拥有的这份自由。我平静地说：“吉尔以前是公务员，晋升空间很大。她是在第二个孩子山姆两岁的时候辞职的。不然的话，她现在早就应该在内政部的某个领导职位了。可她还是选择了一切为家庭让步。她认为，两个人都在外面奔波是不可能不影响孩子成长的。她说她曾试着让自己相信这是可能的，但她内心不允许。”

莫莫弯下腰，往垃圾桶里扔了什么东西。窗外，我看见那只鸽子，它的羽毛膨胀起来，像个球一样完全盖住了下面的蛋，而它丈夫不见踪影。去哪儿了呢？

“哎，多可惜啊，”莫莫说，“我是说，活到最后竟然一事无成。”

*** 下午1时11分 ***

如果我现在离开，还能赶上那班火车。

*** 下午1时27分 ***

我正要跑出办公楼时，罗宾的秘书把吉尔的那本家庭备忘录递给了我，罗宾忘记带走了。我一路冲刺到坎农街。当我跑到河边时，我的喉咙已经嘶哑，豆大的汗珠像断了的珍珠项链一样噼里啪啦地落到胸前。我往火车站台阶上跑时，突然被绊了一跤，左膝的丝袜被划了个口子。该死。真是倒霉。我飞速穿过车站大堂，跑进内衣店随便拽下一副黑色丝袜，服务员已被我风风火火的架势吓呆。我告诉她不用找零了，然后又一路跑到进站口。警卫咧着嘴冲我笑道：“太迟了，亲爱的。”我绕过障碍物跑了进去，跳上加速的火车，警卫还在后面紧追不舍。车窗外，伦敦正在以惊人的速度向后退去。不一会儿，灰色的城市电缆变得模糊，融入一片乡间景色中。我不忍看这片春色，它绿得让人眼球发痛，饱含的希望太过梦幻。

我从推车上买了一杯咖啡，随后打开公文包，把里面的文件拿了出来。吉尔的家庭备忘录在最上面。我知道我不该看，但我真的想读一下。我想再次听听我朋友的声音，哪怕是她写下来的。读一页应该不要紧吧？

帮亚力克斯洗澡的时候，别忘了特别洗一下他两根手指之间的缝隙，那里总是会有一些黑色的污迹，有时还会莫名其妙粘上葡萄干！务必往水里加一点爱丽他沐浴液（蓝绿色瓶子，白色字体），那可以缓解他身上的皮疹。但一定要骗他说那只是泡泡浴液，他可不想有人提醒他疹子的事。

亚力克斯会和你说他不喜欢吃意大利面，实际上他是喜欢的。所以说坚持给他吃就对了，但别太强硬，要慢慢来。他可以吃芝士卷——尽是些加了各种添加剂、没什么营养的东西——但同时要让他答应吃一片真正的芝士才行，不能让他成天只吃玉米。还有，建议全家人都改喝南非红灌木茶（理由很简单，预防癌症）。

我答应山姆，在他 15 岁生日时送他隐形眼镜。每次你想冲他喊的时候，内心默数 10 秒，提醒自己“青春期”几个字。他不会一直这么叛逆下去的，我保证。记得我们在应对蒂姆的青春期时留下了多少遗憾。感谢上帝，他最后还是健康地长大了。蒂姆现在的女友叫米拉，家住在布拉德福德，很招人喜爱，人又活泼。她父母不是很赞同女儿和懒散的白人男孩——也就是我们的儿子——搞在一起，所以我希望你能找时间邀请她父母来我们家，然后使出你的看家本领。（她父亲叫迪帕克，高尔夫球迷；父母都是素食主义者。）你要是问蒂姆的话，他表面上肯定不愿意，但也别因此而太悲观。

生日：你母亲最爱的香水是“迪奥之韵”那一款。送录音带的话永远都不会出错。只要是布莱恩·特菲尔的歌都没问题。但别再买《俄克拉荷马州》那首！我们去年已经送过了。还有阿兰·本奈特的书和土耳其软糖也行。送我母亲的话，只要是玛格丽特·福斯特或安东尼娅·弗雷泽的东西她都会喜欢的。你可能想要把我的戒指给她，或许你也可以先替我保管着，等我们哪个儿子要订婚的时候，它们说不定还会派上更大的用场。

教子：你的教子是哈利（帕克斯顿）、露西（古德里奇）和爱丽丝（班森）。他们的生日都在冰箱旁的台历上标注了。放礼物的抽屉在档案柜最下面一层，里面有给他们的礼物，上面分别写了他们名字的首字母，足够你送到下下个圣诞节了。西蒙和克莱尔的婚姻一直不太稳定，你最好找时间叫哈利出来，告诉他要是需要帮忙可以随时找你。别忘了 9 月份给露西她要的证明。

其他事项：

1. 如何使用洗衣机：以防万一，你最好还是了解一下的好。具体方法见棕皮书。特别注意：你的羊毛袜子的洗涤水温。

2. 垃圾袋大小：具体见棕皮书。

3. 保洁员（珍）：工作时间为每周一和周四。工资每小时 7 英镑，此外，在支付高额账单和度假花销上，我们需要给予珍一定的经济帮助。她是单身母亲，有个女儿叫艾琳，将来想当护士。

4. 保姆：电话号码写在绿皮书里。不是那个趁我们外出时在我们的床上和她男友做爱的乔蒂了。

5. 治疗瘀青的膏药（浴室储物柜里）。

6. 治疗抑郁的药（我那边的床头柜里，黄色瓶子）。

7. 邮递员叫保特（真的）；送报人是个女孩（叫霍利）。垃圾清理工每周二早晨来收垃圾，但他们不会帮忙处理花园内的杂物。圣诞节要给他们的小费在棕皮书里——大方一点！

8. 葬礼之后，孩子们可以见见收容所的顾问玛吉。这个建议可能不太入你的耳，但我觉得孩子们真的蛮喜欢她的。有些话，他们因为怕你失望可能不会和你讲，但是会和她讲，亲爱的。还有，请一直替我亲吻他们，别因为他们将来长得比你高了就停止，好吗？

……

全部都在这里，一页接着一页。孩子们在日常中的各种琐碎细节，组成了他们的生活节奏。我在想，如果我也给理查德写一份这样的备忘录，那我还不得不称职到了极点。在有关生日的那一页，有一个和杯子一般大小的污渍。那像是一块油渍，上面沾的面粉已经结痂。吉尔当时应该是边做烘焙边写的备忘录。

我想继续读下去，可泪水已经模糊了我的视线。我拿起《每日邮报》，翻到了讣告页。今天登出的人物有杰出的生物学家、运营 IBM 公司的六旬老人；还有一个叫迪齐的歌舞女郎，她曾与美国著名演员范朋克、伊斯兰教派首领阿迦汗都有染，可就是没有“库珀·克拉克”这个名字。吉尔的人生不会名垂青史。莫莫怎么说她来着：“可惜”？“爱”怎么会和“可惜”画等号？

*** 下午2时57分 ***

在火车上那小得可怜的洗手间里，我像个蠕动的虫子，慢慢地“蜕”下身上的破丝袜，再套上刚买的那条新的。回到车厢过道，乘务员痞痞地冲我吹了一声赞许的口哨。我往下一看，发现两条腿后面各有一个花花公子的兔子商标图案，还是用亮钻镶着的。这一瞬间，我敢肯定我听到吉尔在冲我哈哈大笑。

*** 绿盖特，圣·博托尔夫，下午3时17分 ***

我及时赶到，听见牧师正召集大家一起感谢上帝，让吉尔·科迪莉亚·库珀·克拉克来过人间。我不知道她的名字里还有一个科迪莉亚[1]——以爱为名，很适合她。

罗宾和他的三个儿子坐在第一排。罗宾弯下腰，吻着小儿子赤褐色的头发。亚力克斯穿着他的新套装，看着有点局促不安。吉尔告诉过我，这件衣服是他们一起在伦敦帮他选的：她肯定已经预见到他第一次穿会是什么时候。

我们一起唱着《希望之主》，这是她生前最爱的曲子。之前听的时候我从未注意，旋律中竟带有一丝苏格兰式的悠扬与伤感。随着音

1 科迪莉亚，莎士比亚悲剧《李尔王》中的人物角色，是李尔王的小女儿，天性善良正直。另外，此名字本身在拉丁语中有“心”的含义。——译者注

乐声渐渐消失，牧师极具震慑力地咳了一声，将大家拉回现实。他梳着中分头，看着十分机敏。现在，他请大家一起为吉尔默哀几分钟。

我闭上眼睛，将手放于前排座椅的靠背，思绪立刻回到了北安普顿的郊外。那年8月，艾米丽刚出生两个月，罗德之前的上司詹姆斯·恩特韦斯特组织德国的客户们一起去农庄打猎。他坚持让我同行，可我根本不会打猎而且连德国在哪儿都忘得差不多了，更别提去照顾一帮法兰克福的银行家了。到了午餐时间，我感觉乳房胀得不行，仿佛要随时爆裂。当时附近只有一个移动厕所，藏在树丛间。我将自己锁在里面，解开衬衫，试着将奶挤到马桶里。人的乳汁和牛乳不同，不是那么浓稠，而且更细腻，有着青花瓷一般的蓝色，当滋到不锈钢面的绿色化学物质表面时，看起来就像是浑浊的肥皂水。

开始的时候，挤奶的过程非常费劲，我得不断地在脑海中想象艾米丽的样子，想着她的笑脸、大大的眼睛以及触摸她皮肤时的感觉。天气十分燥热，我听见门外有人在咳嗽——一支等着上厕所的长队已经排了起来。可我连一侧的奶水都还没有挤出来。这时，一个女人爽朗的声音突然传来，充满了极具征服力的亲切感："先生们，你们去旁边的灌木丛里方便不是更节约时间吗？这可是你们在生理上优越于我们女士的一点哦。我想，雷迪小姐此刻在里面肯定是遇到什么麻烦了。谢谢你们的配合。"

10分钟后，我走出来，看见吉尔·库珀·克拉克坐在一块空地上。她瞧见我后，向我挥挥手，从冷藏包里拿出一个冰袋高举着，一副得意的表情说："要是我没记错的话，这应该是缓解乳房涨痛的最有效办法了。"

我在之前的一些企业活动上见过她——皇家赛船会，还有某个冒雨举行的高尔夫球赛庆典——但我一直把她当成一个养尊处优、没事去打打高尔夫球的阔太太而已。因为她平时谈论的不是网球场的维修，就是找人处理游泳池的问题。

吉尔是工作圈中唯一一个和我谈孩子的人。她问了我刚生下的宝宝，接着又向我说起她的小儿子亚力克斯刚过完4岁的生日，他是上天赐予她的礼物。所有人在经历了两次被尿不湿包围和各种不眠之夜的日子后，打死都不会再要第三胎，可她却说在蒂姆和山姆是婴儿时，她因为工作而没能好好当母亲。“哦，我不知道，我觉得我的时间像是被偷走了，我要把它找回来。”

由于我们彼此打开了心扉，我告诉她，自己害怕有太多的感情牵绊，无法再回到职场上打拼。

“是这样的，凯特，”吉尔说，“他们觉得，在我们生完孩子后还能被允许回去工作，就像给了我们多大的恩惠一样。为了这个恩惠，我们还必须做出妥协，保持低调，不能让外人看出我们的日子因为孩子而变得不同。可你要记得，事实上是我们给了他们恩惠，我们让人类文明得以延续。没什么比这更重要的了。要是我们不去哺乳的话，那帮见鬼的客户难道是从石头缝里蹦出来的？”

远处传来几声枪响，吉尔哈哈大笑。她的笑声永远都是那么让人解乏，能驱散世间所有的愚昧与狭隘。还有，你知道吗？只有她从来没和我说过“我不知道你是如何做到的”这句话。因为她清楚该如何做到，她也了解这其中要付出的代价有多少。

“亲爱的朋友们，让我们一起说主耶稣教给我们的话：我们的天父，以你的名为圣。”

教堂后面是陡峭的山坡。安葬吉尔的这片墓地就在山脚下。山顶附近的墓都是高大的维多利亚石碑——底座、碑体和墓上刻有无数天使雕塑，尽显庄严与厚重；而沿着碎石小路越往山下走，碑上刻的年份就越靠近现代，墓也变得越矮小、低调。死亡，随着历史变迁，渐渐成了一件“拥挤”的事情。

站在吉尔的墓前，可以眺望整个山谷。对面的山脊上长着参差不齐的冷杉树，从这边看去犹如黑色的睫毛刷。下面是一汪碧绿的潭水，被一团浓密的银色蒸汽所笼罩。牧师在吟诵祷文，罗宾向前走了一步，往妻子的灵柩上撒了一把土，我迅速移开了湿润的眼睛，开始观察周围的这些墓碑。孝子、父亲及祖父、珍贵的唯一之子、爱妻及母亲、妹妹、妻子、母亲……死去之后，我们被后人铭记的方式无关乎我们生前做过什么或我们叫什么，而是我们对于他人意味着什么，我们曾经如何轰轰烈烈地爱过，又是如何因此而被爱。

备　忘

一切都如过眼云烟，人类犹如小草般渺小。

亲吻一个孩子冰冷的面颊。

回电话。

27

变心

求偶炫耀通常集中在春季和夏季。在欧洲，鸽子的繁殖期会从 4 月持续到晚秋。求偶时，雄性会对雌性大献殷勤，通过咕咕叫或表现自我来吸引对方的注意。鸽子的寿命可达 30 年之久。它们为单配，一旦求偶成功便会厮守一生。这个特点在群居鸟类中尤其突出。

一对正在求偶的鸽子可能会安静几个小时。其中的一只（多数为雄性）会用自己的喙温柔地梳理对方的羽毛。

在成年之前的 5 ～ 6 个月，雄性鸽子的叫声缓慢而忧郁，与它们青春期那微弱、近似鼻音的叫声完全不同。直到配对后，它们的叫声才会变得更浑厚。

——《鸽子的习性》

窗外相当安静，可以隐约听到楼下金融城内的熙熙攘攘，但楼的高度和浑浊的空气湮没了大部分噪声。

我现在离那只鸽子很近，我能看见它，它也能看见我。它低声地咕咕叫着，脖子在猛烈地颤抖。几乎所有的本能都在告诉它应赶紧飞走，但还是有一个声音，最终让它选择留在孩子身边。我去萨塞克斯的这几天，有一只蛋已经孵化了。从办公室里很难看到这只雏鸽，但现在我趴着的这个方位，视野就非常好。真不敢相信，眼前的这个生灵会在某一天展翅高飞。它看起来根本不像一只鸟，更像一个鸟类的素描半成品。和所有新生命一样，它光秃秃的，身子不停地颤抖着，像一个千年古生物。

我试过打开窗户将手伸到那儿，但窗户是三层的，鸽子巢附近的那一层很难挪动。唯一的办法就是，从旁边的窗户爬到外面去。于是，我手脚并用往外爬，将一摞书一本一本地摆在窗外的台子上。这些书都是我根据它们的大小和耐用性精心挑选出来的：

《美食：城市餐厅指南》

《2000 年证券预测》

《1997、1998、1999 年 CFBC 全球方向》

《制药业综述》

一本我从未读完的意大利语商务语言课程教科书

《巴菲特方程式》

《时间与人生管理的十个自然成功法则：提升工作效率与寻求内心平和的可行性策略》

鸽子的窝与最后这本书几乎是贴着的。为了以防万一，我还另加了一本厚度绝对能胜任“挡风屏障”的《金融期货手册》，目的是在鸽子巢周围搭建一个稳固的保护墙。从吉尔葬礼回来的途中，我接到了盖伊的电话。一个好消息。养鹰人回复了，说大概明天就可以带着他的鹰来帮忙。开始是我坚持要他赶紧现身的，可现在我却急切地希望他不要过来。

楼下是一个广场。我的举动引起了很多路人的注意。大家指着高处这个爬到窗外的女人，估计以为她遭遇了什么人生低谷。之前的一天早上，一个经纪商蓄意在沼泽门卧轨自杀，但他却跳进了铁轨的两侧凹槽处，最后被救援队拉了出来。所有人都不停地感叹说这简直是奇迹。但我在想：原本想结束一切，最终却没能实现，这会是怎样一种感觉呢？是重生后的喜悦，还是回到人间地狱的痛苦？

坎迪的声音从我身后的办公室传来，还是和往日一样逗趣，但这次明显能听出焦虑。

“凯特，赶快进来。”

“我不能。”

“宝贝，有些事需要找人一块分担。我们都是爱你的。”

“我没想找谁分担什么，我只是想掩护鸽子而已。”

“什么？”

“我在帮这窝鸽子。”

“为什么？”

“一会儿有只鹰要飞过来。”

我清楚地听见坎迪发出了“嗤”的一声，然后她说道：“老鹰一直都会有。真没想到我竟然会和你为了这些该死的鸟在闲扯。立刻给我进来，凯特·雷迪，不然我报警了。”

隔着窗户，我看见屋里已经围了一群EMF的同事，他们都在盯着我的一举一动。当我把另一本书成功放过去时，听到他们略带嘲讽的欢呼声。我拿《巴菲特方程式》时，注意到了自己的手：上面的婚戒闪闪发光，指关节附近还长着皮疹。接着，我想一旦从这里摔下去将是什么样子：一坨血和肉。不，别想这些。赶紧把《时间与人生管理的十个自然成功法则：提升工作效率与寻求内心平和的可行性策略》当作最后一道防御设好就大功告成了。我慢慢沿着窗边往回挪动，看见坎迪将头探出窗外，盖伊徘徊在她后面。我的助理脸上浮现的并非恐惧，而是一种满怀希望的表情。

发件人：黛博拉·理查德森

收件人：凯特·雷迪

吉姆已经连续离家两周了。在孩子们把我折腾死之前，我是不是应该先把他们掐死。说什么要我安排他的40岁生日——要我去请“常客”。凭什么他工作上一有事就甩手不管家里，我却不能？

估计你也知道了，我他妈的就是有点不爽他。周围有没有哪个魅力单身男介绍一下？……

别——回——复——我——那——个——问——题。

发件人：凯特·雷迪

收件人：黛博拉·理查德森

问：如果看见你前夫在地上疼得打滚，该怎么办？

答：为了保险，再给他一枪。

你得和吉姆严肃地谈谈，告诉他，你的工作不是什么业余爱好，他必须和你共同承担家庭重任。不过得提醒你，理查德现在虽然一直在帮我，但等他厌倦的那一天，我又得独自挑大梁……所以，你最好从一开始就别指望别人。

我挺担心你的，还有坎迪。她有和你说她怀孕的事吗？千万别和她提这茬事，假装你不知道。自从参加完吉尔的葬礼，我就感觉自己一直不太正常。刚刚我爬到窗户外面去救小鸽子，现在已经被冠上了办公室里的“疯女人”称号。

人生的意义是什么呢？请尽快赐教 xxxxxxxxxx

*** 中午12时17分 ***

我和莫莫成功了。罗德昨天很晚的时候接到消息，说我们赢得了新泽西的决赛。莫莫兴奋得不得了，就和艾米丽一样，每次都高兴得蹦得很高。

“你做到了，凯特，你做到了！”

“不，是我们做到了，我们。你和我共同努力的结果。”

为了表示庆祝，罗德带整个团队去伦敦肉类市场吃午餐。和上次来相比，这里的变化还真不小。去年的石灰岩桥，如今已变成了一座由不透明玻璃建造的仿日式桥梁。桥下面的溪流里有无数张着大嘴的鲤鱼。它们也不清楚自己到底是这里的一景，还是未来某个餐桌上的午餐。

罗德刻意找机会坐到了我旁边的凳子上；克里斯·邦斯坐在莫莫对面。我讨厌他看莫莫的眼神：贪婪、狡猾，甚至还流着口水。可她似乎蛮享受这份挑逗，想要小小表现一下刚刚斩获的这份自信。我意识到自己提了好几次塞林格基金会，只是为了能够有机会大声说出杰克的名字，从而享受那种愉悦感。我喜欢在城市的任何角落听到、看到他的名字出现——货车侧面、商店上方的广告牌：杰克·尼克尔森、《杰克与豆藤》、红心杰克……甚至如果外交部部长突然改名叫杰克的话，我都会觉得他魅力倍增。

“凯特，你和那只破鸽子到底他妈的是怎么回事？”龙虾端上来的时候，罗德问道，“你是想和它比一下谁飞得高啊，还是要把它烤了？”

“哦，就是做点公益而已。我新的个人简介里要加上一条——环保主义者。”

“老天，”我上司把面包卷一撕为二，“做得有点过火了啊！”

对了，罗德说，他有些事要交给我和莫莫，什么关于石头的。“一石二鸟，懂吗？”

我说好，但我需要更多的人手。

“没法给你加人手了，凯特，”罗德说，“你得硬着头皮干下去，踢你那该死的轮胎，年轻人。”

28

母亲看到了什么？

我下班后立刻往家赶。进门后大声呼唤着，但没人回应。客厅里有尖叫声，我的第一反应是，有人受伤了，心突然很痛。我内心一阵翻江倒海，进去一看，只见葆拉和孩子们坐在沙发上看《玩具总动员》，笑得前仰后合。

“什么这么好笑啊？”我问道，但所有人都笑得没空理我。艾米丽的笑声甚至近似于哭声。看着这其乐融融的场景——另一个女人搂着你生的孩子坐在你家的沙发上——我突然想，这是你花钱买的，凯特。这都是你自己花钱买来的。

于是，我问葆拉今天有没有做些什么更有意思的事。我讨厌自己这样的语气：一本正经、道貌岸然的女主人气派。他们一起看向我，眼里写满了莫名其妙，紧接着又开始咯咯笑起来。我无可奈何，就好像我是一个蠢女人，突然闯入扫了他们的兴致一样。

有时，我觉得葆拉与孩子们走得太近了，这样并不好。一般来说，我为了让她留下，什么都可以妥协。葆拉和我说，她知道有些母亲为了防止孩子们过于依恋一个保姆，每6个月就换一次人。我想说，那样的人是有多自私。否认保姆们是一种亲切而可爱的存在，只是怕自己被抢了风头，殊不知自己在这方面的风头永远都不会有。

当然，有时我也会意识到，自己担心葆拉不会按照我和孩子们讲话的方式和他们交流。我小的时候，经常管“午餐”叫“晚餐”，管“晚餐”叫“茶”。如今，经过了正规的训练，我会和孩子们讲“午餐”和“晚餐”。但葆拉一来，又开始教他们说“晚餐”和“茶”。我没资格抱怨，对吧？一直以来，都是理查德在纠正孩子们讲话。每次艾米丽说“要去尿尿”时，理查德就会严格地纠正她：“是‘方便一下’。”但说真的，我用从小学到的词讲话会更舒服些。我知道，葆拉总是让孩子们看电视。可其他方面，我并不觉得自己会做得比她好，比如她对孩子们那份始终如一的耐心。每次和孩子们度过一个周末，我就会迫不及待地想走出家门。但葆拉永远都是那么稳重，从来不大呼小叫。孩子们的很多美好品质，都要源于她的陪伴。

有一天晚上，我去学校和老师会面，校长把我拉到一旁对我说，如果艾米丽真的要去派珀·普莱斯的话，她就需要——怎么说好呢——需要家里面给予更多的鼓励才行。非上班族母亲会定期带孩子去参观博物馆，打开他们的眼界。哪怕他们吃字母饼干时，都会顺便复习一下拉丁文。可父母都在上班的孩子却整天窝在家里。“一天到晚地就是看——电——视——”阿克兰女士说，并抑扬顿挫地强调了那三个可怕的字。

“艾米丽呢，”她继续说道，“她好像对迪士尼电影里的卡通人物懂得不少。”

她在以她的方式暗示，葆拉不是个好保姆。“艾米丽啊，”她接着讲，“要想去一个好的初中，得有很广泛的兴趣才行。伦敦的竞争有多激烈，这你是知道的，沙托克女士。我建议让她学一样乐器——不是小提琴，那太普遍了；也许可以试试单簧管，比较能凸显个性，或者一些你觉得少有人会的运动也行。”她还说，她认为女式橄榄球会变得越来越流行。

“难不成艾米丽在6岁时就要开始为自己准备简历了？”

我应该适度控制一下自己的语气。

“沙托克女士，在一个家庭中，父母不为孩子创造这类艺术环境是很不利于他们发展的。你儿时有学过什么乐器吗？”

“没有。但我父亲经常唱歌给我们听。”

“哦。”她说。那一声“哦”，就像是某个女人突然发现脚下踩了一坨大便一样。

她简直是一个满身铜臭味的教育界老巫婆。

葆拉在来我们家之前，在汉普斯特德那里给一家人当保姆。那个叫茱莉亚的母亲不允许孩子们看电视。

“可她本人就在电视台工作，成天在第五频道上播那些乌七八糟的玩意儿。”葆拉有一次告诉我这些，边说边哈哈大笑，“不让孩子看电视，就好像电视有多邪恶一样！”到了周末，茱莉亚和丈夫迈克会赖在床上，于是孩子们趁机一整个早上都在电视机前度过。葆拉之所以知道，是因为某个星期一她要关电视时，茱莉亚的小儿子亚当告诉了她。每次想到这个故事，我就十分惭愧。我难道不是在定双重标准吗？我告诉葆拉，本不能喝果汁，只能喝水。可到了周末，如果本向我要苹果汁，我会为了给自己寻求片刻的安宁而满足他的需求。我想让自己的保姆在做母亲上比我更称职，我希望她爱艾米丽和本如同己出。然后，等我回到家，看到她确实爱我的孩子如同己出时，又突然觉得，我生的孩子只能为我所有、被我所爱。

我把洗碗机里一半不干净的盘子拿出来重新手洗时，发现葆拉在厨房另一头看着我。她在给艾米丽梳头，但目光却盯着我。我希望我能读懂她的心。她曾和我说，如果自己有孩子，绝对不会给别人的孩子当保姆。她对一切都了如指掌——女孩们在妈妈面前甜言蜜语，可一旦妈妈离开家门，那些甜言蜜语就只是电话里的戏了。

梳到头发打结的地方时，艾米丽大叫了一声。“安静点！”葆拉斥责道。

“公主每晚要梳 100 次头呢，是吧，妈妈？”她的目光穿过厨房，想从我这里寻求一份赞同。

不，我不想知道。如果我真的知道她在想什么，那可能会杀了我。不过，我内心仍有一部分希望了解她的心思。

29

超市购物

对我来说，艾米丽的生日一到，就意味着夏天来临。6年前的那一天，我的羊水破了，打车去医院。一路上，我看见街上的各类行人，有的坐在路边的露天咖啡馆，有的匆匆地在人流中行走，好像整个城市都在准备庆祝我的孩子诞生。

离艾米丽的生日派对还有一天的时间，我和本去超市购物。只是超市购物而已，却不知为何会如此周折，完全是一出苦情戏。我走向超市门外的那一排超大号推车，一只手奋力拽最外面的那辆，另一只手在努力控制与它首尾相连、誓死不离的“车队”。

车子像个装了轮子的大型鸟笼，推起来十分灵活，好似滑行的冰壶。我试着让本坐在婴儿座上，但他拒绝，非要坐在车筐中间，这样一来就能随手扔出去任何他不喜欢的物品。实在拿他没辙，我只好拆开一箱儿童牛奶，塞给他两瓶。本一手一个战利品后，被我放进了婴儿座，身上还绑上了安全带（糟糕的母亲，又在对孩子使贿赂招数）。现在要做的就是一件件地搜刮清单上那37件物品。早上，我抓起收音机朝理查德扔去时，他说我为了这个生日派对有点过度劳累了。为什么这次不换他去购物，而我在家里好好歇歇呢？不可能的，我说，因为他会把东西都买错。

“可我有购物清单啊，凯特，”他像个穿白大褂的医生一样，一本正经地陈述着理由，“怎么会买错呢？”

所有女人都知道、男人却不能理解的是，即使他们把清单上的东西都一样不落地买回来，还是没有买对东西。为什么？因为女人相信，如果是她们亲自去超市的话，肯定会找到更好的选择：产自法国这个牧场的鸡好像更加肥硕，那个牌子的酸奶好像更好喝，好不容易找到心中想要的那种沙拉叶子，却突然发现健康食品区陈列的某有机蔬菜才是最终的选择。对于男人，有了清单，生活就有了秩序；可对女人来说，清单只是一个开始，一个把我们引向更多无限可能的初始坐标。当女性买了一件清单以外的东西，最后发现难吃得要死，那就是一次“小试牛刀”；可男人若做了同样的事，就是“浪费钱”。不过别误会，我可没说这种说法是公平的。

*** 下午 3 时 31 分 ***

排队付款。我十分肯定自己落了一样关键东西没买？到底落了什么？

*** 下午 3 时 39 分 ***

哦，好极了，本又大便了。我正想着排队应该花不了多长时间，不如先无视周围顾客捏鼻子的惊恐表情，一会儿出去再说。突然，本把拿着牛奶的手伸进了他的裤子里，等再伸出来时，上面沾满了大理石条纹般的大便和冰激凌的混合物。如果可以的话，我真想立刻晕死过去。无奈，我像举手榴弹一样高举着孩子，穿过人群，一路跑到超市里的婴儿更衣室。

*** 下午 4 时 01 分 ***

重新排队。16 分钟过去了。本估计已经消灭了至少十二分之一的派对食物。他在车里心满意足地大口嚼着，我随手抓起旁边货架上的一本杂志，希望里面的一些占星术能帮我降降血压。

木星迁移至你的第九宫时，可谓是吉象。你的意识得以提高，见识也随之增长。你会发现，自己对所有人——包括那些让人头疼的孩子——都充满无限的爱心。此刻所能产生的最积极的影响，就是你平时暴躁的情绪会异常平和。可关键是如何一直守住内心的这份宁静。

“您好，女士？”

我抬起头，以为轮到我把东西放到传送带上结账了。结果收银员只是告诉我，我推的这辆大号车不能通过常规通道。“抱歉，女士，您需要移步到指定的加宽通道去付款。”

“抱歉？一句抱歉就能解决问题了，是吗？”我安静了五秒钟，然后突然一拳打进了一个充气的食品袋子。“砰”的一声巨响，引来了远处的保安，弄哭了本和所有在附近的孩子。我真是对所有人都充满爱心。

*** 下午 4 时 39 分 ***

收银员的效率慢得出奇。可更糟的是，她还友好，乐于助人。

“您知道吗？这个是买一赠一的。”

“什么？”

“这个法国干酪，您不想再免费拿一个吗？”

“不，我不想。”

“看这样子您是要开派，对吧？”

不，我买了 80 个迷你香肠，24 个巧克力卷，一大包糖豆，全是给自己的，因为我是个疯狂的暴食症患者。

“是给我女儿过生日，她明天就 6 岁了。”

“哦，真好啊。有积分卡吗？”

“没，我——”

“买了这么多肯定得办一个啊，能替您省不少钱呢，亲爱的。”

“事实上，我没时间去弄——”

“需要返现吗？”

“不，真的，我得赶紧——”

“哟，您的小姑娘真可爱啊！”

“什么？”

“您的小姑娘啊，多招人喜欢！”

“额，他是个男孩。”

“哦？是吗？瞧这一头小卷发，怎么看得出来啊。跟妈妈讲，要把卷卷剪掉哦，小男子汉！”

超市为什么不设一个“上班族母亲专用通道”，然后派高效率、少废话的机器人来收银，或者派个不会英语的法国人，那样最好。

*** 晚 9 时 43 分 ***

一切尽在掌控之中。两个孩子都上床睡觉了。摆放击鼓传花的游戏场地只花了我 1 个小时零 45 分钟就搞定。黛博拉提醒我，给现在的孩子过生日不像我们小时候，一个大包裹里只放一个礼物在最里面可不行，得每打开一层都能看到礼物才可以。这样是为了让孩子们相信，人生是公平的。可这有什么用呢？人生本就不公平；真正的人生是打开层层的包装纸之后，却发现最里面是一个坏了的玩具。

隔壁的客厅里，理查德在电视机前忙着装礼品袋，到时送给来参加派对的孩子们。理论上，我当然是反对准备太多数量的礼物，这样只会让那些孩子越来越不知道满足；可实际上，我真的没胆子和他们说“我们只有蛋糕和气球”，即使我认为这些对于儿童派对来说已经很奢华了。那样的话，黑手党妈妈们估计要买凶谋杀我了。

尽管我第一时间通知超市将之前预定的粉色糖霜蛋糕换成黄色，但还是太晚了。艾米丽最喜欢的颜色一直都是粉色，可最近又变成了黄色。我订蛋糕时，粉色蛋糕还荣登销量榜首，可就在我上周出差时，黄色却在一夜间卷土重来。无所谓了，反正我买了维多利亚海绵蛋糕，觉得自己也完全可以完成换色工程，可能弄完后不会那么整齐完美，但却充满亲切感和爱心：母亲亲手做的会很有意义的。哦，坏了！糖霜呢？

*** 晚 11 时 12 分 ***

最后我发现糖霜盒子被塞在碗柜的最里头，压在一个黏糊糊的酱油瓶子下面。保质期已过一年多。打开盖子，里面结成一整块的糖霜掉了出来，看上去特别像 30 年前父亲做的阿波罗“月球岩石块”，或者说是价值 5 万英镑的可卡因，估计也能骗过不少人。不过还好它不是后者。不然我肯定会一口吞了它，然后躺在地上等死。

反正，这些量用来涂抹蛋糕表面应该够了。我花了 8 分钟将这块“石头”磨成了粉状，然后小心地往里面混入温水，以防弄得太稀。接着，我小心谨慎地往里面加了一小滴黄色素，混合物呈现出少许淡淡的柠檬色: 有点太寡淡无奇了，有点……额……怎么形容呢？有点像入学前的演讲仪式上，班里优等生的母亲会穿的颜色。过生日，得需要一点有活力的色彩才行，比如蛋黄色、凡·高的向日葵黄之类的。于是，我大胆地又往里面加了几滴。现在这颜色依然很淡，更接近于医院里的浓缩尿样。我又继续滴了几下，使劲儿地搅拌着。

我正欲哭无泪地注视着盆里的混合物时，理查德进来了，说了些什么关于孩子成长的某个纪录片：“你知不知道，婴儿从 3 个月大就开始认知自己的性别了？难怪本经常一整天坐在尿壶上读报纸的运动专栏。就像他父亲——我的老天，凯特，这是什么东西？”

理查德看到了糖霜。它现在的颜色看上去，如果说得不那么难听的话，就是土黄色系，令人不安地回忆起某张被本充分利用、让人无处拿捏的尿片。

理查德哈哈大笑。当你发现别人把事情搞砸了，并庆幸自己与此毫无关系时，就会爆发出那种不可原谅、毫无节制的笑声。“别担心，亲爱的，”他说，“我们一块想办法。既然弄出了大粪色，那我们不如就……干脆做一个奶牛蛋糕吧！有白巧克力豆吗？”

*** 星期日，晚7时19分 ***

派对整体办得还算顺利。除了几个小插曲：先是约书亚·梅休在客厅里吐了；紧接着，当我把蛋糕拿出来，开始唱生日快乐歌时……

“妈咪，我不喜欢棕色的糖霜。”艾米丽哽咽道。

“我也不想要黄色，我要粉色的。”

客人都离开后，我开始打扫战场——空果汁盒被捏得像瘪了的肺、芭比娃娃一次性纸盘到处都是、36个鸡蛋三明治摆在那儿没人碰过（准备这些是为了让那些家长看着舒服点；任何有自己意愿的孩子都不会碰这种没添加剂的食物）。今天早些时候，我发了封邮件给杰克·亚伯罕默，和他说，基于眼下的状况，他的基金最好交由我的同事掌管。我对他的感觉——从开始的初心萌动，到后来膨胀得一发不可收拾——使得我们之间的正常工作关系很难维系下去。我在邮件里的口吻不强硬，但很坚决。邮件发出去后的几个小时，我感觉自己头顶责任感的伟大光环，母性之光熠熠生辉。可再往后，这个“光源”似乎烧坏了。或者就是我自己被导线绊倒，插头被拽了出来：我不吃不喝，毫无精神，郁郁寡欢。我已经查看了5次邮箱，等他回复。算了吧，凯特，成熟点，别像个得相思病的少女一样。

在这种自暴自弃的状态下，我吃了两个巧克力卷，一碗糖豆，将半瓶杜松子酒和超市买来的柠檬汁混合后倒入一个粉色水壶里，我独自喝着。

由于要下雨，今晚格外闷热，让人感觉浑身发黏。我从楼下找了一台风扇，可丝毫不起作用。它在厨房桌子上无精打采地转着，搅动着原本就燥热的空气。今天早些时候，还打了几声雷。当时大约4点钟，我们正准备离开泳池。那雷声如撕牛皮纸一样，丝毫不能让我们惊恐，也无法驱走闷热。天啊，这气温。还有，这股味道。我在外面的花园清理约书亚·梅休吐的那块地毯。燕麦粥的呕吐物里混着少许像蜡笔头一样的糖豆。

玩击鼓传花的时候，我就注意到约书亚脸色苍白，浑身冒汗。我试着扶他进屋。但正搀着他迈进前门时，他突然将肚子里的生日茶点全都吐在了门廊的地毯上。这时，他母亲冒了出来，尖叫道："哦，我的天！我可怜的小约书亚出了什么事？"

我尽力克制，不让自己说出那个明摆着的事实：你可怜的小约书亚刚刚毁了价值500英镑的乌兹别克斯坦地毯。如果换成是我的孩子吐到别人家的地毯上，我肯定会赶紧呈上支票，低头谢罪。可伊莫金·梅休呢，却毫不客气地直接质问我是不是给约书亚吃太多糖了。

我拿出女主人的姿态轻松地笑着说，糖是生日派对的传统食物而已。可伊莫金并没有附和我的笑。她转身离开，最后还甩给我一个眼神，好像在告诫我：一场因生日派对糖果而引发的官司即将来临。等她一消失，我又撞见了安吉拉·布朗特。她跪在自己的长大衣上，正在帮达维娜擦拭滴在绿天鹅绒衣服上的草莓酸奶。“给艾米丽找好学校了吗，凯特？”

“额……我……”

“达维娜被霍尔布鲁克那边的学校录取了，但她在周四还有一场派珀 · 普莱斯的面试。这个是我们最在意的。毕竟那边更注重全面发展，不是吗？”

“是的，的确。”

清理完异物后，我洗了手，走进客厅，看见理查德整个人瘫在沙发上，脸上盖着一份报纸，上面是一幅麦当娜的照片，标题是“从稚嫩少女到幸福母亲的蜕变之路”。随着理查德的呼气和吸气，麦当娜的胸也跟着上下起伏。也许我应该和麦当娜来一次母亲与母亲之间的促膝长谈，请教一下该如何将地毯上的呕吐物弄掉。估计在她女儿的生日派对上，应该有一群帮手来处理这个烂摊子。我最受不了的就是，这种自称“完美母亲”的名人，成天炫耀自己做母亲的幸福感和成就感，殊不知这都是因为她们背后有一堆手已经替她们行使了母亲的职责，而她们只要负责享受那份和孩子在一起的幸福就好。

“理查德？”

“嗯……嗯？”报纸掉了下来。

“我们得安排艾米丽去派珀·普莱斯念书。”

“为什么？”

“孩子去那儿的话，将来的路会宽一些。”

“你又和安吉拉·布朗特聊天了吧？”

我没作声。

“凯特，那个女的把自己的孩子逼到不行，现在又开始怂恿邻居们和她一块发疯。”

“但是她会吹双簧管。”

“好吧，那就是会吹双簧管的女疯子。你女儿都能把《欢乐满人间》记得一字不差了，让她轻松一下吧，行吗？”

艾米丽的生日派对上，理查德大部分时间都在和玛蒂尔德聊天。她是艾米丽的同学劳伦的母亲。我却在浅滩上，拉着10个又吵又闹的孩子在橘黄色管子做成的蛇附近玩。开车回家的路上，理查德说：“法国女人一直都很注重保养自己，对吧？”

他听上去和他老妈的语气如出一辙。

“玛蒂尔德不需要上班。”我不悦地说。

“和这又有什么关系？”

“女人过了30岁，保养身体就成了一份全职性的工作，可我已经有了一份，如果你没忘了的话。”

他把头靠在方向盘上，停了几秒，说：“我又没有指责你，凯特。你不要把人们说的话都当成是对你的指责，好吗？”

打扫完厨房后，我在客厅里从这头爬到那头，用手将地上那些不知是哪儿留下的橘黄色碎屑一点点捡起来——如果用吸尘器肯定会吵醒孩子。捡干净后，我坐下来看了5分钟电视。一小时后，我被电话铃吵醒，是芭芭拉打来的。“可能我不该管这么多，凯瑟琳，但是我刚刚和理查德通话的时候，他听起来情绪不太好。我当然没权力多嘴。但我们还是得就事论事，否则到时候还没等你搞清楚状况，一切都晚了。”

“是的，芭芭拉。但我们今天给艾米丽开了一天的生日派对，所以……”

“是这样的，我和理查德的父亲这周六要去伦敦的皇家艺术院看一场精彩的演出。”

我意识到，此刻的停顿是想让我对此表示些什么，回答道：“哦，那很好啊，芭芭拉。你们到时候准备住哪儿呢？”

“不用搞得太麻烦。你知道的，我和唐纳德，只要有热水和一张干净的床，就心满意足了。”

*** 晚9时40分 ***

楼上，艾米丽还没有睡。当了一天主角的她现在疲惫不堪，却依然兴奋不已。天太热，她蹬掉被子，脱掉睡衣，光溜溜地躺在床上。黑暗的屋子里，她的身体犹如珍珠一般光泽饱满。又过了一年——从她5岁到现在真的已经过了12个月了吗？——她那婴儿般的小肚子已经消失，腹部向下凹陷，身形已经隐约有了女性的曲线美。不知道自己美丽的人是最美的。我要爱她、保护她，永远不让她受到伤害。我内心默默地许下誓言，要做一个更好的母亲。

“妈咪？”

“怎么了，艾米丽？”

“下一个生日，我就7岁了！然后我会8岁，9岁，10岁，11岁，

12 岁，14 岁，20 岁！”

“是的，但你不会想这么快长大的，宝贝。”

“我想，”她仰起头伸着下巴，“变成大人以后，就可以去罗万帝国了。”

“罗万帝国是哪儿？”

她疑惑地翻了一下眼睛，一副久经世故的小大人模样：“你知道的，罗万帝国。就是大人们出去吃晚餐，然后亲嘴的那个国家。”

“哦，是罗曼蒂克。”

她点点头，为我也听说过这个地方而感到高兴：“对的，罗万帝国！”

“谁和你说起罗万帝国的？”

“汉娜。反正你得和男孩子们一块去，只是他们有时候会很顽皮。”

此刻，站在闷热与黑暗的屋子里，我静静地想着：多年后，我和她将会有很多这方面的谈话。但她不会什么都和我讲。因为她也要有自己的小秘密，渐渐独立于我而成长。而我也要有自己的小秘密，使她不会离我太遥远。我弯下腰亲了她，说：“罗万帝国是一个非常美好的地方。”

也许是从我的表情里看到了一丝愁容，女儿伸出她的小手来握住我的手。这一碰，让我瞬间，只是一瞬间而已，想到了握住我母亲的手时的感觉，那份冰冷、瘦骨嶙峋的触感。

“你也可以来罗万帝国，妈咪。”她说，“那里并不远。”

“不，亲爱的，”我俯下身，关掉了灰姑娘的卡通台灯，“妈咪年纪太大了。”

发件人：杰克·亚伯罕默

收件人：凯特·雷迪

我最亲爱的凯瑟琳，我完全理解你要预定和我在这场人生中的再次会面。同时，关于让你那个叫布莱恩·某某某的同事接管我基金的建议，我甚表感谢。可说来奇怪，我觉得我不能没有你，凯特·雷迪是我的全部所需。

还有个好消息。有家很棒的餐厅。他们不卖小牛肉，并且可以给我们一个角落里的座位。你什么时候有空？

爱你，杰克

发件人：凯特·雷迪

收件人：杰克·亚伯罕默

我上个月 32 号有空[1]。能找个靠窗的座位吗？

凯特 xxxxx

我走到花园里，在茫茫夜色中，我仿佛听到了杰克呼唤我的声音。年轻时，我丢弃男人就像丢弃衣服一样随意，那种感觉似乎特别好。我领悟到，你若选择离开，对方则更无法放下你。我的感情从不会在某处永久驻扎，它随时做着被我打包带走的准备——如果我有时间去看心理医生的话，估计他会告诉我，这都源于儿时父亲对我的抛弃。另外，有句话说得好：一个人要是眼瞎到愿意和我这种人在一起，那

1 凯特以此来表达自己永远都忙得抽不出时间来。——译者注

他还有什么价值让我与其相处下去呢？可自从认识了理查德以后，我渐渐懂得，爱并非是“你伤他”或是“他伤你”的爱情赌博；相反，它是一种投资，它会默默地孕育、成长，带给人的是一种长期回报。

从前，“离开”对我来说再容易不过；可如今，有了理查德，有了孩子，“离开”意味着痛苦。对孩子们而言，理查德和我就是他们对“爱”的全部定义，他们叫我们“爸爸和妈妈”。如果让他们将这一整体概念分开，教他们分开来爱这两个人——这种事我永远都做不出来。男人能狠心离开自己的孩子一走了之；可女人不能，因为她们做不到。

如果想要和杰克在一起，我就得背井离乡。可要拥有这样的勇气，我就得让自己过得不幸福，直到有一天感觉一走了之比留下来更轻松。但我离那还很远。

备　忘

亏欠孩子的。亏欠你自己的。寻求协调这两者的办法。写会议记录（秘书洛林请病假了，她总是一到大热天就请病假。）务必把自己晒成健康性感的棕色：让自己看上去像麦当娜的妹妹。5月份的绩效简直是惨不忍睹，赶紧拍客户的马屁，稳住他们。一个5月份，让之前4个月的所有努力都功亏一篑。告诉客户，这一切都是暂时的，我们会尽快采取措施。想具体的措施。给充气城堡放气。质问罗德对莫莫的种族歧视和性别歧视。楼梯地毯？预定温泉减压水疗，包括杂志里推荐的面部蛋白美容。结婚纪念日。那是哪天来着？

30

小脚丫“啪哒啪哒”

*** 晚 11 时 29 分 ***

婆婆即将到访，这消息就像远方奔跑的牛羚传来的隆隆声，令人忧心忡忡。“别搞得太麻烦了，亲爱的，”我丈夫说，“星期天的午餐你准备弄些什么？”

“别搞得太麻烦了，凯瑟琳。”芭芭拉第三次打电话时又说。所以，我就真的没有弄得太麻烦。然后她来了，她打开冰箱看了一眼，拽了一下她的珍珠项链，仿佛那是一串念珠似的。之后她拉着唐纳德去了他们来时开的车里。他们回来时，手里拎着一大堆从超市买来的东西。“以防万一，我们带了这些……”

不过，这次一切都比较顺利。我不会再让他们挑出我的毛病：客房的床上铺着整洁的被单，还放上了中午刚从玛莎超市买来的新浴巾。此外，得益于我妯娌谢丽尔的亲身经验，我在床头柜的花瓶里插了一束铃兰花，以渲染女性独有的优雅品位。我必须要记得，将这些年公婆送的礼物都拿出来，摆在家里最显眼的位置。这包括：水彩画《科尼斯顿的夕阳》，作者是帕米拉·安德森，当地艺术家（从来没听过这个人）；皇家伍斯特牌煮蛋器（4个）；电炒勺；迪克·弗兰西斯的精装版小说；比阿特丽克斯·波特的纪念版蛋糕架；还有别的，肯定还有别的。

我将厨房的灶台擦干净，又检查了艾米丽的书包装没装好。书包里面有本书——《莉莉，丢失的狗》，书页中间有一道缝，里面夹着一张学校发的纸条：家长们可否在“民族美食节”那天贡献一道菜肴，最好能体现您家孩子的文化背景？

不，家长们不能。家长们忙着挣钱养家，若校方能去做这些已经包含在学费里的工作，家长将不胜感激，且倍感欢心。纸条的底部写着：民族美食节将在明日举行。欢迎所有人参加！在这条威胁式的指令旁边，是艾米丽那无比潦草的笔迹：“我妈咪是非常非常好的厨师，比苏菲的妈妈还要好。”哦，老天啊。

我打开碗橱。老天啊，谁能告诉我哪种食物能代表英式饮食文化？烤牛肉？葡萄干布丁？有一瓶不知是哪年买的英式芥末酱，瓶口周围积攒了一圈恶心的油渍，看起来像是被谁用舌头舔过一样。炸鱼配薯条？听上去不错，可是家里没有鱼，而且我活到现在也从来没自己做过薯条。不过倒是可以去麦当劳买一大包炸薯条，回来再用报纸包好，弄成“家庭制作”的样子。可一想到亚历山德拉·劳和她旗下的“纳粹母亲监督大军”——还是算了吧。在碗橱后面装五谷杂粮的那一层，我发现了两瓶果酱。草莓加工食品非常能体现出英国本土的烹饪艺术，只不过这东西其实是法国制造的。

好主意。我开始烧水，把果酱一瓶一瓶取下来，并把它们放在烧开的水的正上方，等瓶身上的标签纸在热蒸汽下发皱后将其撕掉。之后，我打开放冷藏袋的抽屉，找了一些新标签纸，自己在上面写上田园诗风格的幼圆字体——沙托克牌草莓酱，顿时觉得自信心爆棚。我还试着在标签的角落画一个令人垂涎欲滴的草莓，尽管在画完后，它看着更像个胰腺。现在，开始贴标签。太棒了！我真是个好妈妈！

“凯特，你在做什么？半夜三更的？”理查德走进厨房，穿着平角短裤和T恤，手里抱着一个菲比电子精灵。我讨厌菲比精灵——一个丑陋的灰毛皮鼠，长得像南美栗鼠和《姐妹情仇》里贝蒂·戴维斯的恐怖杂交物——它现在正和我丈夫一块在阴暗的灯光下满眼狐疑地看着我。

“你是真的想知道？我在制作果酱。哦，事实上，我是在重新制造果酱。艾米丽的学校要举行‘民族美食节’，我们的女儿得拿点能代表英式文化的食物过去。”

“就不能等到早上直接去买点什么？”

“不行，理查德，我不能。”

他长叹了一口怨气，说：“上帝，这样的事我们到底还要经历多少次？我告诉过你了，有些事你得学着放手。要是女人都像你这么拼命的话，凯特，那人们只能默认，谁都做不到一个传统母亲的标准。”

我想告诉他，即使其他人都这么想，我也不一定会这么想。菲比精灵突然吱吱地叫了起来，打破了此刻的沉寂。等我想继续开口的时候，理查德已经上楼了。

*** 深夜0时39分 ***

累得睡不着觉。我把菲比精灵放进一个黑色的垃圾袋，然后给袋子系了一个结。我打开笔记本电脑，屏幕的荧光洒在我身上，它在黑暗的厨房里更显柔和。我调出塞林格的文档，看着屏幕上显示的这些数据——它们完全按照我的旨意去行事，我也用不着和它们撒谎——这让我感觉很放松。可在家里，我却是一个伪装者。我并不以此为耻，因为我别无他法。好妈妈都是自己亲手制作果酱，难道不是吗？私下里，大家都心知肚明。超市里卖的果酱就应该都取名为"时差妈妈""优享妈妈"，面包包装袋上也应该印上"父亲的骄傲"之类的品牌名称，这样一来，我们这些不称职而疲惫的上班族母亲就能放心地购买了。

*** 星期五，早7时10分 ***

理查德也开始吼孩子了，这还是第一次。之前都是他告诉我要小声一点。当时我们在厨房里吃早餐，孩子们叽叽喳喳的，他竟然冲着艾米丽大发脾气。

"妈咪，我能要个小妹妹吗？"

"不行，亲爱的。"

"可我想要。爸爸，我能有个小妹妹吗？"

"不行！"

"为什么？"

“因为要给你生小妹妹的话，爸爸妈妈就得花点时间待在一个屋子里。”理查德本来在看电视，他把音量调得很低，眼睛直勾勾地盯着克洛伊·佐伊噘着的小嘴。

“别这样，理查德。”

“妈妈和爸爸从来都没有时间那样做，艾米丽。你妈妈马上又要去纽约了，所以在这种情况下，要生妹妹是非常困难的。或者，妈妈也可以让爸爸给她再找一个人。当洗碗机坏了的时候，妈妈不就是这样和爸爸说的吗？找个人来。”

“我说了，别这样。”

“为什么，凯特？永远不对她撒谎，这不是你说的？”

“妈咪，黛西就有一个小妹妹。”

“你也有一个小弟弟啊，艾米丽。”

“可他是男孩。”

*** 上午 8 时 52 分 ***

今天是我第一次亲自送艾米丽上学（我给公司打电话，告诉他们我要去看医生：在各类托词中，身体欠佳肯定比送女儿上学好）。看到我和其他妈妈一块出现，艾米丽特别兴奋，她拉着我在她朋友面前昂首阔步地走着，就像牵着一匹参展的马。她拍着我的臀部，刻意向别人显示出我的好身材。

“我的妈咪又高又漂亮，对不对？”

我本想找机会把民族美食节的食物悄悄放过去。可是那张桌子被引人注目地放在学校大堂的正中间，上面堆放着各种特色食物。一位母亲正端着一整只咖喱羊走去。柯尔斯蒂的妈妈做了份肉馅羊杂，外面裹着货真价实的羊肚。老天！我赶紧将我的果酱藏在了一块苏打面包的后面。

“凯特，你好啊！还没改做兼职工作吗？”亚历山德拉·劳大声问道。她带来了一块巨无霸式的乳脂松糕，看着就像是倒置过来的阿尔伯特音乐厅。

“没有。我上班的公司恐怕没有兼职工作可以给我。说实话，他们认为全职更能剥削人。”

除了克莱尔·道尔顿，其他母亲都笑了。克莱尔是喜来登和法夸尔的重要股东。我看见她正偷偷地把一小碗绿色果冻放到餐台上。她的碗端得很小心，生怕被人发现，因为里面的果冻还没成型。

*** 中午12时46分 ***

坎迪怀孕了，虽然她不愿提起，但随着肚子日渐隆起，大家都看在了眼里。从斯特拉顿的衣柜随便拿出一件衣服，都对身材有着极高的挑战。而现在，这些衣服大都穿不了了。于是，我今天给她带了一袋孕妇装：有一两件看着还不错，可以上班穿；还有几件“麻袋服”，可以等过些时日再穿。中午我们在比萨店吃饭时，我将这一袋衣服递给她，没做任何表示。她从中拽出一件灰褐色的宽松直筒连衣裙，一脸狐疑地打量着。

“嘿，这就像个拿牛皮纸做的大口袋，然后上面绑了根绳子。可真合我的品位！”

“我只是觉得你将来能用得着。”

“什么时候用？”

“怀孕期间。”

“我的天啊，这又是个什么？”坎迪又抽出了一件白色的刺绣睡衣，像摆动旗子一样来回抖了抖它，并朝邻桌的几个男人打趣地说道，“我投降，我投降。”

“听着，穿这件的话喝奶比较方便。”

“我喝个奶为什么就要穿这个东西——哦，老天，你不会说我喂奶给别人喝吧。这真是恶心死了。”

“这是人类繁衍再正常不过的行为，已经持续15万年了。”

“这在新泽西还没到正常的地步。凯特？”

“怎么了？”

“孩子，不会太难伺候吧？”

我盯着坎迪的脸，距离如此之近。她问得很严肃。“不会的，我保证。”他们在18岁之后就不会太难伺候了，我应该加上这句话的，但一想到我朋友眼下的接受能力，我的话到嘴边又咽了回去。

*** 下午3时19分 ***

紧急突发状况——Roo不见了。葆拉打来电话，说她确信今早推本出去遛弯回来时，还看见它在婴儿车里。可等她要哄本睡午觉的时候，却找不到Roo了。本现在完全是崩溃掉的状态。葆拉在房子里四处搜寻，就是没有袋鼠的影子。我隔着电话，都能听见本哭得快要背过气了。

葆拉为什么一开始要把袋鼠带出去呢？她就没想过那玩意儿丢了的话会是什么后果？我真不敢相信她已经蠢到了这个地步。我把这些想法直接说了出来，而她并没有反驳，听上去反而既难过又自责。

“我们能再买一个吗，凯特？”

“我不知道哪里会有什么商店卖二手袋鼠玩偶，葆拉。”

*** 下午 3 时 29 分 ***

给“Roo”的原产公司沃尔沃斯打电话。客服说很抱歉，公司已经不再生产袋鼠玩具了。我问能和她们经理通话吗？她回答说可以。

经理说，那种袋鼠玩具已经停产了。“如今，塑料材质的各种新奇小怪物已经渐渐将原来那种软体动物玩具淘汰，雷迪女士。我们的蛋头先生卖得也不错的，您考虑买一个吗？”

不了，每天上班所要面对的“蛋头呆瓜”已经够多了。

*** 下午 3 时 51 分 ***

去哈罗兹百货试试吧。对，他们肯定会有的。没有什么是在那里买不到的，不是吗？一个玩具部门的女人说他们可能会有我要找的东西，但是她要去隔壁房间查一下，让我稍等片刻。过了一会儿，她拿起电话，描述了一下他们有的东西，可和我要的袋鼠完全不沾边。

"不，带宝宝的可不行。现在情况很急，我得马上要。对，澳大利亚的。我今晚就要，大概 8 英寸长。"

"凯特，原来你也挺在乎那玩意儿的大小啊。"我抬头一看，罗德·塔斯克正低头朝我不怀好意地说着。我的天啊。"抱歉，罗德。我只是在形容一个袋鼠玩具。"

"哦，原来对品种也有特殊要求。"

隔着两张桌子，我看见盖伊在那边猥琐地笑着。等罗德走远了，我让盖伊立马上网去给我找有袋类哺乳动物的玩具。

*** 晚 9 时 43 分 ***

我花了 2 小时 43 分钟，才成功把本哄上床去睡觉。这段时间，所有我拿出来的安慰物件——羊、北极熊、紫色恐龙、5 个天线宝宝轮番秀——都被他狠狠地从小床上扔出来。

"Roo，"他哭着，"Roo。"

为了让本安静下来，最后我不得不让他拿我的电动牙刷。然后，我坐在蓝椅子上，让他横躺在我身上，就像个小猴崽一样抓着我的衬衫。他每一次呼吸的尾声，都连带着一声抽噎，好像他肺里有一个小门被打开了一样。上帝，请求你，再给我一个 Roo 吧。

芭芭拉和唐纳德暂住的这段时间，一切都很顺利，顺利得让人有些难以接受。在厨房，芭芭拉尽其所能地对我大加赞赏。"我敢肯定，这味道肯定会很棒。"她说。但整个过程我只是对她投以微笑。后来与孩子们一起喝下午茶时，芭芭拉对唐纳德说：“多有趣啊，艾米丽笑的时候特别像理查德，而皱眉的时候又像极了凯特！”我也只是笑笑而已，没多说话。

当天的晚餐我们吃的是意大利菜。我将野生菜洗干净后晾干，再把红辣椒烧好，然后小心翼翼地将其去皮，就像小时候对待膝盖上面的结痂一般仔细。烤箱上层放着一只羊腿，底层烤着土豆，上面还加了些花园里自种的迷迭香为佐料。孩子睡着后，我找时间溜进浴室，穿上了干净的衬衫和珊瑚绒裙子，将公婆在圣诞节送的围裙系在衣服外面。

我品味着晚餐的整个气氛，心想：是的，这就是居家杂志里那种和谐家庭的理想画面吧。贤妻良母在她温馨舒适的家里热情款待着可敬的公婆。芭芭拉问我红辣椒的配方时，我看到了它——一只又圆又胖的老鼠——从橡木地板上爬过。

礼仪手册里竟然丝毫没有提到晚餐派对惊现老鼠时该如何应对。

A. 轻松地笑，假装老鼠是你养的宠物。

B. 大声叫道：啊，我们有主菜了！美食家们都说，啮齿类动物将是餐桌新宠。用越南配方烹制，味道似乎很棒。

C. 请你的客人上楼，多给他们提供酒水，打开CD，调大声，这样他们便不会听到待会儿你丈夫在楼下拿着女儿的雨伞追打老鼠的声音。

我和理查德选择了C。

等我们再次下楼，看见那只老鼠把它自己困在了本的游戏围栏里，估计它是想进去咬软体玩具。不久后，它又生龙活虎地在厨房里转圈圈。芭芭拉说，细想一下，好像是感觉到有什么东西从她脚背上爬过。她需要一些阿司匹林，然后好好地躺下休息一下。现在，没人有心情喝我用意大利苦杏仁酒、桃子和树莓酱调制的鸡尾酒了。我突然对厨房地板上的葡萄干产生了反感。

“别太激动，”理查德将老鼠顺着天井赶到花园后说，“要知道，比起我们怕它，它实际上更怕我们才对。”

这似乎不太可能。我只知道，那只老鼠引起了我内心的“惧鼠症”：每次打开碗橱都忐忑不安，担心不知何时又会和某张非人类的脸来一次邂逅。那天晚上，我只要一闭上眼睛，满脑子都是老鼠的爪子和胡须。

*** 星期一，上午 9 时 38 分 ***

我被自己的保洁员给炒了。“年度家庭羞耻瞬间”里，这件事应该排在第几名呢？今早下楼时，我看见芭芭拉和胡安妮塔正合起伙来数落我。我的保洁员模仿着老鼠爬过工作台的样子，又指着堆在厨房过道的一堆报纸和玩具，而我婆婆则在一旁“啧啧”地感叹着。“这一点儿都不奇怪。”芭芭拉说。尽管我婆婆不会说西班牙语，但她却能和胡安妮塔以一种特殊的“女性通用语”沟通。

“捕鼠的人已经在路上了。”我说得很大声，为的是提醒她们此刻我的存在，好让她们停止对我的邋遢进行更夸张地举例陈述。

听到了“鼠”这个字眼，胡安妮塔发出一连串如机关枪扫射般的哀叹。

“你要是把吃的放在外面的话，肯定会引来老鼠和其他害虫的。”芭芭拉主动发表意见。

“我没有把吃的放在外面。”还没等我说完，她就已经朝客厅走去。唐纳德正在那里整理行李，他朝我无奈地挥挥手。

他们离开后，胡安妮塔跟我说她很抱歉，但她在这儿再也受不了，她的表述过程中带着各种夸张的手势和戏剧般的啜泣。现在可是我最后一次和她把话说明白的机会：房子之所以这么乱，很大程度上是由于我的保洁员有各种各样的疾病，使得她在过去这两年内没能做好清洁工作。而对于她不能干这些活的理由，我给予了莫大的理解，因为——哦，以我的背景，我不曾指望有人给我打扫卫生，也许还因为一些羞耻感在作祟，我总是认为自己是一个连自己家的房子都打扫不干净的女人。（“凯特或许在数字图标方面是个奇才，”我妯娌谢丽尔曾说，“你是真没看见她家墙角都脏成了什么样！”）

那么，我到底有没有当场和胡安妮塔摊牌呢？没有。我将身上所有的现金都给了她，并保证之后会再给她寄些。我还和她说，我在海格特的那些朋友可能需要保洁员，到时候会推荐她过去。

备　忘

找捕鼠的人！！找新保洁员！！**务必**找到 Roo 的替代品！等待客户同意代理投票政策。填写季度绩效问卷。自己做会议纪要（劳伦还在休病假）。

本以为和莫莫费力争取的客户就要有结果了，但6月份的惨淡业绩让这成为泡影。要调查同行的绩效——可能他们更惨？和日本办公室对股市进行会议讨论。给艾米丽买凉鞋——不然会被全国防止虐待儿童协会以“虐脚罪”抓去审讯。糖泡芙，止痛退烧药。取消温泉疗法的预约。

31

保姆危机

*** 早 6 时 27 分 ***

现在时间尚早，但站在外面的花园里，可以感觉到这又将是闷热的一天。高温之下，空气也慵懒得凝滞不动了。我去美国的这段时间，谁也没想着照看一下花园里的植物：玉簪花上爬满了蜗牛；种在陶瓦里的蝴蝶花也全部干枯，看上去一碰就会顷刻化为紫色的灰烬；还有一种花是我专门养的，因为我很喜欢它的名字——舒心。将来，我要是有了大块的闲暇时间，一定要把花园打理得非常漂亮。那时，我会种植半边莲、山茶花，还会栽一棵月桂树和一大丛月季。到时候，你还会看到一块长满舒心的石刻水槽。

房子上面传来一声尖叫。在这炎热的夜晚，孩子们和我一样难以入睡。凌晨 5 点左右，本在自己的尖叫声中醒了，当时我正在做噩梦。到了夏天，连做的梦都是不同的，这种灼热会唤醒一些你宁愿永远埋藏于心底的想法。总之，我走进本的房间时，他浑身冒汗，湿湿的身子滑溜溜的。小可怜儿像个海狗一样滑进了我的怀里，我抱着他走进浴室，用海绵帮他清洗——他突然对法兰绒布毛巾产生了畏惧感——接着帮他换衣服。当我准备喂他水喝时，他开始狂闹。“苹咕——”他嚷嚷着，“苹咕——”

我不知跟葆拉说了多少次：本不可以喝苹果汁的！我心里满是对保姆的不满，可葆拉近来一直在抱怨“女人的烦恼”，所以她很可能借机就请了病假，而假期期间根本没法找到可以顶替的人。该死。该死。

*** 早7时43分 ***

我从葆拉的声音里听得出来，她不准备过来了。今天，罗宾·库珀·克拉克和他的儿子们有事，得由我替他在全球资产配置委员会上做主持人。而艾米丽和本没有保姆照顾，也不用去学校，好极了。

一般来说，暑假应该是一段休闲而快乐的时光，可对上班族母亲而言，这却是一年中最难熬的时候。温暖的气候和无忧无虑的日子吸引着你——你希望能参与户外活动，你想甩掉拖鞋，一头扎进凉爽的泳池里，你想用舌尖感受香草冰激凌那甜蜜的冰爽感——然而，却可望而不可即。

葆拉长叹了一口气。她说她的身子已经难受好一阵子了，当然，老鼠事件也让她非常沮丧。但她不想给我添麻烦，因为“我知道你很忙，凯特”。一个老练的保姆最擅长的就是先发制人，让你内心那更强有力的不满和委屈都无处可泄。尽管我想继续发牢骚，可眼下要紧的是赶紧找人帮我把今天撑过去。我开始迅速翻阅电话簿（理查德不在家，他今天去做一个关于修建桑德兰工艺圆顶帐篷的演讲展示）。

首先，我想到的是当地的马菲雅家政头头——安吉拉·布朗特。我正准备给她打电话时，突然眼前浮现出安吉拉那张“福特车”的脸，她的两只眼睛如车前灯一般熠熠发光，心满意足地看着这个住在马路对面、心气极高的女人如今火急火燎地向她摇尾乞怜。不，不能让她产生那种优越感。因此，我随即改打爱丽丝的电话，我的这位电视制片人朋友应该可以帮我这个忙。看看她的保姆乔能不能暂时照看一下艾米丽和本。要不是因为这次会议，我是不会打扰她的，毕竟，在EMF请假是完全有违内部相关政策的，所以……

我的话没说完，就被爱丽丝的尖叫声打断了，她喊道：“我也是在那儿上过班的人！”她说，只要我不介意乔带我的孩子和她的儿子们一块游泳就可以。这个节骨眼上，只要我能赶紧去金融城准备会议，就算是本和艾米丽去婆罗洲跳伞我也没意见了。

*** 早7时32分 ***

我叫了珀伽索斯的车。又是温斯顿接的电话。怎么每次都是他，难道珀伽索斯就没有别的司机了？我开始怀疑他干的到底是什么买卖。

温斯顿说他15分钟之内到，我说希望他4分钟之内到。

“我尽力吧。”他冷冷地说。

我突然产生了一个不切实际的想法，想要找一个又高又大的人，然后靠着他的大腿舒舒服服地躺着，躺个……25年，25年应该够了。

“妈咪？”

“什么事，艾米丽？”

“天堂是一个美好的地方，对吗？”

“是的，天堂是个美好的地方。”

“那里有麦当劳吗？”

“哪儿？”

“天堂。”

“没有，我的天啊。我现在得把本的翅膀装起来。”

“为了去天堂？”

“什么？不。是游泳圈的充气翅膀，你们一会儿要去游泳。你还记得纳特和雅各布吗？”

“为什么天堂没有麦当劳呢，妈咪？”

“因为，我不知道。因为死人不需要吃东西吧。”

“为什么死人不需要吃东西呢？”

“本，不！本杰明，给我坐下！妈咪给你拿果汁……别坐在我的裙子上！”

“妈咪，我明年的生日派对能去天堂过吗？”

“艾米丽，你能不能给我消停一会儿！”

*** 上午7时44分 ***

珀伽索斯到了。这次是辆新车——至少对他而言是辆新的。这辆霹雳马[1]外面依然裹了一层灰，但打开车门后，里面至少不会落得你一身锈。我把孩子们放到后车座，让本坐在我腿上，一只手搂住他，另一只手给保姆中介所打电话。电话那头的声音听上去是个上流社会的时髦女子，那声音对男人极具号召力。她说她也很想帮忙，但现在很不凑巧。

“现在学校在放假，您知道的。”

是的，我知道。

所有的保姆早已经被约完了。只有她这里还有个人选：克罗地亚女孩，18岁，英语不太好，但是做事很上心，而且很喜欢孩子。

好吧，事情算是有了眉目。我试着回忆克罗地亚在巴尔干半岛大屠杀中是属于哪一边的。貌似是和纳粹分子一伙的。那现在他们是好人，还是恰恰相反？我说：“好，我今晚会面试一下她，她的名字是？”

“拉特卡。”

好了，接下来是叫捕鼠人过来。他那天为什么没来？艾米丽拼命地拍我的大腿。她刚刚和我们的这位司机聊得正欢。

“妈咪，温斯顿说在天堂里最好的事情是，如果你饿了，你可以侧一下身子，咬一口周围的云彩，那味道就像棉花糖一样，它们是天使们做的。”她似乎对这个解释非常满意，比我之前所能想到的任何版本都好。

爱丽丝住在女王公园边上的一座中产阶级的房子里。她在买下这栋房子之后，这一地区的房价就疯了一般地上蹿。最后，四卧室户型

---

1 霹雳马，又名“日产派美”，1990年问世的中级轿车。——译者注

的价钱比科罗里达州还贵。我们一走进去，我女儿就开心地跟纳特和雅各布玩了起来。本看了看周围陌生的环境，像个被捆在柱子上挨鞭子的水手一般，紧紧地抱着我的右腿不放。我得赶紧离开了，但走之前还需要先和保姆乔说几分钟好话才行。乔看着这个还在学步且情绪激动的小孩，心里肯定在纳闷：自己为什么莫名其妙地被安排了这么个事。最后，我终于把本从身上"摘"了下来，转身冲出房间，不顾身后传来的各种尖叫哭嚎。

我坐在珀伽索斯的后车座，试着读《金融时报》，让自己赶紧进入会议状态，可是却无法集中精神。我使劲地摇了摇头，不去想本的哭声。我能看见温斯顿透过后车镜看我。车开到老街附近时，他终于开了口："你给他们打工，他们给你多少钱，夫人？"

"和你没关系。"

"50？ 100？"

"这得看我的奖金。但今年什么奖金都不会有了。6月绩效惨淡，我能保住饭碗就不错了。"

温斯顿用双手猛地敲了一下羊皮裹着的方向盘，说："你是在开玩笑吧。那帮家伙想让你每分每秒都为他们卖命。你就是他们的奴隶，姑娘。"

"可我别无选择，温斯顿。严格意义上说，我是家里的顶梁柱。"

"哇哦，"他突然踩了一脚刹车，给前方斑马线上的一个修女让路，"那你男人对此做何感想？这种事一向都是不举的罪魁祸首啊。"

"你这是在提醒我，我挣太多的钱会让我丈夫的生殖器萎缩吗？"

"反正，大家都出去工作了，生孩子的就少了，对吧？女人出去挣钱之前，生育率一直都很稳定的。”

“这是饮用水中雌激素含量的问题。”

“这是办公室里雌激素含量的问题。”

即使坐在后座，我也能猜到他此刻正咧着大嘴笑——从我这个角度看，他耳根附近的皮肤都已经被抻出了褶子。

“我的天啊，温斯顿，这都快21世纪了。”

他摇摇头，脑袋上的头屑如金粉般撒落了下来。我像仙女教母一样——艾米丽看见的话，肯定会这样说。“和哪个世纪有什么关系？”他低声吼道，“对男人而言，造人这种事，什么时间都要做。”

“没想到还有人抱着这种老古董的观念。”

“这就是很多像你这样的人想错的地方，夫人。女人们越变越强，男人们为了能和她们做爱，会假装认可她们。他们不断地和自己说，她们喜欢怎么玩，我就陪她们怎么玩。来，试试这个。”

他扔给我一个青铜色的铁罐。我认得，这是我儿时常见的那种旅行罐装糖果。朱莉和我喜欢冻梨味儿的，味道估计和你用舌头舔铃铛的味道差不多。小时候总是能吃上这种糖——麦芽糖。母亲笃信麦芽糖能防治晕动病。所以现在一尝到麦芽糖的味道，我想到的就是晕动病的感觉——船舱里对着呕吐袋猛吐；跌跌撞撞地跑到高速公路边，拿路边的枯草叶当手帕抹掉手上的呕吐物。

我们现在已经进入金融城区。车子两旁那高耸的玻璃建筑形成了一道道“城中峡谷”，我们穿行在底部，周围的一切被热腾腾的空气所笼罩。我打开糖罐，里面一共有6条被圈得整整齐齐的烟草，我清了清嗓子，用新闻播报员的语气说道：“公司制度明文规定，禁止员工在埃德温·摩根·福斯特室内吸任何毒品。而现在我们马上就到那儿了，所以……所以我得抓紧时间。能借个火吗，温斯顿？”

*** 上午11时31分 ***

会议的相关准备资料没法进行下去，因为《华尔街日报》上的字体一直在晃动。讲市场收益那页的黑体字看上去就如黑臭虫一般，不停地在我眼前蠕动着。

真是可悲至极。一大杯雪利酒之后，我感觉自己像个稚嫩的未婚少女一样头昏眼花。身为人母——或身为人母所应具备的各种节制力——已经让我远离了享受各种药物所带来的乐趣，只是偶尔服用一点止痛退烧药。我努力让自己正常地走进会议室，可一进去，就感觉室内的墙壁开始后退，留下一道又一道影子，犹如埃舍尔效应[1]的幻觉艺术图画一般。每次我站起来换下一张幻灯片时，都得抓着桌子边缘站稳，微微地歪着脑袋以保持视线处于正常水平线上。灵魂出窍的状态估计也莫过于此了。

等我开始对12个绕桌而坐的基金经理开口讲话时，发出来的声音听上去还算自信。接下来，我发现自己仿佛在做口技表演一样，仅能大概知道是“谁”在讲话，可对接下来“他”要讲什么却毫无头绪。尽管如此，这种超然的放松感能让我屏蔽掉同事的各方观点，按照自己的意愿来做投资选择，整个公司从明天起便开始执行这些决策。

---

1 埃舍尔效应，指画作中具有埃舍尔创作特点的悖论、幻觉和双重意义，所展现出来的是一个充满错觉的“不可能世界”。——译者注

债券还是股票？没问题。英国还是日本？该死，白痴才会在这一点上犹豫。

会议开到一半的时候，安德鲁·麦克马纳斯——苏格兰人，球场流氓，肩膀宽得像个古典沙发——高傲地小声咳嗽了一下，然后说他很抱歉，需要先走一步，因为他已经答应他女儿卡特里奥娜去看她的水上芭蕾表演。桌上所有人的反应似乎都在表明，这是世界上最正常不过的事，其中还包括那些年纪轻轻的家伙——他们想着自己在将来某一天也会做父亲，但要等保时捷内配有尿不湿更换架时再考虑；另一些有孩子的男人也装模作样地表现着同为人父的理解。不谙世事的莫莫感叹着："好有爱啊。"就连西莉亚·哈姆斯沃思那个老巫婆都面露难得的笑容："哦，你真是了不起啊，安德鲁！这父亲当得可真是尽职尽责。"那股高兴劲儿就好像得知安德鲁靠一人之力将道格琼斯指数提升了150个点一样。

当意识到只有我没有加入"批准大军"时，安德鲁无奈地耸耸肩，说："这种事你是知道的，凯特。"然后他套上外套，离开了会议室。

的确，这种事我再了解不过。当男人宣称他们需要为孩子的事情请假时，那就是一种无私的父爱典范；而女人要为孩子的事情请假时，那就要因擅离职守、毫无责任感而受到谴责。父亲彰显父爱，是一种力量的表现；母亲彰显母爱，就是一种不堪一击的脆弱。你们这帮人不是拥护"机会平等"吗？

发件人：凯特·雷迪

收件人：黛博拉·理查德森

刚刚开会的时候，有个经理说要早退去看他女儿的水上芭蕾表演。然后大家把他以“伟大的父亲”之名捧上了天。我要是像他这么干，估计罗德就得把我的脑袋砍下来，插在英国银行外面的铁栅栏门上，杀鸡儆猴。

太太太太不公平了！我算是领悟到了，什么“职业女性”，这种叫法不过是放狗屁罢了，估计连一代人都持续不了。我们不就是活生生的反面教材吗？

高学历又有什么用？想想还不如让我们的女儿去学插画、烹饪什么的，然后嫁个能养她一辈子的男人，每天老老实实地待在家里，做做足疗。

紧急：请告诉我，这么做的坏处是什么？？？

发件人：<u>黛博拉·理查德森</u>

收件人：<u>凯特·雷迪</u>

很久以前，在一个遥远的地方，

有一个美丽、自信，又有主见的公主。

有一次，在她的城堡附近的一片绿油油的草地上，

她在一个清澈的池塘边坐下，

思考生态危机问题。

突然，一只青蛙出现了。

它跳到了公主的大腿上，说：

“亲爱的小姐，我曾经是一位英俊的王子，

被邪恶的女巫下了咒语。

可如果得到你的吻，

我就能变回原来的样子。

之后，我们就可以结婚，

在你的城堡里生活，

你可以给我做饭，

洗衣服，养育孩子，

就这样永远满怀感恩幸福之心地生活下去。”

那天晚上，公主坐在餐桌上，一边切着被烤得尚嫩的青蛙腿，一边想：我他妈的才不这么想。

如今的男人做得比他们的父亲好一些，只是因为他们知道如何换尿不湿，知道孩子的嘴巴长在哪儿，奶瓶应该往哪里塞。和上一代比，这些事让他们脱颖而出。可如今的女人却远不如她们的母亲。这是因为我们工作得太辛苦，注定不能胜任母亲之事。

在埃德温·摩根·福斯特，有孩子的男员工办公桌上摆满了亲子照。走过去，先映入眼帘的不是电脑或记事簿，而是三日游的家庭照片——皮革相框、鳄鱼花纹相框、双钢板带铜制门铰的相框、有机玻璃式的立方体相框，等等。这张记录了掉乳牙时的一刻，那张抓拍了足球射门的精彩瞬间。2 月份的滑雪旅行，苏菲将她的红围巾围到爸爸的脖子上，然后他们一起冲着镜头微笑。男人可以向别人展示他是一个父亲的事实，这象征着力量，表明他是家里的顶梁柱。EMF 的女性们则不会将孩子的照片摆出来。她们所处的地位越高，摆出来的照片就越少。如果一个男人的办公桌上有他孩子的照片，那只会更加彰显他的人性所在；倘若换作女性，结果则恰恰相反。为什么？因为男人不需要在家照顾孩子，而女人需要。

我曾经在桌子上摆过本和艾米丽的照片，是理查德在本学会怎么坐起来时照的。艾米丽从后面自豪地抱着弟弟，本则一脸欣喜若狂的样子，就好像人生是场大笑话，而他刚好听懂了其中的笑点一样。这张照片摆了几个星期，可每次看到照片里的孩子们看着我，我就禁不住想：我供养他们吃喝，却并没有陪伴在他们左右。所以，照片现在被我收进了抽屉里。

去年，我去伦敦商学院听一个美国首席执行官的讲座。她说她想把女儿培养成像艺伎一样的女人——女人未来的真正生活就是养育孩子和取悦男人。当时，教室里传来不怀好意的笑声：她在开玩笑，是吗？她美丽优雅，智慧过人，我不觉得她在开玩笑。

我当时只知道一点：我不想重复我母亲的人生。我不需要再有人以身试法告诉我，依附于男人是懦弱甚至危险的选择。可艾米丽想要我这样的人生吗？她从自己妈咪身上看到了什么呢？她每天能看到妈咪的时间又有多少呢？20世纪70年代女权斗争时期，机会平等对人们而言意味着什么呢？不是意味着男人应该和女人一样陪孩子，只意味着女性可以和男性一样有权不陪孩子。

*** 中午12时46分 ***

“Chowzat！”是EMF去年在地下层开的一家高级咖啡厅，一部分目的是让EMF看上去更像是一个夜间俱乐部，而不是银行。公司开设自己的咖啡厅本是为了带来一种时髦的后工业化气氛，但事实上，它给人的感觉更像是机场里那种有咖啡供应的休息室。今早吸了温斯顿的烟草之后，我现在还是感觉有些木然。我当时到底是怎么想的？今早下车时，温斯顿邀请我和他去看一场音乐会，音乐会是在两星期后的周日举行。他说，或许那种场合不是我的菜，而且音乐对我来说也可能有些过激，但他还是觉得去一下对我有好处。于是，我这个有着严格自我底线的基金经理在组织好回绝之词后，却开口说“好的”。所以说，我已经答应和我的“毒品供应商”约会了。天哪，我该怎么和理查德说呢？

随着烟草的作用渐渐散去，一阵强烈的恶心和饥饿感随之袭来。我比较了一下那个大蓝莓马芬蛋糕和旁边的柠檬芝麻口味蛋糕的相对优缺点，最后把两个都买了。我狼吞虎咽地吃着，一抬头，看见那张红光满面的脸低头瞪着我。

“我的老天，凯特。你这是又怀了还是怎么的，一下子吃两人份？”罗德·塔斯克说。

“啊，没……”我嘴里嚼着马芬蛋糕，一张嘴喷出了几粒蓝莓。

罗德说，他要我周三去纽约和一些经纪商交涉一下，要我给他们一点“温柔的体贴”。紧接着向我使了个奇怪的眼色。

“周三？”

“没错，就是明天。”

“是这样的，罗德，我的保姆请了病假，我得找一个临时的……”

他用一个空手道般的手势打断了我，说：“你是想和我说你去不了吗，凯特？要是这样的话，我相信盖伊肯定能替你完成任务的。”

“不是……是……不，我当然能，只不过……”

“好极了，那现在能帮我看一下这个吗，甜心？多谢。”

在电梯里，我看了一下罗德递给我的复印件。它是摘自《国际投资管理》里的一篇文章，标题是：性别平等的真相！

当今的职场已为女性敞开大门。在这种良好商业意识的影响下，越来越多的投资管理公司开始将“性别平等”纳入其企业文化范畴。近期，赫伯特·乔治和贝里曼·洛厄尔因在此领域所做的贡献而获殊荣。赫伯特·乔治公司的副董事长茱莉亚·撒尔蒙说：“伦敦金融城为女性提供了极好的机会，机会数量逐年递增。大多数公司都有任命企业多元化协调人。”

然而，许多机构却遗憾地反映：尽管他们为女性提供了绝佳的职业机遇，一些非人性化的工作时间和大男子主义文化仍然是性别平等的绊脚石。

EMF 的人力资源总监西莉亚·哈姆斯沃思坦言道：“在金融城里，推翻男性至上的这种老旧观念并非易事。”

她应该知道的。当她看见西莉亚的名字出现在关于性别平等的文章里，就好像发现纳粹的政治头目希姆莱为一场犹太集会做导游一样。

“哈姆斯沃思宣布，EMF 曾被认为是金融城里最为传统的企业之一，近期将任命凯特·雷迪为企业多元化的协调人。”

什么情况？！

“35 岁的雷迪作为 EMF 最年轻的高级总监，一直在努力寻找并解决商业文化中存在的性别平等障碍。”

我注意到，罗德将“性别平等障碍”这几个字用笔圈了起来，并在旁边留下了他潦草的笔迹：“这他妈是啥？”

发件人：凯特·雷迪

收件人：黛博拉·理查德森

你的这个处于精神分裂边缘的朋友来向你问好了。你觉得产后抑郁能一直持续 18 个月吗？如果真这样，那什么时候能结束？

忘了跟你说过没有，我们家有老鼠了。有一只正好在我公婆来的时候在地板上爬。**哦，还有，我的保洁员把我给炒了！**紧接着，我一到公司，有 61 封邮件等着我看。保姆“病”了，逼得我现在只能去找克罗地亚总统的亲戚来看孩子。还有，我现在成了 EMF 新的“企业多元化协调人”，得赶紧重新解决公司内部性别不平等的问题。给点建议，看看哪里能买到自动化武器？

那个午餐，我们还是照约，行吗？日子你定。

xxxx

发件人：黛博拉·理查德森

收件人：凯特·雷迪

信我的话，产后抑郁持续 18 年都不为怪。我们随后去做子宫切除，然后在老年社区里坐在红色橡胶椅子上看《老友记》。

别担心，老鼠现在可是中产阶级，任何时髦、现代的住宅里都能见着一两只。费利克斯被确诊为注意力缺乏症。现在想想，这应该是遗传他爸爸，但这不会是因为他有婚外情了吧？

累得什么也不想管了。《好管家》[1] 里说，有一半的上班族母亲都在

1　《好管家》，妇女杂志。——译者注

担心她们的婚姻关系。因为她们的丈夫一直处于“时间饥荒”状态，根本没工夫相互培养感情。

你和那位可爱的亚伯罕默有新消息没有啊？作为我的老朋友，你应该意识到，你唯一扮演的角色就是让我有机会忌妒你、反对你。

下周二或周四一起午餐如何？

xxxxx

*** 傍晚 6 时 35 分 ***

我去爱丽丝那里接本和艾米丽，他们看到我就像灾民看见食物一样朝我扑来。爱丽丝的保姆乔非常友善，说我的孩子特别乖巧，称赞艾米丽很懂事，而且很有想象力。我内心自豪感爆棚的同时，又无比羞愧——作为母亲，我却总把他们看作是棘手的麻烦。

今晚务必将临时保姆的事情定下来。除非我能说服理查德在家工作，或者让葆拉奇迹般地回心转意。出于自己或孩子的需求请别人帮忙，是我最深恶痛绝的事情——这让我想起了有一年圣诞节，在利兹的一个公交车站，父亲让我去向旁边的一个女人要 5 英镑，让我和她说，我们的车没油了，没法回家。事实上，我们当时根本就没有车。可那位女士是个善良的人，不但给了我钱，还送了我一包果冻。甜甜的果冻含在我嘴里，却感觉火辣辣的，腐蚀着我的口腔，灼烧着我的脸颊。

乔说，本一整天都很缠人，还怀疑他是不是前胸起了什么疹子。他得过水痘吗？没有。但他现在不能得。因为我已经订了明早八点半去纽约的飞机票。

*** 晚10时43分 ***

简直不敢相信，我竟然站在浴盆外面，身上裹着浴巾，冲理查德大叫。

“没有热水！”

“什么？”他从客厅走上来，站在楼梯中间，脸在阴影里，“哦，今天捕鼠的人来检查水管的时候把水关了。估计是当时动了热阀开关。”

“我现在得赶紧洗澡。”

“别激动，亲爱的。”他的声音里充满了疲惫，“我现在去把开关打开，用不了20分钟就会有热水了。”

“现在。*我现在就要洗澡*。”

“凯特！”他停了一下，好像是要说些什么，可接着却紧闭嘴唇，瞪着我，摇了摇头。

“什么，你想说什么？”我厉声说道。

“凯特，我们……不能再这样下去了。”

“我们的确不能再这样下去了。家里没有热水，却有老鼠。整栋房子没人打扫。我一小时前就应该睡觉了，现在真的、真的、真的、真的需要热水，理查德。我整日起早贪黑地工作，却住在这种中世纪的破房子里。难道连洗个热水澡这样的要求也过分吗？”

理查德向我伸出手，但我迅速躲开了。热滚滚的眼泪不住地往外流，就像我需要的热水一样。我必须要平静下来。我丈夫看上去满眼充血。他怎么没剃胡子？

就在这时，我们的头顶上传来了一个声音。“Roo，”那声音呜咽道，“Roo。”

32

我回来得太快了

*** 凌晨 1 时 05 分 ***

你有没有算过，人生有多少时间浪费在“入睡”这个过程上？从醒着到失去意识，只是一瞬间的事，可你从不会一趟到床上就迎来这一瞬间，对吧？我感觉自己需要悄悄接近“睡神”，请求他让我进入梦乡。那感觉就好像在夜店门外排队、努力让门卫注意到你，但是他的眼睛却总看向别处。整整 7 分钟，我翻来覆去，与枕头和被单“厮打”（理查德喜欢骑着被子睡觉，这让我大半个身子都露在外面）。我服了一片安眠药，希望能召唤“入睡”的瞬间早些到来。

*** 凌晨 3 时 01 分 ***

我吃了药，又担心药力太强，怕早上听不到闹钟，错过航班——结果更睡不着了。我打开床头灯，开始读报。旁边的理查德哼哼着翻了个身。报纸的国外版面讲的是，一个美国首席执行官在生了一对双胞胎后的第四天就回去上班的事。即使在医院的那段时间，她还在以电话会议的形式持续工作。她叫伊丽莎白·奎克。真的，我没开玩笑。估计她还有个姐妹叫汉娜·哈斯特或伊莎贝尔·茵派瑞特福[1]。“伊丽莎白·奎克成为上班族母亲的一个典范。”文章写道，“但还有人声称当母亲会让她工作分心。”

我顿时感到很崩溃。像奎克女士这样的人整日拼死拼活，力争做到养孩子的同时不对工作产生丝毫影响。可她们有没有想过，这会让她们成为一些公司苛求其他上班族女性的标杆。

天知道，那是一种我无法言说的感受。在生下艾米丽之后，我很快就回去工作了。这种新生活对我、对我的孩子都是一样的陌生。换言之，母亲和宝宝都是新生儿。有孩子之前——那可以称为“公元前”了——那时，我还有时间在周日的下午去国家美术馆逛逛。我常常坐在贝里尼画的圣母像前。画中的玛利亚在一个类似于农场的地方，她沐浴在阳光之下，低头看着坐在自己腿上可爱的婴儿。我一直认为她眼中饱含的是一种宁静。而现在，我从中看到的却只有疲惫和迷惑。“上帝，我到底做了什么？”玛利亚问耶和华之子。但耶稣喝饱奶睡着了，肥嘟嘟的胳膊耷拉在他母亲的蓝裙子上。

我是EMF投资部第一个怀孕的女员工。过了6个月以后，詹姆斯·恩

1 在英文中，奎克（Quick）是“快点”的意思，哈斯特（Haste）意为“匆忙”，茵派瑞特福（Imperative）意为“势在必行”。——译者注

特维斯特——罗德·塔斯克的前辈——把我叫到他的办公室对我说，他不能保证我休完产假后还能做回从前的职位。“这绝对不是什么私人原因，凯特。客户们变得有多快，你是知道的。”

詹姆斯是个绅士，又有学识，也许我可以把公司的一些有利于家庭的政策拿出来提醒他，但他们最排斥的事也莫过于此了。（EMF的这些政策只是为了摆样子，并不是为了让那些有需求的人可以真正地享受它。）“当然了，有孩子也不会影响我工作的，詹姆斯。”我说出了这句话，詹姆斯随即拿出他那支金色的卡地亚钢笔在笔记本上记录下来。“你能保证？”写完后，他还在这句话下面重重地加了两道横线。

我会缩减自己的海外客户吗？当然不会。

我不知道。

怀孕到了第32周，我去伦敦大学学院的附属医院做定期检查。上一次已经错过了。（去日内瓦开会，大雾天。）医生如红衣主教般双手合十，将指尖杵在鼻尖对我说，鉴于胎儿正处于脑部发育阶段，我最好先停止如此高压的工作。我告诉他，这完全不必担心。我计划一直工作到预产期之前，这样我就可以在孩子出生后有更多的假期待在家陪孩子了。

“我并不是担心你，沙托克女士，”他语气十分平静，“我担心的是，你这样做会对肚子里的孩子造成伤害。”我从医院出来后，走在北高尔街上，哭得特别厉害，还差点儿被一辆送奶车撞到。

所以，我试着让自己放松，再放松。按理说，孕妇在怀孕7个月后就不能坐飞机了，我却穿着那条灰褐色的直筒连衣裙飞到了第八个月。最后，我的肚子大得要命，下个电梯比汽车掉头还难。公司开会的时候，同事甚至开玩笑说，得加固一下地板，防止凯特哪天突然踩漏。每到这时，我会笑得比任何人都大声。每次经过办公桌时，克斯里·邦斯就会哼起《森林王子》中大象游行的调子："呦呵，二，三，四，继续走啊，二，三，四！"这个浑蛋。

一天下午，我坐在电脑前，突然感到胃部一阵绞痛，皮肤上像是爬满了蚂蚁。我感受到了几次突然宫缩。据说，它的学名叫"布雷西氏宫缩"，听上去像是个退休的陆军上校。所以到最后，我常常幻想希克斯[1]上校能突然出现救我于水火。当我站在金融城路边的公交站无力地跪在地上时，他会拿起我的公文包，向我伸出一只手，说："夫人，要上车吗？"

我报名参加了一个产前课程班，但是每天早上7点30分的上课时间让我实在无力坚持。后来，我又报了一个在斯托克纽因顿开设的周末生育课程，授课老师叫贝丝。课上的内容无非是燕麦饼干，胎教音乐，用晾衣架当骨盆模型，从长筒袜里拽出网球模拟生孩子的过程，等等。贝丝让我们试着和自己的阴道沟通。我说我和自己的阴道没什么共同语言。她听了还以为我是在逗她玩，紧接着她哈哈大笑，那声音就像一只麋鹿在井底的叫声一般"荡气回肠"。

理查德讨厌这个课程。他无法理解为什么上课还要脱鞋，但是他倒蛮喜欢秒表计时那一段。估计他当时都有心要去给摩纳哥的大奖赛当评委了。

1　希克斯（Hicks），英国军人，1880年被授予陆军上校头衔。"希克斯"与布雷西氏宫缩的"西氏"英文名"Hicks"相同。——译者注

“我了解你的，凯特，”理查德说，“你的宫缩速度将会创下历史新高。”

贝丝说，如果按照她教的那样进行短促的呼吸，就会抑制住痛感。于是，我全身心地投入练习，抓住日常的每一个空当——买东西付钱时、洗澡时、上床前——无时无刻不在练习。

那天我羊水破的时候，正在银行的自动扶梯上。当时旁边站着一位日本期货分析师，羊水溅到了她的博柏利风衣上。可她看着我的样子，反而惊恐地向我不停道歉。我打电话取消了中午和客户的午餐，然后直接打车去了医院。他们想让我在硬脊膜外麻醉，我拒绝了。我是那个将自己孩子的脑部发育置于危险状态中的坏女人，因此不用麻药算是我的一种赎罪吧。我要用这种方式告诉我的宝宝，妈妈是可以为你做牺牲的。接下来，那无穷尽的疼痛宛如一片汪洋，我一次又一次地陷入其中，海水犹如木头一样坚硬，不停地击打着我，就好似大浪拍打着甲板。每次我刚想站起来，下一波浪潮又向我袭来。

在我分娩了25个小时后，理查德放下秒表，问助产士我们能否见一下医生，现在就见。在手术室里进行紧急剖腹产时，我听见医生说：“没什么可担心害怕的，那感觉是不是就好像我在给你的肚子做清洁一样。”不是的，那感觉就好似婴儿是一棵橡树，它从11月份那潮湿的黏土中被连根拔起一般。先是拖再是拧，接着又拖又拧。最终，一个比较年轻的医生走到手术台边，将我的两腿分开，然后猛地一下把她拉了出来，医生像是在大海中捕获了战利品一般将孩子高高举起，婴儿如一条身上沾着血的美人鱼。她是个女孩。

在接下来的几天里，我接二连三地收到人们送来的鲜花，其中最大的一束是来自EMF的。这种巴洛克风的花束，除了能在战争纪念馆看到外，就只可能是金融城的某个公司派发的了。枝干有一米多高，巨大的百合花上刺鼻的花粉让婴儿不停地打喷嚏。花束中还附着一张卡片，上面是花店老板的潦草字迹，完全认不出来写的是什么，好像是“卸下货，放飞自我”。

老天啊，我讨厌这些花。它们偷走了我们的空气，我和我女儿的空气。我把它们送给了值日班的护士。她把花扛走，放在了她的小型摩托车上，带回了哈勒斯登。

36个小时后，值夜班的护士来了。她是个爱尔兰人，比白天的那个要温柔得多。她问我她是否可以把孩子先抱走，这让我也可以好好休息一下。看我不同意，她说：“凯瑟琳，做一个好母亲，首先要让自己积蓄足够的能量，这样才能更好地照顾宝宝。”接着，她便将我女儿推走了。在玻璃罩的推车里，女儿的小手像含羞草一样，张开再握起。

精疲力竭的感觉瞬间淹没了全身。几个小时之后——虽然我感觉像是刚过了几秒钟——我听到了她的哭声。在此之前，我不知道自己可以分辨出她的哭声，自从那一刻起，那声音便被我永远铭记于心，我可以从世界上千百万种哭声中将其辨别出来。她在走廊尽头的某处呼唤着我。我一手举着导尿管，一手捂着缝着的手术刀口，踉踉跄跄地朝外面走去。最后，我靠着母性所具有的“声波”感应，找到了婴儿房。她看到我后就不哭了，她睁着大眼睛，着迷地看着天花板上的纸灯笼。那一刻，那种愉悦和恐惧交织的感觉是我从未有过的。说不清是什么时候疼痛停止了，爱意油然而生。

“你得给她取个名字，”护士笑着说，“我们不能一直叫她宝宝或婴儿，这是不对的。”

我想过“吉娜维芙”这个名字，但它的这个小主人可能有些招架不住。“艾米丽是我祖母的名字，她一直都让我很有安全感。”

“哦，艾米丽很好听啊，我们试试。”

我们试着叫了一声，她转过头来。就这么定了。

3周后，詹姆斯·恩特维斯特打来电话，他派给我一个有关公司战略设计的工作。一个根本都算不上是工作的工作，毫无价值可言。我感激地接受，然后挂了电话。说真的，我连杀人的心都有了。但首先，我得给女儿洗澡。

剖腹产之后的第九周，我回去上班了。上班的前一天早上，我一直心神不定，甚至还打电话说我要找凯特·雷迪。电话里的男人说，凯特还没回来。他说得确实没错。我猜，在接下来的一年内她都未必会回来。事实上，那个曾经的凯特，那个生孩子之前的凯特，一去不复返了。但她得假装自己已经回来了，也许只有做母亲的人才能看穿她的伪装。

我还在哺乳期，每天中午都要打车回家给女儿喂奶。但5天之后，他们通知我要去米兰出差。整个周末，我使出浑身解数让艾米丽适应用奶瓶喝奶，最后花100英镑雇了一个来自富勒姆的女人，她帮我办到了。我到现在还清楚地记得当时的场景：艾米丽哭得擂天倒地，理查德站在花园里抽着烟。

“等她真饿的时候，就会用奶瓶喝了。”那个女人说。然后，我付钱给她的时候，她倾向于现金结账。有时候，我觉得艾米丽从来没有原谅我。

在去机场的路上，出租车里的广播在播放史蒂夫·汪达的歌：“难道她不可爱吗……”播放到这句时，我听到了婴儿的哭声。紧接着，我的衬衫突然被奶水浸湿。

这是为什么？我不知道。

33

笔记

*** 纽约，雪邦站宾馆，午夜 11 时 59 分 ***

难以置信，飞机竟然准点到达。我打车到了离华尔街不远的赫里欧宾馆。原计划是先准备一下明天的演讲展示，然后好好地休息一晚，明天再向华尔街中心进军。但我应该早料想到的。年轻的前台接待员丝毫不懂得变通，努力地想表现一下他那点微乎其微的权威，但在整个对话过程中他都不敢抬头和我对视一眼。最后，他说："我们恐怕遇到了一个问题，雷迪女士。由于企业会议，客房已满。我们很乐意为您免费提供在雪邦站的宾馆。它在市中心，位置绝佳，就在我们知名的当代艺术博物馆的对面。"

"这听上去不错，但我来纽约是为了公事，不是为了欣赏那些看着令人头疼的立体派艺术。"

最后，我当然冲他大吼了。"完全不可理喻""我是这儿的常客"

诸如此类的……我看见他的眼睛在四处搜寻，他希望能找到一个上司赶紧将他从这个英国疯婆娘手里解救出来，就好像我真的疯了一样。我并没有疯，对吧？而是这帮人太没有效率，在浪费我的宝贵时间，把我逼得没辙了。

尽管经理诚恳地一遍遍道歉，但他对此也无能为力。所以，等到我到新宾馆的时候，已经是午夜了。我给理查德打电话，估计他已经攒了一车的问题要问。感谢上帝，葆拉好多了，所以我们不需要请临时工了。明天是艾米丽的返校日。

胸卡准备好了吗？

好了。

新运动鞋买好了吗？

买了。在她的健身背包里，挂在楼下的木制挂钩上。

去哪能找到她读的书？书架第三层，红色资料夹里。

给她买新大衣了吗？那件旧的现在只能盖到她的腰。还没，在我回来以前，让她先穿雨衣将就一下吧。

接着，我口述了艾米丽午餐盒里需要带的食物——空心圆面包、金枪鱼和玉米，不放芝士，她已经决定不喜欢芝士了——并告诉理查德要记得交芭蕾课的学费，具体费用已经写在日记簿里了。我还提醒他给葆拉钱，让她给本买几条新裤子，小伙子跟蹿天猴一样长得飞快。理查德告诉我艾米丽不想去睡觉：她说班里换了新老师，所以想让妈咪带她去学校。

他明知道，离大老远，我对此无能为力，为什么还要告诉我这个？他说他今天体力完全透支了。

“怎么了？”我问道，用下巴夹着电话。

我已经没有时间复习演讲展示的笔记了，所以到时候，我不得不即兴表演。明天将变成一个彻头彻尾的噩梦。

发件人：黛博拉·理查德森

收件人：凯特·雷迪

我刚看到你的邮件，你这是又要取消午餐，对吗？前49次，我都一笑而过了，因为想着你干的应该是整个地球上最恶心的工作。可是如果我们连一丁点时间都不肯花在经营友谊上的话，那还有什么可持续下去的必要呢？

我们下次见面是不是得等到死了之后再说？下辈子再去找你如何，凯特？

哦，我的天，我已经没时间回复她了。

*** 星期三，上午8时33分 ***

我站在宾馆外等了至少有15分钟，根本打不着车。而且到市区的车程至少还要25分钟。我要迟到了。可一想到今晚就要见到杰克了，我又恢复了活力。自从上次见他到现在，已经过了好几个月。我甚至都有点记不清他的模样了。每次想到他，我能回忆起来的就是那粗犷的微笑，还有他那副快乐而洒脱的样子。

今天的清晨无比美妙。待在纽约，偶尔就会遇到这种能触动你心房的艳阳天气。昨晚的那场倾盆大雨洗刷了所有的尘埃，让整个城市焕然一新，晶莹透彻。我们到萨克斯第五大道的尽头时，金融区的建筑渐渐映入眼帘，在雨水、阳光和它自身玻璃的反射作用下，这些高楼大厦闪烁着灵动的微光。

*** 上午 8 时 59 分 ***

迪金森·毕肖普证券在大楼的 21 层。电梯上升时，我感觉胃里翻江倒海。在电梯口迎接我的人叫格里，他有一张粗犷的爱尔兰脸，长着散乱的红色连鬓胡须，一看就是个阳光型男子。我告诉他，我需要 45 分钟，还要一个可以展示幻灯片的地方。

“很抱歉，女士，您只能有 5 分钟的时间。这儿的日常步调您是完全想象不到的。”

他拉开了一道厚重的木门，里面的声音被瞬间释放，就好像走进了古罗马斗兽场时听到的来自四面八方的呼喊声，还夹杂着电话铃声。男人们在这片嘈杂声中挣扎着提高嗓门，好让对方听清他们说的话，还有人从房间这头向那头的人大声吼着进行“远程指导”。我正想着要不要赶紧撤离，突然听到扩音器里传来声音：“好，大家请安静！ 2 分钟后，来自伦敦的凯特·雷迪女士将和大家一起探讨一下关于国际投资的问题。”

这时，大概有 70 来个经纪人聚了过来。全都是长得五大三粗的纽约佬，他们穿着白领条纹衬衫，款式糟糕透了。他们向后倚靠着桌子，双手抱臂，两腿叉开——男人们的那种典型站姿。还有一些人仍在埋头干他们自己的事，但摘下了耳机，算是借给了我半个耳朵。意识到在这里我没有任何可以展示的机会，我便采取了第二个策略。我站在桌子上，开始大声地“叫卖”。

“早上好，先生们。现在让我来告诉你们，为什么要买我的基金！”

“台下”一片欢呼声、口哨声。估计这是我人生中最接近当钢管舞演员的时刻了。

“嘿，小姐，有人说过你长得像戴安娜王妃吗？”

“你的股票是不是和你的腿一样有魅力？”

我万万没想到，这些宇宙大佬竟然幼稚到如此不可救药的地步。这帮本该在50年前参加诺曼底战役的人，现在正围着我，就好像我是他们的总司令一样。

我以“货币”为主题进行了一番高谈阔论式的演讲。在讲为何货币变动活跃时，我选择按兵不动，接着还讲了货币的全球流动性，讲它所能带来的惊人影响等。

接着，他们操着浓重的美式口音向我接二连三地提问：“那你怎么看待俄罗斯货币，女士？有没有觉得卢布简直糟透了？”

“您是还没看到欧元吧？”

整个过程进行得很顺利，顺利得有些让人难以置信。在电梯里，格里殷勤地笑着和我说话。这些家伙通常只有在关注尼克斯队比赛时才会有刚才那样的炮轰式发问。现在我本该赶紧回宾馆回复邮件，可我却选择沿华尔街散了一会儿步，我感觉自己就像充了电一样浑身都是劲儿。走到百老汇的街角时，我叫了辆出租车，准备去巴尼斯纽约精品店来一场大购物，好好补偿自己一下。

购物真的有瞬间治愈的效果。我乘着迷你电梯来到了顶层，在那儿我看上了一件晚礼服。虽然我并没有什么场合可以穿它，但还是拿着它进了试衣间。飘逸的黑色面料，两边的穗带缀有精致的亮钻镶边，性感的低胸V领设计，它是那种跳查尔斯顿舞[1]时穿的礼服。我有穿它的身材，但却没有可以穿它的场合。我的生活容纳不下这么美的衣服。可这难道不是一种刺激吗？买一条裙子，然后希望人生可以像这件衣服不可或缺的配饰一样随即发生大逆转？当售货员递给我小票让我签字时，我甚至都没看价格。

*** 下午3时 ***

宾馆的房间设计和我之前住过的很多都如出一辙。浅褐色的墙纸上印着原色的浮雕花纹；窗帘与其对比鲜明，看过去是一片眼花缭乱的绿色。我打开迷你冰箱，看里面有没有巧克力棒以便应急之用。然后，我打开床头柜的抽屉，看到里面放着一本基甸版《圣经》[2]——笔触更为现代化——集合了世界各大宗教的语录。

我看了看表。如果现在往家里打电话，正好是孩子们上床睡觉的时间。我以为理查德会接电话，但没想到电话接通后，听到的却是葆拉的声音。她说，理查德让她在我回来之前一直住在我家，并且他还给我留了张纸条，嘱咐她一定要亲自交给我。

---

1 查尔斯顿舞，20世纪20年代流行的一种快节奏舞蹈。——译者注

2 基甸版《圣经》，它是一种被放置于宾馆、病房等地供人阅读的《圣经》。——译者注

我让葆拉把纸条读给我听。这个时间点，他到底能去哪儿？我在想，我丈夫趁我不在的期间可能去做的所有事。这时葆拉大声地念了出来。

“我一直想找时间和你好好谈谈，但我发现，能得到你的注意实在是太难了。”

“嗯，上面有说他多久后回来吗？”

“凯特，你能听见我说话吗？你有在听吗？”

“当然能听见，葆拉。”

“不，这是理查德写的话。他说：‘凯特，你能听见我说话吗？你有在听吗？’”

“哦，我知道了，对不起。请继续。”

“我很抱歉，亲爱的。但是我们已经走到了很可怕的……”

“什么？”

“额，这好像不是英文。”

哦，真是够了。“怎么拼的？”

葆拉仔细地将字母拼了出来：“I——M——P——A——S——S——E。”

“哦，impasse，是法语‘僵局’的意思。还写了别的什么吗？”

葆拉听上去有些犹豫，说：“凯特，我不知道我这样做到底合不合适。”

“别停，求你了，什么都别瞒我。我得知道他所有的打算。”

“他说：‘如果你需要我，我会在大卫和玛丽亚家住几个晚上，然后再找地方。’他还说：‘别担心，我会继续接艾米丽放学的。’”

看样子，这种事在现实生活中还真的会发生。每次看到电视剧里出现这种剧情，我都会换台，因为我觉得它太狗血了。但这一次却没台可换了，甚至都没有回头路可走。一瞬间，世界变成了它应有的样子——崎岖不平，还有些荒凉，但仍然是你所知道的那个世界——接着，你突然感觉到脚下有一条路为你展开。我的丈夫——那个理性的理查德、值得依靠的理查德、顽强的理查德——离开了我。在我们婚礼的前一天，理查德给我写了一封信："我是'永恒'，你是雷迪，我们就此长相厮守，亲爱的。"那个理查德已经走了。我如此忽视他，逼得他需要让保姆来替他传信。

在长时间的沉默中，葆拉的呼吸声在电话里显得更加沉重。电话那头传来一阵焦虑的喘息。"凯特，"她问，"你还好吗？"

"啊，我没事。葆拉，你可以睡在客房里，或者我们的床上也行。"当我说"我们"的时候，我突然意识到，现在也许应该是"我"的床了。"床单都是干净的。我知道这要求很过分，葆拉，但我真的需要你陪我挺过这段时间。如果可以的话，告诉艾米丽和本，妈咪明天会尽快回家的。"

葆拉没有立刻回答。我以为她不会答应，不知道该如何是好。"可以吗，葆拉？"

"哦，抱歉，凯特，我刚看到纸条背面还有一句话。理查德说：'我知道，我会永远爱着你，请相信我，因为我试过断掉这份感情，但根本做不到。'"

对于这些话，我完全不知道该说什么，只能用沉默来回答。葆拉小声说道："别担心，凯特，孩子们会没事的。一切都会好起来的，凯特，真的。”

放下电话后的几秒钟，我甚至忘记了该如何呼吸。突然，吸气这个动作竟变得如此复杂而艰辛，我不得不先将膈膜升起来，再将胸部向外鼓起。先升再鼓。

等情绪稍微稳定了一些，我给杰克留了一条语音消息，取消了和他的晚餐。然后，我脱掉衣服，去冲了个澡。意大利式的浴巾简直薄得像祭坛布一样，完全不吸水，只能将身上的水拍来拍去。我需要一个可以“紧抱”我的浴巾。

我往浴室的镜子里看去，很惊愕自己竟然和上次在镜子中看到的自己没有任何变化。为什么我的头发没有乱糟糟的？为什么我没有哭红眼睛？我感觉自己正注视着那远隔千里的家，它像一个搭在半山腰上的帐篷，孩子们正在里面熟睡，可是帐篷已经被风吹得东倒西歪。我需要赶紧回到那里，将它牢牢地拴紧。

水流太宽，我无法逾越，
也没有翅膀可以让我飞过。

我爬上床。在单调的白色被单里抚摸着自己的身体。我的身体，一直以来也是理查德的身体——婚礼上庄严的誓言，上帝的见证：我要与你合二为一。我试着回想上一次见到他的时候。我是指真正的见到，而不是通过后视镜看到他模糊的样子。过去的几个月以来，不是我出门，他来顾家；就是他出门，我来顾家。我们在客厅里交接信息：

艾米丽午餐吃得很丰盛，下午茶就不要再给她多吃了；本需要早点睡觉，因为他今天没有午休；本大便很顺畅，或者是本有点便秘，需要一些梅子来改善一下。有时，我们也采取留纸条的形式。有的时候，我们甚至都没有时间相互对视一眼。凯特和理查德像在一个接力赛小组中，我们时常怀疑队友的能力。但重要的是，我们要保证一直跑下去，交接接力棒，让整个奔跑的过程持续下去。

哦，爱潇洒而仁慈，
初始之爱宛如珠宝。
可当爱步入陈年，热情也随之消散；
如晨露一般渐渐消逝。

“妈咪，我知道你为什么生爸爸的气了。”艾米丽在一天早上和我说。

“为什么？”

“因为他做错了事。”

我蹲下来，直视着她的眼睛。这个问题得好好澄清一下：“不是的，亲爱的。爸爸没做错任何事。只是妈咪有时候太累了，对爸爸有点没耐心，仅此而已。”

“耐心就是‘等一等’的意思。”她说。

我从床头柜里拿出《世界最伟大的宗教语录》，随便翻看了一下。里面分为“信仰”“公正”“教育”等章节。我看到“婚姻”这一部分时停了下来。

我从未叫我的妻子为“妻子”，而是“家”。

——《犹太法典》

家。我盯着这个字看了很久。家，细品它的发音，思考它背后的意义。我结婚了，但我不是个妻子；我有孩子，但我不是个母亲。我到底是什么？

我知道有一个女人，她特别害怕孩子需要她。所以每天下班后，她宁愿待在酒吧，直到过了孩子的入睡时间才回家。

我知道一个女人，她每天早上5点30分就把孩子叫醒，创造一些与儿子相处的时间。

我知道一个女人，她上了一个电视讨论节目，谈论了一些关于接送孩子上下学的事。可后来她的保姆告诉我，这个女人甚至连孩子的学校在哪儿都不知道。

我知道一个女人，她连自己孩子走第一步的消息都是保姆在电话里告诉她的。

我知道一个女人，她丈夫不得不以留纸条的方式告诉她，他离家出走，而这张纸条还是她让保姆为她一字一字读出来的。

我在床上躺了好久，也许有几个小时，等自己能感受到些什么。最后有点感觉了，这感觉如此熟悉，却又异常陌生。几秒钟后，我看清了它的面目：我想我的母亲。

34

母亲的家

无论我怎么回忆，都想不起来母亲坐下的样子。她总是站着，站在流着水的水槽边洗刷；站在熨烫板边熨衣服；她穿着海军蓝大衣站在学校大门外；她从厨房里端来装热菜的盘子，最后还要端回去清洗。一般来说，这期间应该有母亲和我们一起坐下来吃饭的时候，但我记不得了。对母亲而言，盘子一旦从碗柜里拿出来，就意味着是脏的、乱的，需要清洗收拾。你可能没多大食量，但如果盘子看上去很空的话，母亲就会顺手把它端走。

在她们那个年代母亲仿佛是为了服务别人而生的。那是她们的天职，也是她们的宿命。学生的生活是程式化的，你做事是因为你必须得做；母亲的生活也是程式化的，你做事是因为你必须得做。这两者之间的过度不过短短几年而已。20 世纪 50 年代的女孩们有一扇自由之窗，但窗户不够宽，根本爬不出去，而且她们就算爬出去了，又将会面对些什么呢？像我母亲这样的女人对生活都没什么奢望，一般情况下，生活也不会让她们失望。即便她们的男人出轨或早年死于中风、胃肠紊乱，她们依然会一如既往地每天准备三餐，打扫房子，为孩子以及孩子的孩子熨烫衣服。只要有用得着她们的地方，她们就绝不会闲坐着。她们像是给自己贴上了“为他人服务”的标签，一旦这个标签丢了，她们就会摸不着头绪。这就好比那些整日在矿井下运煤的小马，即使被放到了广阔的田野中，它们在短时间内还是活动在原来的狭窄视野里。

如今，女性做母亲的时间都相对较晚，有的甚至是为时已晚。它的来临就是一个晴天霹雳。在我们的字典里，没有“牺牲”二字。我们做了15年独立的成年人，突然间失去自由的感觉几乎等同于被夺去双臂一般让人无法接受。尽管这其中交织着自己对孩子强烈的爱，但其所能产生的慰藉感微乎其微，也许我们永远都只能像一个被截肢的残疾人一样痛苦地活着。

我一出生，“女性解放运动”就开始了。现在母亲还这么叫它。但这场运动的影响从未扩散到我父母住的地方，而且在很大程度上，直到现在也是如此。有一年夏天，母亲把她那长长的卷发剪成了轻盈的短发，很适合她机灵小巧的气质。朱莉和我都很喜欢，母亲看上去很漂亮，而且她也特别开心。可是那天晚上，父亲却说：“你这是被妇女革命给洗脑了吗，琼？”毫无疑问，母亲自然而然又留长了头发。

十几岁时，我意识到事情并非是表面看上去的那样。尽管男人一直在扮演着主角，但其实是女性在主导着所有的运作，只是她们从未被允许登上舞台。这是一个为了让男人们开心而不得不伪装成“父权制”的“母权制社会”。我曾经以为，这是由于在我所处的生活圈子里，人们没有受过多少教育。现在我知道了，整个世界都是如此，只是有些地方比其他地方隐藏得更深而已。

操场上到处都是孩子的哭声，就好像鹦鹉的叫声。学校是一座红砖建筑，高高的教会窗户让人追溯到那个信奉上帝又崇尚教育的年代。远处角落里的攀登架旁边，有一个弯着腰、穿着海军蓝中长大衣的女人。她站直时，我可以看到她正拿着一块手帕，帮一个流鼻血的小女孩擦鼻子。

我母亲是幼儿园助教，她在这里工作了很多年。基本上，是她在经营这里的一切，可大家还是称她“助教”。他们知道，这没什么关系——母亲也不想小题大做——更何况，他们可以因此而不用付她那么高的工资。薪水低得要命。当她告诉我具体数字时，我吃惊得大叫起来。那点钱也就够我三天的打车费。但如果你管这叫“剥削”，母亲也只是笑笑而已。她说她喜欢这份工作，至少这能让她有些事做。此外，她和孩子们相处很有一套。如果一个3岁的孩子流了鼻血，相信我，让我母亲去哄她绝对是不二之选。琼·雷迪就像是一个暖水瓶，能给人带来无限温暖与舒适。

她往院子这边看时，立马就认出了我，但几秒钟之后，她的脸上才浮现出喜悦。“哦，凯西，亲爱的，”说着，她带着那个受伤的小孩一块走了过来，“真没想到你能过来啊。我以为你去美国了呢。”

“我是去了。前几天回来的。”

我亲吻她的脸时，就感觉像是在吻冰冷的苹果。“好了，劳伦，”母亲和那个哭鼻子的孩子说道，“这是我女儿，跟她打个招呼吧！”

铃声响了，母亲可以下班了。我陪母亲回办公室拿她的包。走廊里，她向我介绍了校长瓦珥。“哦，是的，凯瑟琳，我们常听你母亲说起你啊。琼给我们看过你在报纸上的照片。你真是有本事啊。”

我巴不得赶紧离开这里，可母亲却很享受带着我到处炫耀的感觉，她拽着我的胳膊，领着我在她的同事面前转悠。这不禁让我想起了民族美食节那天，艾米丽领我在她朋友面前“游行”的场景。

我的沃尔沃车就停在学校门前，里面堆满了本和艾米丽的东西。“孩子们怎么样？”母亲上车后问我。我告诉她，他们很好，一直有葆拉照顾。在开车去她公寓的路上，经过了我以前上学的学校。她叹了口气，说：“你听说道林先生的事了吗？太可怕了。”

“他提前退休了，对吧？”

“是的。一个小姑娘。你能想象到一个年纪轻轻的小姑娘会做出那种事吗，凯西？”

20 年前，道林先生是我的历史老师。他目光睿智，言语温和，不论是伊丽莎白一世统治时期的英格兰历史，还是第一次世界大战期间留下的诗集，他都有着无限的研究热情。数月前，几个 5 年级的调皮鬼冲着他脸上的眼镜打了一拳。事发后，他就立刻申请了提前退休。道林先生，一个典型的高等教育学校的毕业生，如今成了“平等教育体系”的受害者之一。所谓的“平等”，就是把那些想要专心学习的孩子和成天鬼混的孩子硬塞在一个教室里上课。

“他们肯定是希望你书读得越多越好，凯瑟琳，可我们没有那么多时间了。”当时，道林先生在帮我准备剑桥大学的入学申请。在我的记忆里，我应该是我们整个年级里唯一一个有此出路的人。后来，还有去牛津大学法学院的迈克尔·布雷恩，他现在律师界工作。那天，我在放学后去了道林先生的办公室。那地方离图书馆不远，办公室里开着电暖炉。我喜欢和他待在那里，我们一起读书，一起听电阻丝嘶嘶作响的声音。我们花了一天的时间学习民主人士，又用一个周末的时间把一战的历史温习了一遍。“你不可能做到博古通今，不过我们可以让别人觉得你的基本功很扎实。”我的老师说。我有着著名的“雷迪式”记忆：都铎王朝和斯图亚特王朝统治下的英格兰、奥斯曼帝国、巫术传播历史，等等。我用父亲当年记球赛场次的办法，将所有的战争年代都背得滚瓜烂熟。我的“克鲁尼亚战役、博斯沃思战役、伊珀尔战役……”,父亲的“夫流浪队、布里捷城队、斯温登队……”。靠着这一手，我们父女二人所向披靡。到了考试那天，我独自上楼，走到自己的考场座位，我知道，只要那些知识在我脑子里停留得足够久，我就可以过关。一定要记住。

“茶很好喝的。我去做点三明治，夹火腿的怎么样？”母亲在公寓的厨房里提着水壶忙来忙去。说是厨房，其实就是一个凹室。整间公寓只不过是一个单人的房间。

我一直都不爱吃三明治。直到几年前，我突然意识到，母亲做三明治并不仅仅是为了给我吃东西，而是想从中找到一点自我价值，觉得她还可以为我做点什么，因为她能为我做的也就只有这些了。一夜之间，她那“自己被需要”的需求胜过了我胃口上的需求。我在桌子旁坐了下来，这张老式的折叠桌曾一直跟着我们搬来搬去，我童年记忆中的所有厨房里都有它的影子。桌子上有一道黑色的刻痕，那是朱莉小时候留下的。当时，朱莉因为父亲非要她吃完她的紫甘蓝而气得发疯。我坐着吃三明治的时候，母亲拿出熨烫板，开始将脚边筐里的衣服一件件拿出来熨。不一会儿，房间里就弥漫着水蒸气氤氲的气息。熨斗在展开的那件衬衫上从这头滑到那头，“头顶”上时不时冒出袅袅的蒸汽，“鼻尖”偶尔还停留在多褶的袖口处蹭几下。

母亲的熨烫手艺堪称一流。看她熨衣服简直是一种享受：她时不时用手为那台“蒸汽小火车”铺平前方的“道路”，然后继续操纵着它前行。最后，她如魔术师般突然将衣服拿起来抖开，然后再叠起来。衬衫的袖子向后折叠，它像是一个被捕的人。我看着她，眼睛渐渐湿润了：想到她死了以后，再也不会有人为我做这些，再也不会有人如此尽心尽力地为我熨衣服了。

“你眼睛上面是什么，亲爱的？”

“啊，没什么。”

她走过来，撩开我的刘海，仔细看了看我眼睛周围的湿疹，我努力将眼泪收了回去。“你可骗不了我，凯瑟琳·雷迪，”她笑了，“你向医生要药膏了吗？”

“嗯，要了。”其实没要。

“身上还有其他地方有吗？”

“没有。”其实有，绕着腰长了一大圈，它们成天痒得钻心，还有耳朵后面、膝盖后面。

口袋里的手机又响了。我拿出来看了一下号码，是罗德·塔斯克。我关了手机。

“告诉你要照顾好自己的呀！我不知道你为什么还继续做着全职工作。”母亲指着我的手机说道，“孩子们也是一样。这不叫生活。”

她回到熨烫板那里，继续说：“不说这个了，你现在和理查德怎么样？”

我囫囵地回答了一句。我大老远跑到这里，其实就为了告诉她我和理查德之间出了问题。我不想刚从美国回来，就又把孩子扔给葆拉照顾，如果我的车开得够快，当天就可以回家。况且，我也不想通过电话告诉母亲我和理查德分开了。可是现在，我人过来了，却不知道如何开口。哦，是这样的，我丈夫离开了我，因为自从 1994 年起，我就没再关注过他。如果这样说的话，她肯定会认为我在开玩笑。

“理查德可是个好男人，”她说着，将一个枕套套在熨烫板弯曲的那头，“你得好好珍惜他，亲爱的。很难找到比理查德更好的男人了。”

过去，只要是母亲看好的男人，我都觉得他们有我不具备的品质，所以她才会拍手叫好，他们都有一些可以弥补我缺点（依赖速冻食品，周末去米兰出差）的美德（会做一份简餐，愿意花时间陪孩子）。现在，我坐在母亲家里，却听着她感叹一个铁铮铮的事实：某人那母性般先人后己的美德。

我第一次把理查德带来见她时，我们一起在这间屋子里喝茶。我告诉自己，绝不要为自己的家庭背景而感到羞愧。所以，当我们顶着大太阳，从伦敦一路颠簸开车到这里后，我已是一副无所谓的样子：我们家就这样，你爱怎么想就怎么想吧。我们没有配套的餐具，我母亲会管“沙发”叫“长靠背椅”[1]，那又怎么样呢？你要来点什么风言

---

1 在英国，不同类型词语的使用能够体现出个人所处的阶层。沙发 (sofa) 是英国中上层阶级的叫法，长靠背椅 (settee) 一般是中下层阶级常用的词。——译者注

风语的评论吗？

理查德没有做出什么评论。他好像天生是做外交官的料，他把工作、收入之类说得夸张了些，母亲就对他言听计从了。我记得，当时他在这间屋子里显得很高大——周围的家具瞬间变得渺小——我还记得，他是如何委婉地谈及我们家所有不堪回首的过去。（父亲那时已经离开家了，不管他在不在，他对理查德的到访都没好处。）面对女儿的这个“高贵男友”，一向热情好客的母亲突然有些不知所措。理查德主动提出去街角的便利店买牛奶，他回来时还带了两种口味的饼干。他告诉我，他刚刚在街的尽头，瞄到远处有一片黑黢黢的山，他迫不及待地想去探索一番。

“朱莉说，有些自称是父亲债主的家伙总来找你麻烦？”

母亲用一只手拍了拍她那像头盔一样扣在脑袋上的灰色卷发说：“没什么，她根本用不着告诉你的，都解决了，你别为这事操心了。”

听到她接下来补上的这句话，我的脸肯定拉得很长。她说：“你不该太为难你父亲，亲爱的。”

“我怎么为难他了？是他一直在为难我们才对。”

“嘶……”

“唉……”

熨斗和母亲同时朝我叹了口气。

“你知道的，他也不容易。他脑子很聪明，但却没有出路，不像你。因为对于你父亲的家庭来说，上大学根本就是做梦。他一直都很喜欢医学，但那东西一学就要好几年，家里根本拿不出这个钱。”

“如果他那么聪明，为什么还总是给自己找各种麻烦？”

一遇到母亲不想继续下去的话题，她就会突然冒出一句不合逻辑的话来转移：“他一直都很为你骄傲，凯西，他成天拿着你的普通中等教育证书到处炫耀。”

母亲将最后一件衬衫叠起来，放入筐里。熨了这么多衣服，我却没有看到去年她生日时，我在伦敦自由百货给她买的那两件衣服。此外，其他礼物也不见了踪影，便问：“我给你买的那件红色羊毛衫，你穿了吗？”

“那可是羊绒的，亲爱的。”

自从我能挣钱后，就经常给母亲买漂亮的衣服。我想让她拥有这一切，不，是我需要她拥有这一切，我要让她的生活变好。但她总是把我给她的东西收起来，说是等到将来有更好的时机再穿。

“想吃点蛋糕吗？”

我心里不想，却回答道：“嗯，好啊。”

碗柜里放着一个20多年前用绿色盾牌邮票[1]买的旅行钟。在它旁边，是一张父母20世纪50年代拍的照片。两人面带笑容，背景是一片海滨，蔚蓝的天空中点缀着几只飞翔的海鸥。他们两个人看上去就像电影明星一样。父亲年轻时有着典型的泰隆·鲍华气质，母亲则长着一双奥黛丽·赫本那样的墨黑色的大眼睛，照片中的她穿了一条长度到小腿的牛角士裤子和一双小巧的黑色舞鞋。在我小时候，这张照片

1 “绿色盾牌邮票”是英国和爱尔兰发行的一种可以用于购买商品的邮票，它是一个顾客奖励计划，目的是鼓励民众消费。绿色盾牌邮票公司于1958年创立，所有邮票于1991年全部收回。——译者注

所洋溢着的幸福感常常让我痴迷神往：我想要照片里的母亲回来。我知道，只要我耐心地等下去，她终有一天会回来的，她只是在等待将来更好的时机罢了。紧挨着这张照片的是一个银色的相框，里面是一张艾米丽2岁生日时的照片。当时，艾米丽正好看见了生日蛋糕，一副欣喜若狂的样子。母亲顺着我的目光看去。

“真是可爱啊！”

我开心地点了点头。无论家庭变得怎样支离破碎，一个婴儿所具有的力量可以将其都复原。艾米丽出生后，母亲来医院看我们，她将那记录着斑驳岁月的手放在新生儿的身上。我懂了，为什么有女儿后可以让你将来更有勇气面对自己母亲的死亡。我还在想，艾米丽的出生是否也会让母亲更有勇气离开我和朱莉。但我没有开口问。

我看到厨房里堆了一摞平底锅，说：“妈妈，过来坐会儿吧。”

“你坐着休息就好啦，亲爱的。”

“可我想让你也坐下。”

“马上。”

我不能告诉她关于理查德的事。我该怎么和她说呢？

朱莉的家到这里只有5分钟的车程。这个地区的街道都是以植物和树来命名的，好像是为了在良心上弥补一下修建街道时对环境造成的破坏。果树路、榆树街和樱桃路这几个名字，如今却透着满满的讽刺，就好像一首田园牧歌的浪漫曲谱被混凝土和钢化玻璃演奏了出来。我妹妹的房子在一个叫“桦树路”的死胡同里，那是20世纪60年代的马蹄形毛坯房。在之后的几十年里，它渐渐被附近陆续建起来的房子所包围。这些后建的房屋是源于城市规划者要复兴当地社区的奇思妙想，而当地社区在最初也正是被这些家伙亲手破坏的。

我准备停车的时候，看见一群孩子在人行道上嬉戏打闹，不知道他们只是在单纯地玩耍还是冲我起哄。我把车门打开下车，然后瞪了他们一眼，他们就全跑了。这个地方，没有真正的暴徒。9 号住家的草坪中间切出了一块土地，中间种了一棵柔弱的牡丹，它被成簇的小白花围成了一圈。不知怎么的，这些白花让我想起“雪绒花”这个意象。凹凸不平的水泥地面上，有一辆报废的三轮车。锈迹斑驳的黄车座上，积攒了一小坑雨水和不少落叶——估计在朱莉的孩子还小的时候，这辆车就已经被废弃在这儿无人问津了。

为我开门的女人已步入中年，她留着娃娃头，一看就没有打理，这使她看上去更加无精打采。很难想象她比我还年轻 3 岁。这个年龄差我永远都不会忘记，因为我人生中的第一个记忆就是她出生的那晚，我被父母叫到房间里去看她：周围的墙纸是绿色的，婴儿的脸蛋红扑扑的，她被包裹在我母亲亲手织的白色襁褓里。她一抽鼻子就会发出很好玩的动静，要是你把手指伸给她，她就会紧紧攥着不放。父母告诉我，她是我的妹妹。受少儿节目《蓝彼得》的影响，我告诉母亲，妹妹的名字应该是瓦莱丽——那个节目主持人的名字。或许他们是为了减少我对“后来者居上”的担忧，所以决定采纳我的意见，让我为新成员的到来也贡献了一份力。于是，父母为她取名朱莉 · 瓦莱丽 · 雷迪。而这个名字的主人，从此再没有让我忘记。

“进来吧。”我妹妹说。她的目光越过我的肩膀，瞧见了我身后的车。“你的轮胎会被卸掉偷走的。要不要把车停到上面的车道，我可以帮你腾出地方。”

“不用了。没事的，真的。”

我们勉强走过狭窄的门厅，旁边的烙铁架上放着许多盆吊兰，让空间显得更加拥挤。

“这些花养得真好，朱莉。”我说。

“想让它们死都难，”她耸了耸肩，“壶里有茶，来一杯不？史蒂芬，把你的脚从长靠背椅上拿走！你的凯特姨妈从伦敦来了。”

看得出来，史蒂芬是个长相标致的小男孩，但却一副呆头呆脑的模样。朱莉去拿杯子时，他懒散地走过来向我问了声好。

我想把丈夫离开我的消息作为“礼物”送给妹妹，以求和解。从小到大，朱莉一直都在捡我的衣服穿，听老师们拿她与她那个考上了剑桥大学的姐姐做比较。好像没有哪件事是她可以拿出来在我面前炫耀的。现在好了，她的老姐连自己的男人都留不住，光这一点，就可以让她扭转整个人生的败局。

“家里挺乱的。”她说话的方式相当直白，不带有任何抱歉的语气。接着，她将长靠背椅上的杂志收起来，随后又一脚将史蒂芬的橄榄球踢到门口。

她让我在煤气取暖炉旁的扶手椅上坐下来。“好了，说吧。怎么回事？”

“理查德不要我了。”我说。自从葆拉打来电话以后，我第一次为此事而哭泣。我和艾米丽解释的时候都没有掉眼泪，我和她说爸爸只是到另一个地方住一段时间而已。毕竟，我没有理由和一个6岁的孩子诉苦。在她的世界里，男人们都还像《睡美人》中的王子那样简单而完美。即便是昨晚理查德和我在门口交接孩子的时候，我也没有哭。我们经常讨论照顾和安排孩子的问题。只是这类谈话结束的时候，通常都是我急匆匆地要出门，说“我得走了”。这一次，轮到理查德了。他拽了拽身上的那件灰色衬衫，然后下楼离开了。我还记得，那件衬衫是2年前我专门为他选的生日礼物，特别配他眼睛的颜色。

“好吧，他果然是个没用的浑蛋。”朱莉说，“你盘子里的东西，他都划走了。” 不知何时，她已经将双手环绕在我的脖子上，并在我面前蹲了下来。

“都是我的错。”

“鬼才这么说。”

“不，真的。他给我留了张纸条。”

“纸条？呵，这可真有意思。男人就是蠢，他们要不就聪明过头而事事上心，要么就是像我老公尼尔一样蠢到家，都不知道他的心长哪儿了？”

“尼尔不蠢。”

我看着朱莉哈哈大笑的样子，仿佛又看到了那个我曾经熟悉的小姑娘，她无所畏惧，童趣十足。“尼尔是不蠢，因为他就是个木头，连我们家的那只仓鼠都比他强。不过话说回来，理查德不会是在外面有别的女人了吧？”

我从来没往这方面想过。“我不觉得。所谓‘别的女人’，就是现在的我吧。那个他娶进门的女人已经不在了。他说他没法跟我好好相处，我从不给他机会说话。”

朱莉摸着我的头发，说：“你在外面太拼命了，弄得他没机会跟你说话，所以他只能找铅笔头帮忙了。”

“他是个很出色的建筑师。”

“但一直都是你在往那个家扔钱吧，各类账单，哪一样不是你交的？”

“我觉得这让他很不好过，朱莉。”

“哎，如果这个世界事事都要顾及男人好不好过的话，那我们现在估计还得成天戴着贞操带生活呢，不是吗？要加糖吗？”

“不加……加。”

晚些时候，我和朱莉出去散步，我们朝着住宅区的那片休闲场地走去。小路被各种疯长的蕨草覆盖，一辆报废的福特汽车上缠满了毛地黄。我们走到秋千那里时，看到两个女学生模样的母亲正坐在长椅上。青春期就怀孕在这一地区早已司空见惯。这些女孩可以分为两种：疲惫不堪的和浓妆艳抹的。她们领着活蹦乱跳的孩子，而她们自己则宛如行尸走肉一般，生活的艰辛可想而知。

朱莉告诉我，母亲几个月前开始觉得胸闷气短。当时父亲的一帮债主把她围在门口，母亲和他们说约瑟夫·雷迪已经不在这儿住了。事实上，他已经不住这儿很多年了。那帮家伙硬是闯了进去，他们对家里的家具左看右看，看那块旅行钟，看那个我给母亲放孩子照片的银相框。

朱莉和我不同，她从没想过要努力证明自己的价值。所以，父亲是什么样子，她从来没有在乎过，她对父亲向来都是冷言冷语，不把他当回事。当我告诉她父亲来公司找我的事时，她勃然大怒。

“你看，他就是这副德行！完全不考虑你在老板面前得有多下不来台。这次他又想玩什么花样？”

“他设计了一个可降解尿不湿。”

“他？他这辈子连婴儿的屁股是什么样都没见过！”

我和妹妹“噗”的一声笑了起来，紧接着眼泪出现在彼此的脸颊上。我从大衣兜里掏出一块用过的、团成一团的手帕，朱莉又递给我一块，比我的好不到哪去，上面还沾着血点。

“在艾米丽的圣诞颂歌音乐会上，我拿来擦眼泪来着。”

“在史蒂芬的橄榄球比赛上，我给那小子擦伤口来着。”

我们转过身，眺望着远处那座毫无美感的城市。此刻它完全被浸染在了夕阳之中——除了蕾丝内裤一样的粉，就是暧昧下流的紫——色彩甚是荒唐。天边可以看到一排烟囱，其中有几个还冒着炊烟：那烟冒得很急，散得也急，让人联想起鬼鬼祟祟的吸烟者。“你没有给爸爸钱吧，我希望是这样。”我没回答。“哦，我的老天，你可真是软心肠。”

“我是金融城的冰山美人。”我以广播员的语气宣布道。

“冰山美人可是很容易融化的，”妹妹回击道，“你得摆脱爸爸，你心里清楚，他不值得你这样。他在外面欠的债可多着呢，我们就是普通人。还记得那帮家伙来要房钱的时候，他把你推去门口应付的事吧？别告诉我你忘了。”

“不记得了。”

“你记得清清楚楚，不用骗我。哪有那样的父亲，凯特？让孩子帮自己一块撒谎。而且事情不顺他意的时候，他还拿母亲撒气。”

“忘了。”

“你忘了？当年他和母亲打得不可开交的时候，是谁跑下楼去刻意分散他注意力的？是那个叫凯瑟琳的小女孩。记起来了吧？”

“朱莉，那种外面裹着一层糖衣的冰棍叫什么来着？”

“别他妈的给我转移话题。”

“你记得不？”

“当然记得。叫Fabs，但你从来就没买过，你总是把钱攒起来买更贵的冰激凌。母亲说你总是尽你所能拿到最好的，从你会走路时就这样了。‘在一个只能买得起啤酒的家庭，却养出了一个想喝香槟的胃，我们凯西的胃。’所以呢，你努力挣钱让自己过上能买香槟的日子，对吧？”

“没你想的那么好。”我盯着自己的结婚戒指说。

“香槟的泡沫多不多？”朱莉看着我，好像真想知道似的。

该怎么和我的妹妹说呢？钱虽然改善了我的生活水平，但是却并没有让我的生活变得更有意义或更轻松。“哦，我用挣的钱去买时间，然后再用买来的时间去挣钱，有了钱，再去买所有我需要的东西。”

“话是没错，但还不至于这样。”朱莉指着娱乐场地另一头的那些母亲说。她的声音听上去很生气，但在开口时，她的语气更像是一种祝福：“不至于像你说的这样，亲爱的。”

记得小时候，有一辆冰激凌移动卡车经常在这一带转悠。车上还放着节奏感超强的变奏版的《绿袖子》[1]。暑假的一天，安妮特和科林·琼斯跑到卡车那儿买冰激凌，他们的小猫一不小心跑进了车的后轮那里。我们大声地喊着，可卡车司机根本听不到。车启动了。我记得那天骄

1　英格兰传统民谣。——译者注

阳似火，柏油路面被烤得软塌塌的，踩上去像兔子屎一样，一块块地黏在我们脚底。我还记得当时安妮特那声嘶力竭的惨叫，记得那首英格兰民谣所带来的无限和谐，但在车轮滚动的一刹那，顷刻消逝。

琼斯一家与我们家中间隔着两户人家。卡罗尔·琼斯是当时我们所知道的唯一一位上班族母亲。她起初是在一些酒吧打零工赚点外快，后来很快就找到了全职，在一家金属工厂做财务工作。有一次，我母亲和弗里达·戴维斯女士在喝茶时讨论起她们的这位邻居，最后她们得出结论：卡罗尔挣钱只是为了将工资花在弄头发这等“能让她自己开心”的事上。大家都等着看安妮特没通过升学考试的笑话。可是仔细想想，一个成天被扔在家里没人管、连一口热茶都没人给倒的孩子，你又能指望她考出什么成绩呢？

我印象中的卡罗尔每天涂着口红，经常笑个不停。她和我母亲同龄，但看上去却年轻许多。

出事的那一天，我母亲听到惨叫声后赶紧跑了过来，她把我们都带进了屋里。卡车司机留下来清理地面上的尸体。我手里的草莓味冰激凌也掉在了地上。母亲试着让安妮特平静下来，她为每个人榨了橙汁，还给科林找了一个创可贴（他没有被刮伤或擦伤，但他就是需要一个创可贴）。接着，母亲又为琼斯家的孩子倒了杯茶，一起等他们的妈妈下班回家。

卡罗尔那天回来得很晚，手里大包小包地提着各种购物袋。白天她已经接到了母亲的电话，但却说不能提前回来。我现在还能回想起当卡罗尔走进厨房时，我们围坐在那张折叠桌边的情景：炎热、尴尬而紧张的空气，如被热水浸湿的浴巾一般萦绕着所有人。科林洒了橙汁，安妮特不愿意看她母亲一眼。我想不起来当时是否有人说了那句话，那句大家都在想的话。

有人说了吗？那句“如果你当时在的话，猫咪根本就不会死”的话。

35

没有答案

*** 傍晚 6 时 35 分 ***

“另外，男女混合的团队是提升团队整体工作效率的关键。”

“天哪，凯特，我真是没想到你能说这些。”罗德·塔斯克坐在那儿，对我的演讲无动于衷，而有这反应的不止他一人。这里有很多人宁愿泡在酒吧里，也不想听我这个新的企业多元化协调人在此“布道”。我感觉自己像在屠宰厂里卖菜。

克里斯·邦斯倚靠在椅子上，脚往会议桌上一搭，咧着大嘴笑道：“我双手赞成男女一块干！”

“我们能不能走了？”罗德问。

“不能，”西莉亚·哈姆斯沃思说，“我们得确立一项企业宗旨。”

在满屋子人怨声载道时，我感觉口袋里的手机响了一下，低头一看，是葆拉的短信。

本生病了，速回。

“恕我失陪一下，”我说，“美国那边打来紧急电话。你们继续，不用等我。”

在回家的出租车上，我给葆拉打了电话。她告诉我，本摔倒了。“你知道楼梯顶那块皱巴巴的地毯吧，凯特？正好对着他屋子的那块。”

哦，天哪，不要。“我知道。”

“今早，他不知怎么把自己绊倒了，从楼梯上滚了下来，撞到了头。事情发生得有点突然，刚开始看着他好像没什么事，可后来本感觉不舒服，走路时一瘸一拐的。”

我告诉葆拉，先注意给他保暖……还是，应该让他透透风才对？我浑身僵硬。在拨理查德的电话号码时，我的手指像几根木条一样僵直得不听使唤。我祈祷着，一定要是他本人接，一定要是他本人接……可我听到的还是该死的语音提醒，要我留言。

“嘿，我不想给你留言，我想你赶快过来。我是凯特。本摔倒了，我现在要带他去医院。我会一直带着手机。”

接下来，我又打了珀伽索斯的电话，让温斯顿开车到家门口等着我，我一到家，就直接带着本去医院。

*** 晚 8 时 23 分 ***

排队给孩子看病，等多久才算是久呢？他们让我和本在急诊室外面的一排灰色塑料椅上坐着等一下。在我们的旁边，坐着一群私立学校的小男孩，吵吵嚷嚷的。

“我的手指没感觉了。”其中一个不停地哭喊着，好像他自己完全不知道是怎么弄的一样。

此时此刻的我几乎只剩愤怒了：我真想告诉他，哪儿来的回哪儿去，赶紧消失。我还想直接给他一巴掌，让他记住，以后别再为这点小事来医院占用其他人的看病时间。

温斯顿把车停好后，进来找到了我们。他看了看我的表情，便主动走到前台那里，说：“不好意思，小姐，我们这边有一个孩子需要赶紧找人看一下。谢谢了。”

又过了不知多久之后——也许5分钟——我和本被叫了进去。年轻的实习医生处在半睡半醒的状态，他那胡子估计从周四到现在一直都没刮过。他所在的隔间，是从这条人来人往的走廊里分出来的，前面遮了一块杏黄色的帘子。我跟实习医生说本的症状，但他用手示意我停下，他要先看病历。

“嗯……我知道了，我知道了。上次为孩子量体温是什么时候，沙托克女士？”

“这我不是很确定。一个小时以前，他的身体还是非常烫。”

“今天早些时候呢？”

“我不知道。”

医生用手摸了摸本的额头。我紧抱着本的手放松了些，他像小猫一样惊叫了一声。接着，医生问我：“过去的24小时里，有过恶心呕吐现象吗？”

“我觉得他昨天下午就病了，但葆拉认为——哦，葆拉是我们家的保姆——我们认为，他可能只是普通的肚子痛。”

“在那之后，排便怎么样？”

“抱歉，我不知道。”

“所以，您昨天一整天都没有看见他？”

“是的……不，我是说，我是想着早点赶回家哄他睡觉的。但是，昨晚没赶回来。”

“前天晚上也没有？”

“没有，我当时得去法兰克福。您看，本今早从楼梯上摔了下来，开始还没什么事，但后来葆拉就有些担心了，看见他开始一瘸一拐的，所以——”

“这我知道。”我不觉得他知道。我必须努力让自己保持镇静，慢慢地讲，他才能知道。

“您能帮忙把孩子的衣服脱掉吗？”

我解开系在本腰间的带子，把印着托马斯小火车的婴儿服从他的头上拽了下来。本的身体如此白皙，近乎透明，感觉透过他的肋骨，都可以看到他那两个小小的肺。

“我需要知道婴儿的体重。他现在多重了，沙托克女士？”

“我不是很确定。应该有二十八九磅[1]了吧。”

“上次称体重是什么时候？”

“他 18 个月大的时候做了体检，但您知道的，他是我的第二个孩

1　1 磅≈450 克。——编者注

子。有了一次经验之后，像体重这样的事情我就没怎么管了。”

“那18个月时的体重是多少呢？”

“我说过了，我不是很确定，但葆拉说他的体重非常正常。”

“本杰明的出生年月，这个您应该很确定了吧？”

这种羞辱如针一般刺痛了我，我的眼泪夺眶而出，就跟刚从雪地里走出来一样。我做过各种测试，回答问题对我来说一直是小菜一碟。可今天这些我本该知道的问题，我却不知道。我很清楚，这些是我最应该知道的。

本的生日是1月25号。他很有活力，每天开开心心的。除非实在是累了，或者牙疼，否则他从来不哭。他最喜欢的故事是《猫头鹰宝宝》，最喜欢听的歌是《哔哔巴士》。他是我唯一的、最亲爱的儿子，如果他有任何事，我会杀了你，再把整个医院烧成平地，接着我再自杀。我在心里咆哮着。

“1月25号。”

“谢谢，沙托克女士。那么现在，小男子汉，我们做一下胸腔检查吧。”

*** 午夜0时17分 ***

多亏有温斯顿在，不然，我真的不知道一个人该如何应付所有的事。在医院他一直陪着我们：去自动贩卖机那里为我买饮料；我要去厕所时，帮我抱着本。温斯顿唯一一次表现出不高兴是因为我提出要给他钱的时候。最后，温斯顿把我们母子送回了家。下车时，我看见有个人站在家门口的台阶上。如果那是个强盗的话，我可不会对我接下来做出的行为负责。可走近一看，竟然是莫莫。实在不想看见任何工作上的人。至少现在不想。

“有什么事，能不能明天再说呢？”我说着，把钥匙插进锁孔里，准备开门。

“很抱歉，凯特。”

“‘抱歉’有什么用啊。我刚和本从医院回来。他需要监护。今晚已经够我受的了。如果又是什么恒生指数跌了10%这等事，那你回去告诉罗德，我他妈的才不在乎。把我的话一字不差地传给他。哦，我的天，这是怎么了？”

打开门，借着屋内的光，我突然发现莫莫像是一副刚刚哭过的样子。看到那张完美的脸被痛苦所笼罩，真的很令人吃惊。

“抱歉。”她说，只说了这两个字。因为说这话时她忍不住哭了起来。我把她领进屋里，让她在厨房坐下。我把本抱上楼。医生说本得了病毒性皮疹，和摔那一跤没什么关系，更不是得了什么脑膜炎。现在只需要在接下来的24小时内确保他的饮水量，并时刻关注体温就好。转角处我看到孩子房门前的第一级台阶，看到台阶上那破旧的地毯，本就是在这里摔倒的。我恨这该死的地毯，我恨自己一直没找时间买一块新的地毯，我恨自己明知道这是必须要做的，却一直没找时间打电话让人来家里量一下台阶的尺寸，仿佛这事无法奢望一样。如果说“分诊”是根据紧急程度来排序，那我的“分诊”顺序就完全错了：会给孩子们带来安全隐患的要放在第一，其他的都可以往后推。我顺便又看了看艾米丽，她被葆拉抱着睡着了。我走进去，为她们盖好被子，关上灰姑娘卡通台灯。

回到楼下的厨房，我沏了一壶薄荷茶，试着让莫莫把事情说出来。10分钟后，我明白了她为什么这么难表述清楚，因为她找不到一个足够粗鄙的词来形容她所看到的。

今晚下班后，莫莫和负责美国业务的同事们去了利物浦街对面的“171酒吧”。之后，她又回公司去拿一些我们决赛时要用的材料。进了办公室，她看见克里斯·邦斯坐在电脑前，身后还围着一帮男同事，他们边笑边议论着，其中还包括莫莫的朋友、去年和她同一天入职的朱利安。那帮男人并未注意到她进来，直到她走近他们，并看见屏幕上的图片。

“一个女人的照片，你知道的，凯特，什么衣服都没穿，我是说，比一丝不挂更糟糕。”

“他们经常下载这些东西看，莫莫。”

“你没搞明白，凯特，那些……是我的照片。”

*** 凌晨2时10分 ***

我扶莫莫上了楼，给她找了件睡衣，让她睡在客房里。她穿着我那件印有腊肠犬图案的XXXL号T恤，看着就像个8岁的孩子。现在她平静多了，准备接着给我讲事情的全部。看到照片后，她以最大的嗓音尖叫起来，质问他们这到底是谁干的。

自然是邦斯认账了。他转向莫莫，说：“呦，既然本人都出现了，我们是不是该让她来一个现场真人秀啊，朋友们？”

他们笑得更肆无忌惮了，但当莫莫开始哭的时候，他们却一溜烟全跑了，只有朱利安留下来，想安慰一下她。莫莫冲着朱利安大叫。等她停下来时，朱利安告诉她，邦斯把莫莫在EMF官网上的头像截了图——就是公司在宣传册里用来彰显企业多元化的那一页——然后又在网上随便找了一些女人的裸体照，把莫莫的头拼在了上面。“一丝不挂呀。”莫莫不停地重复着，一本正经的语气更显示了她内心的痛苦。

莫莫说，当她看见那些照片时，实在看不下去了。那些图片上有文字说明，但之前她的眼镜掉在交易大厅里被人给踩碎了，那时很难看清上面写了什么。

“上面好像写了些什么‘亚洲辣妹’之类的。”

“讲得通。”

“我们现在该怎么做？”她问道。“我们”这个词听上去既具强迫性，但又完全合理。

我心想，我们什么都做不了，但嘴上却说道：“得好好想想。”

我把卧室的主灯关了，留下床头灯亮着。旁边是一只插着铃兰花的花瓶，还是上次唐纳德和芭芭拉来的时候买的。

“我真是不懂，凯特，”莫莫说，“为什么邦斯会做出那种事？为什么会有人做出那种事来？”

“因为你是女人，因为你长得漂亮，因为没人拦着他。理由就这么简单。”

有一瞬间，她很气愤地说：“你的意思是，克里斯·邦斯对我做这种事不是出于个人恩怨？”

“不是。也是。”我觉得自己身心俱疲，血管里像被注满了铅。之前是怕本的身体会出什么事，现在又来了这么个棘手的问题。我明明感觉自己已蠢到家，却还要向莫莫解释各种各样的问题，我这是为什么啊？我将手放在莫莫冰凉的手上，希望能稍稍安慰一下她。“我是想说，历史原本按照它以往的方式进行着。可突然间，我们出现了。前无古人啊，莫莫。千百年来，女人们都安分地守在她们的位置上。可是在最近的这20年里，有些女人开始不安分了，这让那帮男人感到害怕。这一切来得太快。克里斯·邦斯看你时，他看到了一个有能力、可以和他平起平坐的人。我们知道他想从你这里得到什么，但他再也没权利像从前那样想干吗就干吗了。所以，他开始拿你的照片来寻求满足。”

我能感受到莫莫在被子下面瑟瑟发抖，因为一种从来没有感受过的耻辱而战栗着，她把我的手指握得更紧了。

“莫莫，你知道人类从爬行到直立行走一共经历了多长时间的演变吗？”

“多长？”

“200万年到500万年吧。所以，如果你给克里斯·邦斯500万年，他也许就能意识到，即使不脱光女人的衣服，也可以与她们一起共事。”

我看到了她眼里的泪水，那是对未来的绝望。“你是在告诉我，我们什么也做不了，对吧，凯特？关于邦斯对我做的这些，我只能当作什么也没发生，因为这就是他们的本性，谁也没法改变他们。”

我就是这个意思，嘴里却说：“不，倒没有那么严重。”

莫莫叹了口气，满心惆怅地睡下。我下楼去关灯，锁门。我无时无刻不在想理查德，此刻尤为强烈。锁门一直是理查德的事。现在，划上门闩的感觉让我觉得害怕，被震得吱嘎作响的窗框更令人不寒而栗。我拉下百叶窗时，脑子里不断地想在接下来的几天将会发生的事。莫莫·古玛兰特将会向她的直属经理罗德·塔斯克提出对克里斯托弗·邦斯的正式控诉。罗德会将她的控诉文件转交给人事部。接下来，在内部调查期间，莫莫需要带薪停职。在第一次调查会议上（届时我必将参加），莫莫·古玛兰特曾经那纯洁无瑕的形象将被公然抹去。同时，被人们默默铭记的是克里斯·邦斯的领先业绩，去年一年他为公司赚得1000万英镑的收益。接下来，用不了多久，对莫莫的指控将会以“那件事”或“邦斯的那件事”成为人们茶余饭后的话题。

莫莫在家待了3个月后——这足以让她感到彷徨而压抑——她将被再次叫到办公室。公司会试着用钱来息事宁人。对此，这位毕业于切尔滕纳姆的女士会立刻拍案反对，声称自己不会为金钱所动，她要得到一个公正的说法。调查团感到十分震惊，他们也想看到一个公正的结果，只是证据本身有点……怎么说呢，棘手吧。而莫莫在金融城的事业将就此不为人知地画上句号。她年轻有为，但真相总有被歪曲的时候。正所谓无风不起浪，一切都太遗憾了。要是色情照片的事传到了媒体那里……

2天后，莫莫掀起的风波将就此平息，鬼知道公司到底用多少钱封住了她的嘴。当她最后一次从EMF的台阶走出去时，一个电视台的女记者匆匆跑过来塞给她一个麦克风，盘问她事情的来龙去脉。他们真的叫你“亚洲辣妹”，还散播你的色情照片吗？对这些问题，莫莫只是低头保持沉默。第二天，几大报纸的头条就会出现“金融城‘亚洲辣妹’的色情照片风波”的报道，而其中莫莫的沉默态度将会在文章内容的倒数第二行出现。用不了多久，她会到另一个国家工作，希望人们就此忘掉此事。邦斯安然无恙地坐在他的老位置上。随着他的业绩不断提升，“莫莫事件”给他带来的负面影响很快会被人们遗忘。之后一切如初， 这一点毋庸置疑。

我准备伸手关灯的时候，看见冰箱门上贴着一幅以前没见过的画。画中的女人留着黄色的头发，穿着棕色条纹西服，踩着像高跷一样的高跟鞋。画上还有一行铅笔字，但在屋里刺眼的灯光下很难看清。于是，我走近看，画的作者是艾米丽，通过老师的帮忙，她在画上写道：我的妈咪出去工作，但她一天都想着我。

我以前真的有和她说这些吗？肯定有。我不记得什么时候了，但艾米丽可什么都记得。我打开冰箱门，将我的脸置于里面的“北极空气”中。我真想就这么往里探，探到“极地”的最深处。我要去，也许有一天我真会去的。

回到楼上，我看了一眼莫莫。她闭着眼睛，但眼睑如飞蛾般不停地颤动，估计是在做梦吧，可怜的孩子。我正打算关上她的床头灯，她睁开了眼睛，小声地说：“你在想什么，凯特？”

“哦，我在想我们第一次见面的时候，我对你说的话。”

“你说让我别再说‘抱歉’了。”

“亏你还记得。还有什么？”

她盯着我，眼神和很久之前在决赛上看到的一样，如忠诚的小狗一般，说：“你说成本很高，但也并非一文不值。”

“我可没说。”

“你说了。”

“天哪，这太可怕了。我真是蠢。我还说什么了？”

“你说，钱可不会管你是男是女。”

“没错。”

“没错？”她不太肯定地重复了一遍我的话。

“那帮男人最受不了什么？我们最让他们受不了的是什么？”

我一夜未眠。我时不时地溜进本的房间，看他的呼吸是否正常，就和我第一次把艾米丽从医院抱回家的那段时间一样，总是担心她睡着后就不会醒来了。本一直睡得好好的，没什么好担心的。

理查德打了两次电话。他在布鲁塞尔为北部的一个艺术中心争取一笔拨款，刚听到我的语音留言。他问我现在好不好，我说不好。他说我们需要谈谈，我说好。

5点30分的时候，我给坎迪打了电话。我知道，这个时间点她肯定被肚里的孩子踢得很早就醒了。我和她说了莫莫的事，我和莫莫都不知道该怎么办。坎迪一向是个万事通，加上她的互联网行业背景，估计能给些好策略。在5点50分到6点30分之间，她写了一个编程。有了它，有关莫莫·古玛兰特的所有文件都将会被清除。

“如果是办公楼之外的范围，估计它很难搜到，”她说，“但只要是在EMF系统里的，就没问题。”我们还赞成她的另一个建议——将这些照片备份做证据。

6点的时候，莫莫进厨房，手里拿着一个东西，说：“我在床上看到了这个。它是谁的？”

我走过去，抱住她，回答道："这是 Roo。它是我们家的一员。"

我给她沏了杯茶，让她端回屋里喝，并和她一块上了楼。我进了本的房间，他还在睡。我把 Roo 塞进了他的被窝，紧贴着他的脸颊。过一会儿，这小家伙醒了，肯定会比过圣诞节还开心。

我回到自己的房间，打开衣橱，找到那件精致的阿玛尼战袍——一套乌黑的西装。接着，又在下面的行李架上选了一双鞋尖是蛇皮的漆皮高跟鞋，鞋跟的高度看着都让人觉得脚痛。但今天，它们的主要使命可不是用来走路的。我穿上后，在脑子里想了一遍所有我可以召集的"兵力"。我要理查德回家，为此我会不惜任何代价。首先，作为妈妈，我得先完成自己的分内工作。

备　忘

毁灭邦斯。

36
圈套

要说“强力可降解尿不湿”的商业计划书奇葩到了极点，应该没有人会反对吧。三十来页漂亮的A4纸，详述了这款神奇的新型尿不湿的目标客户和预计增幅。此外，还有一段对产品竞争力的精彩分析、环保优势以及详细的实施计划，由此得出的相关数据好得不能再好了。管理团队的实力也堪称一流，尤其是创始人约瑟夫·雷迪先生的介绍，让人看了以后更是无话可说。这个强力公司，大家也可能注意到了，它和阿波罗航天计划及其周边纪念品生产商都有着密切的合作伙伴关系。可降解尿不湿的专利申请目前还在审核阶段，但该产品如此清晰地描述，让人觉得申请成功肯定毫无悬念。让该计划书就这样埋没于人间岂不可惜？“强力可降解尿不湿”的目标客户不是那些到处撒尿的婴儿，而是克里斯·邦斯。

邦斯刚上任EMF的风险投资总监。这是个好消息，原因有二：第一，鉴于他的部分工作职责是在有趣的新兴产品上先于他人下赌注，他被父亲糟糕计划书钓上钩的机会就大得多；第二，作为风险投资部门里想爬到高位的第二号人物——维罗尼卡·皮克——一直想找机会崭露头角，而她最可能采取的方式就是把她的新上司踩下去。所以，说不定可以把她拉拢过来，在适当的时候给邦斯一个会心的引导性微笑。

*** 星期五，中午，萨克林夜总会 ***

“好，我们再从头过一遍。”

坎迪甚至都没想着收敛一下她的轻蔑口气：“你父亲，一个连自己孩子的名字都不记得的人——甚至众所周知，连孩子的乳牙都没见过——发明了一种尿不湿，能改变世界的尿不湿发展史。当然了，先不说我们知道那玩意根本行不通，因为你已经拿你儿子本做了实验，当本开始尿——”

“坎迪……”

“好吧好吧，当本开始上厕所的时候，尿不湿就四分五裂了。所以，我们现在要做的是，把这个破尿不湿卖给我们的新任风险投资总监，那个自大的混球，那个对小孩撒尿这类事还不如你父亲懂得多的家伙，让他为这个伟大的尿不湿计划狠狠地投上一笔，然后再赔个精光，因为……提醒我因为什么来着，凯特？”

“因为我父亲的公司债务累累，EMF 投的钱将归属于他的债权人，尿不湿公司即将面临倒闭，邦斯也会因此成为公众眼中的头号蠢货。这计划有什么不妥吗，坎迪？”

“没什么不妥，听上去很棒。”她用力吸了口空气，好像在试闻某种新型香水的味道，“我只是想知道，我成了单身母亲后，怎么做才能不耽误工作？你也一样，至少在理查德回来之前。”

“坎迪，这事有一定的风险性。”

她立刻有了一丝警惕：“哦，我明白了。是我们的老朋友奥兹。”

“谁？”

“那个雪中英雄啊。你和罗德讲过的，请原谅，先生们，我要到外面待会儿，我可能他妈的要死了。这不是什么阴谋，凯特，这是一次无意义的自我牺牲，你们英国人的作风。但你知道的，我们美国人一向都希望故事里的好人活到最后。”

“并不是所有的自我牺牲都没意义，坎迪。”

我朋友突然开始狂笑不止。周围的人都转过头盯着这个疯子般的孕妇。“哇，”她说，“你高尚的样子太漂亮了。”

“听着，坎迪，我不会把你卷进来的，我保证。”

“那一切后果都由雷迪女士担着。你应该清楚，这事过后，没人再敢用你了。没有人。连换传真纸的活都没你的分儿。”

坎迪给出了这个可怕的警告后，她越过桌子，拿起我的手放到她肚子上。它现在摸上去像小鼓一样又紧又硬。隔着肚皮，我能感觉到有小脚丫在里面踢来踢去。现在，她终于把孩子看成一种永久性的事物，而不是可以随便处理掉的东西。但我知道，现在可不是煽情的时候。

“它经常踢你吗？”

“呵！我一洗澡，这小姑娘就开始发疯了。就跟要开始一场海豚表演似的。”

"你怎么知道她就是女孩啊，坎迪。"

"喂，我是女的，她就得是女的。"看着我在笑，她又加了一句，"当然了，我可以找人领养她。"

"当然。"

我记得之前坎迪说过，7个女人要想在金融城里的某个地方会面，选择去夜店要比去中规中矩的餐厅更不会让人起疑心。坐在这里，我真希望有个拍立得，可以及时捕捉我朋友进来时脸上的表情。莫莫进来的时候，她并未表现得有多震惊，而是优雅地走到前台，问金发的服务员："哦，这家店开多久了？"

萨克林夜总会，男人们的娱乐天堂，地处世界第一金融区的黄金地段。所以，这里除了我们几个女人之外，不乏其他女性光顾，可我们却是唯一一群不袒胸露乳的。大家午餐时间来这里，是有正事要做。我已经了解到的是，克里斯·邦斯贪得无厌，野心十足，他看准了一个项目后，绝对不会想着和团队的其他人一块干——能自己都挣的钱干吗要和别人分成。

我还知道，我们需要把"可降解尿不湿计划"做得天衣无缝，他才能上钩。父亲那个像"长着翅膀的猪"的草图得更新一下才行：我们需要制作宣传册，撰写市场和产品信息，以及高级商务律师的鼎力支持。我给黛博拉打电话请她来帮忙时，心里害怕她会拒绝——去年我无数次爽约，让我与她之间的友谊变得摇摇欲坠——她二话没说就答应了。虽然没见过克里斯·邦斯，但黛博拉却对这个家伙的为人和我们的计划了然于心。

所以，我们的姐妹“军团”现在有坎迪、我、黛博拉和莫莫，还有以前在母婴小组里认识的卡罗琳和朱蒂斯。我们还在等爱丽丝到来。（作为电视制作人的爱丽丝，她的加入至关重要。之前一直没得到她的回复，我还以为没戏了。没想到，今早却意外接到了她的回电，她说她外出拍摄刚回来，表示如果还不晚的话，她很愿意加入。）

朱蒂斯做全职母亲之前是一个专利代理人，有相关尿不湿这类产品的专利申请经验。经她手写出来的申请书，连我读了都想再给本囤上一卡车的尿不湿。朱蒂斯在语言和科学方面有超强的驾驭能力，我由此看到了她不曾展露的一面。卡罗琳作为一名平面设计师，要在我们的宣传册上突出强调尿不湿的环保设计理念，还要附上一张她家宝贝奥托的可爱靓照，照片里奥托坐在一个用生菜叶做的原生态尿盆上。

黛博拉说，EMF没有理由起诉我父亲。“看嘛，这不是诈骗。顶多是个恶作剧而已，并不犯法。这是典型的‘一经出售，概不负责’的案例。买家在购买的时候不留心，就是他自己的问题了。”

等我父亲与邦斯会面的那天，黛博拉将会以我父亲的律师的身份陪同出席。我们将这场会面安排在萨瓦酒店的套房里进行。

“你想象不到我在这方面有多在行，”黛博拉拿着我们的文件兴奋地叫道，“我们该怎么称呼我们这个团队呢，‘夺命七姐妹’？”

“黛博拉，我们不是在开玩笑。”

“我知道，但我很久没这么痛痛快快地玩一把了。天啊，凯特，我都快憋死了，你不是吗？”

莫莫的任务是对全球的尿不湿市场做调查。没过几天，她就看腻了这些有关尿液传播和嗅觉成分的信息。“抱歉，凯特，你知道一张用过的尿不湿所产生的危害会持续多久吗？”

“那玩意儿我一天要换无数片，谢谢。”

我助理看上去很焦虑，说：“它根本没有说得那么厉害，对吧？”

“你是说我们的计划？”

“不是，是可降解尿不湿。”

“当然没有。”

“你有把握吗，凯特？如果邦斯因此发大财，我可接受不了。”

“尿不湿的设计人是我父亲，所以可以保证邦斯会栽得很惨。而且我在家里已经拿本做过试验了。”

“怎么样？”

“刚尿了一泡，它就四分五裂了，还真是‘可降解’。”

爱丽丝刚刚在开一个BBC的会议，所以现在才赶到。顶着震耳欲聋的音乐，她指着舞台上的那帮女孩喊道：“我们是在给她们试镜吗？”

爱丽丝在邦斯决定投资以后才会出场。我们要打一场“钳行运动”的战役，也就是先侧面出击，再从后面堵住他唯一的退路。仅凭邦斯鲁莽地往垃圾产品上投钱这件事还不足以让EMF开除他。如果他能在媒体采访时留下一些尴尬的言辞，被爱丽丝记录下来，事后再找机会将其报道出来，那他就会成为客户们的一个负担，基本上可以尽早悬梁自尽了。

爱丽丝努力提高自己的嗓音，想盖过低音的背景音乐。她和我们说，她已经邀请邦斯参加英国广播公司的一个叫《金融城风云榜》的节目——金融城因电视机前的你而精彩。

“他怎么说？”莫莫问。她比在座的所有人都紧张。

爱丽丝诡笑着说：“我敢说，他在电话那头就已经性高潮了，让他来根本不是问题。”

我想告诉大家可以点东西喝了，可音响里的《妈妈咪呀》主题曲实在是考验我的音量。我索性放弃了，转而将一份所有人都需过目的照片传给大家看，外加一张克里斯·邦斯的照片，这是坎迪在EMF官网上搞到的。接着，我去了洗手间。

在紧急出口旁的一个位于角落的隔间里，有一个深色头发的人影看起来很熟悉，我走进一看，立马认出了他是谁。

“杰里米！杰里米·布朗宁！”我热情地大声问候了我的客户，那音量绝对令他永生难忘。

“杰里米，真巧啊，在这儿遇见您，”我说，“这位一定是……安娜贝尔，对吧？”

那个坐在我客户大腿上的女孩冲我笑了一下，说不上是微笑，傻笑，还是冷笑。这就表明：很遗憾，她不是布朗宁夫人，但如果直接问她的话她决不会否认的。

我向女孩友好地伸出了手，但杰里米匆忙地握住了我的手。“哦，凯特，”他说，“没想到在这里能见到你啊。”

“我来这儿调查一下‘休闲’投资组合到底是什么。也许您可以给我点拨一下，我完全是个新手。很刺激，是吧？好了，我得先失陪了，很高兴认识……”

“切莱利。”

“很高兴认识你，切莱利。替我照顾好他。”

我走了，带着满满的自信，至少还有一个男人永远在我的掌控之中。等我回到我们那桌时，看见坎迪正忙着鉴定台上的哪个女孩做过隆胸，做的效果如何。

“天啊，快看那个红发小妞！奶子是快要爆出来了吗？简直是两个核爆炸的蘑菇云！”

“你是没看见我怀双胞胎的时候，我的奶子有多大。”朱蒂斯说，手里拿着今天点的第三杯鸡尾酒。

我略有些惊慌，刚刚我们讨论的那个女孩突然离开舞台向我们这边走来。她抱着自己的胸，就像饲养员抱着小狗要给它们做检查时一样。

“我管这个叫‘玩杂耍’，”爱丽丝大喊道，“工作和生活这两个球边抛边接，你觉得呢，凯特？”

“她的骨盆底肯定很正。”卡罗琳指着另一个跳舞的女孩说。那个女孩现在的动作，让我想起了冰激凌卡车大叔制作卷筒冰激凌时的动态过程。

“什么是骨盆底？”坎迪和莫莫异口同声地问。

我解释的时候，坎迪丝毫不掩饰她内心的厌恶，因为在她的脑海里，所有的产前课程班都是共和党人开的。“我说，骨盆的这个什么地方，生完孩子以后能复原吧？”

随着舞池里人们的抖动，桌边这几位已身为人母的女人止不住地大笑着。夜店里的男人对我们满是厌恶的表情，就好像只有女人的笑声才会让他们厌恶。

我举起酒杯，说：“来，让我们铆足劲儿，一干到底，绝不失败！”

“《虎胆龙威》第二部里的台词？”莫莫问。

“不，是《麦克白夫人》里的经典句。”学校到底有没有教他们点正经东西？

37

与罗宾的午餐

当罗宾感到局促不安时，看起来就像是在逮捕他自己一样：一只胳膊紧紧地环扣在胸前，另一只环扣着自己的脖子。萨克林夜总会后的第三天中午，当我和罗宾一起往斯维廷斯餐厅走去时，他就是这种不安的举止。要去的餐厅离办公室有些远，但罗宾坚持要去那儿吃。于是，他在前面一步顶我三步地走着，我在后面小跑跟着。

斯维廷斯是金融城里一家有名的高档海鲜餐厅。换句话说，就是有钱人的“卖鱼集市”，不过没有各种高声喧哗和叫卖声。门前是一排餐台，人们可以坐在高凳子上吃螃蟹，室内摆着一排排的长桌，看起来就像学校里的餐厅。如果说“财权”是一个国度，那么斯维廷斯就应该是它的缩影了。

罗宾和我在一张长桌的尽头找了个位子坐下来。

“邦斯的事，可真是让人头疼。”他小声说，眼睛看着菜单。

“嗯。”

“莫莫·古玛兰特看起来是个不错的孩子。”

“她非常棒。”

“邦斯呢？”

“毒蝎子。”

“好了。两位现在要点些什么？”服务员站在旁边，已经拿出了纸和笔等着我们报菜名。我第一次看见罗宾如此邋遢的样子：衬衫右边的领子像眉毛一样皱着，耳朵边上还沾着没洗干净的剃须泡沫。吉尔要是还在的话，绝对不会让他这个样子出门的。

“啊，是的。我想为这位女士来点面目狰狞的东西，再给自己点一些濒临灭绝的物种。甲鱼汤吧，或者……鳕鱼是要被该死的西班牙人捕光了吗？你觉得呢，凯特？”

我觉得好笑，罗宾说：“凯特，我要再婚了。”一瞬间，周围的噪声好像是从录音机里发出来的一样，突然被“啪”的一声关掉了。餐桌上的其他人像盘子里的鱼一样张着嘴，却没有声音。

我突然明白罗宾为什么要带我来这儿，来这家餐厅，置身在这个优雅的环境里。在这儿，你不能愤怒地大吼，也不好意思痛苦地放声大哭，这是个甜蜜温馨的地方，顶多可以适度地臭骂一顿或者发泄一下。围坐在这些桌子边的人，有多少个灵魂已经被人们面带微笑地大卸八块了，又有多少人在某个出其不意的举酒干杯后被礼貌地劝辞了？在我们的这场对话中，吉尔·库珀·克拉克就好像是那个被“劝退”的人，而我则要配合着罗宾做那些伪君子的事。我得饶有兴趣地听着，甚至是高兴地听着，不能把桌子一掀，留下目瞪口呆的男人在这里继续啃鱼骨头。因为吉尔才走了 6 个月而已。

渐渐地，罗宾开始和我讲一个叫萨莉的人。她有多么可爱，多么善良，多么喜欢孩子，她也有两个儿子。不过她看着倒没有吉尔那么麻利，可又有谁能呢？我无助地耸耸肩。这个萨莉，她还有很多优秀的品质，罗宾的儿子需要她——亚力克斯才10岁——他们需要一个母亲的照顾。

“那你呢？”我说，干瘪的嗓子里终于冒出了几个字，“你需要她吗？”

“我需要一个女人，凯特。你知道的，我们都需要依靠。是的，你可能会觉得这有点——”这时，服务员端来了罗宾最喜欢的蛋黄沙司酱，他却挥手谢绝了。

“有点什么？”

“懦弱吧？我想是。”他拿掉眼镜，按了按鼻梁骨，“没人能取代吉尔，如果你想问这个的话。”

如果是这样，那为什么她还是被取代了？这才是我想问的。此刻，我觉得自己像在吉尔葬礼当天那样，被悲伤击垮。我总知道去哪里能找到罗宾，他也一直都那么可靠，让人放心。可现在，看着桌子对面的他竟然像个迷失的男孩一样，让人吃惊不已。男人失去妻子就像失去了母亲，说他们是鳏夫，倒不如说他们成了孤儿。没了妻子，他们就像是没了脊柱，没了顶天立地的根基，甚至连耳边的剃须泡沫都擦不干净。男人对女人的需要远胜于女人对男人的需要，这难道不是世间不可言喻的秘密吗？

“我真为你感到高兴，”我说，“吉尔也会替你开心的。她肯定不希望看到你每天的生活乱糟糟的。”

罗宾点点头，估计是松了口气。这个话题算是完事了。盘子被服务员端走后，我们又拿起菜单，像看考卷一样仔细研究。“来一份两勺量蜂蜜的甜馅饼怎么样？”罗宾说，“你知道吗，这儿的‘葡萄干布丁[1]’好像要换名字了？”

“克里斯·邦斯。”

“啊？”

“讲得通啊。要是办公室里有谁哪天在床上干过头了，染了性病，那家伙绝对是第一个。公司里的秘书都知道。”

罗宾用餐巾纸轻轻擦了擦嘴，然后说：“这让你很气愤，对吧？”

“是的，很气愤。”

有那么几秒钟，我有想告诉他我们的计划的冲动。但他作为我的上司，很可能会勒令我停止；而作为我的朋友，他也可能支持我。最后，我说：“有些人，就是因为大家都不愿意站出来制止他们，他们才会肆意妄为。”

罗宾问服务员要账单结账，说道：“吉尔总是说，你可以让男人们做任何事，而且不会让他们察觉到在听你指挥。”

“她也这样对你吗？”

“我反正是从来没察觉到。”

*** 下午 3 时 13 分 ***

我在齐普赛街与罗宾分别后，给盖伊打了电话，告诉他今天下午我和“板栗大战”的人有紧急会议，不能回公司了。

1　葡萄干布丁，英文“Spotted Dick”，有斑点狗的意思，它也正因表面有葡萄干点缀的斑点而得名。——译者注

“板栗大战？”

“是一家旅游休闲公司，极具投资价值。我得先去调查一下他们的消费者群体。”

我进家门的时候，孩子们盯着我看了好一会儿，他们一时间没反应过来我回来了。我跟葆拉说，今天她可以先回去休息了。然后我给本和艾米丽穿好外套，准备一块去公园走走。本不愿意好好走路，踉踉跄跄地狂跑，直到摔倒为止。今年是个暖冬，放眼望去，很多叶子都还是绿的，上面坠着黄色的杏。一个个圆圆的小东西掉在地上，似乎还让人觉得莫名地惊奇。我们花了——说真的，不知道花了多长时间——将这些杏踢来踢去。

本喜欢冲进树叶堆里，听他扬起来的叶子发出沙沙的声音。艾米丽让他停下来，可又觉得弟弟实在是招人爱。我的两个宝贝之间达成的交易是，弟弟可以继续淘气，正好可以成全姐姐来当个好孩子。看着他们相互追逐打闹的身影，我在想，男孩和女孩之间的角色，原来一直都是如此。

我们继续往前走，找到了一些七叶树的板栗。有一些大个儿的在掉在地上的瞬间裂开了，我们将它们捡起来，撬开外面的壳。

“你可以让这些板栗变硬。”我对艾米丽说。

“怎么弄呢？”

“我不太清楚，这个得问问爸爸。”该死，我这时候提他干什么！

艾米丽抬头看着我，眼神里充满了期待：“妈咪，爸爸什么时候回到我们的房子里住呢？”

“爸爸，”本高兴地叫着，“爸爸。”

回到家后，我把本抱到小床上，让他午休，然后给艾米丽选了一张影碟看。之后，我便开始准备晚餐。找不到压蒜器。还有，擦菜板在哪儿？我建议艾米丽看《睡美人》，因为艾米丽以前对这部片子最为着迷。可我的信息该更新了。女儿提到了一个勇士公主，我以前从没听过。

“什么是勇士，妈妈？”

“勇士就是勇敢的战士。”

“你知道《哈利·波特》讲的是什么吗？”

“不知道。”

“《哈利·波特》讲的就是勇气和女巫的故事。”

“听起来不错。你决定好要看什么了吗？”

“《欢乐满人间》。”

“又看那个？”

“哦，求你了，妈妈。”

我像艾米丽这么大的时候，一年只能看上一部或两部电影。一部在圣诞节看，另一部在暑假看。而对于我的孩子们来说，这些动态的影像将主宰他们童年的大部分记忆。

“她想要‘妇女参政权’。”

“谁想要？”

“简和迈克尔的妈妈想要‘妇女参政权’。”

我都忘记班克斯夫人是“妇女参政权”的捍卫者了。一般不会有人在看电影时去记这种小细节。我把加热肉汁的火调低，然后回来和艾米丽一起坐在沙发上。瞧，我们班克斯夫人的扮演者，美丽的格莱妮丝·约翰斯出现了。她刚从集会上回来，在白房子前边来回踱步边唱："我们将会受到我们女儿的女儿的敬仰，她们会为我们唱感恩之歌，做得好！做得太棒了，妇女参政权论者的姐妹们！"

"什么是妇女参政权？"我就知道这个问题会来的。

"妇女参政权论者是……嗯……100 年前的一些女性，她们在伦敦街头游行，把自己绑在火车道上，以此表示抗议并告诉人们女人是可以有投票权的。"

她躺到我身上，脑袋钻到我怀里。等玛丽、伯特和其他孩子出现在人行道上时，艾米丽才开口问道："为什么女人不能有投票权，妈妈？"

哦，我的仙女教母啊，在我最需要你替我解答问题的时候，你怎么就是不出现？"因为在过去，女人和男人是……就是女孩要留在家里，因为人们认为她们没有男孩子重要。"

艾米丽带着满脸惊愕和愤怒看着我说："这真荒唐。"

我们一起躺在沙发上。艾米丽知道剧里的每一首歌，她甚至能随着演员的频率呼吸。作为一个成年观众，我看《欢乐满人间》的角度则完全不同。我都忘了，班克斯夫人这个一心想改变所有女性命运的人，对自己的孩子却是如此忽视。简和迈克尔每天闷闷不乐，性格叛逆，直到保姆出现才让他们有了安稳、快乐的生活。另外，班克斯先生在工作上又太过拼命，妻子、孩子们和他之间没有任何的亲近感。直到在他被解雇后的某一天，扫烟囱的伯特来到班克斯的书房，唱起这首歌时警醒了他：

你整天只顾着磨墨，磨啊磨，磨啊磨，
却不知孩子的童年会如沙子透过筛网般悄悄地溜走，
眨眼间，他们已经长大成人，展翅高飞，
而你却都没来得及……哪怕是……

“……在他们吃药的时候，喂他们一勺蜜糖。”

艾米丽和我跟着伯特一起唱了起来，我们的声音交织在一起如一条银色的螺旋线。突然，我有一种很不安的感觉，觉得这部电影好像是在说我。就在此时，艾米丽又说道：“妈咪，以后我有了宝宝，我要自己照顾他们，直到他们成年。不要保姆。”

她让我和她一起看《欢乐满人间》，难不成就是想当面对我说这个？难道这就是她告诉我的方式？但我看着她的脸，上面没有任何深思熟虑的表情，也不像是在等我对她的话做出什么反应。

“妈——”婴儿的声音突然从楼上传来。应该是本睡醒了。上楼前，我让艾米丽坐在我的膝上。

“我觉得，我们应该找机会去旅行一次，只有你和我，你觉得呢？”

她像莫莫那样皱皱鼻子，这是她兴奋时的表现，说：“去哪儿？”

“嘀咕大厦。”

“哪儿？”

“嘀咕大厦。你记不记得你就是这么叫‘帝国大厦’的？”

“我可没有。”

“你有，亲爱的。”

“妈——咪——”艾米丽拉长音表示不满，“小孩子才那么讲话。我已经不是小孩子了。”

“是啊，亲爱的，你不是了。”

一切都过得太快了，不是吗？没多久前，他们还在不断地说着各种滑稽可笑的话，每次你都想着把它们记下来，可还没等你开始动笔，他们就已经开始像个小大人一样讲话了，甚至他们的言谈举止已经开始和你一样。我企盼我的孩子能快快长大，同时，又为错过他们幼年的每一分钟而深感哀痛。

发件人：凯特·雷迪

收件人：黛博拉·理查德森

今天下午，我破例回家当了一回全职妈咪。这是我今年最具收益的几个小时。你觉得，我单靠踢叶子和看《欢乐满人间》，每小时能从客户那里捞来多少钱？

为了和孩子待一会儿而鬼鬼祟祟地溜回家，那种感觉和有了外遇一样：为了约会撒谎，结束后幸福感爆棚，当然，还有满满的负罪感。

想一想，我都忘记怎么去“浪费时间”了，这还得要孩子们来教我怎么做。

如果我放弃工作，别恨我，好吗？我知道我们都需要恪守当初许下的诺言，在上班族母亲的战线上坚持到底。但是，我过去只想着工作会要了我的命，却从没像现在这么害怕死去。

我们将会受到我们女儿的女儿的敬仰，她们会为我们唱感恩之歌，做得好！做得太棒了，妇女参政权论者的姐妹们！

永远爱你的凯特 xxxxxxxxxxxx

38

人生的瀑布

*** 早7时54分 ***

我等着温斯顿的敲门声。今天我特别想赶紧见到他，告诉他我的“尿不湿计划”。终于，我可以做些让温斯顿刮目相看的事，以此证明我并不是一个为资本主义卖命的奴隶。然而，当我告诉他，我父亲的尿不湿方案和爱丽丝要采访邦斯的事时，温斯顿只说了一句“别忘了，你还有两个孩子要养活呢”。

5分钟后，我们像往常一样被堵在了路上。这时，他问我有没有听过西皮奥的故事，我摇了摇头。

“西皮奥是古罗马的一位将军。他曾做过一个梦。在梦里，他发现了一个村庄，坐落于一个巨大的瀑布边上。水声震耳欲聋，你得扯着嗓子喊，才能与别人交流。‘你每天是怎么忍受这么大的噪声的？’西皮奥朝村庄里的长老使劲喊道。结果，那老家伙问‘什么噪声’。”

车往前慢悠悠地挪了几米，温斯顿一踩刹车，发出的声音像母牛临死前的呻吟。

我说："赐教一下故事背后的寓意吧，先生？"

后视镜里，我看见他那饶有意味的笑脸。"我觉得吧，这就是说，我们每个人的生活都处于一定的噪声中，只是自己已经麻木，听不见噪声了。但如果你离远点，就又可以听见了。你就会想，我的天哪，那瀑布声简直能要人命啊，我是怎么在那儿待下去的？"

"你是想说，我就生活在瀑布旁边，是吗？"

他突然笑得满脸皱纹。这粗犷的笑容我一向都很喜欢。

"凯特，你身边简直就像尼亚加拉大瀑布！"

"介意我问一个私人问题吗，温斯顿？"

他摇摇头，车里又开始"金粉"漫天飘。

"我是你的主要顾客吗？"

"你是我唯一的顾客。"

"我明白了。那珀伽索斯公司到底有多少个司机？我猜猜，你是唯一一个吧。"

"是啊，但开不了多久了，得抓紧备考啦。"

"机械工程？"

"哲学。"

"那么，你是顺便当我的司机，我的'神速司机'？"

他调皮地按了一下喇叭，算是愉快地承认了。

"你知不知道，汽车司机是可以减免课税的，儿童托管可不行。"

喇叭又一次响起，路边的行人像鸽子一样被吓跑了。他说："外面的这个世界太他妈疯狂。”

“不，是外面的这个男人的世界太他妈疯狂。有零钱吗？”

我从车上下来后，想着以后肯定会很想念他的。这时，听见身后有人向我喊道：“嘿，你要不要辆逃亡用的车，女士？”

*** 上午 10 时 08 分 ***

前台打来电话，他们说有一位叫亚伯罕默的先生在等我。我的心脏快要从胸口跳出来了。我到了楼下，看见他站在那儿，一张罕默式的经典笑脸，手里还提着一双溜冰鞋。

我边走向他，边摇头说：“不，我不会滑冰。”

“我知道，可我会滑，这就等于我们都会滑了。”

“绝对不行。”

等我们滑第四圈时，杰克说：“你要做的就是靠着我，凯特，靠着我有什么难的？”

“就是那么难。”

“老天，你这女人可真是……你靠着我这里就好，把我们想象成一个圆规，我站着不动，你绕着我转，懂了吗？你不会摔倒的，有我拉着你呢，你把心放到肚子里。”

于是，我就把心放到了肚子里。我们滑了一个小时，不确定在冰上滑出了什么轨迹。你得像鸟儿一样——像我的那几只鸽子一样——或者站在我上司办公室的窗前才能看明白我们那天在冰上写了什么。“爱”或“永别”，或者两者都有。

滑冰结束后，他想请我喝杯热巧克力，但我得走了。

他脸上的笑容瞬间变了，说道：“肯定是一个重要的约会吧？”

“非常重要。一个我曾经很了解的男人。”

和某人拥抱的感觉竟是如此容易忘记，甚至是和你的丈夫。不，应该说特别是和你的丈夫才对。只有在你没有完全沉浸在相互接触的感觉中时，才能有精力注意一下拥抱的姿势：你和他头部所持的具体角度，是像鸽子一样把头靠在他的脖子上，还是把鼻子贴着他的胸口？还有你的手，是像小杯子一样扣在他的后背，还是将手掌完全贴在他的大腿处？中午，当理查德和我在星巴克咖啡厅碰面时，我们都想在对方的脸颊上匆匆地吻一下。但那样感觉太傻了，只有和姑妈姨妈见面时才会那么亲吧。所以，我们只是尴尬地拥抱了一下。我感到浑身拘谨，同时又在费力地观察他，就像当年第一次和父亲去筵席后的舞会被父亲来回拽着跳的感觉一样。理查德的身体竟然让我感到惊讶：他的头发，头发散发出的味道，毛衣下的肩膀。这个拥抱不是和某人丧失激情后那种干巴巴的肢体接触，它更像是一场只见影不见人的“影舞”。我仍想拥有他，我觉得他也仍想拥有我，但我们毕竟很久都没有肌肤之亲了。

“嘿，你看上去容光焕发啊。”理查德说。

“刚刚滑冰去了。”

“滑冰？工作日的大清早？”

“和客户交涉的新策略罢了。”

理查德和我都想坐下来好好谈谈。自从他离开后，我们几乎每天都见面。正如他所说，他每天去接艾米丽放学，之后会和孩子们喝杯茶。星巴克像是一个可以让人冰释前嫌的地方，一个现代版的“无人区”，一个有家庭气氛的盈利场所，它很温馨，但我们这些上班的人平日里都无暇光顾。这里出奇的安静，我却如第一次和他约会时那样紧张——他会吗，还是不会？——只是现在这种紧张感可能和离婚挂钩——他会吗，还是不会？

我们在角落里找了两把大的天鹅绒沙发椅坐下来，理查德准备去点喝的。我跟他说我要脱脂拿铁，他拿回来的却是我最想要且需要的热巧克力。

开始时我们是各种闲谈，这让我迫不及待地想赶紧进入正题，不管结果如何，晚知道都不如早知道的好。

“工作还顺利吗，凯特？”

“哦，挺好的。事实上，我可能干不了多久了，或者说是公司不会让我干了。”

理查德笑着摇了摇头，说：“他们炒谁，都不会炒你的。”

“哦，那要看是什么情况了。”

理查德看我的眼神就像穿白大褂的医生一样：“沙托克女士，我们今天应该不是来谈什么无用的自我牺牲吧。我们有吗？”

“为什么要问这个？”

“可能是我年纪大了，开始怀念起你戴‘反对使用炸弹的骑车者’徽章的那段日子。”

“我把我的一切都给了公司，理查德，甚至那些本应属于你和孩子们的时间。”

“还有属于你自己的，凯特。”

以前，我一下子就能读懂他脸上的表情，可是现在，它仿佛变成了另一种语言。“我以为你会同意我这么做，理查德。打破这程序化的生活。”离开我的这段日子，他看上去年轻了许多，“你母亲觉得我已经自暴自弃了。”

“我母亲甚至觉得格蕾丝·凯莉都自暴自弃了。”我们都笑了。这时，整个星巴克只能听见我们俩的声音。

我把温斯顿讲给我的故事讲给理查德听。

“温斯顿是谁？”

“他是珀伽索斯租车公司的司机，不过后来才知道他其实是个哲学家。”

“哲学家开出租车，听上去可真够安全的。”

“不是你想的那样，他其实非常了不起，真的。总之，温斯顿给我讲了那个罗马将军的故事，将军在瀑布边发现了一个村庄，村庄长老——”

“西塞罗？”

“不是……”

“西塞罗，故事是西塞罗写的。”我丈夫将曲奇饼干掰开，递给了我一半。

“让我来猜猜，应该是某个死了很久的人吧，我上的那个破综合学校从来没教过我这些。不过话说回来，谁才应该是高级人文教育里最该了解的人呢？”

“我爱你。”

“所以，我现在考虑远离那个瀑布，看看我能不能重新恢复听力。”

“凯特？”

他把右手放在桌子上，我们的手挨得很近，就好像在等一个孩子来把它们叠放在一起。

“那样的日子没什么值得留恋的，理查德。我完全被掏空了。凯特再也不要在那里生活了。”

他现在将手放在我的手上，说：“你是说要远离瀑布？”

“我在想，如果我们能远离瀑布，就能再次听见，然后我们就知道是不是因为——”

“是因为噪声我们才听不见，还是因为我们彼此已经变得无话可说了？”

当发现世界上还有人是如此懂你时，那感觉是多么的轻松释然。我充满感激地点点头，说：“我的名字是凯特·雷迪，我是一个工作狂。这种会面，大家想听到的都是这个吧？”

“我没说你是个工作狂。”

“怎么不是呢？这是事实，对吧？我无法‘放弃’工作。这就说明我对工作上了瘾，不是吗？”

“我只是觉得，我们得留点时间给自己，仅此而已。”

“理查德，你记得艾米丽以前想试着救睡美人吗？我一直在想这事。”

他咧开嘴笑了。有了孩子以后，最棒的一点就是你可以和另一个人分享同一段温情的回忆：你们可以回想同一段过去，同一个画面分别在两个人的脑海重现，这就好比两个心脏合二为一的跳动。

“真是个傻孩子。当时她因为碰不到公主还特别的郁闷，对吧？”理查德说，话语里充满了艾米丽带给我们的骄傲。

“她真的很期盼你能回家。”

“那你呢，你怎么想，凯特？”

我想说些高傲挑衅的话，这种冲动像熟了的果实一般悬在那里，等着我去采摘。最终，我让它永远地悬在了那里。我开口说道：“我也想让你回家。”

《睡美人》一直是艾米丽最喜爱的故事，也是她真正看的第一部影片。她 2 岁的时候就对它着迷，站在电视机前大喊：“往回倒，往回倒！”

每次演到奥罗拉公主带着一张愚蠢的娃娃脸，身后跟着乌鸦的影子，伴着坏女巫那咯咯的笑声向阁楼走去时，艾米丽就会大叫。我和理查德有很长一段时间都不知道她为什么会如此狂躁。后来，我们明白了，她是想让我们将影碟倒回去，这样一来，公主就不会到阁楼，也不会被纺车针扎到了。

有一天，艾米丽想爬到电视机里去。我看见她的时候，她正站在椅子上，试着把自己穿着小红鞋的脚伸进屏幕。她肯定是想抓住那个倒霉的公主，帮公主逃离可怕的命运。为此，我和她聊了很久——我说，她听着——我告诉她，有些事情你得让它自然发生，因为即使眼前的情景有些可怕，故事还是会继续向前发展，无论你多想让它停止，都是没用的。但好的方面是，最终的结局是幸福的。

但是她伤心地摇了摇头，说：“不。倒回去，妈咪，倒回去！”不久之后，女儿有了新宠——《班尼恐龙》，这个故事里没有任何黑暗色彩需要她的人为干涉。

成年人也想让人生倒带。只是我们渐渐地失去了将这个渴望大声喊出来的能力。倒回去，倒回去……

39

尾声

11 月发行的《内部融资》里有这样一篇文章：

作为伦敦金融城里的老牌金融机构，艾德文·摩根·福斯特（EMF）于周二晚获得了第五个“平等不等明天[1]”年度奖。鉴于它在企业多元化上所践行的承诺，被列为“最佳进步公司”。

在“向平等说是！”所发布的一次年度基准调查中，该公司得分极高。“向平等说是！”是一家致力于推动性别平等的组织，81% 的富时指数公司都有参与其中。

最令评审团印象深刻的是，EMF 的两位女员工所创下的喜人业绩。她们分别是：EMF 最年轻的女经理凯瑟琳·雷迪，以及毕业于伦敦政经学院、年仅 24 岁的莫莫·古玛兰特。遗憾的是，她们当日都未能出席。EMF 的市场部总监罗德·塔斯克参加了颁奖仪式。他在获奖感言中表示：“很

1　平等不等明天（Equality Now），一个专为保护女性权益而设立的非营利性组织。——译者注

多事实都表明，男女混合对于提升团队的工作效率起着十分关键的作用。对于让女性在金融领域里担当重要职位，EMF一直都在为业内人士树立榜样。”

当晚，也有人透露了一些较为负面的信息。“女人不容小觑”的主席凯瑟琳·马尔罗伊说：“这些奖项不能完全说明真相。”她进一步表示：“对于在金融城工作的女性来说，要想拿到一个真正有影响力的职位简直是举步维艰。除非你够大胆，拿你的事业冒险，勇敢地站出来对当前的企业文化说‘不’。金融城的大多数企业内部，女性的平等权益都是个边缘性问题。银行投入巨资来培训女员工，可等她们做了母亲后，却因为无法享受弹性上班制等政策而不得不离开职场。这无疑是一种资源浪费。”

当被问到陈旧的大男子主义文化是否已成过去时的时候，罗德表示，他身为澳大利亚人，非常支持新的文化制度。他说：“我们的女性同胞们今年表现得非常出色，我很为她们骄傲。”

我父亲在为克里斯·邦斯做“可降解尿不湿”的演讲展示时，可以说把他整个人生的风头都出尽了。担当法律顾问的黛博拉告诉我，整个过程中，我父亲不仅冷静，还有一副特立独行的发明家气派。黛博拉说，当邦斯准备写支票的时候，我父亲——这个一辈子投身于如何从别人那里骗取支票的人——可谓大显身手。他告诉邦斯，接下来的几天，他和他的律师还要见一些对产品有意向的公司，但会一直和EMF保持联络。

我和父亲是这样说的：我为他的产品找到了一些风险投资方，但需要他假扮成另一个人，而且材料也要好好加工一下。对其他的父女而言，这个交易可以说是匪夷所思，可对我们来说，却是多年行骗事业的巅峰时刻，这证明了雷迪家的基因不但有蓝色的眼睛，有对数字的超强敏感度，还根植了伪造事物的天赋。

“你父亲，真是棒极了。”温斯顿说。温斯顿扮演的是这位尿不湿企业家的专职司机，开一辆黑色宝马车，据说是从他的一个叔叔那里借来的。

“乔给小费真是慷慨。”

“是的，用我的钱。”

3 天后，邦斯签署文件并递交了现金。吃完午饭后，他大摇大摆地走进办公室，告诉他的代理人维罗尼卡·皮克，她应该好好学习一下他的精彩决策：这就是男人胜过女人的地方，看准机会，果断行事，绝不在那些乱七八糟的纸质文件上浪费时间。

“哦，你做合法清查了吗？”维罗尼卡温柔地问道。

“什么意思？”邦斯说。

“合法清查啊，”维罗尼卡说，“你知道的，就是检查商业证书、产品合格证，调查车间、银行征信的真实性啊，等等。我相信，这些你肯定比我清楚。”

“我要是需要你的建议，会问你的。”邦斯说。

第二天早上在会议室，他自然不会忘记跑到我这儿炫耀一番。他的一只手擦着他两腿之间的宝贝，就好像那是他的“阿拉丁神灯”一样。他说：“我发现了这个超级棒的尿不湿产品，凯特。你马上就能看见我发财了。哦，尿不湿啊，你才应该是这方面的专家啊。对不住了，老妈，我抢先了一步。”

我代表广大母亲给了他一个欣慰的微笑。

邦斯投入的数目足够偿还商业债务和父亲在外面欠下的钱。EMF的款前脚进入乔·雷迪的账户，后脚就被各方债主一抢而空。正如我所预料的，单靠这个和莫莫的性骚扰控诉还不足以让EMF踢走邦斯。

这件事平静了几天后，记者爱丽丝·劳埃德采访艾德文·摩根·福斯特的风险投资总监的新闻就出现在了小报头条上，标题上明晃晃地写着："又见艳照门！（看金融城大佬将何去何从）。"

爱丽丝带邦斯去了伦敦苏豪区，找了一家媒体常常出没的热门店。邦斯在里面饱吸了各种粉之后，开始滔滔不绝。最后，当他看见坐在屋子另一头的一个肥皂剧女明星时，终于没了底线。"我想把她放到我的网站上，"他告诉爱丽丝，"事实上，只要她愿意，她全身上下哪儿都有才好。"

紧接着，他开始吹嘘自己在投资方面的独具慧眼。邦斯提到，他刚刚成为一个可降解尿不湿产商的股东，并声称它"会他妈的比'伟哥'还好卖"。

人们都说一条臭鱼腥了一锅汤，可金融城却总有办法在自己的内部让臭味自行消失，可如果味道散到了外面，进到了客户或媒体人的鼻子里，那惩治来得可就比什么都快。

文章上报后的第二天早上，我和坎迪在办公室，看着邦斯被罗宾·库珀·克拉克叫进了办公室。不一会儿，他在两个保安的"陪护"下走到他的办公桌前，被要求在三分钟内收拾干净桌子并滚出EMF大楼。

"谁有养鹰人的电话？"坎迪喊道，"有只老鼠刚从楼里爬到街上去了！"

几分钟之后，我在洗手间里看到莫莫在哭，她整张脸埋在一团卷纸里。“喜极而泣。”她边抽泣边说道。

那我呢？他滚蛋了，我当然高兴。但我却没注意到，自己开始觉得邦斯的可怜远远大过可恶。

午休时，莫莫和我一起打车去了邦德街，我告诉她，来这儿是有重要的公事要办。的确如此。

我的助理很是不解，说：“我们来鞋店干什么，凯特？”

“我们要找一双水晶鞋，承重力特别好，而且穿着它在午夜时分还不会跑掉。不然的话，我们就只能买这些，还有这些，哦，这双棕色的靴子真不错。打扰一下，请问这款还有37.5码的吗？”

“你的脚是37.5码？”莫莫半信半疑地问。

“我不是，但你是。”

“啊，但我不能……”

20分钟之后，我们拿着4个鞋盒站在收银台前。在棕褐色中跟鞋和海军蓝露跟鞋之间左右摇摆了一会儿，最后把两双都买了。然后，我们又买了一双黑色的细高跟鞋，因为它实在美得无法让人割舍，还买了一双折扣力度极大的太妃糖色靴子。

“我很喜欢这双黑色的，”她说，“可我穿着它们走不了路。”

“走路并不是穿它们的目的，莫莫。昂首挺胸地走路才是目的。而且，到了真需要的时候，你还可以用它来刺盖伊的颈动脉。”

她脸上的微笑消失了，问我：“你要去哪儿？”

“我要离开一阵儿。”

“不，”她说，“我不希望这是临别礼物。”

“你会没事的。”

“你怎么知道？”

“嘿，你也不想想是谁一直带着你。再说，你已经改掉总说‘抱歉’的毛病，所以我知道你已经准备好了。”

“不，”莫莫说，她从侧面看着我，“凯特，我们中只有一个雷迪。”然后，她将一只手搭在我的肩膀上，迅速地吻了一下我的脸颊。

在回公司的出租车上，我们脚下摆了一堆装着鞋的鞋盒。莫莫问我为什么要离开。对此，我撒了谎。我告诉她我母亲生病了，我需要搬到离她近一点的地方去。有些事情，哪怕对你喜欢的女孩，甚至是自己，也要保密。

放弃工作的原因：

1. 因为我一直在两种生活之间徘徊，结果哪一种都没能好好地享受。
2. 因为一天 24 小时完全不够用。
3. 因为我的孩子眼看就要长大了，而我还没有好好陪他们。
4. 因为有一天，我从我丈夫的眼里看到了当年我母亲看我父亲的眼神。
5. 因为像男人一样生活实在是辜负自己身为一个女人。
6. 因为我懒得再想还能因为什么了。

第二天早上，我在去递交辞呈前，先做了一些清洁工作。鸽子一家很久前就不见了——春末夏初时，两只小雏鸟飞离了巢——但那些保护鸽子妈妈和它的宝宝们免受老鹰攻击的书还摆在那儿。这一次，我不会再冒险了。我从保安部叫来了杰拉尔德帮我打开窗户。那些书基本都完好如初，除了那本《时间与人生管理的十个自然成功法则：提升工作效率与寻求内心平和的可行性策略》。它看起来像是被放在鸟笼子里当地板了一样，上面沾满了鸽子屎，封面上那振奋人心的口号已被糊得完全看不清。

我走进罗德的办公室，看见他正坐在桌子上，身后是“平等不等明天！”的奖杯。奖杯整体设计是一架天平形状，其中一边的底座上是一个女性形体的小青铜雕像，另一边被罗德当作了盛放彩虹糖的盘子。

听到我要走的消息，他的反应相当激烈，咆哮声甚至把隔壁的罗宾都引了过来。

“凯特他妈的要当逃兵。”投资总监把脑袋伸进门探寻声源时，罗德说道。

正如我所料，接着罗宾把我叫进了他的办公室。

“有什么我能做的可以让你改变心意吗，凯特？”

只有改变你的世界，我想。“没有，真的。”

“兼职呢？”他尝试着问，脸上浮现一丝淡淡的笑容。

“罗宾，我知道女人试着去做兼职后的最终结果。开始，他们还会说我们是在休假。渐渐地，我们就会被边缘化。基金项目被人一个个地接手，因为人人都知道，资金管理是一个全职的活。”

“一个星期要是不拿出5天来管理资金确实很困难。”

我没回答。他又采取另一策略，说：“如果是薪水的问题……”

“不，是时间。”

“啊！ Sed fugit interea，fugit inreparabile tempus。[1]”

“如果它的意思是我不应该将一天 14 小时的时间浪费在电脑屏幕前，那我会说‘是的’。”

罗宾绕过桌子，以一种大家称之为“高贵”的尴尬站姿站到我面前，说：“我会想你的，凯特。”

我给了他一个拥抱作为回应。在艾德文·摩根·福斯特的办公楼里，也许这种情景是有史以来的第一次。

随后，我小心地穿过草坪，回家了。

1 拉丁语，大意为“昔日不能重现，往事不会再来”。——编者注

40

母性法庭

她再也不用害怕这个法庭，而他们也再无理由对她加以责难。面对数千次指控，她已否认了数千次。所以，如今站在这里的她感到相当的自信。可当他们念到下一位证人的名字时，她瞬间觉得一切都完了。她的日子到头了。她的身体开始向前摇晃，感到有些轻微的恶心，下意识地用双手抓住被告席的橡木边缘。即将出现的是这个世界上最了解她的人。

“传琼·雷迪女士出庭。”

看到自己的母亲站到证人席上准备指证她，被告人心里很不是滋味。可奇怪的是，她似乎从这个年迈的女人脸上看到了一丝积极与活力。几秒钟后，她才发现，母亲穿上了那件自己在圣诞节时送给她的红色羊绒衫，里面的碎花衬衫是前年生日时在自由百货买给母亲的。要想获得好结果，首先在外表上就得显露出气势。

“请报上您的全名。”

“琼·凯瑟琳·雷迪。”

“您和被告人是什么关系？”

“凯——凯瑟琳是我的女儿。我是她母亲。”

起诉律师突然激动地踮脚站了起来，说：“雷迪女士，您女儿被指控将工作置于孩子的幸福和健康之上。据您观察，这是否属实？”

“不。”

“请大声点。”法官吼道。

母亲又试着说了一次。看着她不断地拉手腕上的镯子就知道，她此刻非常紧张。“不，凯瑟琳将一切都奉献给了孩子，她一直都很努力，力争做到更好。”

“是的，是的，”诉讼人打断道，“可据我所知，她目前正和她的丈夫理查德·沙托克分居。因为她的丈夫说，她已经‘无视他的存在了’。”

被告席里的女人低吟了一声。凯特的母亲对理查德离开她的事一无所知。

可在得知这个消息后，琼·雷迪如拳击手般迅速回击。她勇敢地驳斥道：“没人会说兼顾工作和家庭容易。男人需要被关心照顾，可女人自己也有工作。凯特连在业余时间都要经常接各种电话，有时我看她快要受不了了。”

“雷迪女士，您听说过杰克·亚伯罕默这个名字吗？”诉讼人脸上闪现了一丝不自然的微笑。

“不，不！”被告人从被告席里爬了出来，她穿着XXXL号、上面印着沙皮狗的T恤站到法官面前，“行了，你到底想让我说什么？承认有罪？你不就是想听我说这个吗？为了不让我好过，你们真是什么都干得出来，是吧？”

“安静！”法官喊道，“沙托克女士，你若再敢出言打断，我就判你蔑视法庭罪。”

“哈，好啊。那我告诉你，我现在就是在公然蔑视这个法庭，以及在场所有的男人。”说着，她开始哭泣，同时又为自己的懦弱在内心咒骂自己。

“琼·雷迪。”诉讼人又继续问道，证人并没有听他讲。证人离开了自己的席位，向那个正在哭泣的女人走去，用胳膊搂住她。这位母亲转过头面向法官：“那你呢？法官大人？今天晚上谁将为你端茶倒水？肯定不是你自己来吧？”

“你……看在上帝的分上……”法官突然语无伦次。

“你这种人永远都无法理解凯瑟琳这样的女人，还以为自己能高高在上地审判她。我都替你感到羞耻。”琼·雷迪语气平静却不失魄力。若是有谁听过她曾经在操场上如何训斥校园暴力的小恶霸的话，那对她此刻的语气肯定不会陌生。

41

宝贝，是你

西摩·特洛伊·斯特拉顿来到世界的那天，卡塔尔的一场政变导致油价飙升，加上美联储史无前例的利率上调幅度，导致全球范围内的股票暴跌。仅在英国，富时100指数就下跌了200亿英镑。此外，京都郊外的一场轻微地震使得已伤痕累累的环境再次受创。同时，在高尔街上的一个3楼的产科病房里，一位母亲平安地生下了一个男婴，现在母子二人在他们的小隔间里熟睡着。

我走在产科病房的走廊里，我对这里的每个角落都记忆犹新：穿着蓝格子睡衣的中年妇女走来走去；灰色的门后面，高个子女人、矮个子女人，还有一个中午在银行电梯上羊水突然破了的女人，她们一个接一个地演绎着人生中最伟大的时刻。这是一个交织着血与肉、痛苦与幸福的地方。新生儿那嘹亮的哭声，母亲们那满是汗水与喜悦的脸庞。置身于此地，你就会知道什么才是人生最重要的——没错，我指的不是打麻醉剂，而是上天的真相。不久后，你就得再次出去面对外面的世界，假装你已经忘了这里，假装外面有其他更重要、更好的事情要做。但更好的事情并不存在。每一位母亲都知道那种心房打开、爱瞬间涌入的感觉。除此之外，世界上都是噪声和男人。

“我只是想看看他而已。”坎迪说。她背靠着枕头，身上穿着我给她的那件白色刺绣睡衣，解开了上面的所有扣子给她儿子哺乳。她的乳头看起来像一粒深色的水果。她用右手的手掌托着儿子的头，看着他饥饿地吸吮着。她说：“我什么也不想做，只想看着他，凯特。这很正常吧？”

“再正常不过了。”

我为小婴儿买了一个戴着红色帽子的帕丁顿熊玩偶，也是艾米丽喜欢的那款，还为坎迪买了一篮子美式马芬蛋糕。坎迪说她得赶紧把体重减掉。然后，接下来的情景是：因为她两只手都被占着，所以我将蛋糕掰开，一块一块地喂到她嘴里，她毫不反对地大快朵颐。

“孩子会把你身上所有的脂肪都吸走的，坎迪。”

“嘿，那真是太赞了。我还可以让他吸多久，20年？”

“很遗憾，过一会儿，他们就得过来把他抱走了。我有时候觉得，要是当时他们知道我对本的感觉强烈到什么程度，肯定会派社会服务人员来的。”

“你可没告诉我。”她斥责我，同时挤出一个疲惫的笑容。

“我试过。那天我们在酒吧的时候。可这事得你自己感觉。”

坎迪低下头，闻了闻儿子的头。“男孩儿，凯特。我竟然生了个男孩儿。真有点不敢相信。”

和所有的新生儿一样，西摩·斯特拉顿看上去有点像千年的原始生物，眉毛皱皱的，不知道这是一种智慧的象征，还是对一切新事物的迷茫。现在还无法预知他将来会是什么样的人，但至少现在，他正无忧无虑、快快乐乐地躺在一个女人的怀里。

尾声：凯特之后又做了什么？

凡事总得交代个结尾。汽车的轮子向前转啊转，一整天不停歇。

后来，很多事有了变化，也有很多事一如往日。坎迪生下西摩的3个月后回到了EMF，她把孩子放在利物浦街附近的一个日托所照看，费用比多尔切斯特城的还要高。坎迪算了一下，这等于每换一张尿不湿就要花掉她20英镑。“没想到屎尿竟变得这么贵了。”

电话里，坎迪说起话来依旧是老样子。但我知道，那个曾经的坎迪——生孩子之前的坎迪，已经一去不复返了。果不其然，渐渐地，她觉得自己一直毫无怨言地卖命工作很是愚蠢，而且没有必要。她受不了自己想5点30分离开时，罗德管这叫“中午”；她受不了白天见不到她的儿子。西摩7个月大的时候，坎迪走进罗德的办公室，和她的上司说，她很抱歉，但她要走人了——您的要求实在太高，鄙人招架不住。

回到新泽西后，她和她母亲住了一段时间，然后自己找地方安定了下来。坎迪说，是西摩让她懂得了做母亲的意义。没多久，她在时下繁荣的邮购市场瞄准机遇，建立了自己的业务，很快成为《财富》杂志上年度影响人物之一。“只工作不娱乐”是一套情趣玩具，针对的客户群是那些除了休闲时间以外什么都有的女高管。她还专门给远在英格兰的我寄了一箱样品。那天早上，在餐桌上打开箱子的时候，芭芭拉和唐纳德也在场。于是，理查德在接下来可以称作是我们婚姻中最精彩的半个小时里，不断地和他父母解释说，这些振动器是一套厨房用具。

我的莫莫在EMF里直线晋升，几乎都没有驻足的空档。事实证明，我没看错人，她本性里带的那一丝刚毅绝不可小觑，正如她对客户需求的解读能力一样。偶尔，她会在午休时跑到洗手间里悄悄给我打电话，就某事寻求一些建议。那音量小得经常被淹没在背景里的冲水声中。到了夏天，她会请几天假来和我们住一段时间。有生以来，艾米丽第一次对我刮目相看：自己的妈妈终于给她带来了一位真正的公主。“你是《阿拉丁神灯》里的茉莉公主吗？”艾米丽问。莫莫说：“事实上，睡美人更贴切哦。我一直都是昏昏沉沉的，直到你妈妈唤醒了我。”

黛博拉发现，吉米与一个香港女人有了外遇。离婚后，她向公司争取到一周只工作4天。没多久，她就发现自己的几个大客户都被别人抢走了。然而，她早已放平心态。她告诉自己，在费利克斯和鲁比长大以前，不要将时间浪费在争抢报复这类事上。我和黛博拉计划找一个周末去做水疗，到目前为止，这种事我们只取消了4次。

温斯顿在东伦敦的一所学校里学哲学，同时还忙着写他的伦理学论文。《我们如何知道“对”与“错”？》这篇文章让他拿下全年级最高分。为了付学费，他卖掉了他的珀伽索斯，这辆车后来在赛车领域开始了它新的生涯。

葆拉后来去了一个叫阿道夫·布罗克的三流电影明星家当保姆。布罗克的妻子是上一届保加利亚小姐。他们全家在纽约的广场饭店住了一段时间。他们给葆拉的房间可以俯瞰整个中央公园。葆拉说，住在这里有种被束缚的感觉，于是布罗克一家二话没说就搬到了缅因州。

自从那天早上滑完冰后，我和杰克就再也没见过面。我对自己的意志力有自知之明，所以索性改了邮箱地址——收不到他的邮件，自然就没有机会回复他。我也明白，只有我放开心中的那个浪漫情人，才能挽救我的婚姻：如果杰克是我曾经的天堂，那理查德又算什么呢？即便如此，每次我登录邮箱的时候，还是抱着一丝丝期待能在收件箱里看到他的名字。人们都说时间可以治愈一切。谁说的呢？“一切”包括什么？我觉得，生命中有些感受犹如不可褪去的墨渍，你只能期待它多年后能一点点淡化。

我从未和杰克上过床——对此我有着不得不承认的懊悔——但辛纳特拉酒馆里难吃的食物和美妙的歌曲却胜过一切做爱所能带来的快感与幸福。当你对一个男人的感觉如此强烈，而他却从你的生活中消失时，你会渐渐觉得只是自己在愚蠢地自作多情，人家早就甩甩袖子走了，完全无所谓。那个人的感觉也许和你是一样的。我仍然保留着他给我发的最后一封邮件。

发件人：杰克·亚伯罕默

收件人：凯特·雷迪

凯特，

很久没听到你的消息了，所以，我估计你应该是彻底接手了“板栗大战”的项目，开始全职母亲的生涯了吧。但我知道你会回来的。向我们的战斗女英雄致敬……

EMF的罗德说你离开了伦敦。还记得你父亲管辛纳特拉叫什么吗？单相思的守护神。

单相思的伟大之处就在于，这种爱永无止境。

你永远的杰克

理查德和我卖掉了哈克尼的住所，搬到了德比郡。我们在离我老家不远的地方买了一套房子，正好在一个集镇的边上。这里有美景，还有牧场（我一直想拥有一个牧场，现在我有了，却不知道拿它来干什么）。房子需要好好地收拾一番，但有几间屋子不用大修，剩下的可以以后再慢慢弄。孩子们喜欢有可以跑来跑去的地方，理查德正好有发挥他老本行的机会了。他趁自己不在新艺术中心工作的休息时间，在家里修了一面石墙，每隔5分钟就叫我过去看看他做得如何。

我辞职后没多久，罗宾·库珀·克拉克就打电话给我，问我可不可以和他一块做一个对冲基金的项目。兼职，几乎无国际差旅需求……我知道，所有这些承诺最后都会变成纸上谈兵。他给的条件的确很丰厚：那数目足够买下半个小镇。更何况，现在单靠理查德一个人的收入，家里的经济状况确实拮据了不少。可当艾米丽听到罗宾的名字时，她绷起了脸，说：“别和他讲话。”“库珀·克拉克”对她而言，已经成了一个敌人的名字。

这些日子，我对女儿有了更深的了解。离开公司几个月后，我渐渐地意识到，每晚睡前的那一小段时间根本没法让你真正走进艾米丽的内心世界。她真正所想的东西是自发表露的，你没法规定让她何时说出，只能尽可能多地陪在她身边，这样才能多一些聆听她心声的机会。至于她的弟弟，可爱程度和制造恶作剧的能力成正比增长。最近，本玩起了乐高积木。他用它们建了一面墙，每隔5分钟就叫我过去看看他做得如何。

我和理查德带两个孩子去见了萨莉·库珀·克拉克。她和罗宾形容的一样善良、温柔。她给了罗宾一个安定的家，让他重拾活力，从他身上那干净整洁的衬衫就能看得出来。开车回家的路上，我让理查德带孩子们去酒吧的花园玩10分钟。我则朝教堂那边走去，我要去看看吉尔。

真是奇怪，为什么人们总觉得，只要找到了石头做的墓碑，就找到了人被埋葬的地方呢。如果吉尔现在依然在某处，那也应该是在这一整片土地上。我站在这里，面对着那块整洁的白色石碑，看着上面柔和的灰色文字，石碑的底部写着：她永远为我们所爱。

我说的很小声，毕竟她已经听不到了，但我把所有想告诉吉尔的事情都在脑子里过了一遍。人们说，女人都需要楷模，是这样说没错。但事业并不是判断你所取得成就的唯一标杆。有一种财富是你在EMF里永远都得不到的，而吉尔在这方面，是我所知道的人里面最富有的。

我后来怎么样了？我嘛，花了点时间与自己独处，虽然这一过程并不是很享受。艾米丽转到了当地的学校。我喜欢早上陪她走路去学校，晚上再在大门口接她放学。这个季节，地上的水洼都结了冰，我们喜欢站在上面听冰面发出的“嘎吱”声，然后在冰面彻底裂开前赶紧下来。艾米丽白天上学的时候，我带着本在家里玩，或者带他与其他带孩子的母亲参加咖啡早茶会。我无聊到了想要杀人的地步。我的湿疹好了，但脸部开始酸疼——毕竟，一直要表现出一副友好且感兴趣的表情，对肌肉放松没什么好处。每次在银行排队的时候，我会不由自主地关注外汇显示屏上的变化。我敢打赌，那帮工作人员一定以为我是在蓄谋抢银行。

几天前，我接到了朱莉的电话。电话那头一直有杂音，但我能听见她在哭。我的第一反应是，母亲。我的心瞬间沉了下去。事情并非如此：朱莉做手工品的那家公司破产了，经理跑了，债务人找上门来，所有的门都上了锁。还在里面干活的女人们都被集中在了院子里，她们一个个吓得不行。她问我，能去看看她吗？

不，我说。我得给本准备午饭，再说，就算我去了也帮不上什么忙。朱莉接下来的声音让我想起了童年的时候。那时候，我们隔着地板听父母在楼下吵得不可开交，她过来问可不可以和我一起睡觉，语气跟现在一模一样。她又说：“可我和她们说了，你是个知识分子，凯西，我说你会帮我们想办法的。”

我梳了梳头发，抹了口红，在客房的衣柜里找出那件阿玛尼夹克。我想让自己看上去和朱莉向她同事所表述的一样。我套上夹克时，那种感觉像是又穿回了正装——灰色的羊毛味又赋予了我那种大笔赚钱、能驾驭一切的女强人气场。我把本放进婴儿座里——车座现在实在太小了，得赶紧买个新的——然后开车去了工业园区。朱莉说的地方并不难找，大铁门上挂着“传统英国玩偶之家”的标志。在那上面贴了一个大标签，写着：清仓大甩卖，一个都不留！隔着铁门，我可以看见院子里有40来个女人，她们都是工人，当中有一些竟穿着印度纱丽服。我进去后，她们像一群鸟一样自动向两边散开。我朝站在门边的男人挥了挥手中的白金卡，告诉他，我从伦敦过来，想在这儿买些东西。走进屋里，我看见里面到处都是玩偶之家的废弃部件：小沙发、脚凳、天鹅绒窗帘、等着装木头座的瓷质大便器，以及和粉饼盒一般大小的钢琴。

“我们现在该怎么办，凯西？”我出来后，朱莉问道。

什么也做不了。“我先看看到底是怎么回事吧。”

第二天，我把艾米丽送到学校后，将心情不错的本暂时拜托给和他心情一样不错的外祖母照顾，然后搭火车去伦敦。到了伦敦以后，我打车去了公司登记局，很快就查清这个玩偶之家公司在过去5年里的财务情况。你真该亲眼看看，他们的生意简直糟到不行：不见丝毫利润，没有一丁点投资，而且债务累累。一个典型的金融瘫痪体。

在返程的火车上，我试着看报纸，可就是无法集中注意力，感觉上面的字像长了腿一样在我眼前晃来晃去。大笔的道德基金都在虎视眈眈地盯着这些仅雇用女工的企业，准备往里投资。可我比任何人都清楚事实：所谓的投资其实是为了最终的收购。当火车在切斯特菲尔德突然停下时，我脑子里闪过一个念头。

凯特·雷迪，我真不敢相信你竟然会有这种想法！接手这种破事！你简直是疯了，疯得不可理喻。

*** 晚7时37分 ***

到了该睡觉的时间。刷牙，读2遍《戴帽子的猫》，朗诵4遍《晚安月亮》和3遍《猫头鹰宝宝》，去浴室（4次），端尿盆（2次）。关灯前一共花费时间：48分钟。速度有待提高。

*** 晚8时37分 ***

给在新泽西的坎迪·斯特拉顿打电话，讨论关于邮购市场的问题和玩偶之家在全球范围内的分销情况。

“我就知道。”她发着牢骚。

“我在帮朋友打听。”

“好啊，那你告诉她，找到融资后，别忘了穿上自己的那件大内密探胸罩。”

*** 晚9时11分 ***

给纽约迪金森·毕肖普证券的格里打电话，查到了一些专门投资女工企业的基金。格里说，这是欺骗并说道德基金现在就和“伟哥”是一个性质。

*** 晚10时27分 ***

本又在床上“开河”了。换床单。找尿不湿。我把尿不湿放哪儿了？

*** 晚11时48分 ***

我把莫莫·古玛兰特叫醒，她之前一直在为斯里兰卡的一家援助机构当顾问，我问她那里的工人有没有可能过来为玩偶之家做木架子。

“凯特，”她说，“要我和你一起解决这件事吗？”

“我什么也没弄，回去睡觉吧。”

*** 午夜 ***

我给艾米丽端了一杯水，她那双灰色的大眼睛在黑暗中盯着我。

“妈咪，你有心事。”她语气里带着责备。

“是的，亲爱的。可这是人之常情，你知道的。你想帮妈咪建一个皇宫吗？”

“想，但是得有一个睡美人睡觉的塔。”

“你说得太对了。”

*** 深夜1时01分 ***

还有时间再过一遍工厂里的数据。现在还缺的是一个多样化的市场营销计划。用一排排大楼来代替18世纪的传统连排房如何？比如，一个纽约的褐色砂石房屋，一个村舍、办公室、城堡、船和艾米丽的皇宫。这些理查德都可以设计。

*** 深夜1时37分 ***

“凯特，你在干什么？现在可是凌晨2点钟。”

理查德站在厨房门口，带着他那极具英式的宽容和无限的善意。

“亲爱的，”他说，“现在很晚了。”

“我这就要回去睡。”

“那是什么？”

“没什么。”

灯光下，他眯着眼睛看着我，眼神里充满好奇，问道：“‘没什么’是什么？”

“哦，你知道的，家庭制作。”

他扬起眉毛。

“别担心，去帮我暖一下被窝，我这就来。”

他在我额头吻了一下，既像是给我的一份礼物，又像留给了我一个问题。

看着理查德走上楼，我很希望能和他一起，但我不能放着厨房乱成这个样子不管。反正我是不能。

屋子里像是刚打完仗一样：一堵“防御墙”正在修建中，空地上到处散着乐高积木。我不在的时候，大玻璃碗里放了3个苹果和3个无核小蜜橘，可就是没人想着先把下面的旧水果给扔掉。那几个烂梨已经开始渗出树脂般的黏黄液体，我把它们一个个都拣出来扔掉时，真是心疼花在上面的钱。我把碗洗净擦干，将粘在其他水果上的黄色黏液仔仔细细擦掉后，又把它们一个个地放回了碗里。接下来要做的是，为艾米丽准备早上要带走的午餐盒；再查一下为本预约的诊所时间，看看能不能从那赶回银行，约见我的账户管理人；在工厂召集一场工人大会；给破产受益人打电话；然后再按时回来接艾米丽放学。我把鸡肉从冷冻层拿出来，那是从家长会上拿回来的。艾米丽想要买马，除非从我身上骑过去——谁来负责清理马厩？理查德的生日——惊喜晚餐？面包、牛奶、蜂蜜。还有一些事。肯定还有一些事。

到底是什么事呢？

致谢

本书的创作离不开很多人的帮助,在此我要向他们一一表示感谢。首先，我要感谢米兰达·理查兹对我源源不断的鼓励，让我在写作中大胆地使用“道琼斯指数”这类概念。

我要感谢希拉里·罗森对本小说的主旨所做的大量研究。每当我的真实生活快接近于书中的凯特时，她发给我的那些精彩邮件总是会令我开怀大笑。此外，还有很多真实版的“凯特·雷迪”，她们以极其幽默的方式向我分享了她们自己如灾难般的生活。在这里，我要向她们致以敬意和感谢。

我还要感谢卡罗琳·迈克尔。她作为我曾经的出版商和现在的代理人,从一开始就对这本书充满了信心。她给予我的无限关怀和培养,伴我走过了创作过程中的高峰期和低谷期。

《她是如何做到的》一书能被成功地搬上银幕要得益于另外两位女士。一位是温斯坦影业的董事长唐娜·吉利奥蒂，玛格丽特·撒切尔夫人的那句至理名言在她身上得到了完美体现：如果你要的是一个会说话的人，那就找个男人；可如果你要的是一个能具体做事的人，那就一定得找个女人。另一位是天才影视编剧艾莲·麦肯纳。将这部小说改编成电影，她无疑是最佳人选。因为很少有编剧会像艾莲这样擅长并且渴望在电影中将女性是如何投身于她们所热爱的事业，而不是等待着被人来爱这一主题表现出来。

《她是如何做到的》最初发表在《每日邮报》上，因此我要衷心地感谢萨拉·桑兹，因为没有她，就没有凯特。我还要感谢查尔斯·摩尔的宽容与善良。

尼古拉·吉尔是一位非常出色的编辑，也是我的良师益友，她给予了我源源不断的支持。如今，同样已为人母的她可以切身体会到我书中描写的内容是否属实。

作为一名首次出书的作家，我很荣幸能结识我的代理人们：伦敦的代理人帕特·卡瓦纳和纽约的代理人乔伊·哈里斯。这本书能在全球畅销是我们共同努力的结果。我的编辑们——双日出版社的乔丹·帕夫林和Chatto & Windus出版社的艾丽森·塞缪尔——也在我的处女作的诞生过程中给予了它无微不至的“关怀”。蕾切尔·古尼奥尼为本书做了精美的装帧设计。另外，塔斯佳·多尔科菲基斯和双日出版社的吉尔·莫里森、凯蒂·巴雷特分别在英国和美国为本书做了一流水准的宣传活动。费伊·布鲁斯特和她的伦敦销售团队也做出了不少努力。最后，我还要由衷感谢Vintage出版社的贝丝·科茨和我出色的宣传代理人爱玛·德尔德对我的大力支持。

此外，我还要感谢以下这些人，是他们对我中肯的批评与精神上的支持让我坚持到了最后：尼古拉·吉尔、亚当·戈普尼克、玛莎·帕克、安妮·迈克尔沃伊、凯瑟琳·劳埃德、克莱尔温·詹姆斯、菲力帕·洛斯罗普、普鲁·肖、塔姆辛·索尔特、贾斯汀·贾勒特、娜奥米·本森、理查德·普雷斯顿、昆廷·柯蒂斯和尼亚姆·奥布莱恩。

这是一本关于母亲的书，自然与我自身的经历相关。因此，我要感谢我的母亲，感谢她为我付出的所有宝贵时间，它所具有的价值是我无以回报的。

书中“本”这个角色的创作灵感来源于托马斯·莱恩这个可爱的小惹祸精。“艾米丽”的诞生则要归功于伊芙琳·莱恩、伊莎贝尔、马德琳·厄本、波莉、阿米莉亚和西奥多拉·理查兹，是她们的聪慧和古灵精怪让艾米丽的形象得以塑造。

最后，我要将所有的爱和感激献给安东尼·莱恩，他帮助我解决了很多棘手的语法问题。当我在我们的房子里创作这个上班族母亲的忙碌生活时，安东尼却在真实生活中洗衣服、做饭，为孩子们读了300遍的《猫头鹰宝宝》，甚至还抽时间写了篇奇怪的影评。真的，我不知道他是如何做到的。

爱丽森·皮尔森

2011年7月于剑桥